Joan Aiken

Anderland

Roman

Aus dem Englischen von
Ilse Bezzenberger

Diogenes

Titel der 1992 bei
Victor Gollancz, Ltd. in London
erschienenen Originalausgabe:
›Morningquest‹

Die deutsche Erstausgabe
erschien 1994 im Diogenes Verlag
Umschlagillustration:
W. M. Chase, ›The Orangerie‹, 1910
(Ausschnitt)

Für Julius
und zum Andenken
an seine Großmutter
Bessie Mashores

Veröffentlicht als Diogenes Taschenbuch, 1997

200/97/8/1
ISBN 3 257 22928 3

I

»Ich möchte gern, daß du heute nachmittag mit mir kommst nach Boxall Hill, wenn ich Unterschriften sammeln gehe«, sagte meine Mutter in jenem prononciert forschen Ton, den sie immer anschlug, wenn sie sich des Erfolges nicht ganz sicher war – so wie ein Reiter sein Pferd beim Anrennen auf ein Hindernis zu rascherem Tempo antreibt.

Natürlich maulte ich und zog aufseufzend die Schultern hoch über die Handvoll Löffel und Gabeln, die ich gerade abtrocknete. »Warum?«

»Weil ich denke, die jungen Morningquests könnten interessante Freunde für dich sein. Und du auch für sie.«

Allein diese Vorstellung reichte mir schon, ihren Plan zu verdammen!

Meine Mutter war in keiner Hinsicht ein Snob, das möchte ich in aller Deutlichkeit klarstellen. Rückblickend jedoch wird mir – voll Trauer und Mitgefühl – klar, daß fast ihr ganzes Leben lang ihr Durst nach intelligenten Gesprächen seitens meines Vaters und der Menschen um sie herum nur höchst unzureichend gestillt wurde. Unzureichend … um es in gemäßigter Tonart zu artikulieren. Sie hatte einen erstklassigen Abschluß in europäischen Sprachen und Literatur, erkämpft unter weiß Gott was für Bedingungen. Sie hätte unterrichten sollen. Aber hier in Floxby Crucis hatte keine einzige Seele den Ehrgeiz, etwas über europäische Literatur zu lernen. Und wenn mein Vater von seiner täglichen Runde heimkam, dann hatte er keinen anderen Wunsch mehr, als sich schweigend in das ›Wochenbulletin des Milcherzeugers und Ratgeber für die Rinderzucht‹ zu vertiefen. (Mein Vater war kein Landwirt, aber die Interessen von Landwirten und Tierärzten überschneiden sich häufig.) Er hatte nicht mal Lust, sich auf englisch zu unterhalten, und schon gar nicht auf französisch, spanisch, deutsch, ungarisch oder russisch.

Die Gesamtschule von Floxby, die ich besuchte, war gar keine schlechte Lehranstalt, wenigstens in ihren oberen Klassen nicht. Aber meine Altersgenossen waren ein reichlich tumber Haufen, und meine Mutter litt, das verstehe ich jetzt, an der nagenden Furcht, ich könne in ein Leben hineinrutschen, das dem ihren ähnelte: Sammeln für den Flohmarkt der Kirchengemeinde oder für den Schwimmbadfonds, die jährliche Kutschfahrt nach Stratford als herausragendstes Ereignis. Und gar der orangefarbene Lippenstift und die laute Lache meiner Freundin Veronica, ganz zu schweigen von der Art, wie sie ihre Beine übereinanderschlug und dabei hohe Absätze und lange, schimmernde Nylonstrümpfe zur Schau stellte, setzten meiner Mutter gräßlich zu und ließen sie bis ins Mark hinein erschauern.

»Komm doch mit«, sagte sie, »der Spaziergang wird dir guttun.« Und sie murmelte noch etwas vom ewigen Stubenhocken. »Zieh dir Schuhe an.«

Aber da meuterte ich. Es war die Zeit, als jeder meines Alters (außer Veronica) barfuß lief, solange der Boden nicht buchstäblich schneebedeckt war.

Mutter seufzte und akzeptierte die Tatsache, daß meine physische Anwesenheit bei diesem Gang alles an Erfolg war, was sie herausschlagen konnte. Bloße Füße, Dufflecoat, ausgefranster Seemannspullover und strähniges Haar mußten dafür in Kauf genommen werden.

Genaugenommen ging ich ja auch, nachdem ich mich mit der Sache abgefunden hatte, ganz fügsam mit. Mutters Gesellschaft konnte höchst anregend sein. Sie hatte alle Bücher gelesen, von denen ich je gehört hatte, einschließlich Homer auf griechisch, und auf alle Fragen, die mir in den Sinn kamen, hatte sie Antworten parat – von Napoleons Beschwerden mit Hämorrhoiden bis zu Verhaltensstörungen bei den Blaumeisen.

An diesem Sonntagnachmittag jedoch war sie in sich gekehrt, schweigsam und gedankenverloren, und sie seufzte häufig, während wir den Boxall Hill Lane entlanggingen, eine der fünf schmalen Straßen, die ringsum von unserer kleinen Stadt ausgehen.

Für mich wurde dieser Gang zu einer beschaulichen Rückerinnerung an meine frühere Kindheit, während deren ich sie auf unzähligen solcher Ausgänge begleitet hatte – wenn sie Stimmen für die Labour Party warb, zum Waffenstillstandsgedenktag künstliche Mohnblumen oder Alexandra-Rosen verkaufte, wenn sie mit Petitionen umherzog, bei denen es um Überlandleitungen, Untertagebauprojekte oder um die Stillegung von Buslinien ging.

»Wie viele Morningquests gibt es eigentlich genau?« fragte ich in absichtsvoll mürrischem Ton, um eine Unterhaltung in Gang zu bringen, denn so ungefähr wußte ich es ja schon.

»Sieben Kinder.« Sie hatte ihre Informationen parat. »Die Jungen sind an der Universität, ich glaube, die sind älter als du. Ihre Namen weiß ich nicht genau, einer heißt, meine ich, Barnabas. Die Mädchen heißen Dorothea, Selene, Alethea und Elvrida.«

»Du meine Fresse!« murmelte ich vor mich hin.

»Ich glaube, Dorothea müßte dir altersmäßig am nächsten sein«, fügte meine Mutter hinzu. »Und sag nicht ›meine Fresse‹, das ist vulgär.«

Sir Gideon Morningquest war ein Dirigent von Weltruf. In unserer Stadt ließ er sich kaum je blicken, denn die Morningquests bewohnten auch noch ein Haus in London (Cadogan Square), und er verbrachte den größten Teil des Jahres anderswo, auf der anderen Seite der Welt, in Buenos Aires, Sydney, Rom oder Tokio, wo er ausländische Orchester leitete. Sein Adlerprofil auf den Plattenhüllen oder der Titelseite der ›Radio Times‹ war uns bei weitem geläufiger als seine persönliche Anwesenheit. Während meiner gesamten sechzehn Jahre hatte ich ihn schätzungsweise drei- oder viermal zu Gesicht gekriegt. (Es erschien in Anbetracht seines Zugvogelverhaltens in der Tat bemerkenswert, daß er es geschafft hatte, eine so große Nachkommenschaft zu zeugen.)

Lady Morningquest war ihrerseits eine Berühmtheit, in aller Eigenständigkeit – eine Sängerin, ein Sopran. Mariana Tass war ihr Künstlername. Vor einigen Jahren hatte sie aufgehört, Opernpartien zu übernehmen, aber sie gab noch Liederabende, unterrichtete am Royal College und saß in diversen Ausbildungskomitees. Sie und meine Mutter waren irgendwie miteinander bekannt geworden, erinnerte ich mich vage. Sie hatten sich bei der Organisation eines Floxby-Musikfestivals kennengelernt, und daraus war eine Freundschaft geworden.

»Ich nehme an, die ganze Familie ist höllisch musikalisch?« folgerte ich scharfsinnig.

»Oh, gewiß. Ich glaube, sie sagte mal, daß jedes von ihnen ein anderes Instrument spielt.«

Meine Mutter sagte es wehmütig und seufzte wieder. Mir fiel plötzlich auf, daß sie langsamer ging als gewöhnlich. Sie war in Schottland aufgewachsen (obgleich sie keine Schottin war) und hatte strikte Ansichten über die Wichtigkeit von frischer Luft und Bewegung entwickelt. Sie verachtete Autos und Autobesitzer, und ihre gewöhnliche Gangart war stets ein weitausgreifendes Schreiten gewesen. Als kleines Kind hatte ich traben müssen, um mit ihr Schritt zu halten. Ich muß Hunderte von Meilen gejoggt sein, noch ehe ich zehn Jahre alt war, immer hinter ihr her, über Straßen, Feld und Flur in der ganzen Gegend herum. Jetzt aber schien sie Mühe zu haben, mit mir Schritt zu halten. Irgendwie dämmerte es mir, daß die Leute, die Eltern ja älter wurden, und weniger athletisch. Das mußte denn wohl, überlegte ich, ein unerläßliches Stadium des Lebens sein.

»Gehen wir denn nicht durch die Einfahrt, am Pförtnerhaus vorbei?« fragte ich ein bißchen überrascht, als sie sich nach rechts wandte und über einen Zauntritt in der Hecke kletterte.

»Nein, dieser Weg hier ist eine Abkürzung.«

Mutter hatte eine Leidenschaft für Abkürzungen, wich häufig entscheidend von ihrem Kurs ab, verlockt durch irgendeinen vielversprechenden diagonalen Pfad. (›Komm schon, wir versuchen's einfach mal, so könnte es schneller gehen. Und wir sind hier auch noch nie gegangen.‹)

Der Weg hinter dem Zauntritt führte uns aufwärts durch ein kleines Gehölz, so eins, wo im Mai Glockenblumen wuchsen. An diesem Herbsttag jedoch raschelte man auf dem schmalen Pfad knöcheltief durch große, dürre Kastanienblätter.

Insgeheim war ich sehr erpicht darauf, Haus Boxall Hill kennenzulernen, das auf einem ausgedehnten, keilförmigen Areal nordwestlich unserer Stadt lag – eigentlich mehr ein kleiner Park, der von allen Seiten durch einen Waldgürtel geschützt war. Das Haus selbst war von keinem Punkt in der Nähe der Stadt aus zu sehen; man mußte schon auf die nächste Anhöhe der Landschaft steigen, etwa fünf Meilen weiter, um einen entfernten Blick darauf werfen zu können. Sir Gideon legte Wert auf Privatsphäre, und diese abgeschiedene Lage, keine fünfzig Meilen von London entfernt, war denn auch vor gut zwanzig Jahren einer seiner Hauptgründe gewesen, den damals herrenlosen Besitz als Wochenendrefugium zu erwerben. Aber nie hatte er in der Umgebung gesellschaftliche Beziehungen angeknüpft. Und der ansässige Landadel seinerseits hatte, als er neu zugezogen war, auch keine sonderliche Eile an den Tag gelegt, seine Bekanntschaft zu machen: ›Nicht so ganz unsere Kreise.‹ Natürlich war er in jenen Tagen noch längst nicht so berühmt gewesen. Die Kulturhungrigen der Stadt – es waren ihrer wenige – hatten sich anfangs viel von seiner Gegenwart erhofft, aber sie wurden bald enttäuscht. Er erschien immer nur zu kurzen Wochenendbesuchen, kam am Freitag nach Mitternacht in seinem Bentley angefahren und war am Sonntagabend schon wieder fort. Seine Kinder besuchten sämtlich exklusive Londoner Schulen. Sie nahmen selten an lokalen Veranstaltungen teil, außer an gelegentlichen Sommerfesten, bei denen die Jungen auftauchten, nervös und schüchtern wirkend, um aber sodann im Handumdrehen sämtliche Wettrennen zu gewinnen. Sie waren groß, gutaussehend, reserviert, göttergleich, kurzum – unerreichbar. Ich konnte mich kaum erinnern, jemals ihre Schwestern in der Stadt gesehen zu haben. Vom Sehen würde ich sie gar nicht wiedererkennen. Vermutlich kamen auch sie an den Wochenenden und während der Schulferien herunter. Aber gerade zu solchen Zeiten hatte ich mich in meinem empfindlichen Stolz immer tunlichst ferngehalten aus der Umgebung von Boxall Hill, damit es um alles in der Welt nicht so aussehen konnte, als versuche ich mich anzubiedern.

Als Folge davon barg dieses Stück Land, so nahegelegen und doch so vollständig unbekannt, für mich so etwas wie das Geheimnis von Xanadu. »Zwiefach fünf Meilen fruchtbarer Grund, von Mauern und Türmen umgürtet im Rund ...«

Nicht daß ich mir dort leuchtende Gärten erhoffte, von schlängelnden Bächlein durchzogen – obwohl die Leute in der Stadt manchmal murrten, es sei eine Schande, Boxall Hill habe immer so schöne Gartenanlagen gehabt zu Major LeMerciers Lebzeiten (aber der Ärmste hatte sich nach dem Börsenkrach erschossen), und es sei eine böse Unterlassungssünde, daß Sir Gideon nicht ab und zu seine Gärten öffentlich zugänglich machte, etwa zur Unterstützung der Pavillonanlage des Krankenhauses oder des Schwimmbadfonds. Aber er blieb allen Andeutungen und Anfragen gegenüber taub. Worauf ich aber wirklich hoffte, war wenigstens irgendeine tiefe, romantische Schlucht – kein durchaus unmöglicher Traum übrigens, denn das Anwesen zog sich einen Hang hinauf, um jenseits des Hügelkammes steil abzufallen durch einen Buchenwald. Dort gab es einen Turm, ein Verlies oder einen Bergfried, soviel wußte ich. Mein Vater hatte ihn gesehen. Denn er als Veterinär hatte natürlich Zutritt, wo er sonst niemandem erlaubt war, auf privaten Wegen, auf entlegenem Farmbesitz. Aber – typisch für ihn – er konnte sich nicht erinnern, wie es aussah.

Mein Vater war nicht interessiert an Verliesen. »Aus Ziegeln gebaut, glaub ich ...« Mehr war aus ihm nicht herauszukriegen.

Unser Weg wand sich durch das kleine Kastanienwäldchen aufwärts, und meine Mutter ging immer langsamer und seufzte immer öfter. Am oberen Rand des Wäldchens ergab sich durch eine zweite Zaunstiege ein Spalt zwischen den Baumschößlingen, der ein Stück grauen Himmels hereinschimmern ließ und den Blick auf eine ganz in der Nähe ansteigende Wiese freigab.

Mutter stützte sich, als sie den Zauntritt erreichte, mit den Ellenbogen darauf und verfiel in tiefe Geistesabwesenheit. Als ich ebenfalls heran war, blickte ich ihr über die Schulter (denn ich war bereits einen Kopf größer als sie) und sperrte den Mund auf vor freudigem Staunen.

Die Wiese zog sich aufwärts gegen einen Sattel zwischen zwei bewaldeten Schultern des Hügels. Auf der linken lag, unübertrefflich plaziert wie ein Schmetterling auf dem Rande eines Beckens, das Haus, ein rechteckiger, georgianischer Bau aus feinem, weißrosa Stein: drei Stockwerke, die Erdgeschoßfenster gewölbt, oben drei Giebelfenster, und das Ganze gekrönt von einer kleinen Rundkuppel, die von einer Säulentrommel getragen wurde. Die weiße Auffahrt wand sich gemächlich auf das Haus zu und folgte dabei der Linie des Hügels. Ein wenig tiefer gelegen, umrundete eine Steinmauer das Bauwerk, so daß es zwar geschützt, aber nicht verdeckt war, und unterhalb der Mauer, auf halber Höhe des Sattels, bot ein verdeckter Grenzgraben zusätzlichen Schutz.

An diesem windigen, wolkenreichen Herbsttag schien das Haus in der launenhaften Sonne förmlich zu glitzern, es warf ihre Strahlen zurück wie ein Stein, der das Licht zugleich absorbiert und reflektiert.

»Mein Gott!« sagte ich.

Nach einer Pause meinte meine Mutter: »Ich wußte, es würde dir gefallen.«

Ihr Ton verblüffte mich. Es lag zwar Genugtuung darin, aber er war doch ganz trocken. Es war, so erinnerte ich mich später an jenem Abend, wie die Reaktion eines Kochs, der weiß, daß ein Gericht zu lange im Ofen gewesen ist, und die überschwenglichen und scheinheiligen Komplimente mit einem ironischen Kopfnikken entgegennimmt.

Zu diesem Zeitpunkt jedoch entging mir das.

»Oh, und ob es mir gefällt!« pflichtete ich ihr stürmisch bei. »Es gefällt mir wirklich!«

Eins der wesentlichen Dinge bei einem Gebäude ist die richtige Beziehung zu dem Grund und Boden, auf dem es steht. Von frühester Jugend an habe ich das stark empfunden. Rohe neue Vorstädte und Wohnsiedlungen erfüllen mich mit geradezu körperlicher Pein wegen der Art, wie dort die Blöcke in der Gegend herumgestreut sind, nicht gepflanzt; es gibt keine Ausgewogenheit zwischen Horizontaler und Vertikaler. Unser eigenes Haus, obgleich klein, dunkel und unbequem, stand wenigstens zwischen Bäumen, die ihm Schutz und Würde verliehen. Die Lage von Haus Boxall Hill jedoch schien mir die Perfektion schlechthin, ein Lächeln über der Landschaft.

Rückschauend – eingedenk alles Geschehenen – glaube ich heute, daß möglicherweise dieser erste Blick damals auf das Anwesen – wie bei Elisabeth und Pemberley – bereits die Entwicklung meiner Beziehung zu der ganzen Familie Morningquest vorgeprägt hat.

»Geht's dir gut, Ma?« fragte ich nun immerhin. »Du sieht ein bißchen blaß aus.«

»Ach, bin bloß ein bißchen nachdenklich«, erwiderte sie.

Ich hüpfte über den Zaunübertritt und reichte ihr die Hand. Sie kam langsam hinterher.

»Jetzt gehen wir direkt um die Rundung des Hügels herum auf die Auffahrt zu«, erklärte sie.

Wir taten es, und dabei öffnete sich uns der Ausblick hinunter in die Sattelmulde, wo Weidenbäume, die ihre gelben Blätter abwarfen, einen Weiher umstanden. Auf dem Wasser, in dem sich ein münzgroßes Stück Himmelblau spiegelte, zogen zwei Schwäne gemächlich dahin.

Wir kletterten zur Auffahrt hinauf, stiegen über einen Viehzaun und durchquerten einen Buchenhain. Dahinter lag die Umgebungsmauer. Eine Tür war darin, und wir gingen hindurch.

»Hinten herum geht es schneller«, sagte meine Mutter. »Die Auffahrt windet sich nämlich ganz ums Haus herum.«

»Wieder eine von deinen Abkürzungen.«

Ich war jetzt nervös, fühlte mich unbehaglich – ich ahnte ja noch nicht, wie oft ich in Zukunft diesen Weg nehmen würde. Es war, als würden wir observiert aus jedem der vierzehn großen Vorderfenster, die auf einen naturbelassenen Garten hinausgingen, aus dessen kurzer Grasnarbe allerlei Büsche und auch ein paar Stauden spätblühender Lilien sprossen. Kletterrosen verdeckten die Innenseite der Mauer. Zwei weißgestrichene Eisenstühle waren so aufgestellt, daß sie sowohl das Auskosten der letzten Sonnenstrahlen als auch einen weiten Rundblick nach Süden gewährten.

»Von der Terrasse dort oben hat man den Ausblick nach Norden«, erklärte meine Mutter und deutete mit der Hand nach oben. »Wir gehen zur Küchentür herum.«

»Die müssen mächtig viel Wind abkriegen hier oben«, sagte ich hochnäsig, gekränkt – und zugleich erleichtert. Wir hatten also den Küchentürenstatus? (Aber echte Landbewohner, nicht die Pseudogesellschaft von Floxby Crucis – benutzten niemals die vorderen Haustüren; man kam bei ihnen immer hinten herum. Und das waren die nettesten Leute, die ich kannte).

Die Hintertür, die man über den kopfsteingepflasterten Hof sah, stand offen. Von drinnen waren Stimmen zu hören. In der Mitte des Hofes stand ein Brunnen. Ein niedriger, moosbewachsener Mauerkranz aus Ziegelsteinen umgab ihn. Die Fontäne, ein dünner Wasserstrahl von knapp siebzig Zentimetern Höhe, schoß aus einem hellgrünen Mooshügel in der Mitte hervor. Er war reizend, absurd, fast rührend in seiner alltagsentrückten Nutzlosigkeit.

Meine Mutter trat ohne zu zögern durch die offene Tür und ging rechts durch einen kurzen Korridor, nur wenige Schritt lang. Ich ging hinter ihr her und fand mich plötzlich in einer riesigen Küche mit Steinfußboden wieder. Das erste, was mir auffiel, war ihre geradezu antiseptische Helligkeit. Es war ein langer Raum mit großen Rundbogenfenstern an jedem Ende. Die Wände waren weiß gestrichen. Und mein nächster Eindruck war, sie müsse von Riesen bewohnt sein, die sämtlich unter Aufbietung ihrer vollen Lungenstärke durcheinanderredeten.

Aber sie verstummten, als wir eintraten, außer einer männlichen Stimme, die soeben verkündete: »Wissenschaftliche Erkenntnisse müssen unbedingt von sozialen und politischen Faktoren mitgestaltet werden ...«

Worauf eine andere männliche Stimme mit gleicher Emphase entgegnete: »Quatsch, das ist totaler Quatsch! Tatsachen sind Tatsachen.«

Jemand anderes hatte gerade gesagt: »Strawinsky war ganz und gar nicht entzückt, als sein Verleger ihn bat, ein Violinkonzert zu schreiben ...«

Als alle verstummt waren, richteten sich sämtliche Augenpaare auf uns.

Ich glaube, es waren fünfzehn oder sechzehn Leute um den langen, gescheuerten Küchentisch versammelt, der sich von einem Ende des Raumes bis zum anderen erstreckte. Sie saßen auf hölzernen Küchenstühlen, und auf den leeren Tellern vor ihnen lagen nur noch Brotreste. In der Mitte des Tisches standen Holzbretter, auf denen die restlichen Kanten brauner Brotlaibe und übriggebliebener Käse lagen. Außerdem gab es hölzerne Schüsseln voller Äpfel und mächtige Vorratsbehälter mit geschrotetem Weizen.

Wie bitte? Geschroteter Weizen? Jawohl, geschroteter Weizen!

Es schien, als seien wir in das Ende des sonntäglichen Mittagsmahls hineingeplatzt, was mir einigermaßen merkwürdig vorkam, denn es war bald vier Uhr. Bei uns zu Haus fand das Mittagessen – unabänderlich Fleisch, zweierlei Gemüse, Pudding – um Punkt ein Uhr statt, da der lange Arbeitstag meines Vaters oft schon in den frühen Morgenstunden begann.

»Hélène, meine Liebe!« rief eine warme, herzliche Stimme – eine weibliche diesmal. »Welche Freude, dich zu sehen. Und das muß Pandora sein ...«

Lady Morningquest begrüßte uns. Aber wie um alles in der Welt kam es, daß sie und meine Mutter auf so vertrautem Fuße miteinander standen, wie sich hier zeigte? Sie küßten sich – in kontinentaler Manier – erst auf die eine Wange, dann auf die andere, setzten sich dann eng nebeneinander an die Schmalseite des Tisches und vertieften sich augenblicklich in eine leise Unterhaltung. Ich dagegen blieb, erstarrt vor Befangenheit, wie angewurzelt stehen, bis Lady Morningquest aufblickte und sagte: »Aber Pandora ... Ach, das ist recht, Dolly, hol noch einen Stuhl heran, du kannst ja bequem neben dir noch Platz für Pandora machen.«

»So bequem nun auch wieder nicht«, mischte sich eine Jungenstimme ein, triefend von brüderlichem Sarkasmus, und es folgte ein allgemeines schallendes Gelächter, das Dolly mit betont nachsichtigem Achselzucken quittierte. Sie war auch wirklich nicht so dick, daß der Spott gerechtfertigt gewesen wäre. Groß und solide gebaut war sie, hatte ein rundes, reizendes Gesicht voller Sommersprossen und ein leichtes Doppelkinn, dazu leuchtend rotes Haar, das sie sehr unkleidsam in zwei mächtigen Schnecken über den Ohren trug, und große, blaugraue Augen.

Sie schaute mich mit einem ermunternden, ein wenig mütterlichem Lächeln an. »Möchtest du ein bißchen Apfelmost, Pandora?« Und sie goß mir aus einem massiven Keramikkrug in einen blauweiß gestreiften Becher ein. Alles Geschirr war von sehr einfacher, bäuerlicher Art.

Wie konnten sie bloß geschroteten Weizen zu Mittag essen?

Meine Mutter lehnte den Apfelmost ab. »Nein, dank dir, Mariana, nein, wirklich nicht...«

Vom ersten Augenblick an war ich wie hypnotisiert von der Schönheit Lady Morningquests, die mir, nur durch die Tischecke getrennt, schräg gegenüber saß. Ihr Haar, wunderbar fein und schlohweiß, war zurückgekämmt und zu einem losen Nackenknoten geschlungen, aber ein paar widerspenstige Strähnen fielen ihr in die hohe, schön geformte Stirn, ohne daß es im mindesten ihre Würde beeinträchtigte. Ebensowenig wie die tiefen, dunkel verfärbten Augenhöhlen von der Leuchtkraft ihrer blauen Augen ablenkten. Sie trug einen einfachen, grauen, lose fallenden Kittel, ähnlich wie ihn die Pförtner im Krankenhaus trugen, und rauchte eine Zigarette in einer langen Elfenbeinspitze. Ich fand, sie sah aus wie die Sibylle von Cumae.

»Aber, arme Pandora, du kennst hier wohl niemanden, was? Also, das ist mein Mann da drüben am anderen Ende...«

Sir Gideon hatte von vorn betrachtet nicht das Raubvogelhafte wie sein Profil auf den Plattenhüllen. Er hatte sogar eher den sehr weichen Ausdruck eines Heiligen. Enorm groß war er (gerade jetzt stand er auf, um von einem Faß auf einem Bord einen neuen Krug Apfelmost zu zapfen), und er wirkte hager und muskulös wie eine Zeichnung von Leonardo da Vinci. Ein Kranz flaumigen, leicht ergrauten Haars lief um seinen Hinterkopf. Die Stirnpartie war kahl. Sein Gesicht setzte sich gleichsam aus einer Reihe ineinander verzahnter Dreiecke zusammen durch eine massive Nase und die tiefen Furchen zu beiden Seiten seines Mundes. Es juckte mir in den Fingern, eine Zeichnung davon zu machen.

»Du weißt doch, Mar, es hat gar keinen Sinn, von Pandora zu erwarten, daß sie uns alle auseinanderhält«, erklärte einer der Jungen seiner Mutter in herablassendem Ton.

Warum denn nicht? dachte ich sofort aufgebracht.

»Warum denn nicht?« fragte auch Lady Morningquest, und zu

mir gewandt, fuhr sie fort: »Das da am linken Ende des Tisches sind die drei Jungen – Barney, Toby und Dan. Der Freund, der an dieser Seite von ihnen sitzt, ist Alan aus Schottland, und hinter ihm, das ist Garnet, der im Garten hilft, und dann kommt Dave Caley aus Louisiana. Neben meinem Mann dort am Ende sitzt sein Freund Luke Rose. Dann, auf dieser Seite – aber die kannst du von dort, wo du sitzt, nicht so gut sehen – das sind die Mädchen. (Mädchen und Jungen schienen in dieser Familie immer entgegengesetzte Seiten einzunehmen.) Erstens Dolly, da neben dir, dann Ally und Elly, die Zwillinge. Neben ihnen dann eigentlich Tante Lulie, aber die ist gerade in den Garten gegangen, ein paar Geschirrhandtücher holen – und neben ihr mein Liebling Leni, und dann Onkel Grischa an der linken Seite meines Mannes ...«

Am äußersten Ende des Tisches erhob sich jemand und verbeugte sich förmlich vor mir. Es war ein kleiner, schmächtiger älterer Mann mit kohlschwarzen Augen, der sich seit Tagen nicht rasiert hatte. Er trug blaue Arbeitshosen, und sein Hemd war am Kragen aufgeknöpft.

Natürlich war es mir bei den meisten dieser Namen wirklich nicht gelungen, sie mir zu merken oder ihre Beziehung zu den übrigen Leuten am Tisch zu begreifen. Die drei Söhne von Sir Gideon jedoch, die an seiner rechten Seite saßen, erkannte ich (weil ich sie auf den Sommerfesten gesehen hatte) wieder und wußte, daß sie Barnabas, Toby und Dan hießen. Sie waren allesamt so gutaussehend, so raubvogelhaft und blond, wie wohl Sir Gideon selbst in seiner Jugend ausgesehen haben mußte. Sie hatten gerade Nasen und leuchtend blaue Augen wie ihre Eltern (obgleich die von Sir Gideon jetzt ein wenig verblichen wirkten), leicht schräg gestellt, die äußeren Winkel ein wenig abwärts geneigt. Das verlieh ihnen, wenigstens für mich, einen sehr verführerischen Blick. Sie redeten laut, selbstsicher und unaufhörlich, unterbrachen und widersprachen einander dauernd.

»Chromosomen haben damit nichts zu tun!«

»Du kannst doch nicht einfach solche Analogien herstellen ...«

»Bereits Nicholson hat nachgewiesen, daß es nicht so ist, in seiner Abhandlung über Schafsdrüsen. Nur Schafe ...«

»Bitte, Barney! Nicht bei Tisch!« bat Lady Morningquest.

Ihre Stimme war, wie all ihre sonstigen Attribute, die Perfektion schlechthin: klar und rein wie die einer Singdrossel. Sie entströmte ihr mit müheloser Stärke und verschaffte sich überall im Raum Gehör.

»Dies ist übrigens ein guter Moment, die Jungen daran zu erinnern, daß sie dran sind mit Geschirrspülen«, meinte ihr Mann.

Sofort standen die Jungen auf, und ohne ihr Streitgespräch auch nur für einen Moment zu unterbrechen, fingen sie an, Teller und Becher in dem großen, steinernen Spülbecken hinter Sir Gideon aufeinanderzustapeln. Der kleine, unrasierte Mann mit den schwarzen Augen stand ebenfalls auf, aber Sir Gideon zog ihn wieder herunter.

»Nicht du, Grischa, mein Lieber. Hier sind reichlich genug Arbeitskräfte. Du tust doch schon die ganze Woche über so viel.«

»Und außerdem bist du kein Junge, Onkel Grischa«, meinte liebevoll das rothaarige Mädchen, das neben ihm saß. Welche war das doch? Selene vielleicht. Sie hatte ein bleiches, spitzes, präraphaelitisches Gesicht. Ihr Haar war von blasserem Rot als Dollys. Es stand ihr wie ein wirrer Kranz ums Gesicht.

»Ach ja, ein Körnchen Wahrheit spricht aus deinen Worten, Leni, meine Liebe.« Onkel Grischa setzte sich wieder. Ich sah, daß vor seinem Teller zwei kleine Gefäße standen: ein kupfernes Kaffeekännchen, geformt wie eine Milchkanne, und eine von Flechtwerk umhüllte Flasche. Er trank abwechselnd aus beiden. Sie waren die einzigen Anzeichen von persönlichem Luxus in diesem Raum, der im übrigen strikt funktionell war: geschlossene Schränke und Regale ringsum an den Wänden, weiße Farbe allenthalben, schlaffe, blauweiße Ginganvorhänge an den Fenstern, denen man ansah, daß nie jemand sie zuzog.

Zwei der Mädchen erhoben sich jetzt von ihren Plätzen neben Dolly, ließen sich mir gegenüber auf die Stühle plumpsen, die die Jungen freigemacht hatten und begannen, mich auszufragen.

»Wo gehst du zur Schule? Welches ist dein liebstes Fach? Auf welche Universität wirst du gehen? Dolly will ja nach St. Vigeans...«

»Ach, wieso?« unterbrach meine Mutter ihre Unterhaltung mit Lady Morningquest, und diese beantwortete die Frage.

»Gideon gefällt es, neue Hochschulen zu unterstützen. Barney ist an der Cumberland, Toby an der Hay-on-Wye. Und dann ist auch ein Freund von uns, Tom Goodyear, musikalischer Direktor in St. Vigeans. Er sagt, das Niveau dort sei erstklassig...«

Unterdessen betrachtete ich die Mädchen mir gegenüber. Das mußten die Zwillinge sein, Alethea und Elvrida. Sie waren ein höchst ungewöhnlich aussehendes Paar, unterdurchschnittlich klein und unattraktiv. Das gute Aussehen hatten in der Morningquest-Familie allemal die Jungen abbekommen, dachte ich. Das war wirklich ungerecht. Immerhin hatten die beiden älteren Mädchen gut geschnittene Gesichtszüge und Haare von einer Farbe, die umwerfend genannt werden konnte, selbst wenn man sie nicht mochte. Auch ihre Augen waren von angenehmem Blaugrau, wohingegen die Zwillinge schwarzes, ungefällig aalglattes Haar hatten, das ihnen, unvorteilhaft auf Kinnlänge geschnitten, schlaff um die Ohren hing. Sie trugen zur Regulierung ihrer entsetzlich vorstehenden Zähne Zahnspangen, durch die die armen Dinger beim Reden unweigerlich spuckten, und ihre Augen hatten eine schmutzig grüne Farbe. Sie hatten laute, schrille, selbstsichere Stimmen – ein totaler Kontrast zu der ihrer Mutter. Keiner dieser Nachteile jedoch schien ihr Selbstwertgefühl im mindesten beeinträchtigt zu haben, und das, fand ich, sprach sehr für die Freundlichkeit und Toleranz der Morningquest-Familie.

Die Zwillinge erinnerten mich an irgendwas. Ich grübelte angestrengt nach, an was.

Als ich sagte, mein liebstes Fach sei Kunst, riefen sie einstimmig: »Kunst? Das ist doch kein Fach! Ich werde Biologie machen, und Elly Physik.«

»Na, das ist doch sicher noch ein Weilchen hin?« wandte ich ein.

Aber Lady Morningquest wandte sich zu mir. »Sie haben beide in Mathematik die Universitätsreife erreicht, sie arbeiten in ihrer Schule schon mit der sechsten Klasse zusammen. Aber Gideon ist dagegen, daß sie ihr Universitätsleben beginnen, ehe sie nicht wenigstens siebzehn sind, weil das so viele Sonderarrangements erfordern würde. Und in anderer Hinsicht sind sie natürlich längst nicht so voraus...«

In anderer Hinsicht, dachte ich, schienen sie eher deutlich zurück. Wie alt konnten sie sein? Zwölf? Dreizehn? Sie knufften einander wie Achtjährige, spreizten die Ellbogen, schrien, beschimpften sich gegenseitig und widersprachen noch öfter als die Jungen. Ihre Stimmen waren die eines ganzen Gänseschwarms.

»Bitte seid still, ihr zwei!« rief ihr Vater und blickte zu ihnen hinüber – voller Abneigung, wie mir schien.

»Meine Lieben, warum nehmt ihr nicht Pandora und zeigt ihr die Grotte? Und das Verlies und das Baumhaus«, schlug Lady Morningquest vor. »Dolly, du gehst mit und paßt auf, daß sie ihr nicht zuviel zumuten.«

»Na schön, los, komm!«

Mit knochigen Händen zogen mich die Zwillinge von meinem Stuhl. Dolly, mit einem anscheinend gewohnheitsmäßigen Ausdruck ergebener Bereitwilligkeit, sich auf jedermanns Wünsche einzustellen, stand ebenfalls auf. Ich wäre viel lieber in der Küche geblieben und hätte der Unterhaltung der Erwachsenen zugehört.

Sir Gideon war um den Tisch herumgekommen und hatte sich auf Dollys freigewordenen Stuhl gesetzt, und meine Mutter sagte zu ihm: »Aber wie können Sie bloß Elgars Pomphaftigkeit ertragen? Er ist schlimmer als pompös, er ist scheinheilig!« Und er lachte sie aus. »Unser Geschäft, meine liebe Hélène, ist nicht,

Musik zu mögen oder nicht zu mögen, unser Geschäft ist, sie zu kennen.«

Heh – Mama! dachte ich baß erstaunt. Woher hatte sie das? Erstens diese Selbstsicherheit, und zweitens das Wissen? In meinem ganzen Leben hatte ich sie nie so gehört, niemals.

Aber die Zwillinge zerrten mich fort. Ihr metallglitzerndes Grinsen war wie das der Cheshire Katze.

»Die Grotte ist von Lutyens entworfen worden«, erklärten sie, »und das Verlies wurde von einem Flaxmann-Schüler gebaut.«

»Liest du gern?« fragte ich Dolly schnell, die neben mir herschlenderte, während die Zwillinge gerade geschäftig vorausrannten.

»Lesen? Auf welchem Gebiet? Ich werde in St. Vigeans Vorlesungen über Sozialpsychologie belegen. Natürlich würden die Zwillinge sagen, das sei kein Fach.«

»Nein, ich meine einfach bloß Bücher... Romane.«

Ich hatte kürzlich die *Penguin Books* entdeckt und verschlang gierig alles, was ich in die Hände kriegte, von *Südwind* bis *Der Fänger im Roggen*. Mein Lieblingsbuch war im Augenblick *Das Pferdemaul*. Ich hatte es schon mindestens siebenmal gelesen. Einer Buchhandlung konnte sich Floxby Crucis nicht rühmen – und der Zeitungshändler hatte immer bloß ein paar gängige Thriller vorrätig, so blieb mir nichts anderes übrig, als mit dem Fahrrad fast zwanzig Kilometer bis nach Crowbridge zu fahren, wo es ein Buchantiquariat gab, aber die Fahrt lohnte sich.

»Romane?« meinte Dolly zweifelnd. »Na ja, ich habe *Vom Winde verweht* gelesen – aber das war so schrecklich lang...«

»Aber als du jünger warst?«

Sie blickte ratlos drein, aber dann fielen ihr die Bücher von Arthur Ransome ein, die sie, wie sie sagte, lieber gemocht hatte als Märchen und solche Sachen. »Tante Lulie hat uns immer Märchen vorgelesen, wenn wir krank waren, aber ich hab mir nie viel daraus gemacht.«

Gerade an diesem Punkt begegneten wir Tante Lulie, die ein Bündel bügeltrockner Wäsche trug. Als sie meine nackten Füße sah, rief sie in äußerster Mißbilligung: *»Wos kriechst da arum asoj borweß!«* So etwa hörte es sich jedenfalls an: *»Borweß! Borweß!«*

»Wie bitte?« fragte ich verblüfft, denn offensichtlich redete sie mit mir.

Sie deutete auf meine nackten Füße. *»Borweß!* Wo sind deine Schuhe, Kind?«

»Zu Hause. Ich trage nie Schuhe.«

»Ach!« Sie hob die Hände gen Himmel. »Pneumonie! Polio! Tetanus!«

»Wirklich, ich gehe immer barfuß«, versuchte ich sie zu beschwichtigen.

Und Dolly meinte in ihrem sämig nachsichtigen Tonfall: »Nun komm schon, Tante Lulie! Sie ist überzeugt, daß sie inzwischen genügend Antikörper in sich hat. Und du mußt zugeben, sie sieht ganz gesund aus. Sie ist übrigens Pandora Crumbe.«

Unvermittelt strahlte mich Tante Lulie mit freundlich erkennendem Lächeln an, warf sich das Wäschebündel über die Schulter und streckte mir eine runzlige kleine Hand entgegen, welche die meine mit überraschend eisernem Griff umschloß. »Ich freue mich ja so, dich endlich kennenzulernen, Pandora. Deine Mutter ist uns ja schon längst eine liebe Freundin.«

Sie hatte wie Onkel Grischa einen fremden Akzent – österreichisch vielleicht? War sie seine Frau? Später fand ich heraus, daß sie in keiner Weise zusammengehörten. Tante Lulie war die Tante von Sir Gideons erster Frau, die seit langem tot war. Grischa wurde bloß aus Freundschaft ›Onkel‹ genannt. Er war vor neunzehn Jahren einmal als Besuch nach Boxall Hill gekommen und war seitdem geblieben.

Tante Lulie trug eine zerknitterte weiße Baskenmütze stramm über den Kopf gezogen und an den Füßen wundervoll elegante Wildlederstiefel. Der Rest ihrer Kleidung war ein so wirres Konglomerat, daß es, selbst während man sie betrachtete, schwer war, es zu beschreiben. Und doch war mir ihre Erscheinung, ebenso wie die der Zwillinge, auf rätselhafte Weise vertraut. Hatte ich ihr Gesicht schon in den Straßen von Floxby gesehen? Oder in der Kirche? Dieses Gesicht – breit, runzlig, duldsam, ergeben – war wie der Mond, unübersichtlich und voller Geheimnisse. Nur wenige Wochen später, als ich in einem Buch zufällig die Reproduktion eines der Selbstbildnisse Rembrandts entdeckte, begriff ich, warum sie mit der ihr eigenen Selbstironie das weiße Barett so in die Stirn gezogen trug.

»Ist deine liebe Mutter auch hier? Dann gehe ich mal und bitte sie um das Rezept für ihre wundervolle Quittenmarmelade. Schleppt Pandora nicht zu weit in die Wildnis, Kinder«, ermahnte sie die Zwillinge. »Es gibt bald Tee.«

»Tee? Wir sind doch gerade erst mit dem Mittagessen fertig«, rief Dolly ihr nach, und sie antwortete mit einer unbeschreiblichen Gebärde der Hand, durch die sie ihre Ansicht zu derartigen Gewohnheiten kundtat.

Ich war gebannt, angezogen, fast beunruhigt durch die Einblicke, die mir in diesen großen, komplexen Haushalt gewährt wurden. Meine eigene kleine, dürftige Familie – Vater so wortkarg, Mutter so ergeben und in sich gekehrt, ich selbst das Produkt ihrer beider Schweigen – welch einen totalen Kontrast stellten wir dar zu dieser verzweigten, allzeit gesprächigen Sippschaft! Meines Vaters ständige Rede: »Sei still, Pandora, davon verstehst du nichts« hatte eine nachhaltig lähmende Wirkung auf mich, und es sollte Jahre dauern, sie zu überwinden.

Die Mädchen führten mich einen Weg entlang, der durch einen ummauerten, noch immer von spätem warmem Duft erfüllten Rosengarten lief, vorbei an einem Labyrinth aus Eibenhecken, wo ich gern stehengeblieben wäre, aber... »Das Labyrinth ist schrecklich langweilig«, erklärte Ally, oder Elly. Weiter ging es durch ein Rhododendrongebüsch in ein kleines grasbewachsenes

Tal, auf dessen Grund sich ein Bach dahinschlängelte, der zweifellos den weidenumstandenen Teich speiste, an dem wir auf dem Herweg vorübergekommen waren.

»Hier schwimmen wir immer«, sagte Dolly und deutete mit einer schweifenden Handbewegung auf eine Ausbuchtung des Baches mit einem kleinen Staudamm davor. »Vor drei Jahren haben wir den Bach eingedämmt und das Becken gegraben. Das war unser Sommerprojekt. Das Wasser ist ziemlich kalt, aber besser als der Weidenteich, da sind nämlich Blutegel drin. Colonel Venom war natürlich die ganze Zeit wütend, als wir das hier machten. Er führte sich Mar gegenüber auf wie ein Verrückter, sagte, wir verdürben ihm die Aussicht und trieben ihn überhaupt zur Raserei.«

»Colonel Venom...?«

»Kennst du den nicht? Er wohnt da oben in dem Haus namens Aviemore.« Ich blickte zum Kamm des Hügels hinauf, wo sie hindeutete, und sah ein gepflegtes, kleines, rotes Haus ganz in der Nähe, eingerahmt von Schuppentannen, verziert mit nachgeahmtem Tudorgiebel und falschen Bleifenstern. »Es steht direkt an der Grenze von Gideons Besitz. Er verflucht so ziemlich alles, was wir tun, der gute Colonel, Lieutenant-Colonel Sir Worseley Venner. Wir nennen ihn ›Venom‹, so giftig, wie der ist. Vor zehn Jahren starb die alte Miss Findlater, und das Haus stand zum Verkauf, gerade als Gid seine Tournee durch Lateinamerika machte – die fast ein Jahr dauerte –, und er war so außer sich vor Wut auf Mar, daß sie es sich nicht geschnappt hatte. Aber damals hatte Dan gerade Kinderlähmung, und sie hatte andere Dinge im Kopf. So kriegte der Colonel es und ist uns seither ein Dorn im Auge. Er haßt alle unsere Projekte.«

»Projekte?«

»Wir haben immer jeden Sommer eins. Mar möchte, daß wir Sachen gemeinsam machen. Sie hat sehr strikte Ansichten über die Wichtigkeit des Familienzusammenhalts. Und Gid plant sie immer, Gid ist nämlich ein großer Planer.« Hörte ich da einen Unterton nachsichtiger Ironie in Dollys Stimme? Sie zählte an den Fingern ab: »Da war das römische Fort – das haben wir ausgegraben. Dann der Unterstand aus dem Ersten Weltkrieg – wir haben ihn freigebuddelt. Dann das Jahr, wo wir die Falknerei betrieben und Toby fast das Ohr abgebissen kriegte. Dann Kanufahren den Aff hinunter bis zur Küste und eine Landkarte erstellen. Dann das Ausheben des Schwimmteiches. Dann die Nachbildung der ›Argo‹ – aber das war eine ziemliche Katastrophe. Keiner war so recht glücklich damit, und sie kenterte und sank auch schon gleich beim Stapellauf. Dann wollten wir Matildas Turm reparieren, aber Gid meinte, das sei zu gefährlich. Onkel Grischa hatte einen Sachverständigen kommen lassen, ihn zu begutachten.«

»Matildas Turm?«

»Da oben hinter den Buchen. Ein Ziegelturm. Den zeigen wir dir ein andermal.«

Ich war leicht gereizt – aber auch geschmeichelt – durch die Selbstverständlichkeit, mit der es für sie feststand, daß es ein andermal geben würde.

»Dann haben wir mal einen Brennofen für Silly gebaut. Sie will Töpferin werden, sie macht wundervolle Sachen. Letzten Sommer konnten wir uns nicht einigen; da wollten die Jungen eine Orgel bauen. Aber wir fanden, das sei nicht genug, um uns allesamt zu beschäftigen. Wir hielten mehr von der Felsenkletterei. Aber Gid möchte lieber, daß wir im Sommer etwas machen, das uns hier hält. Er sagt immer, was hätte es schließlich für einen Sinn gehabt, Anderland zu erwerben, wenn wir nicht herkämen. Und es war ja auch ein entsetzlich feuchter Sommer letztes Jahr. Da haben wir eben ein Buch geschrieben.«

»Ein Buch geschrieben?«

»Wir haben alle zusammengearbeitet«, mischte sich eine der Zwillingsschwestern ein, die während Dollys Vortrag sichtlich vor Ungeduld gezappelt hatte, »wir fabulierten ein fiktives Tagebuch aus dem achtzehnten Jahrhundert zusammen. Barney hatte haufenweise gute Ideen. Er hatte Defoe und James Hogg gelesen *Die Bekenntnisse eines bekehrten Sünders*. Und auch Dan war eine große Hilfe, weil der in einem Möbellager auf eine echt alte Zeitung stieß, wodurch die Sache so was wie Authentizität kriegte. Und wir alle dachten uns Sachen aus, die auch noch mit hineinkamen. Wir behaupteten, das Ganze sei in einem alten Eishaus ans Licht gekommen, und kriegten einen Verleger soweit, es sich anzusehen. Auch das hat Dan bewerkstelligt.«

»Es wurde tatsächlich veröffentlicht? Wie hieß es denn?«

»Das Tagebuch der Mad Murgatroyd.«

»Daran erinnere ich mich! Das wurde rezensiert!«

»Mar sagt, wir dürfen den ganzen Haufen Geld nicht anrühren, bis wir einundzwanzig sind«, sagte Dolly anklagend. »Aber es war wirklich ganz erfolgreich.«

Und ich fühlte mich wie am Boden zerstört vor all diesem Talent und all diesem Elan. Dabei wirkten sie auf den ersten Blick eher anspruchslos: die sommersprossige Dolly in ihrem einfachen, baumwollenen blauen Schürzenkleid (das mir mächtig nach einer Schuluniform aussah); die Zwillinge, die braunweiß karierte Shorts trugen, graue Pullover und schmuddelige schwarze Stirnbänder aus Samt, die ihre strähnigen Haare zurückhielten. Als sie mich angrinsten, sahen sie aus wie mittelalterliche Wasserspeier.

»Hier, das wollten wir dir zeigen«, erklärte mir Ally (oder Elly). »Das ist unser diesjähriges Projekt. Und wahrscheinlich wird es unser letztes sein. Die Jungen sind nicht mehr so versessen darauf. Die haben jetzt ›erwachsene Interessen‹. Und diese ganze Sache fängt ja auch tatsächlich an, ein bißchen kindisch zu wirken.«

Immerhin schwang doch ein wenig Bedauern in ihrer Stimme.

Wir gingen auf ein dichtes Wäldchen aus hohen Stechpalmen und Steineichen zu, das sich am nördlichen Abhang des kleinen Tals zusammendrängte, durch das wir gingen. Es waren etwa zwanzig Bäume, groß und alt, und ihr Geäst baumelte in bizarrer, schwermütiger Fülle um sie herum. Dieser Hain wäre schon für sich allein genommen bemerkenswert gewesen mit seinen dunklen, barocken Umrissen, eine Art naturgewachsener Skulptur an dem grasbewachsenen Abhang. Aber mitten hinein in die Baumkronen führte auch noch eine Treppe.

»Toby hat sich entsetzlich angestellt, daß er auch bloß die richtige Sorte Holz dafür kriegte«, erklärte ein Zwilling. »Es mußte unbedingt rote kanadische Zeder sein, und es hat uns ein Vermögen gekostet. Aber wir haben's geschafft, Gideon zu überreden, daß wir etwas von dem *Mad Murgatroyd*-Geld dafür verwenden durften. Toby hat den ganzen Sommer über an die zwanzig Stunden täglich daran gearbeitet.«

»Und die ganze Zeit sorgt er sich, daß der alte Venom womöglich irgendwas Schlimmes daran anrichtet, während wir in London sind«, ergänzte der andere Zwilling.

»Den alten Venom hat nämlich darüber fast der Schlag getroffen«, erklärte Dolly mir. »Gleich den ersten Morgen, als wir mit der Arbeit anfingen, war er prompt zur Stelle und erklärte, er werde seinen Anwalt einschalten und gerichtlich Einspruch erheben und eine Unterlassungsverfügung erwirken, weil wir seine Aussicht verdürben und seine Gesundheit unterminierten. Seine diesbezüglichen Briefe an Gideon würden einen ganzen Koffer füllen.«

»Und was tat Sir Gideon?«

»Na ja, wir hatten damals gerade Sir Gervas Mostyn (den Generalstaatsanwalt, weißt du?) übers Wochenende zu Besuch. Er und Gid spielen gern zusammen Oboe. Da ging denn der alte Gervas rüber und besuchte Venom und erklärte ihm, daß er bloß seine Zeit verschwende. Es sei schließlich unser Wäldchen und unser Land. Wir hatten die Berechtigung zur Landschaftsgestaltung, wir verletzten die Bäume nicht, und wir verstellten auch seine Aussicht nicht. Außerdem sagte sogar Sir Lucian Hawke – der Präsident der RIBA, weißt du? das ist auch ein musikalischer Spezi von Gid –, also der sagte, die Treppe sei ein einzigartiges Stück Arbeit, eine Freilandskulptur, und sie könnte gut und gern eine Auszeichnung für Landschaftsgestaltung gewinnen.«

»Und hat sie das?«

»Wir haben uns nie darum beworben.«

»Was hält sie eigentlich aufrecht?«

Die Treppe, aus goldfarbenem Holz gebaut, wand sich in einer eleganten Kurve aufwärts und verschwand inmitten der dunkelgrünen Kronen mit all ihrer Laubfülle.

»Hat irgendwie was zu tun mit freitragender Konstruktion oder so«, sagte Dolly vage. »Von hier sieht man's nicht richtig.« Die Zwillinge grinsten sie an mit der typischen Bosheit kleiner Schwestern. Ich vermutete, die beiden wußten eine Menge mehr über freitragende Konstruktionen als Dolly. »Das Holz wird natürlich mit der Zeit verwittern und grau werden. Ich denke, das wird den alten Venom besänftigen, wenn er nicht vorher vor Wut stirbt. In der Zwischenzeit rächt er sich, indem er am Ende unserer nördlichen Zufahrt, dort, wo sie an seinem Haus vorbeiführt, ein Tor gebaut hat und es abschließt.«

»Darf er denn das?«

»Sein Haus steht auf dem Grundstück eines ehemaligen Pförtnerhauses, verstehst du. Jedenfalls war es das zu LeMerciers Zeiten. Aber er verkaufte das Stück Land, als er in der Klemme saß. Das Pförtnerhaus wurde abgerissen und statt dessen dieses grauenhafte Kleinod von einer Residenz gebaut.«

»Aber darf er ein verschlossenes Tor über eure Zufahrt bauen?«

»Gids Anwalt meint, das darf er, weil das Stück Land jetzt ihm gehört, obwohl wir dort ein Wegerecht haben. Aber das erstreckt sich möglicherweise nicht auf Autos. Es ist nur ein Fußgänger-Wegerecht. Wie auch immer, Gideon sagt, er will keinen Stunk. Er haßt Unannehmlichkeiten. So nehmen wir eben, wenn wir fahren, den anderen Weg, der ist auch nicht viel länger. Aber wir klettern über Venoms Tor, sooft wir können!«

»Ist ein ganz übles Gatter«, warf eine von den Zwillingsschwestern ein, »so eins mit diagonalen Latten. Er hat extra eins ausgesucht, das möglichst schwer zu überklettern ist. Immer rutscht man darauf ab. Die Jungen, die springen einfach drüber weg.«

Ich überlegte, daß wohl jede Sippe, die so eng untereinander verknüpft und so bemerkenswert war wie die Familie Morningquest, auch Feinde haben mußte, einfach wegen dieses intensiven Zusammenhalts. Allein ihre Einheit als solche mußte Ärger und Mißgunst auf den Plan rufen. Aber es war doch ziemlich traurig.

Zwei junge Burschen kletterten auf der Treppe herum und inspizierten sie. Als wir näherkamen, sah ich, daß der eine ein blonder Morningquestbruder war, aber ich wußte nicht, welcher. Der andere war der kleine, dunkle Mann, der an Lady Morningquests linker Seite gesessen hatte und als jemand aus Louisiana vorgestellt worden war.

»Toby kann einfach nicht länger als ein paar Stunden von seiner Treppe wegbleiben«, erklärte Dolly nachsichtig. »Sie ist sein Baby. Er will jetzt mit dem nächsten Teil anfangen.«

»Kann Pandora mal raufkommen und sich's ansehen?« rief sie ihrem Bruder zu, der oben auf der Treppenkurve stand, dort, wo sie in den Bäumen verschwand.

»Bist du schwindelfrei?« rief er zu mir herunter.

»O ja.« Bäumeklettern war nämlich geradezu meine Leidenschaft, und bis zum Alter von neun oder zehn hatte ich förmlich in ihnen gelebt. Sogar noch jetzt, mit sechzehn, war es eine meiner geheimen Freuden.

»Na schön. Halt dich aber doch lieber am Geländer fest. Jemand mit gebrochenem Bein, das wäre genau die Munition, auf die der alte Venom wartet.«

»Soll ich dir helfen?« fragte der dunkle Mann. Sein Akzent war träge und schleppend, mit flachen Vokalen. Er klang so gönnerhaft. Ich mochte die Art nicht, wie er mich mit seinen grünlichen Augen musterte, leicht amüsiert, durch und durch cool. Ich faßte von Anfang an eine Abneigung gegen ihn. Was machte er hier überhaupt? Wessen Freund war er? Zu alt für die Jungen, zu jung für die Erwachsenen. Ich vermutete, er war ungefähr dreißig.

»Nein, danke.«

Die Treppe hatte einen kräftigen, eleganten Handlauf aus gebogenem Holz. »Wir haben ihn in einem Dampfbad zurechtgekrümmt«, erklärte Toby. »Es dauerte eine Ewigkeit, bis wir ihn in der richtigen Form hatten. Ich hatte Angst, er würde sich wieder verziehen, aber er scheint soweit ganz okay. Komm und sieh dir an, was wir als nächstes machen wollen.«

Er ging voran auf den Stufen, die nun in dichtes, niederbaumelndes Blattwerk hinaufführten, und wir kamen an das Skelett einer Plattform, die in die Gabel des Baumes hineingebaut war, der in der Mitte des Haines stand. Diese Plattform bestand derzeit erst aus kreuzweise verlegten Holzträgern mit einer Reling um die Außenkanten. Sie hatte eine unregelmäßige Form, bedingt durch die fünf Äste, die von der Gabelung ausgingen. Toby und die Zwillinge, die mir gefolgt waren, verfielen sofort in ein leidenschaftliches Streitgespräch über die Form des Bauwerkes – eine Art Baumpalast, schien mir –, das sie auf diesem Fundament errichten wollten. Dolly, die unten geblieben war, hörte ihnen mit mütterlich stillem Lächeln zu, wohingegen dieser grünäugige Mann, der sich Dave nannte, alle naselang eine zynische Bemerkung dazwischenwarf. Ich mochte ihn immer weniger.

Der Tag war grau und unfreundlich geworden. Von unserm luftigen Quartier aus, gute sechs Meter hoch zwischen dickem Blattwerk, konnten wir den Himmel nicht sehen, aber jetzt begannen kalte Regentropfen zwischen die kleinen, immergrünen Blätter zu klatschen.

»Verdammt«, sagte Toby, »ich hatte gehofft, es wär noch Zeit, heute ein bißchen weiterzukommen mit der Arbeit. Jetzt muß es bis Weihnachten warten.«

»Armer, hart arbeitender, kleiner Student!« sagte Dave. Jetzt lag offener Hohn in seiner Stimme.

»Aber Toby, Liebling, es sind doch bloß noch etwa drei Wochen bis zum Semesterende«, gab Dolly zu bedenken.

Eine Glocke ertönte aus der Richtung des Hauses.

»O Gott«, sagte Toby, »nichts als Mahlzeiten an den Wochenenden!«

Dave, der Amerikaner, rannte flott die Treppe hinunter, verschmähte dabei die Benutzung des Handlaufes und war auf und davon in Richtung Haus. Toby und die Zwillinge trödelten hinterher und blickten immer wieder sehnsüchtig zu dem Wäldchen hinauf.

»Wochenendmahlzeiten sind doch praktisch Gids einzige Gelegenheit, mit uns zu reden«, meinte Dolly pietätvoll.

»Wessen Schuld ist das denn? Er muß ja nicht überall auf der Weltkarte herumflitzen. Er braucht doch nicht jede Einladung anzunehmen.«

»Er könnte sich ebensogut zur Ruhe setzen und von seinen Ersparnissen leben«, sagte ein Zwilling.

»Aber dann hätten wir ihn die ganze Zeit am Hals.«

»Und er würde wahrscheinlich senil werden und sterben.«

»Es ist seine Arbeit, die ihn lebendig hält.«

Ally und Elly lachten einhellig wie die Hyänen. Sie sahen auch ein bißchen aus wie Hyänen, fand ich.

Ein kleiner Mann kam über das Gras auf uns zu und sagte: »Ich bin ausgeschickt worden, euch Beine zu machen.«

»Onkel Grischa, warum denn du? Warum nicht einer von den faulen Jungen?«

»Ich habe mich selbst dazu ausersehen. Ich brauchte frische Luft.« Er sprach Englisch mit der exquisiten Korrektheit, wie nur wenige Einheimische sie je erreichen. Er trug Hausschuhe und über seinen Arbeitshosen eine schwarze, aufgeknöpfte Samtweste.

»Onkel Grischa, findest du nicht, unser Baumhaus sollte so ein Pavillon werden wie das von Prinny in Brighton?« Die Zwillinge hakten sich zu beiden Seiten bei ihm unter.

Er befreite sich energisch von ihnen und gesellte sich zu mir. »Da haben dir also diese beiden Revoluzzerinnen das Anwesen gezeigt? Ich hoffe doch, du wirst sehr oft wiederkommen?« Er sagte es mit warmherziger Höflichkeit, und ich antwortete, das hoffe ich auch.

»Wir sind alle über die Weihnachtsferien hier«, verkündete Dolly wohlmeinend. »Und die Zwillinge machen sogar schon eine Woche vor uns anderen Schluß.«

Die Zwillinge maßen mich mit scharfem, abschätzendem Blick.

»Es ist traurig für mich und Lulie, daß die Familie immer nur an den Wochenenden hier ist«, sagte Onkel Grischa.

»Har, har«, mockierten sich die Zwillinge, und eine von ihnen fügte hinzu: »Du weißt ja selbst, ihr könnt es immer kaum erwarten, daß wir am Sonntagabend wegfahren, damit ihr Haus und Hof wieder für euch allein habt und euch mit dem alten Venom verbrüdern könnt.«

Grischa ignorierte die beiden und stellte mir Fragen nach meiner Schule und meinen Plänen für die Universität. Ich erzählte ihm, daß die noch ungewiß seien, weil ich Kunst studieren wollte, mein Vater jedoch leider eine weiterführende Ausbildung für Mädchen mißbillige.

»Ach? Du bist eine Künstlerin?« fragte Grischa, und es klang nach echtem Interesse.

»Onkel Grischa ist nämlich Maler«, erklärte Dolly in ihrer königlichen Art.

Und die Zwillinge bekräftigten lautstark und einstimmig: »Er ist ein großer Maler! Du solltest mal Pandora deine Sachen zeigen, Onkel Grischa.«

»Nun ja. Vielleicht möchte sie sie aber gar nicht sehen.«

Ich beteuerte, ich wolle das nur zu gern, wenn er die Zeit erübrigen könnte.

»Wir werden sehen.«

»Und außerdem überarbeitet er die englische Literatur«, warf ein Zwilling ein, diesmal mit einem satirischen Unterton.

Ich hätte darüber gern noch genaueres erfragt, aber wir waren wieder in der großen Küche angelangt.

Die meisten der Leute, die um den Tisch gesessen hatten, waren immer noch da. Jetzt, nachdem ich mit einigen aus der Familie geredet hatte und an ihnen weder Übermenschliches noch eine persönliche Geringschätzung gegen mich hatte feststellen können, blickte ich mit etwas größerer Sicherheit in die Runde.

Der Raum schien mir immer noch wenig anheimelnd und eher wie eine Scheune. Aber schließlich war es ja auch nur die Küche. Vielleicht war der Rest des Hauses mit mehr Sinn für Komfort und Ambiente ausgestattet. Später sollte ich feststellen, daß dem nicht so war. In keinem Raum in Boxall Hill gab es mehr als das pure Minimum an Tischen, Stühlen und Betten, und alles von strikt zweckdienlicher Machart. Sir Gideons Idee dabei war, daß seine Familie an den Wochenenden und während der Ferien zu den strengen, komfortlosen Lebensumständen ihrer bäuerlichen Vorfahren zurückfinden sollte. Ich glaube nicht, daß das bei ihm auf einen Hang zur Knauserei zurückzuführen war oder auf einen gewissen Puritanismus, auch nicht darauf, daß er für die Zukunft Notzeiten befürchtete und fand, sie sollten darauf vorbereitet sein – er wollte ganz einfach nur, daß sie anpassungsfähig wären. Ich war einigermaßen verblüfft, als ich später das Haus am Cadogan Square besuchte und es anheimelnd, ja sogar verschwenderisch ausgestattet fand mit leuchtenden Farben, weichen Stoffen, Ornamenten und Gegenständen, die mehr nach ihrem Aussehen als nach ihrem eigentlichen Gebrauchswert ausgewählt worden waren. Seine Familie schien sich auf diese Dichotomie ohne Murren einzustellen, obgleich die Jungen sich manchmal darüber mokierten. »Aber wenigstens«, meinte etwa Dan, »müssen wir hier in Anderland keine Angst haben, die Möbel zu zerkratzen.«

Sie nannten Boxall Hill Anderland. Ich bekam nie heraus, wer diesen Namen erfunden hatte.

Tante Lulie schenkte Tee ein aus einem seltsamen, mächtigen Apparat (einem Samowar, wie ich später erfuhr). Man konnte ihn mit Zitronenscheiben haben oder mit Milch aus einem großen, blauweiß gestreiften Krug. »Deine Mutter und Mariana nehmen ihren Tee im Westzimmer. Bist du wohl so lieb und bringst ihn ihnen?« fragte sie und reichte mir ein zerbeultes Metalltablett mit zwei großen Bechern und zwei Lebkuchen. (Lebkuchen waren das einzige Gebäck, das in der Morningquest-Familie gegessen wurde.)

»Wo finde ich denn das Westzimmer?« Ich nahm das Tablett, erfreut über diese Erhebung in den Familienstatus.

»Zu der Tür raus, und dann die erste rechts.«

Ein steingepflasterter Korridor führte von der Küche weg. Der Raum rechterhand mochte wohl einmal eine Art Anrichte des Küchenmeisters oder Butlers gewesen sein. Er hatte einen Boden aus Ziegelsteinen, nackte hölzerne Regale, große Haken an der Decke und enthielt sonst nur ein paar sepiafarbene Photographien von dahingegangenen Wäschemädchen, Lakaien und Wildhütern in steifen, todernsten Gruppen. Jetzt hatte man einen kleinen, klappbaren Kartentisch und zwei Korbsessel aus Weidengeflecht hineingestellt. Dort saßen meine Mutter und Mariana Morningquest, vertieft in eine innige Unterhaltung. Beide blickten bei meinem Eintreten liebevoll auf, aber ich spürte sehr wohl, daß ich mich tunlichst nicht länger als nötig bei ihnen aufhalten durfte.

»Tante Lulie sagt, ihr sollt bald zum Singen rüberkommen.«

»Machen wir, machen wir! Aber ich hab doch so selten Gelegenheit zu einem richtig schönen Tratsch mit deiner Mutter.« Mariana bedachte mich mit einem Lächeln, das eigens für mich und für niemanden sonst gemacht schien. Ihr Lächeln war einfach hinreißend. Es löste das etwas einschüchternd Nußknackerhafte ihres Gesichtes vollständig auf. Urplötzlich wurde es strahlend, von innen her leuchtend.

Ich strahlte zurück und dachte, wie schade, daß ihre Töchter nicht diese Schönheit geerbt haben. Vielleicht steckte eine Spur davon in Selene? Die hatte mich bisher beharrlich ignoriert. Sie schien nur mit Toby zu sprechen.

In der Küche war die übrige Gesellschaft dabei, Lebkuchen zu verspeisen – ich sah Barnabas in schneller Folge fünf Stück zermalmen – und sich zugleich über Abrüstung, Kuba, Aufklärungsflüge des U 2 und Inspektionszonen zu unterhalten. Da mein Vater strikt gegen jegliche Diskussionen dieser Art war, besonders während der Mahlzeiten (seine Meinungen über politische Angelegenheiten waren felsenfest und unverrückbar), saß ich wie zu Hause stumm dabei, aber ich zog unauffällig den kleinen Zeichenblock, den ich jederzeit bei mir trug, aus meiner Jeanstasche und fing an, Gesichter skizzenhaft darauf festzuhalten.

»Aber wir langweilen unseren neuesten Gast«, sagte Sir Gideon plötzlich und warf mir vom anderen Ende des Tisches her einen lächelnden Blick zu. Ich errötete und kam mir vor, als habe man mich bei einem Verstoß gegen die guten Sitten ertappt. Sir Gideons Lächeln war ganz anders als das seiner Frau. Es war liebenswürdig huldvoller Natur (ähnlich wie das von Sir Malcolm Muggeridge), aber ich fand doch, es war ein ›öffentliches‹ Lächeln, passend für alle Gelegenheiten. Nichts darin war nur für mich persönlich bestimmt.

»Nein, nein, ich bin nicht gelangweilt, ganz und gar nicht!« protestierte ich heftig. »Es ist nur... ich weiß einfach nicht viel über Inspektionszonen. Und ich zeichne eben sehr gern Gesichter... Und ich kriege nicht oft so viele neue auf einmal zu sehen.«

»Inspektionszonen können ja auch warten, bis sie dran sind«, meinte Sir Gideon. »Was wir jetzt möchten, ist, dich die siamesische Nationalhymne singen hören.«

»Wie bitte? Ich verstehe nicht.«

Ich sah, wie sich ein angeödet mitleidvoller Ausdruck über die Gesichter von Dolly und den Zwillingen senkte. Selene blickte leicht nervös drein, Tante Lulie ungeduldig, während die Jungen einfach ergeben warteten, daß die Angelegenheit überstanden wäre. Onkel Grischa nickte mir zu und zuckte die Schultern.

»Das ist so ein kleiner Stimmbandtest, dem sich all unsere Gäste unterziehen müssen«, fuhr Sir Gideon jovial fort und kritzelte etwas auf eine Seite seines Notizbuches, das ähnlich groß war wie mein Block, riß sie sodann heraus und spedierte sie in meine Richtung.

Eine der Zwillinge reichte mir das Stückchen Papier unter heftigem Augenzwinkern. (Komisch, manche Menschen sind nicht imstande, mit den Augen zu zwinkern, ohne das ganze Gesicht konvulsiv zu verzerren.) Wieder fiel mir, wie schon vorhin im Ilexwäldchen, auf, welch starke Ähnlichkeit die beiden mit jenen grinsenden Steinköpfen hatten, die von den Gesimsen mancher Kathedralen herabspähen. Wie konnte die schöne Mariana bloß so ein unansehnliches Pärchen zur Welt gebracht haben? Ob es sie bekümmerte?

Die Schrift auf dem Papier in meiner Hand war nicht zu entziffern. ›O wa ta na Siam …‹ Ich blickte verwirrt auf.

»Du mußt es singen«, belehrte mich Sir Gideon, »und zwar nach der Melodie von *God save the Queen*. Sing es uns vor, schön laut.«

»Jetzt?«

»Sing!« rief die ganze Familie im Chor, und da denn wohl alles nichts half, sang ich die Worte so kühn wie möglich. Und natürlich fingen sie alle an zu lachen.

»Oh, du bist vielleicht ein Einfaltspinsel!«

Ich fühlte mich wieder scharlachrot anlaufen und wünschte bloß, der Steinfußboden täte sich auf und verschlänge mich.

»Schojn genug«, sagte Tante Lulie ärgerlich. »Jetzt reicht's

aber! Wer möchte mehr Tee? Gideon, du mußt in einer Stunde weg. Warum fangen wir nicht jetzt gleich mit dem Singen an? Wir wären untröstlich, wenn es ausfiele. Selene – geh und hol deine Mutter und Mrs. Crumbe.«

»Du hast sehr gut gesungen – wirklich sehr gut!« rief Sir Gideon mir freundlich und aufmunternd über den Tisch zu. »Versteh das nicht falsch, wir haben nun mal diese kleinen Aufnahmeriten. Wir necken unsere Gäste halt immer gern ein wenig. Du bist durchaus nicht die erste. Aber deine Stimme ist besser als die der meisten.«

»Gid ist eine richtige Nervensäge«, zischte eine der Zwillingsschwestern mir zu. »Seine sämtlichen Scherze sind hundert Jahre alt!«

Aber mir war so, als hätten die Zwillinge genauso laut gelacht wie alle anderen.

Mariana und meine Mutter kamen in die Küche zurück und nahmen ihre Plätze am Tisch wieder ein. Sir Gideon überblickte die Tafelrunde und sagte ruhig: »Georg Christoph: *Siehe wie fein*... Mariana, Liebste, gib uns den Grundton.«

Mariana gab den Ton an, sehr rein und klar.

Ich blickte meine Mutter an. Sie wirkte zwar erwartungsvoll, aber doch irgendwie abwesend, als ob sie sich auf einen bestimmten Artikel für ihre Einkaufsliste zu besinnen versuche. Und sie war immer noch außergewöhnlich blaß.

Die Morningquests fingen an zu singen.

Was immer man von ihnen als Clan dachte oder jemals denken würde, über ihr Singen konnte es nur eine einhellige Meinung geben. Ihrer sonntäglichen Gesangsrunde zuzuhören – und im Laufe der Zeit hörte ich bei vielen zu – hat immer zu dem schönsten Erlebnissen meines Lebens gehört; nicht allein wegen der puren Tonqualität, die sie hervorbrachten, sondern auch wegen der immer wieder begeisternden Feststellung, daß eine so buntgescheckte Gruppe von Menschen imstande war, eine solche Einheit, eine solche Harmonie zuwege zu bringen. Ich war hingerissen von Freude und Staunen, und doch entging mir nicht, daß etwa Tante Lulie mit dünner Piepsstimme mitsang, daß Onkel Grischa überhaupt nicht sang, sondern intensiv lauschte, die schwarzen Augen voll tiefer Aufmerksamkeit, daß auch Dave aus Louisiana nicht sang, sondern gelangweilt dreinblickte. Dolly sang die Altstimme, die anderen Mädchen Sopran. Zwei der Jungen waren Tenöre und einer, Dan vielleicht, ein Countertenor. Sir Gideon dirigierte mit einem Brotmesser und sang dabei selbst laut mit. Luke Rose, sein Freund, hatte einen machtvollen Baß.

Als sie zu Ende gekommen waren, blickte Sir Gideon auf seine Uhr und sagte knapp: »Das muß für heute reichen. Ich muß in zwölf Minuten aufbrechen, kein bißchen später. Wer fährt mit in meinem Wagen?«

Und das war der Moment, in welchem meine Mutter ein kleines, merkwürdig aufseufzendes Stöhnen von sich gab und sich vornüberneigte, bis ihr Kopf auf dem Tisch lag. Ein dünner Faden Blut sickerte aus ihrem Mund.

2

Der plötzliche Tod meiner Mutter an Herzversagen dort in der Küche von Boxall Hill hatte für mich alsbaldige und weitreichende Folgen.

Meines Vaters Wut war eine der ersten und spürbarsten. Es kostete ihn Jahre, über dieses Ereignis hinwegzukommen.

»Wenn sie sich mies fühlte, warum zum Teufel mußte sie dann ausgehen?« begehrte er immer wieder auf. »Warum konnte sie dann nicht zu Hause bleiben und es da passieren lassen? Anstatt uns all diesem scheußlichen Aufsehen auszusetzen! Was hatte sie dort zu suchen? In Boxall Hill? Was bitte schön?«

Die Tatsache, daß auch ich dort gewesen war, goß nur noch Öl ins Feuer seiner Entrüstung und trug sehr dazu bei, die Kette aller sich daraus ergebender Ereignisse in Bewegung zu setzen.

»Mal angenommen, ich wäre an dem Abend heimgekommen und hätte im Haus niemanden vorgefunden? Ihr alle beide einfach weg? Was hätte ich denn denken sollen?«

»Ich weiß nicht, was du hättest denken sollen, Vater. Tatsache ist aber, du warst nicht zu Hause.«

Er war fort gewesen, außer Reichweite, unauffindbar, zu einer Wochenendkonferenz über Schweinefieber in Skegness. Er hatte schon gleich anfangs gesagt, daß er möglicherweise am Sonntagabend zurück wäre, vielleicht aber auch nicht. Deshalb war es keine besondere Überraschung für mich, daß sich an jenem Sonntagabend niemand meldete, als Mariana bei uns zu Hause anrief.

»Hör mal«, sagte sie, »du kannst unmöglich in ein leeres Haus zurückkehren. Ich glaube, es ist auf jeden Fall besser, du verbringst die Nacht hier bei Lulie und Grischa.«

Der blinkende Krankenwagen, der Arzt, die liebevoll besorgten, anteilnehmenden Menschen, sie alle waren gekommen und gegangen. Sir Gideon hatte in noblem, überschwenglichem Mitgefühl einen ganzen Schwall von Erklärungen abgegeben, die ich nicht alle ganz mitbekam, hatte meine Hand geküßt, meine Wange, um sich dann unter Selbstanklagen in großer Hast loszureißen. »Tausend-, tausendmal Entschuldigung, mein liebes Kind, aber ich fliege morgen früh um sechs mit dem Parnassus Ensemble nach Tanger. Es tut mir entsetzlich leid, dich so zurücklassen zu müssen. Aber Mariana wird sich um dich kümmern, und wir werden alles für dich tun, was in unserer Macht steht.«

Er entschwand in seinem riesigen Wagen die Auffahrt hinunter und nahm den größten Teil der Familie mit sich. Einige jedoch fuhren mit Barnabas, der seinen eigenen Volkswagen hatte. Und Dan fuhr mit dem Motorrad. Mariana hatte ebenfalls ihren eigenen Wagen, einen Peugeot, aber sie blieb noch bis nach Mitternacht, saß bei mir, trauerte mit mir, redete mit mir, kurz, sie tat alles, mir über den unermeßlichen Schock eines plötzlichen Todes hinwegzuhelfen.

Auch Lulie und Grischa waren da. Wir hatten uns in Lulies Zimmer zurückgezogen, das einen vollständigen Kontrast zum übrigen Hause darstellte. Zunächst einmal war es warm und erfüllt von dem köstlich scharfen Duft von Paraffinöl, denn sie ließ dort immer einen Ölofen brennen, Tag und Nacht, acht Monate im Jahr. Außerdem war das Zimmer förmlich tapeziert, beschichtet, befrachtet mit ihren persönlichen Besitztümern, so daß es aussah wie eine Meeresgrotte voller Schätze, wie ein Drachennest, vollgestopft mit Schals, Patchworkdecken und baumelnden Wandteppichen, mit übereinanderliegenden Teppichen und Brücken, mit Kissen in jeder Ecke, Ziermünzen, blinkend in mattem Lampenlicht, mit zahllosen kleinen Hockern, die bloß darauf warteten, unachtsame Füße stolpern zu lassen. Jeder Sessel, jede Couch war drapiert mit Brokat oder Kaschmir, jedes Regal und jeder Tisch vollgepackt mit Kästchen, gerahmten Photos und einzelnen Schmuckstücken, die repariert werden mußten.

Grischa flößte mir unentwegt starken Kaffee und Armagnac ein. In dem Moment, als meine Mutter zusammenbrach, hatte ich entdeckt, daß dies der Inhalt der beiden kleinen Gefäße war, die vor Grischa auf dem Tisch standen, denn schneller als alle anderen war er aufgesprungen und mit beiden meiner Mutter zu Hilfe geeilt. Und als er einsehen mußte, daß es zu spät war, da hatte er darauf bestanden, mich mit einer gehörigen Portion Armagnac zu benebeln, die mir genügend Selbstkontrolle verlieh, die nachfolgenden Stunden durchzustehen.

»Du mußt immer daran denken«, sagte Mariana später während des Abends nicht nur einmal, sondern immer und immer wieder, »daß deine Mutter wahrscheinlich in einem Moment des Glücklichseins gestorben ist. Musik zu hören, das war immer eine ihrer höchsten Freuden.«

War es so? Ich hatte das nie gewußt von meiner Mutter.

»Deshalb – was für eine gesegnete Art, so zu gehen! Um solch ein Ende können auch wir doch alle nur beten.«

»Ja, glückliche Frau«, meinte auch Grischa. »Denn man muß doch annehmen, daß deine Mutter sich in den letzten Monaten vielleicht sehr schlecht gefühlt hat, daß sie sich sehr gesorgt hat um deine Zukunft. Der Arzt sagt, es war ein massiver Herzanfall. Sie muß so etwas erwartet und gefürchtet haben. Nun hat sie diese Sorge nicht mehr.«

Schuldbewußt mußte ich ihm recht geben. Es stimmte, sie hatte in letzter Zeit hohlwangig ausgesehen, war sorgenvoll gewesen ... Und ich für mein Teil hatte mir dabei nichts weiter gedacht, als daß wahrscheinlich mein Vater mehr als sonst eine Heimsuchung sei. Aber schließlich hatte sie ihn ja geheiratet, nicht wahr? Sie hatte doch wissen müssen, was sie tat, als sie sich mit ihm einließ.

»Wir müssen auch mit deinem armen Vater Mitleid haben«, bemerkte Tante Lulie in etwas unbeteiligtem Ton.

»Ach«, sagte ich, »das schon ... aber zu viel auch wieder nicht. Sie sind ... sie hatten einander nicht besonders viel zu sagen. Sie hat es schon vor langer Zeit aufgegeben, mit ihm zu reden, weil er doch nie antwortet.«

»Trotzdem kann es doch sein, daß er sie schwer vermißt. Ihre Küche vielleicht, ihre Haushaltsführung? Besonders, wo du doch nun aufs College gehst.«

Ich murmelte etwas in dem Sinne, daß das nun ganz und gar nicht sehr wahrscheinlich sei, selbst wenn es mir gelänge, einen Studienplatz zu bekommen, denn mein Vater sei durchaus imstande, solche Pläne scheitern zu lassen. Leicht möglich, daß er einfach darauf bestand, ich müsse zu Hause bleiben und ihm die Wirtschaft führen.

»O nein«, sagte Mariana sehr ernst. »Dafür werden wir schon sorgen. Wir hoffen, dein Vater wird, wenn Dolly an die St. Vigeans Universität geht, doch vielleicht einverstanden sein, daß du auch dort hingehst. Mein Mann und ich, wir sind glücklich, wenn wir dir bei allen Problemen und Ausgaben helfen können. Und für Dolly wird es ein Trost sein, eine Freundin bei sich zu haben, wenn sie zum ersten Mal so weit von ihrer Familie fortgeht – ganz hinauf bis in den Norden von Schottland! Und wir hoffen, es ist auch für dich tröstlich, mit jemandem zusammenzusein, den du schon ein bißchen kennst.«

»Oh, aber ... mein Gott! Ich hab doch nicht ... ich hatte ...«

»Genau diesen Plan habe ich mit deiner Mutter beim Tee besprochen. Und ich glaube, ihr gefiel die Idee.«

»Natürlich gefiel ihr das ... Sie ist ja selbst auf eine schottische Universität gegangen ... Das ist so lieb von Ihnen ...« stammelte ich. »Aber wie wollen Sie wissen ... ich meine, wenn ich nun keinen Studienplatz kriege ...«

»Daran besteht wohl wenig Zweifel.« Mariana lächelte ihr Zakkenblitzlächeln. »Wie wir hören, bist du Claud Rigbys ganzer Stolz und ganze Freude.« Rigby war mein Direktor. »Und es gibt eine sehr ausgezeichnete Kunstabteilung an der St. Vigeans Universität. Wir haben viel Gutes gehört über ihren Leiter. Das ist ein

Tscheche. Und Grischa hat einen heimlichen Blick in dein kleines Zeichenheft mit den Porträts geworfen, das auf dem Küchentisch lag.«

»Du hast ein scharfes Auge, junge Dame«, sagte Onkel Grischa bedächtig. »Ein scharfes Auge und einen guten Strich. Ich sehe, du hast bereits diese charakteristischen Unterschiede zwischen den Zwillingen erfaßt... und Daniels unebene Zähne...«

»Die werden wir schon noch richten lassen«, meinte Mariana betont beiläufig. Irgend etwas an seinen Bemerkungen hatte ihr nicht gefallen. Beanspruchte sie eine Art Eigentumsrecht an den Zwillingen – fand sie, ihr als einziger stünde es zu, die Unterschiede zwischen ihnen zu kennen? Oder waren es Daniels Zähne? Meine Gedanken schweiften ab zu der unerhörten Vorstellung eines Universitätslebens in Schottland, in Gesellschaft von Dolly Morningquest. Aber hatte Dolly wirklich solch eine heimatliche Rückenstärkung nötig? Sie wirkte so viel reifer als ich. Dolly, so mütterlich, so selbstsicher, so durchdrungen von Leutseligkeit und Zuversicht, so tolerant, so reizend? War dies seitens ihrer Mutter nicht lediglich ein freundlicher Vorwand um meinetwillen?

Hatte diese Unterredung tatsächlich stattgefunden?

»Das Kind ist todmüde und gehört ins Bett«, erklärte Tante Lulie. »Und du, Mariana, solltest längst fort sein. Du hast morgen um halb zehn eine Sitzung an der Menuhin-Schule.«

»Stimmt, hab ich.«

»Eine Thermosflasche mit Kaffee und ein paar Butterbrote sind bereits in deinem Wagen. Und Grischa hat deine Tasche auch schon rausgetragen.«

»Ach, ohne euch beide wäre das Leben unerträglich«, sagte Mariana. Sie umschlang die beiden herzlich, und dann umarmte sie mich – ein prickelnder, duftender Kontakt, der mich wie ein Blitz durchfuhr. »Mein liebes Mädchen, trauere um deine Mutter, aber sorge dich um nichts. Wir werden für dich sorgen. Ich rufe morgen deinen Vater an. Und natürlich kommen Gideon und ich zum Begräbnis – wann immer es ist. Lulie wird uns darüber Bescheid geben.«

Wir begleiteten sie zur Hintertür. Irgendwann zwischendurch hatte sie ihren grauen Kittel gegen ein ›kleines‹ schwarzes Samtkostüm vertauscht, das ihrer dünnen Gestalt wie angegossen saß. Zwei enorme Mondsteine schimmerten an ihren Ohren.

Dave, der junge Amerikaner, kam gähnend von dem durchgesessenen Sofa im Tischtennisraum, um sie zu begleiten, ich war einigermaßen perplex, ihn auftauchen zu sehen. Ich hatte gar nicht gewußt, daß er noch im Hause war, sondern angenommen, er sei längst weg, vorhin, zusammen mit Barnabas.

Aber Mariana sagte recht erfreut: »Ach, da bist du ja, Dave.«

Vielleicht war er ihr Chauffeur? Aber nein, er zündete sich eine Zigarette an, während sie selbst sich auf den Fahrersitz schob.

»Und gleich ins Bett jetzt«, rief sie mir noch zu, dann summte der Wagen davon in die Dunkelheit.

»Ich hab eine Wärmflasche in Dollys Bett gelegt«, sagte Tante Lulie.

Dollys Zimmer im ersten Stock, das sie mit Selene und den Zwillingen teilte, wenn sie in Boxall Hill waren, besaß den Komfort eines Schlafsaals in einem Arbeitshaus: nackter Holzfußboden, vier eiserne Bettgestelle mit weißen Baumwolldecken, zwei ungestrichene, hölzerne Kommoden, vier Stühle mit Rohrgeflechtsitzen, vier Haken an der Wand, riesige Fenster ohne Vorhänge, schwarze Glasscheiben, die nach Norden über den Buchenwald blickten. In der Ferne hörte ich das Gezeter von Fasanen, den Schrei einer Füchsin, das weit entfernte Rufen einer Eule. Hier war man weit mehr auf dem tiefsten Lande als wir in unserem Hause am Rande der Stadt.

»Gute Nacht, mein Liebes«, sagte Tante Lulie von der Tür her. »Denk einzig daran, daß es für deine Mutter nichts mehr gibt, was sie quälen kann. Ich laß dir diese Kerze hier, und du bläst sie dann aus, wenn du fertig bist.«

Ich wußte, daß auf Boxall Hill die Elektrizität durch einen Generator erzeugt wurde, den Onkel Grischa jedoch irgendwann während der vorausgegangenen Stunden abgestellt hatte. »Gute Nacht, und danke für all die Freundlichkeit!«

»Ach, gornischt, gornischt«, sagte sie. »Und nun schlaf gut, *bubeleh**.«

Ich kroch in das durchgelegene Nest. Es war glühwarm von der Heißwasserflasche, hatte aber nur eine dünne, klumpige Matratze und eine leichte, spärliche Decke. Aber ich konnte mir ja immer noch Decken von den anderen Betten holen ... Da schlief ich schon.

Der nächste Tag war natürlich grauenhaft.

Als mein Vater aus Skegness heimkam, gegen Mittag, ohnehin schon nervös wegen des lästigen Verkehrs, da geriet er in eine heillose Wut.

»Tot? Tot? Was meinst du damit, tot? Wie kann sie tot sein?«

Ich hatte beim Arzt Formulare ausgefüllt und war gerade zurückgekommen. Grischa hatte mich freundlicherweise dort hingefahren und mich dann wieder nach Hause gebracht, und die ganze Zeit über hatte er einen unzusammenhängenden, belanglosen, belehrenden Monolog von sich gegeben, während er den bejahrten Morris Minor durch die Straßen von Floxby steuerte. Ich war ihm so unendlich dankbar. Denn die ganze Nacht über, selbst noch bis in meinen Schlaf hinein, hatte etwas mich qualvoll bedrückt: der Gedanke, zurückwandern zu müssen über das abschüssige Feld, über die Zaunstiege, durch das kleine Wäldchen ... ganz allein, ohne meine Mutter. Mit seinem Wagen jedoch fuhren wir natürlich geziemend die Auffahrt entlang und die Landstraße hinunter.

* (jidd.) Kosewort, wörtlich: Püppchen

»Wer ist denn das?« kläffte mein soeben heimgekehrter Vater und blickte Grischa argwöhnisch an. Ich erklärte es ihm.

»So. Einer von Morningquests feisten Itakern, was?«

Grischa verbeugte sich in höflichem Schweigen.

»Dr. Skinner möchte dich so bald wie möglich sprechen, Vater«, sagte ich rasch. »Und Pengellys sollst du anrufen wegen der Arrangements für das Begräbnis. Und müßten wir nicht eine Anzeige in die Zeitung setzen? Und Dr. Martindale hat angerufen und gefragt, ob Mutter ein Testament hinterlassen hat. Ich wußte es nicht.«

Mein Vater fühlte sich sichtlich in die Enge getrieben. »Also hör mal, wie soll ich denn ... Ich habe schließlich zu tun, siehst du das nicht? Alles mögliche hab ich zu tun in der Praxis ... Du kannst doch nicht erwarten ...«

Die Nachricht hatte sich natürlich mit einer Schnelligkeit verbreitet wie Distelwolle im Wind. Schon klopften Nachbarn an beide Türen, brachten Pastete und Quiche und boten ihre Hilfe an.

Grischa sagte friedfertig: »Wenn es Ihnen eine Hilfe wäre, könnten Lulie und ich die Anzeige für Sie in die Zeitung setzen. Wir kennen uns in solchen Dingen aus, wir haben viele Jahre lang Sir Gideons sämtliche Publicityangelegenheiten besorgt.« Mein Vater warf ihm einen Blick voller Wut und Abscheu zu, den er ignorierte. Er setzte im gleichen, gelassenen Ton hinzu: »Und wenn Sie mir eine Adressenliste geben wollen, dann könnten wir auch Leute benachrichtigen ... Verwandte. Es gibt ja immer so viele, die sich verletzt fühlen, wenn man es ihnen nicht mitteilt.«

Mein Vater knurrte: »Möchte mal wissen, was die davon hätten, von Ihnen eine Nachricht zu kriegen. Außerdem gibt's da niemanden. Meine Frau hatte keine Verwandten, keinen einzigen.«

Das stimmte. Es schien, als ob meine Mutter immer eine Einzelgängerin gewesen war, vielleicht durch die Umstände erzwungen, vielleicht aber auch aus freien Stücken. Ich wußte nichts über ihre

Eltern, die irgendwo im östlichen Europa zurückgeblieben und gestorben waren, bevor sie zwölf war. Sie hatte ihre frühen Jahre in Genf in einer Internatsschule verbracht. Nach dem Tod ihrer Eltern hatte ein Vetter ihrer Mutter, ein Chirurg in Schottland, sie adoptiert. Sie hatte den Kanal überquert und war dann in seinem Haus in Edinburgh aufgewachsen; hatte zuerst die Schule besucht und war dann weiter auf die dortige Universität gegangen. Aber Vetter Mark, ein Junggeselle, hatte sich mit Hepatitis infiziert und starb, als sie noch nicht viel älter war als ich jetzt.

Außer diesen mageren Fakten wußte ich bemerkenswert wenig über das Leben meiner Mutter, bevor sie meinen Vater heiratete, was sie schon bald nach ihrem Universitätsabschluß tat. Sie war eine Frau, die nie, niemals über sich selbst sprach, die es anscheinend für unvorstellbar hielt, daß ein anderer Mensch sich für ihre Belange interessierte.

Als ich mich daran machte, ihre persönlichen Besitztümer durchzusehen, fiel mir zum erstenmal deren spartanische Kargheit auf. Drei oder vier Kleider in schlichten, unauffälligen Farben. Drei oder vier Paar Schuhe; für draußen, für drinnen, Pantoffeln. Ein Mantel, ein Regenmantel. Eine Schublade mit Halstüchern und Wolljacken, eine Schublade mit Unterwäsche, säuberlich zusammengelegt. Ein paar Gürtel, eine Flasche billiges Eau de Cologne, ein bißchen einfacher Talkumpuder. Eine Bibel, ein einbändiger Shakespeare in Kleindruck, der auf dem Vorsatzblatt in jugendlicher Handschrift ihren Namen trug. Racine, Goethe, Sophokles, eingeklemmt zwischen ein Paar Buchstützen aus Stein.

Mein Vater hatte einen behaglichen kleinen Raum für sich, sein Arbeitszimmer, wo er tierärztliche Behandlungen durchführte, etwa nach chirurgischen Eingriffen, oder den ›Landmann‹ und das ›Wochenbulletin des Milcherzeugers und Ratgeber für die Rinderzucht‹ las. Meine Mutter dagegen hatte nicht einmal einen Schreibtisch für sich. Wenn sie die Protokolle ihrer verschiedenen lokalen Komitees übertrug, dann öffnete sie ihre klapprige, transportable kleine ›Empire‹-Schreibmaschine auf dem Eßzimmertisch, und all ihre Papiere verwahrte sie in einem alten Rindslederkoffer, der unter dem Bett des Extrazimmers verstaut war. Sie hatte nichts von all dem Krimskrams angesammelt, der mich überall verfolgt, wohin ich auch gehe: Briefe, beantwortet oder nicht beantwortet, Bücher, aus Zeitungen herausgerissene Artikel, Landkarten, Illustrierte, getrocknete Blumen, Photos, Zeichenhefte, Mappen, zusammengerollte Leinwand, Keilrahmen, defekte Halsketten. Sie hätte eine Nonne sein können oder eine Gefangene in einer Zelle. Eine halbe Stunde reichte, ihren Nachlaß – ihr ganzes Leben – zusammenzupacken und es für den Wohlfahrtsbasar aufzuheben. Das Zimmer, das sie mit meinem Vater geteilt hatte, war nun seines allein, und es hatte sich dort so gut wie nichts verändert. Ich fragte ihn, ob ich ihr Bett lieber herausnehmen solle, aber er sagte, das könne ebensogut stehen bleiben, dann könne er seine Kleidungsstücke daraufwerfen – was er ohnehin schon immer getan hatte.

Wenn ich an meine Mutter dachte, dann kamen mir unwillkürlich jene übervorsichtigen Rothäute aus Westernfilmen in den Sinn, die sorgfältig ihre Fußstapfen verwischen, indem sie mit einem Arm voller Zweige hinter sich herfegen. Auch sie schien diese Fertigkeit gehabt zu haben, ihre Spuren auszulöschen. Vorsätzlich – fragte ich mich. Als eine Art Sühneopfer für irgendwas?

Es hätte keinen Sinn gehabt, meinen Vater über seine erste Begegnung mit ihr, über die erste Zeit ihrer jungen Liebe, über ihre Eheschließung auszufragen. Damit hätte ich mir bloß eine grobe Abfuhr eingehandelt. Ich wußte nur ungefähr, daß sie sich in Schottland kennengelernt hatten, während er dort oben unterwegs war, um Informationen über Viehkrankheiten auf irgendeiner entlegenen Insel zu sammeln, und anscheinend war er von ihrer Meisterschaft auf dem Golfplatz beeindruckt gewesen.

»In Schottland muß man einfach Golf spielen, um am Leben zu bleiben«, hatte Mutter einmal zu mir gesagt.

Sie hatten in Edinburgh geheiratet, und dann war er zu seiner Arbeit im Süden zurückgekehrt, und sie hatte aufgegeben, was immer sie gemacht hatte, und war mit ihm gegangen. Das lag siebzehn Jahre zurück. Sie schien keinerlei eigene Freunde aus früheren Zeiten zu haben, und auch in Floxby Crucis gewann sie nur sehr wenige.

»Sie war ein sehr zurückgezogener Mensch, deine Mutter«, bemerkte Onkel Grischa.

Da mein Vater anscheinend keine besondere Verwendung für mich hatte, nachdem ich mich um Mutters persönliche Sachen gekümmert hatte, kehrte ich nach Boxhall Hill zurück, um Grischa bei der letzten Apfelernte zu helfen. Das hielte mich vom Grübeln ab, meinte er, und außerdem wäre es eine Hilfe für ihn. »Lulie wird allmählich zu arthritisch, und fürs Wochenende sind Stürme angesagt.«

»Wie hat Mariana meine Mutter eigentlich so gut kennengelernt? Mir war kaum bewußt, daß sie überhaupt miteinander bekannt waren«, fragte ich ihn, während wir arbeiteten.

»Sie sind sich in einem Komitee für das Musikfestival begegnet. Und dann entdeckten sie, glaube ich, daß sie aus ihrer Vergangenheit unendlich vieles gemeinsam hatten. Du mußt mal Mariana danach fragen.«

»Das würd ich gern tun, sehr, sehr gern.« Ich sehnte mich danach, nur einmal einen Blick auf Mariana werfen zu dürfen. Ihr Lächeln, ihre Stimme, ihre scharfkantige Schönheit erhellten mein Gemüt wie der Lichtstrahl eines Leuchtfeuers. Sie hatte eine Nachricht gesandt, daß sie und vielleicht auch ein paar der Kinder zur Beerdigung kommen würden. Sir Gideon, der noch in Tanger war, werde ebenfalls kommen, wenn er es irgend schaffte ...

Der Obstgarten von Boxall Hill war ein abschüssiges Feld, das sich hinter dem Haus den Hügel hinanzog. Oben hatte man einen weiten, windigen Ausblick. Die Äpfel waren eine harte, gelbe Wintersorte.

»Noch zu sauer«, meinte Onkel Grischa, als er in einen angestoßenen Fallapfel biß. »Später werden sie süßer. Wir hätten sie noch eine Woche länger an den Bäumen lassen können, aber bei dem schlechten Wetter, das jetzt kommt, würden sie bloß alle runterfallen. Und dann würden sie schnell verfaulen.«

Wir pflückten in große graue Leinwandkiepen und schütteten die Ausbeute dann in offene Lattenkisten. Von Zeit zu Zeit fuhr Garnet, der verschrumpelte, einäugige Mann, der auf dem Anwesen half, mit einem klapprigen Pritschenwagen an den Rändern der Plantage entlang und sammelte die Kisten ein, die wir gefüllt hatten.

»Ein Teil zum Einlagern, ein Teil für den Verkauf«, erklärte Grischa. »All das organisiert Mariana. Sie ist eine großartige Verwalterin. Als Gideon dieses Gut hier kaufte, hatte er bloß die romantische Vorstellung eines ländlichen Refugiums. Aber Mariana sorgt dafür, daß es sich selbst trägt.«

So plauderte er weiter, während wir arbeiteten, ein angenehmer, weitschweifiger Monolog, für den ich ihm innig dankbar war. Ich war noch immer tief im Schock, nicht imstande, den riesigen, schmerzhaft klaffenden Krater in meinem eigenen Leben mit dem fast unsichtbaren Spalt in Einklang zu bringen, den meine Mutter ausgefüllt hatte.

Eine Lerche zwitscherte über uns.

»Heil dir, erhabenes Abbild«, sagte Grischa unvermittelt.

»Niemals gefiedert' Gefährt',
der von Himmels Gefild,
uns genug noch gewährt,
einen edlen Schluck uns sendt,
der Musik ohne End!«

»Wie bitte?« fragte ich bestürzt. Das Thema, der Reim, das kam mir irgendwie bekannt vor, und doch . . .

»Shelleys *Ode an eine Lerche*«, sagte Grischa selbstzufrieden. »Grauenhaft, grauenhaftes Zeug: ›Heil dir, gebenedeiter Geist, der du ein Vogel nie gewesen...‹ *Mawkisch!* Sentimentales Gewäsch! Ich schreibe das alles um, in eine bessere Sprache. Das ist eine meiner Abendbeschäftigungen. Langsam, so nach und nach bahne ich mir meinen Weg durch die gesamte englische Literatur.«

Mir fiel ein, die Zwillinge hatten das schon erwähnt. Grischa, sagten sie, wohne über den Ställen, von denen ein Teil zu einer Wohnung und einem Studio für ihn umgebaut worden war. Dort schrieb, malte und komponierte er.

»Sagen Sie mir noch ein paar andere, die Sie bearbeitet haben.«

»Ich lehnt' an des Apfelgartens Schranke.
Es fiel der Frost, geistergrau und jäh.
Den Himmel durchzog gefrorenes Geranke
wie zerbrochener Celli Saiten.
Und alles Volk, das wohnt in der Näh
es trat in des Blasebalgs Seiten...«

»Nein, nein, das geht nicht«, sagte ich entschieden. »Das geht ganz und gar nicht.«

»Nein?« sagte er enttäuscht. »Na ja, an dem arbeite ich ja auch noch. Aber gesäubert werden muß es. Das Thema des Gedichts, die Betrachtungen der bejahrten Drossel, ist schön und rührend: ›Ein höheres Glück, das sie mir pries, und ich, ich kannt es nicht...‹ Aber die Sprache! Woher nimmt Hardy bloß diese schauerlich prätentiösen Worte – wilde Schnörkel, verschwommen, ohne Feuer? Der muß ein Lexikon altertümlicher Ausdrücke benutzt haben. ›All' Menschengewese, das hier sich geregt...‹ Ich bitte dich!«

Von diesem Diskurs über die Sprache kam er mir nichts, dir nichts auf die Zwillinge zu sprechen.

»Mariana plant, sie sollen in Heidelberg Philosophie studieren, sobald sie alt genug sind, auf eigenen Füßen zu stehen.«

»Und gefällt ihnen die Idee?« fragte ich vorsichtig.

»O doch, das Argumentieren ist ja ihr schönster Sport. Und einen Schönheitswettbewerb werden sie wohl ohnehin nie gewinnen«, meinte Grischa, und seine schwarzen Augen blickten nachdenklich, »da können sie ebensogut ihre sonstigen Fähigkeiten zur Geltung bringen.«

Dies, fand ich, war eine ziemlich männlich chauvinistische Einstellung, aber es fehlte mir an Selbstbewußtsein, es zu sagen. Immerhin kannte ich ja diese Leute kaum.

»Und Gideon wird froh sein, sie loszuwerden«, fuhr Grischa fort. »Er hält sie schlicht für ein Ärgernis.«

»Ihr eigener Vater!«

Er zuckte die Achseln. Uneingestanden, so vermutete ich, stand zwischen uns die Tatsache, daß auch mein Vater mich unübersehbar für ein Ärgernis hielt und ohne Zweifel nur zu erleichtert wäre, wenn er sich auf irgendeine anständige Weise von meiner Gegenwart befreien könnte – ohne Kosten für ihn selbst.

Tante Lulie brachte uns große Becher mit Apfelmost. »Gut, *noch?* Wir machen ihn selbst aus den Falläpfeln.«

Er war wirklich sehr gut: herber und weniger süß als gekaufter Apfelmost.

»Ich hab nachgedacht, *bubeleh*, über das Begräbnis deiner Mutter«, wandte sie sich an mich. »Hast du eigentlich ein Kleid zum Anziehen?«

Daran hatte ich auch schon gedacht, ziemlich sorgenvoll. Das einzig mögliche Kleidungsstück, das ich besaß, war ein graues, baumwollenes Schulkleid, nicht mehr getragen seit einem Jahr, seit ich in die sechste Klasse gekommen und damit vom Tragen der Schuluniform befreit war. Mittlerweile war es mir sicherlich zu eng und zu kurz geworden. Und das einzige Kleidergeschäft in Floxby Crucis versorgte eher die Kundinnen in den Fünfzigern oder Sechzigern, die nach Faltenröcken aus Crimplene und nach großblumigen Hauskitteln Ausschau hielten.

»Da ist doch noch Stoff übriggeblieben von Weihnachten, als die Kinder Theater gespielt und im Tischtennisraum ein Stück aufgeführt haben«, entsann sich Tante Lulie.

Sofort dachte ich an *Mansfield Park* und *Das Kind der Liebe*. »Wie hieß denn das Stück?«

»*Was ihr wollt*«, sagte Grischa. »Die Zwillinge spielten die Rollen von Viola und Sebastian. Es war wirklich eine der amüsantesten Aufführungen von *Was ihr wollt*, die ich je gesehen habe«, fügte er nach einigem Nachdenken hinzu.

»Die Kostüme waren alle schwarz und weiß, Wämse und Halskrausen, Krinolinen und Unterröcke, Hemden und Beinkleider. Da ist reichlich Stoff übriggeblieben – schwarzer Bombasin. Daraus mach ich dir ein Kleid.«

»Oh, aber das ist doch eine Menge ...«

»Ich nähe gerne Kleider«, sagte Tante Lulie seelenruhig. »Marianas sämtliche Kleider, die mache alle ich ihr, und sie ist die bestangezogene Frau im ganzen Londoner West End.«

Nicht genug damit, daß das stimmte, sondern Tante Lulie verschaffte sich auch noch ihre Stoffe, wie ich allmählich herausfand, ausnahmslos in Second-hand-Läden und auf Möbelauktionen. Mit Adlerblicken durchschweifte sie sämtliche Krebshilfe- und Wohlfahrtsbasare und So-gut-wie-neu-Läden auf Kilometer im Umkreis, sah sich auf Möbelausverkäufen um und machte die ausgefallensten Schnäppchen – alte Vorhangstoffe, Brokat, Filz, Velours, Cordsamt, Fries, Wandteppiche und baumwollene Bettüberwürfe. »Weiß man's? *Es kumt amol zu nuzen* – irgendwann kann man es einmal brauchen!« Das war eine ihrer meistgebrauchten Redewendungen. Aus diesen Fundstücken war Marianas atemberaubende Garderobe zusammengesetzt, zu einem Preis von etwa zwanzig Pfund im Jahr. Nicht gerechnet natürlich Tante Lulies Zeit.

»Ich würde ja auch für die Mädchen nähen, aber die sind nicht daran interessiert«, erzählte mir Tante Lulie, während sie mit ihrer

Schere in dem dünnen schwarzen Wollstoff herumfuhrwerkte. (Bestimmt irgend jemandes Verdunklungsvorhänge aus dem Zweiten Weltkrieg.) »Die Zwillinge werde ich vielleicht eines Tages anziehen, die haben einen Instinkt für Eleganz.«

»Die Zwillinge?«

»Ja. Du wirst schon sehen. So nach und nach. Dolly dagegen ist – wenigstens im Moment – puritanisch bis auf die Knochen. Sie findet es nicht richtig, ihre alltägliche Kleidung so auszusuchen, daß es dem Auge schmeichelt. Bloß zu besonderen Anlässen gibt sie sich Mühe. Und Selene – wer kann schon sagen, was in deren Kopf vorgeht?«

»Erzählen Sie mir mehr von den Zwillingen«, sagte ich, während ich Stecknadeln einsammelte.

Ich hatte von der Familie Morningquest eine Vorstellung wie von einer Zitadelle, auf hoher Felsenklippe gelegen, mit gefahrvollem Zugang und unbezwinglichen Mauern. Die männlichen Familienmitglieder, soviel stand für mich fest, befanden sich vollständig außerhalb meiner Reichweite, waren für mich verloren in himmelfernen Universitätsgefilden der Musik und der Wissenschaften, mit schwanengleichen Londoner Freundinnen natürlich. Der Plan, mich und Dolly gemeinsam nach St. Vigeans zu schicken, konnte nicht allzu ernst genommen werden. Ich sah da noch jede Menge Hindernisse voraus. Und wenn wir wirklich zur gleichen Zeit dort anfingen, dann war mir völlig klar, daß sie sich in Kreisen bewegen würde, die von meinen weit entfernt waren. Dolly war zwar freundlich und reizend zu mir gewesen, aber ich vermutete, das war ihre angestammte Art, die böse rauhe Welt auf Armeslänge von sich abzuhalten. Ich glaubte nicht daran, ihre Freundin zu werden. Und Selene lebte, wie Tante Lulie gesagt hatte, anscheinend in ihrem eigenen Universum. Sie hatte mich bisher noch nicht einmal angesehen.

Nein – wenn ich mir schon meinen Weg durch die äußeren Befestigungswälle der Morningquest Sippe graben sollte, dann konnte das nur über die Zwillinge geschehen. Nicht daß ich diese Aussicht sonderlich erfreulich fand, aber sie waren nun mal die Zugänglichsten des Clans.

»Och, die Zwillinge?« meinte Tante Lulie. »Als sie kleiner waren, da waren sie richtige *nudniks*, ewig jammernd, ewig krank.« Sie seufzte. »War wohl nicht ihre Schuld. Mariana hatte nie viel Zeit für sie. Ihre Geburt verdarb ihr ein Opernengagement im Fernen Osten. Und Gideon hat nie...« Sie brach ab, verknotete einen Faden und sagte dann: »Komm, probier mal diese *schmate*.«

Wir probierten das Kleid an. Es saß wie angegossen. Noch jahrelang später trug ich Tante Lulies schwarzes Wollkleid zu Parties, zu Konzerten, zu Vorstellungsgesprächen, mündlichen Examen, Eröffnungen, zu allen formellen – und vielen informellen – Anlässen. Nie habe ich ein Kleid besessen, das mir besser gefiel. Und als der Tag von Mutters Begräbnis herankam, war mir das Bewußtsein, daß wenigstens meine äußere Erscheinung nicht zu beanstanden war, eine unendliche Hilfe. Sonst wäre dieses Ereignis schier unerträglich gewesen.

Vater hatte vorher natürlich einen Mordskrach geschlagen. »Wozu das alles?« fragte er immer wieder. »Wer schert sich drum, was mit einer Person passiert, wenn sie tot ist? Wenn ich mal hinüber bin, dann hoff ich bloß, daß du mich einfach unter die Erde scharrst, auf die schnellste und billigste Art.«

Er blickte mich feindselig an, und ich hätte ihm nur zu gern geantwortet, wenn es nach meiner persönlichen Neigung ginge, dann würde ich seine sterblichen Überreste einfach auf den Komposthaufen schmeißen. Aber es gelang mir gerade noch, diesen Impuls zu bezähmen. Genaugenommen war meine Einstellung zu Begräbnissen gar nicht so weit von seiner entfernt. Ich haßte diesen gesellschaftlichen Zwang, meinen persönlichen Schmerz um Mutter von einer großen öffentlichen Zeremonie überschwemmen zu lassen. Aber ich hatte in diesem Punkt gar keine

Wahl, wie ich sehr schnell herausfand. Die städtische Frauengilde, der Damenchor, die Gesellschaft für Internationale Freundschaft, das Komitee für Städtepartnerschaft, die Pfadfinder, die Mädchenorganisation und noch verschiedene andere Körperschaften waren sehr darauf bedacht, ihre Rolle dabei zu spielen, und die Berge von Kränzen und riesigen Sträußen, die sowohl bei uns zu Hause, als auch in Pengellys Aussegnungskapelle eintrafen, waren schier erdrückend. Es würde mich mindestens eine Woche kosten, mich für alle zu bedanken. Vater, das wußte ich, würde mir dabei keine Hilfe sein.

Mutters Begräbnis fand am Sonnabend statt, um all den Menschen, die daran teilnehmen wollten, dazu die Möglichkeit zu geben. Und just da setzten die versprochenen Stürme und Regenschauer mit wütender Heftigkeit ein. Mit Windstärke acht fuhr der Sturm den Trauergästen um die Beine und stülpte ihre Regenschirme mit der Innenseite nach außen, während sie auf die Kirche zuhasteten, und Reverend Willis Lobpreisungen gingen nahezu unter im Stöhnen und Wehklagen des Windes draußen. Ich hatte gedacht – gehofft –, daß viele Leute sich von dem Gang zum Friedhof würden abschrecken lassen, aber es kam doch eine große Menge. Da standen sie in ihren sich blähenden Regenmänteln und hielten sich die Hüte fest, während das Grab mit Wasser vollief und die Blumentribute zu nassen Klumpen zusammengedrückt wurden. Mutter, die so gut wie jedes Wetter genoß, hätte ihre Freude daran gehabt, mußte ich denken.

Da sich unser kleines Haus als hoffnungslos unzureichend erwies, die Massen aufzunehmen, die bewirtet werden mußten – einige von ihnen waren schließlich halb durch das Land angereist –, hatte der Floxbyer Orpheus-Chor im Hotel George ein kaltes Buffet organisiert. So flüchteten wir uns denn alle ins George, und in der überfüllten Damentoilette dort drängten sich durchnäßte Matronen, die sich die Strümpfe trockenrieben, sich die maltraitierten Frisuren richteten und heftig mit Papiertüchlein an sich herumtumpften. Mariana hatte vernünftigerweise den Gang zum Grab ausgelassen und war deshalb in besserer Verfassung als alle anderen – elegant wie immer.

»Dies ist für dich der schlimmste, der allerschlimmste Teil, mein armer Liebling«, erklärte sie mir, »daran mußt du immer denken.« Ich tat es, und sie hatte recht. Dolly war mit ihr da, und Lulie und Grischa, sonst aber keiner von den anderen. Warum hätten sie schließlich auch? Sie waren meiner Mutter ja nur einmal begegnet. Mir erschien es als der Gipfel an Zuneigung, daß Mariana es auf sich genommen und daß Gideon telefonisch sein Beileid bekundet hatte. Und natürlich war Marianas Anwesenheit für manche Einwohner von Floxby Crucis das Ereignis schlechthin. Sie rissen sich sämtlich darum, ein paar Worte mit ihr zu wechseln.

Vater war der Mittelpunkt einer anderen Gruppe von Trauergästen, und ich ebenfalls.

Ein Buffet aus kaltem Schinken und Quiche und dem gräßlichen Orangen-Biskuit-Sahne-Dessert des Hotel George war auf einem langen Tisch bereitgestellt, aber mir gelang es nicht, auch nur in die Nähe des Essens vorzudringen, und selbst wenn, dann hätte ich doch nichts heruntergebracht. Unentwegt fielen Leute über mich her, drückten, tätschelten mich und erzählten mir, was für ein wundervoller Mensch meine Mutter gewesen sei, wie einsam es doch nun für meinen Vater werden würde, und was ich denn nun machen würde.

Und immer und immer wieder sagte ich, ich wisse es noch nicht, hoffe, auf die Universität zu gehen, müsse eben erstmal sehen ...

Und immer und immer wieder wurde mir gesagt, daß jetzt mein Platz hier bei meinem armen Vater sei, der wäre doch so verloren ohne Elaine. (So nannten die meisten Leute sie.) Als schließlich der dünne Nescafé ausgeschenkt wurde und die Leute anfingen, nach ihren Schirmen zu suchen und sich zu verabschieden, da war mir die Vision von St. Vigeans – so unbekannt, so verlockend, aber vor allem so weit weg, Hunderte von Kilometern weit entfernt im

Norden von Schottland – zu einem schönen Traumbild geworden, leuchtend und lockend. Und plötzlich hörte ich mich den Leuten antworten: »Ich hoffe, an die St.-Vigeans-Universität zu gehen, die ist in Schottland.« Ich war bestürzt, als ich es mich sogar zu meinem eigenen Direktor sagen hörte, zu Claud Rigby, der seinerseits noch bestürzter dreinblickte, dann aber herzlich erwiderte: »Eine ausgezeichnete Idee«, bevor er mir auf die Schulter klopfte und weiterging.

»Schottland?« meinte ein bärtiger Mann, der sich, wie ich undeutlich wahrgenommen hatte, in den letzten paar Minuten in meine Nähe geschoben hatte, während die Menge sich durch die Tür verlor. Jetzt stand er neben mir. »War das der Wunsch deiner Mutter?« fragte er.

Hatte er einen leichten schottischen Akzent? Vielleicht. Er war mir unbekannt. Ich blickte mich sehnsüchtig nach Mariana um, die, wie ich merkte, im Aufbruch begriffen war, und ich wünschte, ich könnte mit ihr fortgehen, wohl wissend, daß ich das nicht durfte. Dieser Fremde war mir herzlich gleichgültig, dennoch antwortete ich leichthin: »Ja, ich glaube, Mutter fand, das sei eine gute Idee.«

»Ich war der erste Mann deiner Mutter, weißt du«, sagte da der bärtige Mann. Und dann wurde er durch ein plötzliches Drängen der Menge von mir fortgeschwemmt, und ich verlor ihn aus den Augen.

Aber seine Worte waren mir wie ein Blitz ins Gemüt gefahren. »Warten Sie!« rief ich. »Bitte warten Sie! Hallo!«

Aber er war fort.

Ich begann nach ihm zu suchen, hektisch, verzweifelt; sah ihn flüchtig unter einer Tür, strebte ihm nach, wurde aber unterwegs mehrmals aufgehalten; erblickte ihn erneut über das Treppengeländer hinweg unten am Fuße der Treppe, und dann verschwand er durch das Straßenportal.

Jeffrey Martindale, Vaters Anwalt, fing mich ab: »Wäre das

nicht eine gute Gelegenheit, Pandora, ein paar Worte mit dir zu wechseln?« und hinter ihm warteten ein paar Damen höflich, aber doch leicht ungeduldig darauf, mir zu versichern, wie sehr sie meine liebe Mutter vermissen würden.

Der bärtige Mann war verschwunden. Ich hatte ihn nie zuvor gesehen, da war ich ganz sicher. Aber seine knappe Mitteilung hatte mir einen Schlag versetzt, den ich noch über Jahre, ja eigentlich mein ganzes Leben lang, verspüren sollte.

An jenem Abend machte ich aus dem Gedächtnis eine Zeichnung von ihm und zeigte sie Lulie und Grischa. Grischa sagte, er erinnere sich, den Mann gesehen zu haben, wie er mit mir redete.

3

Die Zwillinge erschienen in sehr mißgestimmter Gemütsverfassung zu den Weihnachtsferien.

»Wieso kommt ihr zwei schon vierzehn Tage früher nach Hause?«

Mariana widmete ihnen jedoch nicht ihre volle Aufmerksamkeit. Sie hatte beim Frühstück immer einen Berg Post zu bewältigen, Spendenaufforderungen, Anfragen wegen Interviews oder Liederabenden, dazu Verehrerbriefe, die auch jetzt noch, fünfzehn Jahre, nachdem sie sich halbwegs zurückgezogen hatte, regelmäßig eintrafen. Mit Hilfe einer Sekretärin hatte sie all diese Sachen immer gern bis neun Uhr erledigt und aus dem Wege.

»Menschenfeindliche Praktiken«, knurrte Elly mit einem Mund voll Marmelade.

»Was bitte?«

»Nicht Praktiken, Musizierpraktiken«, korrigierte Ally. »Wir haben am Bach-Doppelkonzert gearbeitet. Das mochten die nicht.«

»Wann habt ihr das getan?«

»Vier Uhr nachts. Das ist in dieser Kaserne da die einzige Zeit, wo es nicht ein dauerndes Gedröhn von Hintergrundgeräuschen gibt.«

Die Zwillinge besuchten während der Woche als Internatszöglinge die sehr fortschrittliche St.-Monica-Schule in Mildenhall. Es war nicht weiter verwunderlich, daß St. Monica drauf und dran war, dem Beispiel eines halben Dutzends anderer Institutionen zu folgen, welche die beiden auch jeweils eine Zeitlang ertragen, dann aber die Geduld verloren hatten. Eins ihrer eher unerfreulichen Merkmale war nämlich die Tatsache, daß sie weniger als vier Stunden Schlaf pro Nacht brauchten.

»Da ist zwischen der Post so 'n Brief für dich von Fergus McQuitcham«, sagte Elly und verteilte mehr Marmelade auf ihr Brot. »Der erläutert, warum sie uns nicht zurückhaben wollen.«

»Daran zweifle ich nicht. Na schön«, sagte Mariana und stauchte ihre Post zu einem ordentlichen Stapel zusammen, »fürs erste fahrt ihr jetzt wohl am besten nach Anderland. Da finden Lulie und Grischa bestimmt reichlich für euch zu tun. Und dann könnt ihr auch dem armen Mädchen ein bißchen Gesellschaft leisten. Die ist nämlich oft bei den beiden. Wie ich höre, macht ihr zu Hause ihr Vater das Leben schwer.«

»Armes Mädchen?«

»Pandora Crumbe.«

»Oh. Ach ja.«

Die Zwillinge verständigten sich ohne Worte miteinander. Ihre geschlossenen Münder spannten sich über die vorstehenden Zähne wie die Haut einer Frucht kurz vor dem Platzen. Ihre Augen leuchteten nur so vor tunlichst verschwiegenen Plänen.

»He, ihr zwei«, ermahnte Dolly sie, während sie ein Tablett mit Tellern zur Durchreiche trug (in London schloß der Lebensstil der Familie zwar auch Personal ein, aber von den Kindern wurde erwartet, daß sie ihren Teil beitrugen), »daß nun aber nicht auch noch ihr Pandora das Leben schwermacht, so wie ihr Vater! Denkt daran, sie hat keine Familie mehr, während wir uns alle gegenseitig haben.«

»Ja, das stimmt«, meinte Ally nachdenklich.

»Ja, das stimmt«, echote ihr Zwilling.

»Wir machen ihr bestimmt nicht das Leben schwer, Dolly. Im Gegenteil.«

»*Au contraire. On the contrary. Helemaal niet. Nada. Nient'affatto.* Wir werden sie schon sehr freundlich aufnehmen.«

Der Freitag war für Dolly immer ein geschäftiger Tag. Da

hatte sie Fechten, Chorsingen, Cellostunde und außerdem ihren Nachhilfeunterricht in Englisch, für die schriftliche Aufnahmeprüfung an der Universität. (Englisch war ein Fach, an dem sie wenig Interesse hatte, und die Direktorin der Londoner Oberschule, auf die sie ging, hatte ein wenig zusätzliche Aufmerksamkeit nachdrücklich angeraten.) Sie war in Gedanken so sehr mit diesem Tagesprogramm und mit einer Versammlung des Vertrauensschülerkomitees beschäftigt, daß sie weniger hellhörig als sonst war, was ihre kleineren Schwestern betraf.

»Wenn ihr sie nur nicht unfreundlich aufnehmt, das reicht schon«, sagte sie deshalb nur, während sie ihre Sachen zusammenpackte.

»Ich bitte Miss Halkett, Grischa anzurufen und ihm zu sagen, daß ihr mit dem Zug elf Uhr sieben kommt«, sagte Mariana, die das gleiche tat.

»So, da sind wir also, und wild entschlossen, dir beim Schneiden der Labyrinthhecken zu helfen«, erklärten die Zwillinge Grischa, als er sie in Floxby Crucis abholte.

»Oh, vielen Dank, meine Lieben, aber dabei hat mir bereits Pandora geholfen«, erwiderte er abwesend, während er den altersschwachen Minor den abschüssigen Fahrweg vom Bahnhof hinuntermanövrierte. »Aber ich bezweifle nicht, daß ihr tausend andere Dinge habt, eure Zeit auszufüllen – das Doppelkonzert, Chinesisch lernen, euren Wandteppich ...«

Wenn sie nicht intellektuell beschäftigt waren, dann arbeiteten die Zwillinge an einem riesengroßen Wandbehang, der im ungenutzten Ballsaal von Boxall Hill aufgehängt war, an der einzigen Wand, die groß genug war, ihn aufzunehmen. Nie hatte jemand zu fragen gewagt, wozu er denn wohl dienen sollte, wenn er einmal fertig war.

»Ach? Pandora hat dir bereits dabei geholfen, ja?«

»Nette, hilfsbereite Pandora!«

Grischa hüllte sich in diplomatisches Schweigen, während er den Wagen unter gutem Zureden den steilen Fahrweg zum südlichen Pförtnerhaus hinaufquälte.

»War das nicht eben Thelma Venom?« meinte Elly, als sie an einer niedergeschlagen wirkenden weiblichen Person vorüberfuhren, die einen großen, grauen Pudel spazierenführte.

»Stimmt. Thelma besucht wohl gerade ihre Eltern.«

»Weshalb wohl bloß?«

»Kindliche Anhänglichkeit vielleicht?« Grischa bog in den Stallhof ein.

»Bei den Eltern? Unwahrscheinlich.«

»Vielleicht hat sie Schiffbruch erlitten bei dem, was sie gemacht hat«, erwog Elly. »Was war das doch noch?«

»Ein Sozialfürsorgekurs?«

»Sozialfürsorge!« Die Zwillinge hatten nichts übrig für Leute, die sich für solche Dinge engagierten, mit der Begründung, daß sich darin ein Mangel an individueller Zielstrebigkeit und an inneren Ressourcen zeige. Arbeit auf solchem Gebiet betrachteten sie schlicht als die allerniederste Form menschlicher Aktivität.

»Ich fürchte, sie will vielleicht Dolly besuchen«, vermutete Grischa.

»Ach ja. Hing die nicht vor ein paar Jahren mal wie eine Klette an Dolly?«

»Hat aber nicht lange gedauert«, sagte die andere und holte ihre Geige und ihren Seesack aus dem Kofferraum. »Wo ist Tante Lulie? Wir helfen ihr mit dem Mittagessen.«

»*Tut mir nischt kejn tojwe* – keine Wohltaten, bitte!« hörte man Tante Lulie, die an der Hintertür erschien und die Zwillinge mit einer wohldosierten Mischung aus Zuneigung und Toleranz in die Arme schloß. »So! Haben wir euch also für zwei Extrawochen hier. Das ist ja nett. Wenn auch unerwartet.«

Es herrschte schweigendes Einverständnis unter den Morningquest Kindern, daß in Boxall Hill, wenn sie ohne ihre Eltern dort waren, das Regime des geschroteten Weizens durch die von Lulie und Grischa bevorzugte Kost abgelöst wurde – Gemüsesuppe, Joghurt und Apfelkuchen. Nach dem Mittagessen gingen die Zwillinge nach draußen, um die aufgeweichten Weidenblätter von der Oberfläche des Weihers abzufischen.

»Wo ist denn eigentlich die liebe Pandora?« fragte Ally Grischa, der sich gerade in sein Studio zurückziehen wollte.

»Oh, die ist unterwegs zu einer Unterredung wegen ihrer Bewerbung. In Schottland. Vor morgen ist sie nicht zurück.«

»Ach, ist sie also hingefahren? Wäre ja schön für Dolly, wenn Pandora einen Studienplatz in St. Vigeans kriegte«, bemerkte Elly gönnerhaft. Damit zogen die Zwillinge los und durchstöberten den Geräteschuppen, wo die Schleppnetze und die langen Rechen verwahrt wurden. Sie zogen hohe Wasserstiefel und Segeltuchhosen an.

Das Säubern des Teiches für den Winter war genau die Sorte Schmutzarbeit, die ihnen Spaß machte, während sie ihre langen, leidenschaftslosen Streitgespräche fortführten, Dispute, die manchmal über Wochen oder auch Monate andauerten.

Bei dem jetzigen ging es um Sir Gawain und den Grünen Ritter, und es dauerte schon seit Oktober. Strukturalismus. Gut und Böse. Lévi-Strauss. Winter und Sommer.

»Das ist genauso wie doppelte Buchführung«, meinte Ally geduldig. »Was du auf der einen Seite einträgst, muß auch auf der anderen Seite erscheinen, dann stimmt es am Ende.«

»Halt mal, was ist denn mit den Schafen los?«

Tante Lulie hatte eine Übereinkunft mit Silkin, dem benachbarten Landwirt, der das Weideland gepachtet hatte. Er hielt Hochlandschafe, und sie kaufte ihm die Wolle für ihre Webereikooperative ab.

Jetzt stürmten sämtliche Tiere in panischer Hast auf den Weiher zu. Das Trappeln der Füße über ihnen auf dem abfallenden Grashang hörte sich an wie das Trommeln riesiger Hagelkörner. Sie stießen sich gegenseitig an und blökten laut, sichtlich in Panik. Und durch das Blöken hindurch hörte man das Bellen eines Hundes – schrill, bedrohlich, wütend.

»Oh, mein Gott, sieh dir das an!«

Den meisten der Schafe war es gelungen, heil davonzukommen. Sie hatten den Teich umrundet, rasten in kopfloser Hast den gegenüberliegenden Hang wieder hinauf und verschwanden dort über den Kamm außer Sicht. Eins aber war hinter den anderen zurückgeblieben, das lag auf dem Rücken und schrie in einem hohen Klageton, der entsetzliche Ähnlichkeit mit dem Wehgeschrei eines Menschenbabys hatte. Irgend etwas – ein anderes Tier, grau und struppig, nicht entfernt so groß wie das Schaf selbst – hatte zugeschlagen wie ein Wurfspieß, mit praller Wucht, durchbohrend, zerfetzend. Das Schaf schrie in Todesnot.

»Das ist ein Köter!«

»Ja, das verdammte Mistvieh von Venom! Hau ihm eins über mit dem Rechen!«

Es war keine einfache Sache für die Zwillinge, mit dem niederziehenden Gewicht der schweren Stiefel an den Beinen das steile, glitschige Teichufer hinaufzuklimmen und dem verzweifelt kämpfenden Schaf zu Hilfe zu kommen. Als sie schließlich dort ankamen, waren schon zwei weitere Personen dort angelangt, eine um etliches schneller als die andere: eine junge Frau in Stulpenstiefeln, grauem Flanellrock und wasserdichter Jacke, und eine ältere Frau in langem grauem Mantel, schwarzem Hut und Plastiküberschuhen, die mit schriller Stimme schrie: »Jumps! Jumpsie! Bei Fuß, Junge, bei Fuß!«

»Jawohl, bei Fuß! Und zwar hier!« fauchte Elly, während sie den Pudel mit ihrem langen, hölzernen Rechen bearbeitete. Da wich er zur Seite, knurrend, jaulend in unbesänftigter Erregung, ließ aber das gerissene Schaf im Stich und setzte den Abhang hinauf der restlichen Herde nach.

»Was zum Teufel denken Sie sich eigentlich dabei, Ihren gottverdammten Hund auf Mr. Silkins Schafe loszulassen?« fragte Elly und ließ den tropfenden Rechen sinken.

Aber die beiden Frauen fuhren, ohne von ihr Notiz zu nehmen, wütend aufeinander los.

»Du dämliche Idiotin, Mutter! Kannst du denn nicht mal den elenden Hund in Schach halten?«

»Du machst mir Spaß! Wirklich, du! Wer hat mir denn eigentlich den Hund aufgehalst? Hab ich vielleicht je um einen Hund gebeten? Du weißt ja, dein Vater, der kümmert sich nie...«

»Der Hund war fabelhaft erzogen, als ich ihn dir letztes Frühjahr überließ. Wenn du bloß...«

»Wie kann man mir zumuten, dreimal täglich einen Hund auszuführen?«

»Wenn er ordentlich erzogen wäre...«

Die Zwillinge tauschten achselzuckend Blicke aus. Ein Schuß oben auf dem Hügel über ihnen ließ sie herumfahren, und sie starrten hinauf. Auf den Schuß folgte das Aufjaulen eines Hundes.

»O nein!« schrie die ältere Frau. »Wenn er Jumpsie erschossen hat... wenn er ihn verletzt hat...«

Da sah man auch schon den Hund humpelnd in die Richtung zurückrennen, aus der er gekommen war. Ein Mann mit einem Gewehr in der Hand kam eilig den Hügel herunter.

»Haben Sie auf meinen Hund geschossen?« fragte die Frau.

»Mutter, du hast es doch gesehen!« fauchte das Mädchen.

Der Mann gab keine Antwort, bis er sorgfältig das zitternde Schaf untersucht hatte. Dann schoß er ihm, eine einzige wütende Bemerkung vor sich hinraunzend, ins Genick. Das Schaf hörte auf zu zittern und lag still.

Danach blickte der Mann zu den Frauen auf. »Gebrochenes Bein und der Bauch aufgerissen. Sie fragen, ob ich auf Ihren Hund geschossen habe? Jawohl, das hab ich, und es tut mir leid, daß ich ihm nicht den Garaus gemacht habe. Aber das tue ich noch! Der Hund muß liquidiert werden, Lady Venner. Weil er nicht ordnungsgemäß unter Kontrolle gehalten wird. Ich hab ja gesehen, was passiert ist. Und ihr beiden doch auch, stimmt's?« wandte er sich an die Zwillinge.

Sie nickten, und das ausnahmsweise sogar schweigend.

»Sie haben absolut kein Recht, einen fremden Hund zu erschießen«, sagte das Mädchen aufgebracht. »Was auch passiert ist, das ist nicht rechtens!«

»Ach? Ich soll das hier wohl nicht zur Kenntnis nehmen, wie? Und wer sagt mir, was mit dem Rest meiner Herde passiert ist?« Ohne eine Antwort abzuwarten, schritt er weitausholend den Hügel hinauf, seiner zerstreuten Herde nach.

»Und was ist mit meinem Hund? Mr. Silkin! Was ist mit meinem Jumpsie?« schrie die Frau ihm nach.

»Um den kümmere ich mich später«, rief er zurück, und dann, sich noch einmal umwendend: »Sie können sich drauf verlassen, Lady Venner, ich komme sehr bald bei Ihnen vorbei!«

Damit verschwand er über dem Hügelkamm.

Die vier Menschen am Rande des Teiches sahen einander nicht an, alle blickten auf das tote Schaf hinunter.

»Ich nehme an, er kommt später mit dem Landrover wieder her«, meinte Elly schließlich leise. »Schafe sind schwere Brokken.«

In schweigender Übereinkunft kehrten die Zwillinge zu ihrer halbfertigen Arbeit zurück.

»Ja, dann«, sagte Lady Venner unschlüssig, »wir gehen wohl besser schleunigst nach Hause. Wenn dein Vater... wenn dein Vater sieht...«

Die Zwillinge vollständig ignorierend, drehte sie sich um und stapfte den Hang hinauf.

Die Tochter dagegen – sie war Anfang zwanzig, sah aber jünger aus wegen ihrer roten, ungepflegten Haut, dem lieblos gestutzten Haar und ihrer ruppigen, unliebenswürdigen Art – wandte sich heftig an die Zwillinge und schrie: »Na, ihr wart ja nicht gerade 'ne große Hilfe, was? Den Hund wegzuscheuchen ...«

Die beiden blickten sie wortlos an, die Münder ausnahmsweise geschlossen über den glänzenden Metallspangen.

Da sagte sie unvermittelt: »Oh, tut mir leid, tut mir leid, ich wollte nicht...« Und dann, nach einer Weile, kleinlaut: »Ich nehme an ... Dolly ist wohl nicht zu Hause?«

»Nein«, erwiderte eine der beiden.

»Ist sie nicht«, sagte die andere.

Thelma Venner wandte sich von ihnen ab und kletterte den Hügel hinauf.

»Und wird's auch nicht sein – für dich jedenfalls nicht«, setzte eine der Schwestern nach einer Pause hinzu.

»Wären wir also wieder beim Grünen Ritter...« sagte die andere.

4

In sprühend heiterer Stimmung reiste ich aus Schottland wieder heim.

Ich hatte die karge Frische der kleinen Fischerstadt so sehr genossen. Die Luft roch sauber, als sei sie gerade eben vom Nordpol angeliefert worden; und die Häuser hörten so unvermittelt auf, daß man meinte, das Gras des umliegenden Ackerlandes schöbe sich langsam und beharrlich bis ins Stadtzentrum hinein. Die Universitätsgebäude aus rotem Ziegelstein waren zwar neu, aber doch schon silbrig überhaucht von Salzwasserflechten, und überall roch und hörte man die See – wie sie im Norden gegen die Felsen brandete oder im Süden in wohlgeordneten Reihen weißer Brecher über den breiten, flachen Strand der Bucht schnurrte. All dies war ein wundervoller Kontrast zu der binnenländisch kleinstädtischen Behaglichkeit von Floxby Crucis, wo ich mich, wie mir jetzt bewußt wurde, immer zum Ersticken eingeengt, eingekapselt, ja, eingesperrt gefühlt hatte. Ob meine Mutter es auch so empfunden hatte, überlegte ich, während ich auf der endlosen nächtlichen Rückreise nach Süden ruhelos im Zug herumlief. Hatte auch sie sich nach einer Fluchtmöglichkeit gesehnt? War ihr Tod ein willkommener Ausweg gewesen?

Die Rückkehr nach Hause und zu meinem Vater machte jeglichem Gefühl der Heiterkeit rasch ein Ende.

Mrs. Budd war zwar dagewesen, hatte Staub gewischt und saubergemacht und ein paar der übriggebliebenen Quiches mitgenommen, aber im Haus hing ein ungepflegter, abgestandener Geruch, so als ob im Grunde niemand mehr hier lebte, und Sachen, die ich benutzte hatte – Bücher, Papiere – lagen noch an genau dem Platz, wo ich sie liegengelassen hatte. Unser Haushalt hatte seine Haupttriebfeder verloren, den aktiven Geist, der Veränderung bewirkte, Wachstum und Bewegung bewerkstelligte, Luftwirbel erzeugte. Ich konnte es gar nicht abwarten, wegzukommen. Das Haus war gestorben, obgleich mein Vater darin zurückblieb, der es jedoch lediglich als Start- und Landerampe benutzte.

»So, du bist wieder da«, empfing er mich, aus seiner Klause tretend, frostig. »Kannst du Tee machen? Ich glaube, Mrs. Sowieso hat schon alles vorbereitet, das macht sie sonst immer.«

Sie hatte. Wir saßen einander gegenüber und tranken ihn.

Ich hätte was drum gegeben, mir einbilden zu können, ich sei nicht meines Vaters Kind, sei zu irgendeinem früheren Zeitpunkt von diesem unbekannten, bärtigen Mann gezeugt worden, der zum Begräbnis gekommen war. Aber leider standen zwei Faktoren dieser schmeichelhaften Theorie unwiderlegbar entgegen: erstens mein Alter und die nackte Tatsache, daß meine Eltern über ein Jahr verheiratet gewesen waren, ehe ich geboren wurde; zweitens die ernüchternde Offenkundigkeit, durch nichts wegzuleugnen, daß ich dem Manne, der mir am Tisch gegenübersaß, enorm ähnlich sah. Ich hatte seinen breiten, geraden Mund wie eine Briefkastenklappe im Gesicht, seine kantigen Züge, die hohe Stirn, die lange Nase, das aufsässige Kinn, die grünlich grauen Augen und den struppigen Wust widerspenstiger, unbezähmbarer schwarzer Haare. Auch noch so vieles Bürsten konnte es nicht in Form bringen, und ich hatte noch keinen Haarschnitt entdeckt, der dazu beitrug, mein Erscheinungsbild zu verbessern.

»Also«, sagte mein Vater schließlich, nachdem er drei Tassen Tee getrunken und zwei Scheiben ›Granny Browns Gutsherrenkuchen‹ gegessen hatte, »was war denn nun bitte schön der Sinn dieser kostspieligen Exkursion nach Schottland? Hast ja lange genug gebraucht, um hin und wieder zurückzukommen. Kommt mir hirnverbrannt unpraktisch vor. Wenn du da hingehst, da oben, dann kannst du bestimmt nicht an den Wochenenden nach Hause kommen.«

Will ich auch gar nicht, dachte ich, aber ich unterdrückte es. Ich sagte nur: »Also, die haben gesagt, sie nehmen mich, wenn meine Abschlußnoten okay sind.«

Er zuckte die Achseln und blickte an mir vorbei aus dem Eßzimmerfenster auf die hochgewachsene Lorbeerhecke draußen. »Also gut, deine Sache. Wenn diese Morningquests wirklich Wort halten mit ihrem Angebot, die Kosten für dich zu übernehmen... Ich jedenfalls kann mir das nicht leisten. Aber ich sag dir, wenn es ernst wird, dann finden die bestimmt einen Grund, sich zu drücken. Könnt's ihnen auch nicht mal verübeln. Wär ja wirklich viel besser, einen Schreibmaschinenkursus zu machen, wie deine Freundin... wie heißt sie noch. Diese Morningquests haben übrigens mächtige Scherereien mit den Venners. Auf Venners Hund ist geschossen worden.«

»Was?«

»Ich mußte rauf zu ihnen und das Vieh töten. War in den Kopf geschossen worden, halb blind. War heulend nach Hause gekommen, über und über blutend. Nicht gerade erfreulich für die Venners. Bemerkenswert dämliche Person natürlich, diese Frau. Fand schon immer, die hat nicht alle Tassen im Schrank. Hab nie verstanden, wieso die sich überhaupt einen Hund angeschafft hat – und dann auch noch einen von diesen riesigen Pudeln, ein dummes, mächtiges Biest.« Mein Vater neigte schon immer dazu, Tieren mehr Aufmerksamkeit zu widmen als Menschen.

»Der Hund gehörte ursprünglich Thelma Venner«, erklärte ich widerstrebend. »Sie hat ihn ihren Eltern aufgehalst, als ihr Freund und sie sich trennten.«

»Ach? Schön blöd von denen, ihn zu nehmen.« Vater, nicht weiter interessiert, griff nach einer Scheibe Brot.

»Aber warum... Wer... Welcher von den Morningquests hat denn wohl auf ihn geschossen?«

»War keiner von der Familie – war ihr Pächter, Silkin. Hat seine Schafe auf der Weide von Boxall Hill belästigt, der Köter, hat ein Schaf totgebissen. Und auch schon vorher hatte Silkin etliche verloren, vermutete also, das sei dasselbe Vieh gewesen.«

»Gut, aber in dem Fall können die Venners doch gar nichts ausrichten.«

»Na ja, aber schlimm ist es trotzdem. Kommt da dein Hund nach Hause in solchem Zustand. Venner hat ein hitziges Temperament. Kann's ihnen nicht verübeln, daß sie wütend sind. Sollten aber mal bloß nicht das Gesetz in die eigenen Hände nehmen. – Wäscht du mal das Geschirr ab?«

Damit ging mein Vater, der in den letzten fünf Minuten mehr geredet hatte als in den vorangegangenen fünf Wochen, wieder in sein Arbeitszimmer, zurück zu seinem ›Wochenbulletin der Milcherzeuger und Ratgeber für die Rinderzucht‹.

Ich beeilte mich, das Teegeschirr wegzuräumen, dann stürzte ich mich auf mein Fahrrad und auf die Straße nach Boxall Hill. Es war Samstag, die ganze Familie würde dort sein. Am meisten drängte es mich, Mariana wiederzusehen und ihr von meiner voraussichtlichen Aufnahme zu berichten. Und natürlich auch Grischa und Lulie.

Ich wollte gerade gehen, da klingelte das Telefon in der Diele. Meine Freundin Veronica. O Gott, dachte ich.

»Hab dich ja Ewigkeiten nicht gesehen«, kam ihre vorwurfsvolle Stimme.

»Nein, ich war auch zu einem Aufnahmegespräch in St. Vigeans.«

»Und? Ging's gut?« fragte sie betont beiläufig. Ich wußte, sie hatte gehofft oder sogar schon geplant, daß sie und ich gemeinsam an der Sekretärinnenschule in Crowbridge unsere Gaudi haben würden.

»Nicht schlecht«, sagte ich vorsichtig. »Der Kunstprofessor dort ist toll.«

»Wie wär's mit Kino heute abend? Bobby und Lin sagen, sie machen auch mit. Das ist ein ...«

»Ach, das tut mir aber leid«, heuchelte ich. »Ich hab den Morningquests versprochen, vorbeizukommen und ihnen von Schottland zu erzählen.«

»Bist ganz schön dicke mit denen, was? Und so ganz plötzlich. Selten, daß du mal nicht dort bist«, sagte sie unzufrieden. »Na ja – wie ist es denn mit morgen? Wir könnten ja 'ne Clique zusammentrommeln und in den ›Heuschober‹ gehen.«

Der ›Heuschober‹ war eine Kneipe, weit genug außerhalb der Stadt gelegen, um seine Inhaber im unklaren darüber zu lassen – oder um ihre Unkenntnis doch notfalls glaubhaft machen zu können –, daß Veronica und die Hälfte ihrer Clique altersmäßig noch unter das Alkoholverbot fielen.

»Ich werd mal sehen ... Ruf dich morgen an. Muß jetzt flitzen. Tut mir sehr leid. Tschüß!«

Schuldbewußt stieg ich auf mein Fahrrad und machte mich auf den mühseligen Weg den Boxall Hill Lane hinauf. Als ich an dem nördlichen Durchfahrtgatter neben der giebelgeschmückten Vennerschen Backsteinvilla anlangte (die auf ihrem Eichentor den Namen ›Aviemore‹ trug), da sah ich zu meiner Bestürzung beide Venners draußen in ihrem Vorgarten mit einem Polizisten sprechen. Sein Wagen stand auf der Straße. Es war Polizeiwachtmeister Chinnery. Dessen Tochter Daphne war in meiner Klasse, und er hatte versprochen, mir Fahrstunden zu geben. Wir nickten einander zu.

Er sagte gerade: »Gut, ich tue, was ich kann, Sir, aber ich fürchte, der Bursche war im Recht. Der Kö ... das Tier hätte an der Leine sein müssen und nicht frei über Weideland laufen dürfen.«

»Aber verdammt noch mal, es besteht doch ein öffentliches Wegerecht auf der Zufahrt durch den Park!«

Colonel Venom – ich hatte mir schon den Morningquestschen Namen für ihn angewöhnt – war ein kurzer, birnenförmiger Mann mit derber roter Haut, schütterem, weißlichem Haar und einem Ausdruck ständiger Empörung. Er trug Knickerbocker aus

Tweed und eine Jagdmütze mit Ohrenklappen. Und nie sah man ihn draußen ohne Stock – auch drinnen nicht, soviel ich wußte. Seine Frau, groß, dünn, zerbrechlich und stotternd, schien dazu geboren, sein Opfer zu sein.

Meine Bestürzung beruhte auch auf der Tatsache, daß sich nun, da ich über die nördliche Route nach Boxall Hill gefahren war, die Notwendigkeit ergab, mein Fahrrad irgendwie um das hohe, verschlossene Gatter herumzumanövrieren. Die Hecke an der linken, zu Anderland gehörenden Straßenseite war niedrig und spärlich, wenn auch von Stacheldraht durchzogen. Aber es war nicht allzu schwierig, das Fahrrad dort hinüberzuheben.

»Es wäre mir lieber, wenn du das nicht tätest«, schimpfte Colonel Venom, als ich, nachdem das Fahrrad sicher drüben gelandet war, mit einem Sprung über das Tor setzte.

»Und mir wäre es lieber, wenn Sie das Tor offen ließen«, erwiderte ich sanft. »Es ist schließlich ein öffentlicher Weg, nicht wahr? Wie Sie soeben selbst sagten.«

Er drehte sich hastig weg und wandte mir den Rücken zu. Sein Gesicht war um etliche Schattierungen dunkler geworden, hatte einen purpurfarbenen Ton angenommen. Ich überlegte, ob er wohl gleich einen Schlaganfall kriegen würde. Ich wußte, er hatte den Hund Jumps nie gemocht, und es war immer die Aufgabe seiner Frau gewesen, ihn auszuführen. Es schien wirklich einigermaßen pervers, daß er jetzt über das Vieh in eine derartige Wut verfiel.

»Na schön, wenn Sie so rundheraus gegen uns eingestellt sind, dann schalte ich eben meinen Rechtsanwalt ein«, knurrte er den Wachtmeister Chinnery an.

»Ja, Sir, das würde ich Ihnen auch raten«, hörte ich Chinnery noch mit besänftigender Stimme antworten, als ich erleichtert wieder mein Fahrrad bestieg und zu der Gleitfahrt abwärts um den gebogenen Sattel des Hügels ansetzte, die mich bis nach Anderland auf der Anhöhe dahinter bringen würde. Die frühe, winterliche Dämmerung verdichtete sich, und das Haus lag hell erleuchtet da. Sir Gideons ländliches Kargheitsstreben erstreckte sich nicht auf die Elektrizität, da diese ja durch einen Generator hausgemacht war. Licht strömte aus jedem Fenster. Und desgleichen Musik – Barneys Klavier, Dans Fagott, Dollys Cello, die Geigen von Toby und den Zwillingen. Es war, als führe man einem musikalischen Bienenstock entgegen. Während ich auf meinem Fahrrad darauf zusauste, dachte ich denn auch, wie unendlich glücklich ich doch dran war, Zugang zu diesem Hort reinster Harmonie zu haben. Warum, warum bloß hatte Mutter mich nicht schon viel früher dort eingeführt? Hastig unterdrückte ich die schmerzliche Erkenntnis, daß ich das einzig und allein meiner eigenen Dickköpfigkeit zuzuschreiben hatte, daß ich mich bestimmt immer gesträubt hätte, es höchstwahrscheinlich auch getan hatte. Statt dessen fragte ich mich, wie es wohl kam, daß von den Morningquest-Kindern, die doch alle die Veranlagung ihrer Eltern geerbt hatten, die allesamt in Musik atmeten wie in Luft, keines sich dafür entschieden hatte, sie als Beruf auszuüben.

Über alles das hatte ich von Lulie gehört, als ich ihr geholfen hatte, Quittengelee zu kochen, und von Mariana, wenn sie unter der Woche auf Stippvisite gekommen war, um ihre Garderobe aufzufüllen. »Zu viel echt harte Arbeit«, fanden die Zwillinge. »Üben, üben, die ganze Zeit!« Üben taten sie zwar auch so, aber das war zum Vergnügen. »Zu anspruchsvoll, in der falschen Richtung«, erklärte Dolly hintergründig. »Ich mag meine Töpfe lieber«, sagte Selene. »Musik – zum Vergnügen ja, aber nicht als Lebensunterhalt.« Und die Jungen, seufzte Mariana, hatten ihre Nasen anscheinend alle tief in die Wissenschaft vergraben; obwohl Danny eine alarmierende Neigung zu häufigem Wechsel an den Tag legte: über Physik und Elektronik sogar bis zu einem gewissen Interesse an den Medien. »Wenn er Journalist würde, das bräche seinem Vater das Herz.« Dan besaß diese Art glatter Redegewandtheit, diese Fähigkeit, die Grundelemente jeglichen

Themas auf oberflächlichem Niveau rasch zu erfassen, und genau das würde ihm natürlich sehr zustatten kommen, wenn er sich den Medien zuwandte.

Ich stellte gerade mein Fahrrad im Hof neben dem eingefrorenen Springbrunnen ab, als Tante Lulie, angetan mit ihrer weißen Baskenmütze, in der Tür erschien, und hinter ihr die Zwillinge.

»Aber was wollt ihr denn aus der Kühltruhe?« fragte sie argwöhnisch.

»Eis, Tante Lulie.«

»Und wozu? Ist es euch hier draußen nicht schon kalt genug?«

»Es ist für unsere Photographiererei.«

»Ach so! Na gut. Aber ich beschwöre euch, macht mir da kein Kuddelmuddel! Legt die Sachen wieder so hin, wie ihr sie gefunden habt. Oh, da ist ja Pandora! Na, wie bist du denn zurechtgekommen, mein liebes Kind? Ist nun alles entschieden? Geht ihr zwei, Dolly und du, gemeinsam hin?«

Die Zwillinge stürzten sich auf mich.

»Du kommst genau richtig!«

»Wieso?« fragte ich, argwöhnisch wie Lulie.

»Das erklären wir dir schon noch. Alles zu seiner Zeit. Du kannst doch über Nacht hierbleiben, ja?«

»Na ja ... Da muß ich Vater anrufen«, meinte ich, war aber sofort entschlossen, das zu tun. Ich hatte nämlich meine Zahnbürste in der Tasche.

»Oh, deinen Vater stört das bestimmt nicht. Der merkt das doch nicht mal. Bist du auf dem Weg hierher an den Venoms vorbeigekommen? Na, da braut sich vielleicht was zusammen!« sagte Ally begeistert. »Das ist wie ’ne sizilianische Vendetta. Der alte Venom würde Gid am liebsten ermorden – was nun total ungerecht ist, denn der Witz ist ja, daß der arme alte Gid kaum weiß, was eigentlich los ist.«

»Ist das meine Pandora?« rief die goldene Stimme Marianas aus einem der oberen Fenster. »Wie ist es denn gegangen in Schottland? Laß doch diese beiden Derwische da für später, und komm erst mal rauf in mein Zimmer und erzähl mir alles. Dolly wird das zwar übelnehmen – aber sie übt gerade auf dem Dachboden so eifrig und tüchtig Cello, da hört sie es eben später.«

»Eifrig? Tüchtig?« meinte ein Zwilling feixend zum anderen. »Reimt sich auf ›eifersüchtig‹!«

Ich überhörte das und rannte hinauf in Marianas enge, nonnenhafte kleine Klause von einem Zimmer, wo sie gerade ein Cocktailkleid anprobierte, genäht aus einem Stück Stoff, das Tante Lulie nach dem Verkauf eines Anwesens in der Umgebung in einer Truhe gefunden hatte. Lulie meinte, es könnte einmal eine Altardecke gewesen sei. Es hatte eine tiefrote, glitzernde Bordüre.

»Tu mir die Liebe und hilf mir hier raus. Diese Nadeln hier, die stechen mich überall«, sagte Mariana und drehte sich seitwärts zum Spiegel. »Hier muß es übrigens noch ein bißchen abgenäht werden – und hier.« Sie war schlank wie ein junger Baum. Man konnte gut verstehen, daß Tante Lulie es liebte, für sie Kleider zu machen.

Nachdem das Kleid wieder sicher auf dem Bügel hing, schloß sie mich in eine kühle, zarte Umarmung. Sie trug einen einfachen Seidenslip und sah nicht älter aus als fünfunddreißig, trotz ihrer weißen Haare.

»Also – wie ist es denn gelaufen? Gute Abschlußnoten? Natürlich, da gibt's doch keine Probleme. Dolly wird ja auf Wolken schweben! Und die Stadt dort – das ganze Ambiente? Hat's dir gefallen? Hélène hatte immer Heimweh nach Schottland, das hat sie mir einmal erzählt. Es hätte so etwas Atavistisches für sie, sagte sie. O mein Liebling, wie sehr ich deine Mutter vermisse! Aber wenigstens hab ich das Glück, dich statt dessen gefunden zu haben. Komm mit, laß uns runtergehen und allen deine Neuigkeit erzählen.«

»Da ist doch in diesem Stadium wirklich noch nichts zu vermelden«, wehrte ich ab aus Sorge, die Vorsehung herauszufordern. (Warum, fragte ich mich, unterstellen wir eigentlich der Vorsehung immer eine derartig abscheuliche Neigung? Warum warten wir förmlich darauf, daß sie jedes lächerliche Anzeichen von Zuversicht mit einem Raketenangriff ahndet?)

»Schon gut, komm trotzdem mit. Alle brennen darauf, dich wiederzusehen.«

Dies war, wie ich sehr wohl wußte, eine von Marianas maßlosen Übertreibungen. Als wir in die Küche kamen, wo die meisten bereits um den langen Tisch versammelt saßen, und sie laut rief: »Hier ist die liebe Pandora!« als brächte sie die Frohe Botschaft von Gent nach Aix, da erntete ich denn auch nur gerade ein beiläufiges Kopfnicken seitens der Jungen, die wie gewöhnlich tief in ihre Dispute verstrickt waren, einen flüchtigen, kalten Seitenblick von Selene und von den Zwillingen ein gespenstisches Grinsen. Dolly allerdings, das stimmte, begrüßte mich mit großem Hallo, als sie später vom Celloüben herunterkam.

»Warum hat mir denn keiner Bescheid gesagt, daß du hier bist? Wie ist es denn gelaufen?« Ihre Umarmung war wie ein weiches Luftkissen. Dolly roch immer sehr hygienisch, nach Wrights Teerseife und Lavendelwasser.

»Gar nicht so schlecht, glaube ich. Der Leiter der Kunstabteilung ist wundervoll. Er ist Tscheche.«

»Gut, gut«, ließ sich Sir Gideon von seinem Ende des Tisches vernehmen. Und plötzlich erkannte ich die Quelle von Dollys unbeirrbarer Liebenswürdigkeit: Sie hatte sie von ihrem Vater geerbt.

»Gut, gut«, wiederholte Sir Gideon noch einmal und nickte dabei wohlwollend – seine unverrückbare Art und Weise öffentlicher Beifallsbekundung. Dann fing er an, die Gemüsesuppe auszuteilen – eine Konzession an den bitteren, trockenen Frost, der das Land in seinen Klauen hielt.

Wir alle aßen unsere Suppe. Die Jungen verfielen dabei wie gewöhnlich in ihre Diskussion über Inflation, Deflation und Reflation und die Zwillinge in die ihre über Sir Gawain und den Grünen Ritter.

»In dem Gedicht geht es darum, Dinge in der richtigen Weise zu tun. Und sein Wort zu halten«, erklärte Elly. »Im vierzehnten Jahrhundert wurde das als wichtig angesehen.«

»Jetzt ja nicht mehr, nicht wahr?« sagte Ally und warf Dan einen bissigen Blick zu. Ich fragte mich, was er wohl getan – oder nicht getan – hatte.

Der Rest der Familie redete über den Zwischenfall mit Silkins Schafen und dem Vennerschen Hund. Die Zwillinge waren, wie ich daraus entnahm, bei der Szene dabeigewesen und Zeugen der ganzen Sache geworden.

»›Es erschallete aber von der gedrängten Meute der Hunde ein höllisch Getöse, daß die Felsen erdröhneten‹«, zitierte Elly.

»Gib bloß nicht so an!« erwiderte Dan gereizt.

Mittlerweile konnte ich die Brüder auseinanderhalten: Dan war der untersetzteste, wenn auch durchaus nicht dick; Toby der dünnste und blondeste (und aus irgendeinem Grunde blickte er fast immer ziemlich bedrückt drein); und Barney war der größte und hübscheste. Aber trotzdem sahen sie sich alle bemerkenswert ähnlich. Barney studierte Mathematik, Toby hatte Biologie belegt, und Dan machte an der Londoner Universität Physik. Barney war der Liebling seiner Mutter. Toby war der Jüngste, war aber größer als Dan. Es war wie eines jener Rätsel: Mr. Smith sitzt rechts neben dem Chirurgen; der Mann am Ende der Tafel ist mit der Ärztin verheiratet; Mrs. Jones ist die mit den falschen Zähnen ...

Toby wandte sich von seinen Brüdern ab und meinte: »Venom kann wirklich nicht erwarten, daß jeder ihm Anteilnahme entgegenbringt, bloß weil sein durchgedrehter Hund einen Schuß ins Auge gekriegt hat.«

»Ach, nein? Du wirst dich noch wundern über die Moralbegriffe der konservativen englischen Landbevölkerung«, versetzte Dan.

»Das alles ist geradezu entsetzlich«, schauderte Mariana. »Ich hoffe bloß, wir werden dadurch nicht zur Zielscheibe einer Haßkampagne. Und ich hoffe, daß sich der Sturm bis zum nächsten Musikfestival gelegt hat. Ach, wenn doch bloß deine Mutter noch lebte, Pandora! Sie wäre eine solche Hilfe! Ich wollte, dieser übergeschnappte alte Venom ginge am Kollaps ein!«

Onkel Grischa kam in die Küche und schleppte einen großen, schweren Wasserbehälter, den er auf dem Tresen neben dem Spülbecken abstellte. Dann setzte er sich hin und begann Suppe zu essen, begleitet von einem Chor der Entrüstung.

»Onkel Grischa! Warum holst du nun das Wasser? War denn nicht Dan an der Reihe?«

»Grischa, mein lieber Freund, weshalb um alles in der Welt erledigst du diese eisige, anstrengende Schlepperei, wenn all diese gesunden jungen Männer im Haus sind?«

Inzwischen wußte ich schon, daß die Familie ihr Trinkwasser am liebsten aus einer Quelle holte, die im oberen Tal hinter dem Stechpalmenwäldchen hervorsprudelte. Während der Woche füllte Onkel Grischa den Wasservorrat des Hauses alle zwei, drei Tage auf, ohne ein Wort über die Schlepperei zu verlieren. Er war sehnig und zäh wie eine alte Brombeerranke. Am Wochenende jedoch sollte jeweils einer der Jungen das übernehmen. Sie wechselten einander dabei ab.

Dan zog eine große Show charmanter Zerknirschung ab und beteuerte, er werde die Aufgabe für die nächsten fünf Wochenenden übernehmen.

»Tut mir nischt kejn tojwe!« brummelte Tante Lulie.

Sir Gideons ganzes Gesicht floß förmlich abwärts zu Triangeln der Trauer zusammen.

»Ich sag euch mal was«, fing Grischa an, ohne sich um das Getue zu kümmern, »im Stechpalmenwäldchen, da war jemand.«

»Ehrlich?«

»Und was hat er gemacht?«

»Was für ein Jemand denn?«

»Wieso weißt du das, Onkel Grischa?«

»Ich hab ja schließlich Ohren, oder nicht?« versetzte Onkel Grischa. »Also, ich war auf dem Weg zur Quelle, der Kanister war also noch nicht schwer, ich ging folglich ganz leise durch den kleinen Wald, und meine Augen waren schon gut an die Dunkelheit gewöhnt. Vor mir sah ich durch die Bäume hindurch den mondbeschienenen Abhang des Hügels, und da – ganz plötzlich – höre ich so was wie ein Rascheln und Knirschen. Und dann seh ich auch was, etwas Dunkles, das sich zwischen den Baumstämmen bewegt.«

»Könnte es ein Dachs gewesen sein – oder ein Hirsch?«

»Zu groß für einen Dachs. Und nicht die Umrisse wie ein Hirsch. Es verkroch sich hinter einem Baum. Das hätte dein Hirsch schon mal nicht getan, ein Hirsch wäre einfach weggelaufen.«

Zwei der Jungen, Barnabas und Toby, sprangen impulsiv auf. Sir Gideon aber winkte ungehalten mit der Hand, sie sollten sich wieder setzen.

»Wer immer das war, jetzt ist er doch längst weg«, meinte er. »Und wir wollen keinerlei Konfrontationen. Das ist das letzte, was wir wollen.«

»Was glaubst du denn, was der Kerl da gemacht hat?«

»Das werden wir morgen feststellen«, sagte Sir Gideon.

Nach Beendigung des Mahles – Äpfel, Most, Lebkuchen, geschroteter Weizen – und nachdem die Mädchen ihren turnusmäßigen Abwaschdienst erledigt hatten, packten mich die Zwillinge förmlich am Kragen.

»Nun los, ruf deinen Vater an, sag ihm, daß du die Nacht hier verbringst, und dann möchten wir uns mit dir mal höchst ernsthaft unterhalten.«

Also rief ich ihn an – er erhob keine Einwände –, und dann schleppten mich die beiden hinüber zu Grischas Studio über den Ställen.

»Aber was sagt Grischa dazu?«

»Och, der spielt Dreierschach mit Gid und Barney, da sind die auf Stunden beschäftigt. Los, komm schon!«

Ich liebte Grischas Studio. Man stieg über eine Art Kajütentreppe hinauf. Es lag über der ehemaligen Sattelkammer, die jetzt als Apfelspeicher benutzt wurde, so daß der Dachraum darüber ständig von Apfelduft durchzogen war. Ein Durcheinander von Papier, Farben und Zeichenmaterial lag über etliche Tapeziertische verstreut in diesem geräumigen Gemach, das aus zwei miteinander verbundenen, ehemaligen Dachstuben bestand und von schrägen Fenstern erhellt wurde. Englische Literatur, die noch auf den Prozeß der Überarbeitung wartete, reihte sich auf Regalen zu beiden Seiten. Und auf Pinnwänden, die gegen die Dachschrägen lehnten, war eine Serie schwarzweißer, satirischer Zeichnungen befestigt. Sie stellten Menschenpaare in verschiedenartigem, wenig schmeichelhaftem Beieinander dar: schnucklige Mädchen, die geilen alten Männern schöne Augen machten; fette Damen, die Soldaten in Uniform mit den Blicken aufspießten; Blicke ehelichen Hasses, über den Frühstückstisch hinweg ausgetauscht; Blicke voller Verzweiflung und Triumph, als der Ehering an seinen Platz geschoben wird... Ich fand sie alle einigermaßen deprimierend, wenn auch brillant und gekonnt. Sie enthüllten eine Seite von Grischa, die ich kaum kannte. Um so mehr gefielen mir seine Aquarelle, mysteriös verschwommene Landschaften in wilden, dramatisch glühenden Farben.

Als ich es ihm später einmal sagte, erwiderte er: »Aber mein Kind, die Erde ist ja immer so viel besser als die Menschen auf ihr.«

Die Zwillinge waren hochentzückt von diesen bitterbösen Streiflichtern auf die menschliche Natur.

»Scharfer alter Grischa«, meinte Elly und betrachtete voller Bewunderung sein Werk. Dann schleifte sie einen winzigen elektrischen Ofen hinter sich her bis zu einem kleinen türkischen Teppich, der auf dem Fußboden lag, und schaltete die Heizung ein. Anders als Tante Lulie reagierte Grischa auf kaltes Wetter mit spartanischer Nichtbeachtung, ja, er bevorzugte es sogar. »Mein Verstand funktioniert weniger intelligent, wenn ich es zu warm habe«, behauptete er.

So kauerten wir uns denn vor dem Öfchen auf dem eiskalten Boden zusammen.

»Also«, fing Ally an, »du wirst es wohl noch nicht wissen, aber wir haben so ein Ritual, so eine Art Äquatortaufe in unserer Familie.«

»Ähnlich wie das Musgrave-Ritual«, ergänzte Elly.

»Das Musgrave...?«

»Na, du weißt schon«, sagte Ally ungeduldig. »Bei Sherlock Holmes. ›Wessen war es? Dessen, der fort ist. Was sollen wir dafür geben? Alles, was unser ist.‹«

Ich hatte mittlerweile herausgefunden, daß die Zwillinge im Gegensatz zu ihrer älteren Schwester Dolly in manch einem entlegenen Winkel der englischen Literatur überraschend belesen waren.

»O ja, jetzt fällt es mir ein«, sagte ich rasch. »Das hatte was zu tun mit der Krone der Könige von England... oder war es der Heilige Gral?«

»Ach, ist doch egal. Die Hauptsache war, daß die Mitglieder der Familie ein spezielles Ritual durchlaufen mußten, wenn sie mündig wurden. Und das machen wir in unserer Familie auch, aber bei uns geschieht das im Alter von zehn Jahren.«

»Ursprünglich haben die Jungen das erfunden«, unterbrach Ally. »Die haben damit bei Dolly angefangen, um sie zu einem Jungen ehrenhalber zu befördern, weil sie, wie sie sagen, ewig gejammert hat, sie werde von ihren Spielen ausgeschlossen. Und dann wollten sie es natürlich mit Silly machen, als die zehn war. Und dann haben sie es mit uns gemacht.«

Elly schnitt eine Grimasse bei der Erinnerung daran.

»Gemacht?«

»Also zunächst mal«, erklärte Elly, »da Mar und deine Mutter gemeinsam ...«

»... dich gewissermaßen in eine Familienzugehörigkeit ehrenhalber bei uns eingeschleust haben, sind wir entschlossen, diese Zugehörigkeit zu besiegeln, indem wir dir eine formelle Aufnahmezeremonie zuteil werden lassen«, ergänzte Ally.

Ich reagierte auf diese Ankündigung mit sehr gemischten Gefühlen. Vor allem zunächst mit Unwillen. »Vielen Dank. Ja, danke bestens. Sehr entgegenkommend von euch.«

Sie grinsten mich an wie zwei Raubkatzen.

»Weiß der Rest der Familie von dieser Sache?« Mir kam das alles ziemlich fragwürdig vor, kindisch und fragwürdig – und beunruhigend.

Ich war erleichtert, als Ally meinte: »Nein, wir haben es Dolly und den Jungen gegenüber nicht erwähnt. Silly würde es ja sowieso nicht interessieren. Die denkt doch bloß an ihre alten Pötte. Du kannst es den anderen natürlich hinterher erzählen – wenn du das willst.«

»Das Ritual wird jeweils von den zwei Nächstälteren vollzogen«, erläuterte Elly. »Die Mädchen haben es bei uns gemacht, als wir zehn waren. Und Toby und Dolly haben es bei Sil gemacht.«

»Aber ich bin älter als zehn. Und älter als ihr zwei. Ziemlich sogar.«

»Na schön, aber das können wir nicht ändern, oder? Der Punkt ist doch, daß du gerade erst in die Familie gekommen bist.«

»Sozusagen vom Himmel gefallen«, nickte Ally beifällig.

»Also ging's ja nicht früher.«

»Und nichts ist so günstig wie das Heute und Jetzt.«

»Oh ... Na schön«, kapitulierte ich mißlaunig. »Also, was muß ich tun?« Ich sah eine Art zigeunerhafter Verbrüderungszeremonie auf mich zukommen: aufgeschnittene Pulsadern, vereinigtes Blut, vermischt mit Wein ...

»Au fein. Wir haben schon alles vorbereitet.«

»Aber nicht hier. Wir haben dich bloß hier hergebracht, um dich mit der Idee vertraut zu machen.«

»Zuerst müssen wir dir die Augen verbinden.«

»Oh ... um Himmels willen!«

»Erstmal klettern wir wohl besser wieder in die Sattelkammer runter«, meinte Elly. »Es ist einfacher, wenn wir zu ebener Erde mit dir anfangen.«

Sie schalteten also den Ofen ab, und wir stiegen in die Sattelkammer hinunter, wo die Zwillinge zwischen den Borden voller streng duftender Äpfel meinen Kopf geschickt mit einem voluminösen alten indischen Baumwollschal umwickelten (gewiß eine von Tante Lulies Trödelmarktausbeuten). Dann hörte ich, wie das Licht ausgeknipst wurde, und sie führten mich aus dem Stallgebäude in die kalte Nacht hinaus.

»Ein Glück, daß es nicht regnet«, raunte eine Zwillingsschwester der anderen zu. (Ich stellte mit Interesse fest, wie schwer es war, bei verbundenen Augen ihre Stimmen auseinanderzuhalten).

»Wenn das kaltklare Wasser sich aus Wolken ergießet und gefrieret, da es herniederfallet auf die falbe Erde ...« zitierte die andere, und da erkannte ich Ellys Stimme.

Sie führten mich eine weite Strecke, zuerst stolpernd über Kopfsteinpflaster, dann einen Kiesweg entlang und schließlich über harsches Gras. Ich hörte, wie eine Tür entriegelt wurde und sich knarrend öffnete – Werkzeugkammer? – Geräteschuppen? – Gartenpavillon? Der Raum, den wir betraten, roch nach Erde, Öl, Wurzelwerk – der Schuppen für die Rasenmäher oder das Treibhaus, vermutete ich.

»Hinknien!« befahl eine der Zwillinge.

Jetzt, da sie sich ihrer Sache sicher waren, gewannen ihre Stimmen an Resonanz. Vielleicht lag es aber auch nur an der Akustik der neuen Umgebung.

Ich kniete auf einem rauhen Steinboden nieder, heilfroh, daß ich mir vor der Radtour nach Boxall Hill lieber noch einen dicken Pullover und meine bequemen Cordsamthosen angezogen hatte. Mit kratzendem Geräusch wurde irgendein Möbelstück über den Fußboden geschurrt, bis es mir gegen den Bauch stieß.

»Also, jetzt werden dir verschiedene Sachen zum Essen und Trinken gereicht«, wurde mir gesagt. »Du mußt sie bereitwillig zu dir nehmen, und immer, wenn du etwas hinuntergeschluckt hast, mußt du sagen: ›Ich teile die erhabenen, altehrwürdigen Speisen des Stammes der Morningquests. Ich erkenne ihre Altvorderen als mein eigen Fleisch und Blut an. Ich mache ihre Sorgen und Freuden zu den meinen.‹«

Heiliger Strohsack! dachte ich und fragte mich, ob die Zwillinge sich dieses ganze Brimborium wohl eigens für mich ausgedacht hatten? Irgendwie konnte ich mir nicht vorstellen, daß Barnabas oder Danny dasselbe um Dollys willen veranstaltet hatten, oder wie Dolly es an Selene weitergegeben hatte. Ich hätte wetten mögen, daß deren Zeremonien weitaus schlichter ausgefallen waren.

Es ist schwierig, das Gleichgewicht zu wahren, wenn man mit verbundenen Augen niederkniet. Ich griff nach den Kanten des Holzgestells vor mir und kam zu dem Schluß, daß es einer der hölzernen Lattentische aus dem Töpferschuppen war. Hinter meinem Rücken hörte ich gedämpftes Klirren und Scharren. Dann wurde mit einem dumpfen Laut etwas auf den Tisch vor mir gestellt.

»Vor dir auf dem Tische«, ertönte eine der Stimmen – jetzt kamen sie so richtig in Fahrt –, »vor dir auf einem Teller liegen drei Schafsaugen. Eines für die Vergangenheit, eines für die Gegenwart, eines für die Zukunft. Schlucke sie eins nach dem anderen, und wiederhole nach einem jeden den Satz des Rituals.«

Schafsaugen? Ich überlegte ungläubig, wie zum Teufel die

Zwillinge an Schafsaugen gekommen sein konnten? War das hier ein grotesker Schabernack? Aber dann fiel mir mit zitterndem Entsetzen das gemetzelte Schaf ein. Mußte ich mir wirklich all diesen Blödsinn gefallen lassen? Meinten die beiden es ernst? Ja, das taten sie wohl, mußte ich mir eingestehen.

Schweren Herzens bereit, ihr Spiel mitzuspielen, griff ich mit tastenden Fingern zu und stieß auf etwas, das sich wie eine Plastikschüssel anfühlte, und darin auf drei kugelförmige Objekte, schwimmend in einem dicken Schleim, der die Konsistenz von Eiweiß hatte. Mit leisem Schaudern steckte ich eins davon in den Mund. Es war eiskalt und schmeckte nach Salz. Ohne den leisesten Versuch zu kauen, schluckte ich das schleimige Ding hinunter – eine Olive vielleicht? – und hörte ein Aufseufzen hinter mir. Wenn es eine Olive war, dann hoffte ich bloß, daß sie den Stein vorher entfernt hatten.

Ich mußte gewaltsam mein Lachen oder meinen Protest unterdrücken, ehe ich mit der rituellen Formel beginnen konnte: »Ich teile die erhabenen, altehrwürdigen Speisen des Stammes der Morningquests ... äh ...«

»Ich erkenne ihre Altvorderen als mein eigen Fleisch und Blut an. Ich mache ihre Sorgen und Freuden zu den meinen«, half mir jemand ein.

Noch zweimal schluckte ich mich tapfer durch das Ritual. *Drei* Augen? Aber nur *ein* Schaf war gerissen worden. Ein Schaf hat nur zwei Augen. Egal, mach einfach weiter... War es möglich, daß die Dinger vom Fleischer stammten?

Die schleimige Schüssel wurde fortgenommen und durch ein zylindrisches Objekt ersetzt, einen hohen Becher.

»In dem Kelche, der jetzt vor dir steht«, psalmodierten die Stimmen, »ist ritueller Wein, gemischt mit Blut, Kräutern und Gewürzen. Trinke ihn beherzt und wiederhole die mystische Formel.«

Ich tat es und hoffte bloß, daß sie das Gebräu nicht mit Halluzinogenen versetzt hatten. Der Geschmack war jedenfalls unglaublich gesundheitswidrig: schwer, ölig, streng – es hätte eine Mixtur aus Tinte, Blut und Motoröl sein können. Der Nachgeschmack immerhin war alkoholisch und leicht süß. Ein Spritzer Kochsherry? Mit ungeheurer Willenskraft hielt ich meine hüpfende Speiseröhre unter Kontrolle, preßte die Zunge gegen den Gaumen und sog tiefe, kalte Atemzüge durch die Nasenflügel.

»Wiederhole den Eid.«

Ich wiederholte ihn.

»Und jetzt«, sagte die Stimme zu meiner Rechten, »begeben wir uns an einen anderen Ort. Aber zuvor mußt du noch zeremoniell gesalbt werden, und du mußt einen Teil deiner Haare opfern ...«

»... als Symbol deiner Bereitschaft, all dein weltliches Gut mit der Familie zu teilen.«

»Moment mal, halt ...« protestierte ich, aber dann überlegte ich mir, daß genau genommen die Dinge ja eigentlich umgekehrt lagen. Die Familie war doch gerade dabei, mir großzügig auf meinem Weg durchs College zu helfen. Also war doch wohl das mindeste, was ich tun konnte, mich diesem widersinnigen Hokuspokus zu unterwerfen. Während der ganzen Zeit allerdings wuchs meine Überzeugung, daß Mariana und Gideon nicht das geringste wußten von dieser finsteren Familienzeremonie, daß sie nichts damit zu tun hatten. Während ich das noch dachte, spürte ich plötzlich, wie mir eine kalte, klebrige Flüssigkeit auf die Schädeldecke geklatscht wurde, wie sie von dort herabfloß und meine Augenbinde durchtränkte. Und dann kappte eine meiner Mentorinnen mit etwas, das sich anfühlte wie eine große Gartenschere, mir oben auf dem Kopf das Haar. Nasse Strähnen fielen auf meine Hände, auf den Tisch, und ich zuckte krampfhaft zusammen.

»Halt still!« befahl die Stimme.

»Was zum Teufel macht ihr da?« wollte ich wissen.

»Ruhig, bitte! Jetzt geleiten wir dich zum Ort der Aspiration.«

Mit ihren muskulösen, klauenartigen Händen umklammerten

sie meine Arme, zogen mich in die Höhe und drehten mich um. Wir traten durch die Tür wieder hinaus und gingen wohl an die zehn Minuten lang, zumeist über Gras. Mittlerweile war ich wirklich sehr ungeduldig geworden mit dieser ganzen Sache, und ich beschloß, mich noch auf weitere fünf Minuten dieses Blödsinns einzulassen, auf mehr aber nicht. Ein Jux war ein Jux, aber ich hatte davon jetzt mehr als genug. Ich fühlte mich leicht taumelig, wahrscheinlich durch die Wirkung jenes Getränkes. Kalte Tropfen rannen mir an Kopf und Nacken herunter. Ich wollte, ich wäre erst wieder drinnen, am liebsten bei Mariana, ihrem Gesang zuzuhören. Aber zuvor erstmal ein heißes Bad und einen Schluck Kaffee, um den Geschmack dieser ekelhaften Brühe zu vertreiben.

Die frostige Nachtluft war eine Erlösung. Sie half die Übelkeit zu beschwichtigen. Aber meine Kehle hob sich immer noch bei der Erinnerung an die Schafsaugen – konnten es nicht doch Oliven gewesen sein? – und meinem leichten Trunkenheitsgefühl half es auch nicht gerade, so lange Zeit die Augen verbunden zu haben.

»Jetzt«, sagte eine der Stimmen, »jetzt wirst du eine Treppe hinaufsteigen. Leg deine rechte Hand auf das Geländer.«

Zwei Hände hoben meinen Arm, legten meine rechte Hand in Position.

Und natürlich wußte ich in dem Moment, als ich das Geländer umschloß, ganz genau, wo ich war: am Fuße von Tobys Treppe, die ins Baumhaus hinaufführte. Unter meiner Augenbinde lächelte ich ein geheimes Lächeln. Höchstwahrscheinlich hatten die Zwillinge nicht die leiseste Ahnung, wie viele, viele Male ich während der stillen Wochentage, wenn die ganze Familie weit weg in London war, zur Plattform hinaufgestiegen war. Das Stechpalmenwäldchen (das eine melancholische kleine Ansammlung von Haustiergräbern in sich barg – ›Blackie, Anns erstes Ponny‹; ›Bonzo, ein treuer Freund‹; ›Saladin, Toms Jagdbegleiter für sieben Jahre‹) und Tobys hölzernes Baumhausgerippe, hoch und verborgen zwischen dem Geäst, war zu meinem liebsten Schlupfwinkel geworden. Der sanfte Bogen des Handlaufs und die Kurve der Stufen waren mir mittlerweile zutiefst vertraut. Ich wußte genau, wie viele Stufen es gab, ich hätte, wie das Sprichwort sagt, mit verbundenen Augen hinaufgehen können.

Voller Sicherheit setzte ich den Fuß auf die unterste Stufe.

»Warte! Warte auf Instruktionen!« befahl eine der Stimmen. »Du wirst jetzt genau fünfzehn Stufen hinaufsteigen – ganz langsam. Und dabei wirst du laut zählen. Auf der fünfzehnten Stufe bleibst du stehen. Bleib still dort stehen, halt dich gut am Geländer fest und warte auf weitere Befehle. Bewege dich kein bißchen, oder du begibst dich in Gefahr.«

»Okay«, stimmte ich wohlgemut zu. Und begann hinaufzusteigen.

Jetzt glaubte ich zu erraten, was die beiden vorhatten. Die gemeinen kleinen Biester! Ich wette, die haben vor, zum Haus zurückzugehen – haben sich vielleicht schon davongeschlichen –, und mich wollen sie mit klopfendem Herzen zwanzig Minuten lang da oben auf der obersten Stufe stehen lassen, ehe ich merke, daß sie mich im Stich gelassen haben! Nun gut, das war der Punkt, an dem ich aufhören würde mitzuspielen. Sowie ich oben angekommen war, würde ich die Augenbinde abnehmen. Mit leichtem Herzen und sicherem Schritt – wenn auch angemessen langsam – stieg ich die Treppe hinauf.

Die fünfzehnte Stufe, das wußte ich noch, war bereits die Plattform selbst. Ich wußte auch, Toby hatte ein paar Bretter quer darübergenagelt. Der geschwungene Handlauf hörte mit der obersten Stufe auf, Treppengeländer zu sein, und bog nach rechts, wurde zur Reling der Plattform.

Unter meiner Hand, die weich aufwärtsglitt, fühlte ich das Geländer nach rechts umbiegen. »Fünfzehn!« rief ich und trat auf die Plattform.

Und dann wurde meine Absicht, die Augenbinde abzureißen, und die Absicht der Zwillinge, mich zu überraschen – womit auch immer – gleichermaßen zuschanden, denn das Brett unter meinen Füßen splitterte und brach unter mir weg, und ich sackte mit ihm nach unten. Glücklicherweise hatte ich mit der rechten Hand noch immer das Geländer im Griff, und ich klammerte mich daran fest. Dadurch wurde mein Fall gemildert, denn es verschaffte mir einen Moment Zeit, den Schal vom Kopf zu schieben und nach Ästen und Zweigen des Baumes zu greifen, während ich abwärtsstürzte.

Dennoch, als ich auf dem Boden aufschlug, geschah es doch mit solcher Wucht, daß ich ohnmächtig wurde – nachdem ich gerade noch einen unheilvoll krachenden Schmerz in meinem linken Bein verspürt hatte.

5

Natürlich brach die Hölle los, als die Zwillinge dabei ertappt wurden, wie sie mich auf einem alten Schlitten über den Stallhof zerrten.

Meine Ohnmacht war sehr kurz gewesen, aber mein Bein schmerzte so sehr, daß an Laufen nicht im entferntesten zu denken war. Lord Newberry, Sir Gideons Freund und von Beruf Arzt, der zufällig das Wochenende in Boxall Hill verbrachte, erklärte zwar, der Bruch sei eine glatte Fraktur, aber ich mußte doch ins Allgemeine Krankenhaus von Floxby befördert werden, um ihn eingipsen zu lassen. Dauernd müssen die Morningquests für Mitglieder meiner Familie den Krankenwagen kommen lassen, dachte ich verzagt.

Mariana begleitete mich.

»Bitte, bitte entschuldigen Sie sich doch nicht!« bat ich sie immer wieder. »Ich mache den Zwillingen doch keine Vorwürfe. Es war bloß ein idiotischer Zufall, ganz bestimmt, und wahrscheinlich meine eigene Schuld. Ich verstehe auch nicht, was da passiert sein kann, aber ich bin absolut sicher, daß die beiden das nicht beabsichtigt haben.«

»Aber was habt ihr drei denn bloß gemacht?«

»Ach, das war bloß ... bloß ein Spiel«, begann ich reichlich unsicher, aber da kamen wir gerade bei der Unfallstation an, und ich wurde hineingeschafft, um mir das Bein versorgen und mit einem Gipsverband versehen zu lassen.

Am nächsten Tag – einem Sonntag – fand man mich soweit wohlauf, daß ich aus dem Krankenhaus nach Hause geschickt werden konnte, und in Anbetracht des Witwerstandes und der beruflichen Verpflichtungen meines Vaters hielten alle es für das beste, daß ich nach Boxall Hill zurückkäme.

Ich hatte natürlich telefonisch mit meinem Vater gesprochen und dabei ein gewaltiges Donnerwetter von ihm zu hören bekommen. »Idiotische Albernheit – nachts auf Bäume zu klettern! Was kann man da anderes erwarten?«

Mitleid hatte ich von ihm bestimmt nicht erwartet, und ich bekam es auch nicht.

Barney kam mit dem Daimler, um mich abzuholen. »Damit du dein Bein ausstrecken kannst«, meinte er, während er mich auf den geräumigen Rücksitz verfrachtete. »Und wir dachten uns, die Fahrt ist auch nicht eine solche Rüttelei wie in Grischas Minor.«

Es war denn auch, als schwebe man auf Sammetflügeln durch die Lüfte.

»Ich hoffe bloß, die Zwillinge sind von deinen Eltern nicht massakriert worden?« fragte ich bange.

»Na ja, eine gehörige Standpauke haben sie schon gekriegt. Von wegen kindisches Benehmen, und daß sie es bei ihren geistigen Voraussetzungen eigentlich besser hätten wissen müssen, und so weiter. Aber die sind ja in ihren Schulen schon ständig in der Bredouille, da denke ich, hat ihnen das auch nicht viel ausgemacht. So was läuft an denen glatt runter.

Gid und Mariana haben nämlich nie was gewußt von unserem Mündigkeitsritual, mußt du wissen. So half es immerhin ein bißchen, als Dolly und ich es ihnen erzählten. Obwohl ich sagen muß, die Zwillinge haben das Spiel anscheinend ein ziemliches Stück weiter getrieben, als wir es uns je haben träumen lassen. Einfallsreiche kleine Teufel«, meinte er unwirsch.

Ich mußte an die Augäpfel des Schafes denken.

»Aber die Hauptsache ist doch«, fuhr er fort, »daß sie natürlich nie die leiseste Absicht hatten, dich aus dem Baumhaus fallen zu lassen.«

»Nein, das hab ich auch nie gedacht. Es muß einfach ein dummer Zufall gewesen sein.«

»Nein, das war kein Zufall. Ganz im Gegenteil. Da ist nämlich jemand gewesen, dort im Wäldchen, und hat den Tragbalken durchgesägt, an zwei Stellen, bis auf einen millimeterdicken Span, der das ganze noch zusammenhielt.«

»Nein!« entfuhr es mir, zu Tode erschrocken. »Wie unglaublich infam!«

»Toby und ich sind gleich hingegangen, als es hell war, und haben uns dort eingehend umgesehen. Wir fanden das angesägte Stück des Trägers dort, wo es runtergefallen war, und Abdrücke im Boden, drei Stück, wo eine Obstleiter unter irgend jemandes Gewicht eingesunken war. Und Sägemehl fanden wir auch, verteilt über die darunterliegenden, abgefallenen Blätter. Also konnte das erst kürzlich gemacht worden sein, nach dem letzten Regenschauer.«

»Ich war noch letzten Freitag bei Tageslicht in dem Wäldchen«, sagte ich, fügte aber nicht hinzu, daß ich auch auf die Plattform hinaufgestiegen war, »und da hab ich bestimmt kein Sägemehl gesehen. Wer könnte das denn getan haben?«

»Oh, da gibt's keinen großen Zweifel. Das muß der alte Venom gewesen sein, der verrückte alte Spinner. Aus Wut über seinen Hund, nehme ich an. Das Problem ist bloß, welche Strategie man ihm gegenüber einnimmt. Gid scheut sich entsetzlich, in irgendwelche lokalen Unannehmlichkeiten hineingezogen zu werden, wenn er es irgend vermeiden kann. Boxall Hill ist nun mal sein Refugium.«

»Aber böswillige Zerstörung in einem solchen Ausmaß – das ist doch ein bißchen viel. Schließlich hätte jemand dabei zu Tode kommen können.«

»Du zum Beispiel«, sagte Barney.

»Na ja ... ist eben ein Glück, daß ich so viel vom Primatenaffen in meiner Erbmasse hab. Bin schon mein ganzes Leben lang aus Bäumen gefallen.« Und nach einigem Nachdenken fragte ich: »Ist die Polizei deswegen benachrichtigt worden?« Mir fiel Wachtmeister Chinnery draußen vor dem Haus der Venners wieder ein.

»Gid will zuerst mit dir darüber sprechen. Er möchte die Polizei ungern hinzuziehen, aber letztendlich hängt das von dir ab. Schließlich bist ja du diejenige, die verletzt worden ist«, schloß er nüchtern, und ich konstatierte, daß ich noch nie zuvor ein so langes Gespräch mit Barney geführt hatte.

Er bog in den Hof ein. »Tante Lulie hat dir ein Wohn-Schlafzimmer in der alten Stube der Haushälterin eingerichtet. Wir fanden es besser, wenn du im Erdgeschoß wohnst.«

»›Er hüpfet einher, auf die Axt gestützt, und hurtig setzt er hinweg über Busch und Kraut‹«, deklamierte Ally, die an der Hintertür auftauchte und mir mit meinen Krücken so ungestüm aus dem Wagen half, daß ich fast auf das Kopfsteinpflaster gekippt wäre.

»Nun mal langsam!« japste ich.

»Und nicht dauernd den dämlichen Sir Gawain, wenn's beliebt«, meinte Barney und fuhr den Daimler rückwärts in den Wagenschuppen. Sie grinste ihn freundlich an, und ich sann über die interessante und komplexe Rangordnung innerhalb des Familienlebens nach: Die Zwillinge hatten, wie ich wußte, eine bessere Beziehung zu Barnabas als zu Dan oder Toby oder auch zu den altersmäßig dazwischen rangierenden Schwestern.

»Oh, du armer, armer Liebling!« rief Mariana, die in ihrem grauen Kittelkleid aus der Hintertür heraneilte. »Komm nur, komm rein, damit wir's dir bequem machen!«

Mit einem Übermaß an Geschäftigkeit und Aufregung, bei der ich vor lauter Fürsorge mehrmals beinahe umgeschubst und schier zu Tode getrampelt worden wäre, bettete man mich endlich auf eine Chaiselongue im Zimmer der Haushälterin.

»Danny hat hier ein Feuer für dich angezündet«, sagte Mariana und blickte liebevoll in die züngelnden Flammen.

Allerdings hatte Danny das getan, aber da er versäumt hatte, mehr als eine Handvoll Brennmaterial herbeizuschaffen, ging es bald wieder aus, und mir wäre – höchst undankbar – ein Ölofen lieber gewesen.

»Gleich wird dir Lulie einen Schluck von ihrem köstlichen Kaffee bringen. Und jetzt ziehen wir dir mal die Jacke aus und nehmen dir dieses Ding da vom Kopf.« Sie streifte mir meinen Turbanschal ab und gab einen Laut des Entsetzens von sich. »Dein Haar! Was ist damit passiert?«

»Oj wej!« schrie auch Lulie und ließ beinahe das Kaffeetablett fallen. »All mein Lebtag hab ich noch nicht gehört, daß ein gebrochenes Bein das Haar eines Menschen grün macht!«

Auch im Krankenhaus waren sie schon mächtig erschrocken gewesen und hatten bereitwillig ihr Bestes getan, die Farbe durch Schrubben mit antiseptischer Seife herauszubekommen, leider jedoch mit minimalem Erfolg.

»Ich glaub, das muß das Zeug gewesen sein, das die Zwillinge mir gestern abend draufgeschmiert haben«, erklärte ich kleinlaut.

»Nein, diese Zwillinge! Total *meschugge*! Na warte, wenn Gideon das sieht!«

»Meine arme Pandora, das ist ja entsetzlich!«

»Och, ich glaub, ich werde mich bald daran gewöhnen. Und ich nehme an, das wird schon nach und nach herauswachsen. Oder von selbst verblassen.«

»Vielleicht sollten wir dich blond färben...« überlegte Tante Lulie laut vor sich hin, und man sah ihre erfinderischen Augen förmlich aufleuchten, als sie die Herausforderung der Situation erfaßte. »Aber was für einen fürchterlichen, fürchterlichen Schnitt sie dir verpaßt haben! Das sieht ja aus wie der Schopf eines Haubentauchers. Aber das werden wir schon in Ordnung kriegen.«

Tante Lulies Künste mit der Schere erstreckten sich auch aufs Haarschneiden, und sie übte sich darin an den meisten Köpfen der Familie, einerlei, ob männlich oder weiblich.

Bald erschien auch Dolly auf der Bildfläche, ganz darauf eingestellt, meine Misere – wie Mariana – durch Ausrufe des Mitleids und durch Zungenschnalzen zu beklagen. Aber es war doch interessant zu beobachten, wie das, was sie nun von Angesicht zu Angesicht vor sich sah, denn doch mehr war, als sie erwartet hatte: Sie schien total verstört – vor allem durch das grüne Haar. Vielleicht, weil ich durch ihre bösen kleineren Schwestern auf diesen Zustand reduziert worden war? Was immer der Grund war – nachdem sie hereingekommen war, konnte sie es kaum abwarten, wieder hinauszukommen. So viel also zu unserer großartigen künftigen Freundschaft in St. Vigeans, dachte ich. Selene dagegen, die mich bisher noch nie direkt angesprochen hatte, äußerte ein überraschendes Ausmaß an Mitleid und Besorgtheit. Sie bot mir an, eine Rückenstütze zu holen, die Toby ihr mal gemacht hatte, als sie sich die Wirbelsäule verletzt hatte, sie lieh mir eine Mohairstola, um sie mir um die Schultern zu legen, und brachte mir ein Sträußchen aus Winterjasmin und Lorbeer in einem ihrer winzigen, eleganten Keramiktöpfchen.

Sir Gideon stattete mir geradezu einen Staatsbesuch zum Kondolieren ab. »Mein liebes Kind, ich weiß gar nicht, ich weiß wirklich nicht, was ich sagen soll.«

»Bitte, bitte, machen Sie sich darüber keine Gedanken«, beschwor ich ihn. »Ehrlich, es war ebenso sehr meine Schuld wie die der Zwillinge.«

»Ich bin wirklich zutiefst gerührt, daß du bereit warst, diesen ganzen rituellen Schabernack über dich ergehen zu lassen, um ein Mitglied unserer Familie zu werden – und von nun an mußt du wissen, daß du ganz und gar zu uns gehörst.« Seine Augen ignorierten freundlich mein grünes Haar.

»Oh, danke ...« sagte ich tödlich verlegen. »Ich bin so unendlich dankbar für alles, was Sie ...«

»Nichts da, nichts da, das ist ganz und gar unser Vergnügen.«

Und danach wußten wir beide nichts mehr zu sagen. Schließlich fragte ich: »Aber was werden Sie gegen diesen schrecklichen alten Mann, Colonel Venom, unternehmen?« Sein Gesicht nahm einen vorsichtig abwägenden Ausdruck an. »Tja, meine Liebe, ich muß gestehen, daß ich da nicht einer Meinung bin mit den Jungen. Die sind so ganz Altes Testament: Auge um Auge, Zahn um Zahn.«

»Und Sie sind dagegen?«

»Es löst kein Problem. Und ich sehe dabei zu viele Schwierigkeiten voraus. Was könnten wir ihm denn nachweisen? Vermutlich gar nichts. Und es würde viel böses Blut geben.«

O ja, und ich sehe sehr wohl, daß du im Grunde nichts anderes willst, als ungestört so weiterzumachen – mit deinem Leben, mit deiner Musik.

Ich erlebte einen Moment blitzartiger Klarsicht: Selbst diese drei ansehnlichen Jungen, erkannte ich plötzlich, mußten für Sir Gideon mehr eine Behelligung, fast gar eine Belästigung, sein. Ich betrachtete ihn mit liebevoller Scheu. Er war wie einer jener überlangen Engel neben Kirchentüren, lebensfern und gütig. Wie völlig anders als mein Vater, der unbesonnen und unliebenswürdig drauflos agierte, dabei aber die Dinge hinter sich brachte. (Obgleich ja unbestreitbar war, daß auch Sir Gideon eine Menge Musik ›hinter sich brachte‹.)

»Wirst du dich hier auch wohlfühlen auf Boxall Hill, meine Liebe, was meinst du?« fragte er besorgt.

»O ja, vielen Dank, ich fühl mich hier wie im Himmel! Und ich kann tüchtig lesen für meine Abschlußprüfungen.«

»Und unsere liebe Lulie und Grischa werden dir Gesellschaft leisten. Auch Mariana sagt, sie hat vor, zwei Wochen hier unten zu bleiben.«

»Ach, das wird wundervoll!« Ich atmete heftig. Meine Zusammenkünfte mit Mariana waren immer so quälend selten und kurz gewesen. Zwei volle Wochen in ihrer Gesellschaft, das war für mich wie ein Traum vom Paradies.

»Na ja...« Ein Schatten des Mißvergnügens zog über Sir Gideons Stirn, »Dave soll ja nun die Zwillinge nach Harvard begleiten.«

Das hörte sich an wie ein frappanter Trugschluß, ein höchst erstaunlicher obendrein.

»Harvard?« Ich war so überrascht, daß ich fast von der Chaiselongue rutschte.

»Mariana wird es dir erklären ... Wir hatten dieses Angebot ... Es ist alles höchst kompliziert ... Aber du ... Du bist also nicht allzu niedergeschlagen, meine liebe Pandora? Du bist einverstanden mit unseren Arrangements? Und es macht dir nichts aus, wenn ich diese Angelegenheit nicht weiter verfolge – ich meine, rechtliche Schritte unternehme?«

»Nein, nein, es ist mir nur recht, das Ganze vergessen zu können.« (Obwohl – was Vater wohl denken würde ...)

»Gut, gut«, meinte er, lächelte sein gelassenes, unbeschreibliches Lächeln, wiederholte noch einmal: »Gut, gut«, segelte aus dem Zimmer und summte dabei eine der Brahmsschen Variationen auf ein Thema von Haydn vor sich hin.

Kurz darauf erschienen neuerlich die Zwillinge mit meinem Mittagessen auf einem Tablett (Brot, Käse, Äpfel, geschroteter Weizen) und lachten wie die Hyänen über mein grünes Haar.

»Also nie, nie hätten wir gedacht, daß das so gut hält! Aber findest du nicht, daß es dir sehr gut steht, liebe Pandora?«

»Nein, finde ich nicht! Ich seh damit aus wie eine Kübelpalme. Der einzige Vorzug meines dunklen Haares war schließlich, daß es mir so 'ne Art dorisches Kapitell verpaßte. Aber ist ja egal. Vielleicht bleib ich einfach so lange in diesem Zimmer, bis die Farbe rausgewachsen ist. Aber jetzt erzählt mal von euch. Was ist das für eine Kapriole von wegen Harvard?«

»Also«, begann Elly, »es scheint, daß Gid und Mar dieses Angebot gekriegt haben, von dem sie zunächst beschlossen, es uns gegenüber nicht mal zu erwähnen. Es kommt von irgendeinem alten Verehrer von Mar, der jetzt einen Lehrstuhl für Psychokinetik in Harvard innehat. Der wollte, daß wir für sechs Monate dort rüberkommen, als Teilnehmer an einem Forschungsprojekt.«

»Und zuerst waren sie eben nicht mal bereit, den Vorschlag überhaupt zu erwägen, geschweige denn, uns was davon zu sagen.«

»Aber da wir nun in St. Monica rausgeschmissen worden sind, und außerdem und überhaupt, und da wir in Heidelberg höchstens in einem, vielleicht auch erst in zwei Jahren anfangen können...«

»Und dann hat Dave auch noch gesagt, daß er sowieso mal rüber wollte und seine Großtante in Baton Rouge besuchen, und da könnte er uns auf dem Weg ja gleich in Harvard absetzen, wo irgend so'n alter Drachen von Parapsychologie-Professorin, die eine Schwester von Mars alter Flamme ist, ein Auge auf uns haben wird.«

»Uns chaperonieren wird...«

»Nicht daß wir auch nur einen Augenblick glauben, daß Dave überhaupt eine Großtante in Baton Rouge hat!«

»Wir glauben, der möchte sich bloß mal für eine Weile aus dem Staube machen.«

Die Zwillinge blickten mich forsch und durchdringend an. Schließlich meinte Elly: »Ich wußte ja, daß das Feuer nicht lange brennt. Dan ist wirklich hoffnungslos. Alles bloß Show bei ihm. 'ne richtige Laus ist der.« Sie griff nach dem Holzkorb und ging damit fort.

Ally sagte: »Es tut uns wirklich sehr leid, daß du vom Baum gefallen bist, weißt du, Pandora. Das haben wir ganz und gar nicht gewollt. Wir wollten bloß, daß du dich oben umdrehst und wieder runterkommst, nachdem wir dir noch ein paar Belehrungen erteilt hätten. Und bis dahin hattest du ja auch alles so gut gemacht!«

»Ich hab auch nie gedacht, daß ihr vorgehabt hättet, mich da runterfallen zu lassen. Ehrlich, macht euch da keine Sorgen.«

»Es ist das alte Monster in Aviemore, das wir in die Klauen kriegen wollen. Dan ist darin mit uns einig. Wir und er werden mal unsere Köpfe zusammenstecken...«

»Um Himmels willen, macht das nicht!« rief ich aus, entsetzt bei dem Gedanken, was die drei aushecken könnten. Ausgerechnet mit Dan. »Laßt mal den alten Knochen lieber im eigenen Safte schmoren. Der bricht sich noch den Ast und landet in Davy Jones Knast«, blödelte ich drauflos und mixte in meiner Not Metaphern wie Früchte für den Weihnachtspudding. Aber mit einigem Glück waren sie vielleicht schon nach Harvard verfrachtet, bevor sie sich eine passende Vergeltung für den Colonel ausdenken konnten.

Elly brachte neue Holzscheite herein und zündete das Feuer wieder an.

Onkel Grischa kam hinter ihr her, um mein Tablett abzuholen.

»Geht! Geht!« sagte er zu den Zwillingen. »Ihr habt ihr das Haar grün gefärbt, ihr habt ihr das Bein gebrochen, jetzt geht und übt Geige und laßt das arme Mädchen in Frieden.«

Grinsend wie Krokodile verschwanden sie. »Diese Schafsaugen, was war das eigentlich?« rief ich ihnen nach. Aber sie antworteten nicht.

»Wie lange muß dein Bein in Gips bleiben?« fragte Grischa.

»Zwei oder drei Wochen, kommt drauf an.«

»Ich werde dir ein paar Übungen zeigen, die dir helfen werden. Ich war früher Tänzer und hatte mal ein gebrochenes Bein. Es wird mir also eine Freude sein, die Früchte meiner Erfahrung an dich weiterzugeben.«

»Du warst Tänzer, Onkel Grischa?« fragte ich spontan und überrascht. Dabei – jetzt erst fiel es mir auf – hatte er natürlich den Körper eines Tänzers: behende, sehnig, unermüdbar. Und auch das ausdrucksstarke, straffe, knochige Gesicht.

»O ja. Du lächelst über die Unwahrscheinlichkeit? Dann laß dir das, meine liebe Pandora, eine Lehre sein: niemals etwas überraschend zu finden. Einmal hab ich sogar mit der Fonteyn getanzt.«

»Phantastisch!« hauchte ich und glaubte ihm aufs Wort. »Wie war sie?«

Er dachte nach. »Es war, wie mit Gott zu tanzen. Du wußtest, sie würde dich nie im Stich lassen. Sie würde immer, auf Haaresbreite, genau da sein, wo sie sein sollte. Und diese einzigartige Erfahrung in meinem Leben, das wußte ich, würde allen Kummer und allen Schrecken wert sein, die später kommen mochten.«

»Und war es so?«

»Ja. Ich war später in Auschwitz, weißt du. Haben Lulie oder Mariana dir das erzählt? Nein? Nun – ich war dort. Ein junger Mann, ein Tänzer, erst zwanzig. Vor gekrönten Häuptern war ich aufgetreten, sogar vor dem englischen König. Und mit der Fonteyn in London. Und dann an diesen Ort zu kommen...«

»Warum hat nicht jemand Fäden gezogen – dich da rausgeholt?«

»Um all die andern zurückzulassen?« Er warf mir einen so eisigen Blick zu, daß ich froh war über die Deckenschicht, die mich wärmte. »Sie fragten mich, ob ich eine Vorstellung vor dem Lagerkommandanten geben würde. Ich sagte nein. Sie sagten, sie würden mir besondere Privilegien zuteil werden lassen – besseres Essen, einen Raum zum Trainieren. Ich sagte wieder nein. Da brachen sie mir ein Bein, um mir Manieren beizubringen. Aber glücklicherweise befand sich eine Ärztin unter meinen Mithäftlingen. Die versorgte mein Bein und brachte mir diese Übungen bei. Und die bringe ich jetzt dir bei.«

»Und wie bist du da rausgekommen?«

»Oh, der Krieg ging zu Ende. Wir kamen alle raus. Ich meine die, die noch am Leben waren.«

»Wie... ungeheuerlich«, sagte ich langsam. »Hast du dich je gefragt... warum? Warum gerade du? Warum nicht die anderen?«

»Ja«, erwiderte er, »sehr oft. Sehr oft frage ich mich das. Und dann sage ich mir – um nicht verrückt zu werden oder in Verzweiflung zu fallen –, daß ich zu irgendeiner nützlichen Bestimmung ausgespart worden sein muß. Um für die Familie Morningquest zu sorgen, vielleicht. Oder um mich jetzt um dich zu kümmern.

Oder um die ganze englische Literatur neu zu schreiben, in vernünftiger, verständlicher Sprache.«

»Was hast du als erstes gemacht, als du rauskamst?«

Er grinste. »Ich verkaufte einen Federhalter, der garantierte, daß der Schreiber seine Examina bestände. Und das funktionierte! Ein klassisches Beispiel von Sympathiezauber! Aus den Einnahmen mit diesem Federhalter bestritt ich meine Reise nach England.«

»Und getanzt hast du nie mehr?«

»Nein«, sagte er, »nein. Wie bei Mr. Elton – meine Tage des Tanzens waren vorüber. Aber dann begegnete ich ja Gideon.«

»Und deine Nöte waren zu Ende?«

»In gewisser Weise. Ich fing an, die Gesichter der Menschen zu betrachten. Du tust das auch, wie ich bemerkt habe.«

»Zu betrachten? Weshalb?«

Er sagte: »Ich bin mal einem heiligen Mann, einem Inder, begegnet, der erzählte mir, wenn Menschen sterben und sie haben nur irgend etwas von Wert in sich gehabt, dann fließt das weiter, vereinigt sich mit dem Allwesen, jenem mächtigen, unaufhörlichen Geistesstrom, der immerdar strömt, ohne Rast und Ende. Glaubst du das?«

»Ich weiß nicht«, sagte ich hilflos. »Ja. Vielleicht. Möglich.«

Wie immer dachte ich an meine Mutter. War ein Teil von ihr fortgeströmt, um sich jenem mächtigen Strom einzuverleiben? Und wenn, welcher Teil? Und welcher Teil war zurückgeblieben? Und in dem Falle – wo zurückgeblieben?

»Alles fließt nicht dorthin«, sagte Grischa wie ein Echo auf meine Gedanken. »Teile – Fragmente – können zurückbleiben: verworren, verloren, unglücklich – wartend. Das ist dann das, was wir als Geister bezeichnen. Bist du je da oben in dem Gemäuer auf der Hügelkuppe gewesen, das sie Matildas Turm nennen?«

»Das Verlies? Nein, nie.«

Der Weg dorthin führte durch einen nicht mehr benutzten

Schweinepferch, inzwischen von hohem Dornengestrüpp überwuchert, und das verfallene, wenn auch interessante Ziegelgemäuer schien nicht so recht der Mühe wert.

»Nun«, meinte Grischa, »geh nicht in der Dämmerung dorthin. Das ist ein höchst unglücklicher Ort. Dort warten einige Geister darauf, erlöst zu werden. Ich vermute, daß für Menschen, die durch Gewalt oder in Verzweiflung sterben, der Prozeß der Spaltung länger dauert. Jahrzehnte, Jahrhunderte. Wie Schaum auf der Oberfläche des Wassers. Ich hoffe, ich sterbe nicht auf eine solche Art: allein, unglücklich, angstvoll.«

»Oh, Onkel Grischa, das hoffe ich auch nicht! Aber wie solltest du auch? So viele Menschen lieben dich!«

»Trotzdem«, meinte er, »alles ist Schaum. Und ist am Ende verflüchtigt. Aber das ist der Grund, weshalb ich Gesichter betrachte: um zu sehen, welcher Teil der Person sich befreien und entschweben wird, und welcher Teil hierbleibt, herumvagabundierend wie ein Gassenjunge. Und so bin ich beschäftigt. Auch damit, die englische Literatur zu revidieren.«

»Woran arbeitest du jetzt gerade?«

»Immer noch an Hardy. Der macht mich noch verrückt, der arme Hardy. Diese stammelnde Schwermut, in der er lebt, diese Art, keine Aussage zustandezubringen, ohne endlos um die Sache herumzureden, bis nur noch ausgedroschenes Stroh übrigbleibt.«

»Vielleicht hatte er auch Angst vor dem Sterben. Und wollte zuvor eine Art gültiger Aussage machen? Immerhin besser, als gar keine Aussage zu machen?«

»Es ist so eine Verschwendung von Energie.« Plötzlich blitzte mich Onkel Grischa lächelnd an. »Ich erzähl dir noch etwas, das ich in Auschwitz entdeckt habe: Immerfort, unser ganzes Leben lang, bezahlen wir – zahlen mit Geld, Atem, Energie. Sobald du erwachsen bist, fängt das an. Jeder Atemzug kostet Geld – für Gas, für Elektrizität, Miete, Steuer, Essen. Das ganze Leben kostet, alles und jedes kostet Geld. Bloß, wenn du zum Beispiel ein Buch liest, das kostet nichts.«

»Doch. Du hast ja das Buch gekauft.«

»Aber du bezahlst nur einmal. Dann ist es deins. Oder du leihst es dir aus der Bibliothek. Und du kannst es viele Male lesen. Und jedesmal lernst du etwas Neues daraus. Kostenlos! Oder du betrachtest ein Bild, sagen wir, ein Selbstporträt von Rembrandt. Es lehrt dich alles, was es über Resignation und Leiden zu wissen gibt. Auch kostenlos. Also kostet die Kunst nichts.«

»Sollte jedenfalls nichts kosten«, sagte ich und sann darüber nach.

»Darum eben ist die Kunst besser als die Wissenschaft. Aber du bist jetzt müde«, meinte Onkel Grischa, »ich gehe jetzt. Und morgen fang ich an, dir die Übungen beizubringen.«

6

Noch immer messe ich jene Wochen, die ich nach meinem Sturz aus dem Baumhaus in Anderland verlebte, an jeglichem nachfolgenden Glücksgipfel in meinem späteren Leben, und nichts hat sie bisher übertroffen.

Sir Gideon hielt sich zwei Monate lang außer Landes auf, dirigierte Orchester in Deutschland, Schweden und Finnland. Die Jungen waren an ihren jeweiligen Universitäten, und da das Wetter winterlich und abweisend war, zogen sie es vor, zu den Wochenenden nicht nach Hause zu kommen. Dolly war mit ihrem Nachhilfeunterricht beschäftigt und verbrachte die Wochenenden mit Freunden in London. Selene war an einer ernsten Grippeinfektion erkrankt – Selene war ein zartes Mädchen, viel anfälliger für Krankheiten als ihre Geschwister – und blieb im Londoner Haus, wo sie von der Haushälterin, Mrs. Grove, gepflegt wurde. Ich war ziemlich erstaunt, daß Mariana nicht lieber bei ihr in London blieb – Selene galt bei allen anderen als der Liebling ihrer Mutter –, aber sie erklärte mir das ganz ruhig.

»Weißt du, ich muß immer besonders auf meinen Hals achtgeben, und ich bin besonders anfällig für diesen Typ Viren. Gideon hat mich gebeten, tunlichst außer Reichweite zu bleiben, bis das arme Mädchen wieder ganz genesen ist. Außerdem bin ich eine schlechte Krankenschwester, während die engelsgeduldige Mrs. Grove eine sehr gute ist. Und Toby kommt ja immer aus Hay herunter, um Selene Gesellschaft zu leisten. Das ist für ihn nicht schwierig, und sie liebt ihn von allen am meisten. Viel mehr als mich!«

Das war wahr. Ich hatte es selbst beobachtet.

»Aber Sie sind doch keine schlechte Krankenschwester, Mariana! Schauen Sie nur, wie wundervoll Sie zu mir sind!«

»Aber du brauchst ja auch keine richtige Pflege, mein liebes Kind.«

Das stimmte allerdings. Ich war nicht mehr krank, fieberte nicht mehr, seit ich mich von meiner leichten Gehirnerschütterung erholt hatte. Ich konnte mich selbst mit meinen Krücken aus dem Bett hochstemmen und zum Sofa und zum Tisch gelangen. Allerdings fand es niemand der Mühe wert, mich täglich in die Schule nach Floxby zu transportieren. Die Schulaufgaben wurden mir geschickt, und so blieb ich in Boxall Hill und lebte zwar sicherlich nicht luxuriös – denn der Speiseplan blieb unumstößlich: Gemüsesuppe, geschroteter Weizen, hausgebackenes Brot und Äpfel – aber doch in ungetrübter idyllischer Glückseligkeit.

Lulie und Grischa gingen ruhig ihrem gewohnten Leben nach, setzten sich viele Male während des Tages an meine Couch und bereicherten mich ein jeder auf seine Weise, Grischa durch sein System des Muskeltrainings und sein umfassendes Wissen, Lulie durch ihre unbeugsamen, unvoreingenommenen herzhaften Lebensansichten. *»Es ist zu hilfen wie a tojten a bank«* war einer ihrer Lieblingsaussprüche, was soviel hieß wie: »Ebensogut kannst du eine Leiche zur Ader lassen.« Oder: *»A flekl arajn, a flekl arojß, und die majße ist ojß.«* Das bedeutete: »Ein bißchen dies, ein bißchen das, und die Geschichte ist vorbei.« Und: »Alles ist immer anderswo!« sagte sie gern.

Dave und die Zwillinge waren abgereist, nach Baton Rouge der eine, die anderen nach Harvard. Die Zwillinge waren nicht gerade erfreut über die Atmosphäre der Ungnade, in der ihre Abreise vonstatten ging, und sie behaupteten steif und fest bis zuletzt, daß sie nicht die leiseste böse Absicht gehegt hätten und daß der eigentlich Schuldige der alte Venom sei; und es sei äußerst ungerecht, daß man ihn mit seinem Verbrechen ungeschoren davonkommen lassen wollte. Aber Tante Lulie riet ihnen, sie sollten mal lieber nicht so aus der Haut fahren, es sei absolut sicher, daß Sir Worseley früher oder später ganz von allein zu Fall käme. »So wie der sich ständig mit den Leuten herumstreitet und wie er diese arme *jehta* von Frau tyrannisiert! Oft genug hab ich sie gesehen, im Maximarkt. Wie sie völlig *ojsgematert*, ganz erschöpft dagestanden ist mit ihrem Einkaufskarren, und hat um sich gestarrt, als ob sie keinen Apfel vom Ei unterscheiden könnt! Nein, diese Leut, die bringen sich selbst ins Unglück. Ihr beiden zieht jetzt mal ab nach Harvard und schaut nur ja, daß ihr nicht mehr dummes Zeug macht, als unbedingt nötig!«

So reisten denn die Zwillinge protestierend ab, und mir befahlen sie, ihnen mindestens einmal alle vierzehn Tage zu schreiben. Zu meiner großen Erleichterung war es ihnen und Dan nicht mehr geglückt, irgendwelche Vergeltungsmaßnahmen gegen die Venners auszubrüten.

Bis zuletzt weigerten sie sich aber auch, sich zu irgendwelchen Enthüllungen über die Herkunft der Schafsaugen herbeizulassen oder mir die Ingredienzien der Tinktur zu verraten, die meine Haare grün verfärbt hatte. Auf dringliches Befragen reagierten sie mit verschleierten Erklärungen und meinten, sie hätten ja nicht gedacht, daß das soo gut wirken würde. Aber sicherlich würde das in sechs Monaten oder so verschwunden sein, prophezeiten sie.

Sobald die beiden fort waren, nahm sich Tante Lulie des Problems an. Sie schnippelte so viel meiner grünen, verklebten Locken ab, daß das, was übrigblieb – kaum fünf Zentimeter – einigermaßen leicht gebändigt und flachgelegt werden konnte, und zwar durch beharrliches Bürsten, bis sich meine Schädeldecke anfühlte wie eine Rollschuhbahn, und durch das Auftragen zahlreicher Tinkturen, Balsame und Einreibungen, die Tante Lulie selbst zusammenbraute.

»Wenn doch bloß mein Haar auch so glatt nachwachsen würde«, sagte ich. »Ich hab diesen krausen Wust so bis obenhin satt!«

»Werden wir sehen, werden wir sehen«, meinte Tante Lulie.

»Immer schön bürsten, *bubeleh*. Tausend Bürstenstriche mindestens, und zwar morgens und abends!«

Sie verbrachte selbst eine Menge Zeit damit, es zu bürsten, und ebenso Mariana. Friedvolle, gesellige Vormittage verbrachten wir, und ruhige, fleißige Nachmittage, an denen ich laut aus meiner Examenslektüre vorlas – Goethe, Nostromo, König Lear, Kafka, Dostojewski, Chaucer – während die eine oder die andere der Damen stetig und emsig an meinem reduzierten Haarschopf herumbürsteten, bis er sich eher wie ein feiner Flaum anfühlte als wie der alte krausborstige Bewuchs. Im Spiegel erkannte ich mich kaum wieder. Ich hatte plötzlich so eine gewaltige, hochreichende Stirn und so große, ernste Augen, ähnlich wie bei gewissen Sozialreformerinnen des neunzehnten Jahrhunderts.

Grischa hatte erfindungsreich ein Stück Filz auf eine Gummiplatte geklebt, und damit rubbelte Mariana oder Lulie mir den Kopf, ähnlich wie man ein Pferd striegelt.

»Kinahora, kann ja sein, *bubeleh*, daß es auch dein Gehirn stimuliert«, meinte Lulie hoffnungsvoll.

Ebenso energisch packte sie das Problem der unverwüstlichen, hartnäckigen Grünfärbung meines Haares an. Lulie hatte ein genuines Interesse an Farben, und wenn sie auf ihren Auktionen und Trödelbasaren Stoffe kaufte, deren Ton ihr nicht gefiel, dann mischte sie oft Farben, probierte verschiedene Kombinationen aus und konnte ihre Stoffe zuweilen ein-, zwei- oder auch dreimal hintereinander färben, auf der besessenen Suche nach einer ganz bestimmten Nuance, die sie erreichen wollte.

Zuerst waren all diese Versuche erfolglos. Ein Gebräu nach dem anderen rann, wie Wasser über einen Entenrücken, wirkungslos durch meine grüne, kurzgeschorene Haarpracht.

»Ich sehe aus wie eine Statue, die zwanzig Jahre lang bei schlechtem Wetter draußen gestanden hat.«

»So leicht geben wir nicht auf«, verkündete Tante Lulie.

Jede Nacht schickte sie mich mit einer Kappe voll schlammiger

Paste zu Bett, die über meinem Schädel festgebunden war. Dies hatte eines Morgens zur Folge, daß mein Haar den grünlich-rauchigen Ton einer Messinglegierung angenommen hatte.

»Na ja, ich finde das immerhin besser, als das richtige Hellgrün von vorher«, sagte ich beklommen, als ich die Sache im Spiegel betrachtete.

»Interessant«, beteuerte Grischa. »Es stimmt mit ihrer Augenfarbe überein, paßt allerdings nicht zu dem Rest ihrer Erscheinung.«

Mariana fand das auch.

»Nein? Du magst es nicht?« Lulie war enttäuscht, aber keinesfalls entmutigt. »Dann versuchen wir eben weiter.«

Nach zwei oder drei Wochen, nach vielen weiteren Experimenten, traf sie einen Farbton, der allen gefiel: ein dunkles Rotbraun, das durch irgendein chemisches Wunder fähig zu sein schien, sich gegen das übermächtige Grün durchzusetzen.

»Aber es sieht gefärbt aus«, wandte Mariana ein.

»Das macht mir überhaupt nichts aus. Eine Menge Leute in meinem Alter haben gefärbtes Haar.«

»Auffallend ist es sicherlich«, meinte Grischa. »Und ja, es steht ihr. Obwohl es sie älter aussehen läßt.«

»Es macht mir nichts aus, älter auszusehen. Ich fühle mich auch älter.«

So durfte denn das Rotbraun bleiben.

Eines Tages kam mein Vater vorbei (er war auf dem Weg über den Hügel zu den Silkins, wo es ein Problem beim Kalben gab) und ließ eine Ladung Bücher für mich da, die falsch geliefert worden waren. Ich öffnete die Tür (Lulie war beim Rennen, Mariana arbeitete oben im Tanzsaal an ihren hohen Tönen, und Grischa kümmerte sich drüben im Wagenschuppen um den Generator), und obwohl ich mich auf meine Krücken stützte, erkannte Vater mich einen Moment lang einfach nicht.

Dann sagte er leicht verblüfft: »Oh, du bist es! Du hast was mit deinem Haar gemacht, oder? Ich bring dir diese Bücher, irgend so'n Dummkopf hat sie bei mir im Haus abgeliefert. Dachte mir, du brauchst sie vielleicht. Geht's dir hier gut?«

»O ja, danke. Mir geht es gut. Mein Gips kommt wahrscheinlich in einer Woche oder so ab. Dann – kann ich ja nach Hause kommen«, fügte ich traurig hinzu.

»Na gut.« Noch ein ratloser, nicht unfreundlicher Blick, und er ging fort. Ich vergaß ihn sofort.

Woran mir bei Mariana natürlich am meisten gelegen war, mehr als an allem anderen, das war, sie zu bewegen, über meine Mutter zu sprechen. Die Tatsache, daß die beiden so befreundet, so viel enger miteinander bekannt gewesen waren, als (für mich jedenfalls) ersichtlich, hatte bei mir zu der peinigenden Vermutung einer Art Blaubartkammer voller potentieller Geheimnisse und Enthüllungen geführt. Die Tatsachen hingegen, als sie ans Licht kamen, waren simpel und geheimnislos genug.

»Wir sind eine Weile in Genf auf dieselbe Schule gegangen«, sagte Mariana. »Ich war eine Waise, war aus einem Kloster in Bratislava dort hingeschickt worden. Deine Mutter war jünger als ich. Aber wir lernten bei demselben Klavierlehrer.« Klavierlehrer? dachte ich. Ich hatte nie gewußt, daß meine Mutter Klavier spielte. Wir hatten nicht mal eins. »Dann natürlich, als deine Mutter fortging, um bei ihrem Vetter in Schottland zu leben, verloren wir den Kontakt. Und dann heiratete sie... Als Mrs. Crumbe in Floxby habe ich sie zuerst gar nicht erkannt. Aber dann, als es uns klar wurde – oh, was war das für eine riesige Freude! Sie war mir eine liebe, liebe Freundin. Manchmal kam sie nach den Sitzungen des Festivalkomitees mit hier heraus, und dann haben wir geredet und geredet. Wir hatten ja beide unsere Familien verloren, weißt du. Da kennt man heutzutage nicht mehr so viele Leute aus alten Tagen.«

Natürlich fragte ich, ob Mariana irgend etwas über den ersten

Mann meiner Mutter wisse, über den bärtigen Mann beim Begräbnis. Aber nein, sie wußte nichts.

»Deine liebe Mutter war ein sehr verschlossener Mensch«, sagte Mariana bedächtig, während sie unermüdlich das angebrannte Marmeladenrot meiner Haare bürstete. (Das Bürsten, meinte Lulie, müsse monatelang, oder noch besser für immer fortgesetzt werden, um die drastische, chemische Beeinträchtigung der Flexibilität und der Talgproduktion des Haares auszugleichen.) »Eines Tages erzählte sie mir, ohne in Einzelheiten zu gehen, daß einmal in ihrer Vergangenheit ein totales Desaster über sie hereingebrochen sei, ausgelöst durch ein unbesonnenes Geständnis, das sie abgelegt hatte.«

»Wem gegenüber? Worüber?«

»Ja, das hat sie mir nie erzählt. Es gab Dinge, die sie in sich verschloß. Bei verschiedenen Gelegenheiten hat sie auch zugegeben, daß ihre Beziehung zu deinem Vater durch diese gewohnheitsmäßige Verschlossenheit entsetzlich belastet, wenn nicht sogar ganz zerstört und zunichte gemacht sei. Aber zugleich sagte sie, daß das trotz allem der Alternative vorzuziehen sei.«

»Welcher Alternative?«

Mariana schüttelte den Kopf.

»Sinnlos, das zu fragen. Irgendein verborgenes Wissen, von dem sie glaubte, es werde deinen Vater zutiefst erschüttern. Und sie wagte nicht, dieses Risiko einzugehen.«

»Aber was könnte das denn wohl gewesen sein?« überlegte ich bekümmert. »Daß sie etwas Schlimmes getan hatte? Im Gefängnis gesessen? Jemanden ermordet?«

»O nein, nein. Nie, nie!« Mariana war halb schockiert, halb amüsiert. »Liebling, was für unbezahlbar melodramatische Ideen du aber auch hast! Ich bin sicher, ganz und gar sicher, daß es nichts Derartiges war.«

»Aber wie unerträglich quälend, zu denken, daß ich das nun wahrscheinlich nie erfahren werde!«

Mariana sah mich mit einem langen, klaren Blick an. Erst im nachhinein erinnerte ich mich an den rätselhaften Ausdruck in ihren tiefliegenden, blauen Augen. Manchmal hatten auch die Zwillinge diesen Blick. Das war die einzige Ähnlichkeit zwischen ihnen und ihrer Mutter. Aber die Augen der beiden hatten eine dunkelgrüne Schlammfarbe.

»Wie immer du dich an sie erinnerst, mein Engel, tu es stets voller Liebe. Sie war ein Mensch der Superlative, deine Mutter. Unter anderen Lebensumständen hätte sie aus ihrem Leben enorm viel machen können. Ich werde immer glücklich sein in dem Gedanken, daß sie meine Freundin war. Und für dich hegte sie riesengroße Hoffnungen: Und du wirst sie erfüllen, da bin ich sicher!«

Zu den Dingen, die ich an Mariana am meisten liebte – weil es in so totalem Gegensatz zu den Gewohnheiten meiner Eltern stand –, gehörte ihr Hang zu überschwenglicher Bewunderung. Stunden brachte ich damit zu, sie immer wieder anzustacheln, mir von den vielen berühmten Leuten zu erzählen, die sie kannte oder denen sie begegnet war, und die farbigen Schilderungen zu genießen, die sie von ihnen gab. Sie sprach eine spaßige Variante der englischen Umgangssprache, sehr hochgestochen in ihrer Modulation und mit ihren Adjektiven wie: hassenswert, unschätzbar, skandalös, einfach mörderisch, zu und zu entsetzlich...

»Schweitzer? Ein höchst brillanter Mann! Ja, ja, ich habe die Garbo kennengelernt. Sie war einfach umwerfend schön. Es waren vor allem ihre Augen, die einen geradezu verfolgten. Wie Zwillingsmonde. Leslie Howard? Solch eine süße, süße Person! Die Windsors? Sie waren ein sonderliches, mitleidheischendes, verblichenes Paar. Traurig, weißt du, aber irgendwie auch bezaubernd und rührend.«

Aber nicht nur die Berühmten wurden ihrer Lobpreisungen teilhaftig. »Solch ein einfacher, schüchterner Junge, aber das Innere seines Wesens war wie der zauberhafteste Osterbasar... stundenlang konnte man darin zu zweit umherwandeln.«

Ich jedenfalls hätte stundenlang zu zweit in Marianas innerem Wesen umherwandeln können. Sie war mein Xanadu. Natürlich war ich hilflos verliebt in sie. Die Großflächigkeit ihres wundervoll knochigen Gesichts schien mir die reine Perfektion. Die etwas fahrige Eckigkeit, mit der sie sich bewegte, ging oder saß, war mehr nach meinem Geschmack als jede noch so schwebende Grazie der Bewegung. Der ulkige, lautstarke Schwall ihres Gelächters war das herzerwärmendste Geräusch, das je meine Ohren entzückt hatte. Und sie lachte so oft! Bei meinen schwächlichsten Versuchen, geistreich zu sein, krümmte sie sich vor Lachen, und sie ermunterte mich, immer mehr zum besten zu geben, schlichtweg alles zu äußern, was mir in den Sinn kam. Möglich, daß ich in jenen Wochen in Anderland mehr geredet und gelacht habe als während aller vorangegangenen Jahre meines Lebens.

Lulie brachte mir unterdessen das Kleidernähen bei.

Es kummt amol zu nuzen, war ihr Credo. »Nichts darf vergeudet werden. Du kannst doch dein ungebrochenes Bein dazu benützen, die Maschine zu treten.«

Es war eine alte Singer-Tretmaschine, von Grischa liebevoll tipptopp in Schuß gehalten, und auf ihr nähte Tante Lulie seine Baumwollarbeitshosen und seine Samtjacken, als auch Marianas Stargarderobe. In vier Tagen brachte sie mir mehr bei, als Miss Sykes, die Abteilungsleiterin für Hauswirtschaftslehre an der Gesamtschule von Floxby, in vier Jahren erreicht hatte. Noch immer höre ich Lulies ärgerlichen Aufschrei: »Ach, du hast ja alles falsch *gedrelled*! Die Spannung! Du mußt begreifen, daß die Spannung das Wichtigste ist beim Nähen. Schnittmuster? *Narrischkejt*! Unwichtig! Das benutzen wir nur als Basis.« Kurzerhand warf sie die meisten Teile des Schnittmusters weg, und dann fuhr sie mit ihrer Schere gnadenlos in eine Stoffbahn hinein, auf eine Weise, daß mir ganz kalt wurde vor Angst. Aber immer kam dabei exakt die Form heraus, die sie wollte, auf ein hundertstel Millimeter genau.

Auf die gleiche Weise verfuhr sie mit den Zeitungen. Sie und

Grischa hielten sich gemeinsam drei verschiedene, die ›Times‹, den ›Guardian‹ und den ›Telegraph‹. (»Der ›Telegraph‹ ist am besten für den Nachrichtenüberblick«, sagte Lulie, »obwohl ich mit seinen Ansichten nicht einverstanden bin.«) Nachdem sie immerhin gewartet hatte, bis Grischa sie ausgelesen hatte, fiel Lulie darüber her wie ein Terrier, schnitt unbarmherzig Berichte, Leitartikel, Lebensbilder heraus. Was sie damit machte, war mir schleierhaft, aber wenn sie mit den Zeitungen fertig war, dann waren es nur noch Fetzen, taugten nur noch zum Feueranmachen.

Kürzlich war sie beim Wetten sehr erfolgreich gewesen, und so besuchte sie mehrere Möbelauktionen. Mittlerweile hatte ich begriffen, daß Tante Lulie, wenn sie für einen Tag verschwand, bestimmt zu einer der drei Rennbahnen unterwegs war, die sich in vertretbarer Entfernung von Floxby befanden. Ein Freund von ihr, der Handelsgärtner Roger Patcham, ebenfalls ein Wettfanatiker, fuhr sie hin. Sie studierte ausdauernd die Wettlisten und folgte sodann ihrem eigenen System. Und fast jedes Mal kehrte sie von solcher Exkursion mit stattlichen Gewinnen zurück. Sie wurden sämtlich den Bedürfnissen des Haushalts von Boxall Hill gewidmet oder der Garderobe von Grischa und Mariana. Für sich selbst gab sie so gut wie nichts aus.

»*Nu*? Was sollt ich wohl brauchen? Hier zahl ich keine Miete. Mich verlangt nach nichts. Warum nicht das Geld dorthin stekken, wo es von Nutzen ist? Und *kinahora*, es ist auch noch steuerfrei!«

Auf der letzten Auktion hatte sie zwei riesige, kastanienbraune Samtvorhänge erstanden, und aus etwa einem Drittel davon half sie mir, einen Mantel zu schneidern.

Tante Lulie betrieb ihre Näherei im Tischtennisraum im Erdgeschoß. Der war riesengroß, eine Höhle, und darin standen eine Tischtennisplatte, ein Billardtisch, ein schäbiges Bücherregal mit alten Nummern wissenschaftlicher Zeitschriften, ein Klavier, das Grischa immer ordentlich gestimmt und gepflegt hielt, genauso wie die sechs oder sieben anderen Klaviere, die im Haus Anderland verstreut standen, und sonst nur ein paar abgewetzte Sessel und ein durchgesessenes altes Sofa. Gleich nebenan befand sich ein Wirtschaftsraum mit einem riesigen Spülbecken, einer Waschmaschine und einem klobigen alten Trockengestell, bestehend aus vier langen Holzlatten, das mit einem Flaschenzug von der Decke herabgelassen wurde. »Schwer genug, einem den Schädel einzuschlagen, wenn man das Seil losläßt. Also immer schön achtgeben, *bubeleh*«, warnte Tante Lulie.

Mariana kam nie auch nur in die Nähe des Tischtennisraumes. Er versetze sie in Panik, sagte sie. Mit einer Schmalseite, an der Lulie ihre Singer-Nähmaschine aufgestellt hatte, grenzte er an die Küche mit ihrem Dauerbrennerherd, und so war es dort immer leidlich warm. Trotzdem benutzten wir aber noch einen kleinen Ölofen mit einem rubinrot glimmenden Auge.

Einmal, als wir gerade nähten, klingelte das Telefon. In der Küche befand sich ein Nebenanschluß, und Tante Lulie ging hin, um abzunehmen, denn auch, wenn ich inzwischen zu einem Stützabsatz unter meinem Gipsfuß avanciert war und damit einige Beweglichkeit gewonnen hatte, so war doch selbst mit meiner Höchstgeschwindigkeit nicht viel Staat zu machen.

Als Lulie zurückkam, sagte sie: »Das war Dolly. Sie hat vor, nächstes Wochenende herunterzukommen.«

Ich hatte Dolly nicht mehr gesehen, seit sie nach meinem Unfall überstürzt aus dem Zimmer der Haushälterin geflüchtet war. Ich sagte ein wenig ratlos: »Das wird nett. Äh ... wie kommt sie denn her? Fährt einer der Jungen sie her?«

»Nein, sie nimmt den Zug, und Grischa kann sie am Bahnhof abholen.«

»Natürlich.«

Ich blickte auf und sah, wie Lulies breites, gütiges, unbestechliches Gesicht mich über den Rücken ihrer Nähmaschine hinweg beobachtete.

»Dein Gips kommt morgen ab, hm?«

»Ja. Ich weiß selbst nicht...«

»Dann, meine ich, *bubeleh*, wär's vielleicht ein guter Plan, wenn du, sagen wir – am Donnerstag nach Hause gehst?«

»Ja«, sagte ich langsam, »ich glaub, du hast recht.«

Trotzdem versetzte mir ihr Vorschlag einen schmerzhaften Stich. O Gott! Diese ganze himmlische, freie, geliebte, gesprächige Existenz, dieses Leben in voller Gleichstellung mit drei intelligenten, interessanten Erwachsenen, die ich liebte und respektierte – all dies eintauschen gegen die engen Fesseln meines Zuhauses, gegen meines Vaters wortkargen Mangel an Aufmerksamkeit oder seine mürrischen Einwände, gegen die Gesellschaft von Veronica und ihren Freundinnen?

»Vielleicht, wenn du deinen Vater jetzt ganz für dich hast«, versuchte Lulie, die alles das mühelos an meinem Gesicht abgelesen hatte, mich zu trösten, »vielleicht lernst du ihn dann besser kennen.«

Das bezweifelte ich eher. Und überhaupt, was gab es da schon kennenzulernen?

»Ich glaub, es wäre – gerade jetzt – schön für Dolly, wenn sie ihre Mutter mal ganz für sich hätte.«

»Natürlich. Natürlich wär es das.«

Schon immer hatte ich von Zeit zu Zeit das Gefühl gehabt, daß ich den anderen Morningquest-Kindern als Eindringling erscheinen mußte, ein Kuckucksei in ihrem Nest. Ich war ja wirklich unter falschem Vorwand im Hause. Jedenfalls konnte es so aussehen.

»Dolly hegt für ihre Mutter Gefühle, die man kaum vermuten würde – sehr tief und sehr verborgen«, fuhr Lulie fort und sah mich besorgt an.

Dollys nach außen gezeigtes Benehmen gegenüber ihrer Mutter, soviel stand fest, war eher von spöttischer Krittelei, vorgetragen mit quengelndem Kleinmädchengehabe. Wer nicht wußte, daß Mariana ein weltberühmter Sopran war, wäre bestimmt nicht durch Dollys Verhalten darauf gekommen, das eher suggerierte, sie sei leicht abartig und bedürfe fortgesetzter Ermahnungen.

»Mehr als Selene?« fragte ich.

»Oh, Selene hat Toby. Die bilden sozusagen ihre eigene *mischpoche*, sind sich selbst genug. Um Selene braucht man sich nicht zu sorgen.«

»Ich geh bestimmt am Donnerstag nach Hause«, sagte ich zu Tante Lulie.

»Diesen Mantel für dich machen wir noch vorher fertig, ja? Aber du wirst ja sowieso zu den Wochenenden wieder herkommen, genau wie früher«, meinte sie aufmunternd, »viele, viele Male, hoffe ich. *Nu*? Bloß vielleicht nicht gleich das nächste Wochenende, hm? Dein Besuch hier ist wirklich für uns alle drei eine große, große Freude gewesen. Und für mich und Grischa warst du wie das Kind, das wir nie gehabt haben.«

»Du und Grischa ...?« Einen Augenblick lang starrte ich sie an, entgeistert, mit offenem Mund, und der Boden schien mir unter den Füßen wegzurutschen. Sie brach in herzhaftes Gelächter aus.

»Nein, nein, du verstehst mich falsch. Ich sage ja nicht, daß Grischa und ich je ein Liebespaar gewesen sind. Nein, wirklich, *au contraire*! Frauen sind seine Sache nicht. Aber wir kennen einander schon so lange und so friedlich, daß wir es manchmal bedauern, nicht beizeiten auf die gute Idee gekommen zu sein, uns mit solch einem Trost und solch einer Stütze für unser Alter zu versehen! Grischa ängstigt sich so sehr davor, daß er alt und verloren in Einsamkeit sterben könnte. Und außerdem – als wir hier herkamen und einander kennenlernten, da wäre es sowieso schon zu spät gewesen. Ich wäre schon zu alt gewesen zum Kinderkriegen.«

Ich hatte keine Ahnung, wie alt Lulie sein mochte. Sie wirkte völlig alterslos.

»Ihr hättet doch ein Kind adoptieren können?« meinte ich.

»Es lojnt sich nischt!«

»Was heißt das?«

»Es ist nicht der Mühe wert. Ein adoptiertes Kind ... wer weiß, was das für eine Zeitbombe sein kann, die da vor sich hin tickt? Schon die Kinder, die man selbst austrägt, sind ja weiß Gott Zufall und Risiko genug ...« Sie brach unvermittelt ab und blickte auf die Maschine hinunter. »Du nähst die Naht da zu eng, *bubeleh*, geh nochmal fünfzehn Zentimeter zurück und näh nochmal drüber.«

Grischa fuhr mich ins Krankenhaus, damit mir der Gips abgenommen wurde. Der Bruch war gut verheilt, und der Chirurg meinte, ich würde keine Probleme damit haben. Allerdings riet er mir, noch ein oder zwei Wochen lang zum Gehen einen Stock zu benutzen.

»Also, heut abend gehen wir zum Tanzen«, sagte Grischa, als wir nach Boxall Hill zurückfuhren.

»Onkel Grischa, du und Tante Lulie, ihr seid so lieb zu mir gewesen. Ich war so glücklich hier ...«

»Ach, scht, scht!« fuhr er dazwischen. »Du bist doch unser kleiner Sonnenschein gewesen.«

»Nun hör schon auf damit, Onkel Grischa!«

»Nein, ich meine es ernst«, sagte er. »Wenn man alt wird, wie Lulie und ich, dann fängt das Ende an, auf der Lauer zu liegen. Es sitzt in deinen Gedanken.«

Ich wußte, das traf besonders auf Grischa zu. Nicht daß er richtig knauserig war, aber wenn er irgend etwas kaufte – Instantkaffee, Klebeband, Toilettenpapier, was auch immer –, stets nahm er die kleinstmögliche Menge. »Für den Fall, daß ich sterbe, ehe ich's aufgebraucht habe. Ich hasse Verschwendung.«

Um Verschwendung sorgte er sich überhaupt die meiste Zeit. Und obgleich sein Ende ganz und gar noch nicht in Sicht schien – er war bei bester Gesundheit –, war doch klar, daß seine Gedanken ständig darum kreisten.

»Immer ist man irgendwo bedroht«, meinte er klagend. »Eben

jetzt fühle ich mich von Halskrebs bedroht. Ich fühl da so was ... genau hier –«, er legte einen Finger unter sein Ohr, »... wenn ich schlucke. Und ich denk immerzu, was für eine grauenhafte, grauenhafte Art zu sterben. Wie Freud.«

»Der hatte, glaube ich, Mundkrebs?«

»Na und? Genauso unangenehm.«

»Und Freud rauchte haufenweise Zigarren. Bist du schon bei einem Arzt gewesen?«

»Noch nicht«, sagte Grischa. »Ich warte noch 'ne Woche. Gewöhnlich verschwindet nämlich nach Ablauf einer Woche das Symptom. Und ein anderes tritt dann an seine Stelle. Magengeschwüre, Angina, Paralyse ... Aber eines Tages wird ein Symptom länger dauern als eine Woche. Und dann werde ich wissen, daß meine Zeit gekommen ist. Und das wird so schlimm nicht mal sein«, fuhr er fort und warf mir einen Seitenblick zu, während er chauffierte. »Vor dem Tod selbst hab ich keine Angst. Es ist bloß diese Ungewißheit, daß man nicht sicher sein kann, wie er sich an einen heranmacht. Das ist es, was mich mit dieser dauernden, bedrückenden Vorahnung erfüllt – verstehst du?«

»Ich glaube, ja.«

Ob meine Mutter diese Erfahrung auch durchgemacht hatte, fragte ich mich? Oder hatte sie es genau gewußt? Hatte sie es kommen sehen?

Ich griff nach Onkel Grischas dünnem Arm und drückte ihn.

»Ich sorge mich wirklich um deinen Halskrebs, Onkel Grischa. Aber vielleicht irrst du dich. Schließlich rauchst du doch nicht unentwegt Zigaretten wie Dave.«

»Wie Mariana es erträgt, den dauernd um sich zu haben ... Sie ist ja schließlich Sängerin!«

»Aber ich meine doch, du solltest zu einem Arzt gehen. Vielleicht hast du ein Halsgeschwür, und er kann dir Penicillin dagegen geben, oder Vitamin C.«

»Es wird vorübergehen«, sagte er. »Was ich eigentlich sagen

wollte – unterbrich mich nicht, bitte –, das ist ... Also, während du hier in Boxall Hill warst – geredet, gearbeitet und Lulie und mich in Trab und bei guter Laune gehalten hast –, da war mein Halskrebs viel weniger aufdringlich. Und genauso war's mit der Prostata, mit den Herzrhythmusstörungen, mit dem Hautmelanom, den Krampfadern, dem Knochenleiden und der Alzheimerschen Krankheit – das alles war beträchtlich abgeklungen.«

»Ach, darüber bin ich echt glücklich. Außerdem«, versuchte ich ihn zu trösten, »kannst du ja kaum an allen diesen Sachen zugleich sterben. Das sollte dir doch ein Trost sein? Eine Erleichterung?«

»Meinst du?« Er bog in den Hof ein. »Sollte sein und Ist sind keine guten Nachbarn.«

»Da wir schon von Nachbarn reden, was ist denn nun wegen Colonel Venom unternommen worden?«

»Unternommen? Gar nichts. Ich habe Garnet das Baumhaus reparieren lassen. Und wir haben die Polizei informiert für den Fall, daß irgendwo noch mal was Ähnliches passiert wäre. Ist es aber nicht. Gideon ist unterwegs, die Kinder sind auch nicht hiergewesen, es gab also nichts, siehst du, was Venoms Zorn entflammen konnte. Jedenfalls nicht hier. Wahrscheinlich richtet er ihn statt dessen gegen diese arme, gehetzte Frau. Die Ehe«, sagte Grischa, während er mir aus dem Wagen half, »ist wirklich eine wahrhaft entsetzliche Institution.«

An jenem Nachmittag unternahm ich einen Spaziergang in das Stechpalmenwäldchen. Es war ein klarer, prickelnder, eiskalter Tag. Der kleine Springbrunnen im Hof war von einer hohen, glatten Eiskappe überzogen. Den ganzen Vormittag über war der Reif auf dem Gras nicht geschmolzen, trotz des Sonnenscheins. Der Schuh an meinem geheilten Fuß kam mir nach dem starren Gipsverband gefährlich dünn und flexibel vor und der Boden unter dem Schuh bemerkenswert hart und klumpig.

Mit einem Stock, den ich mir aus des Hauses buntgemischter Sammlung aus Schirmen, Gehstöcken, Schlaghölzern, Hockey- und Tennisschlägern geborgt hatte, machte ich mich auf den Weg über knisterndes, graues Gras. In dunklen, klassischen Rundungen erhob sich vor mir das Stechpalmenwäldchen, und Tobys Treppe vollführte ihren eleganten Schwung, ehe sie in das Blätterwerk eintauchte. Ich hatte Tante Lulie schwören müssen, daß ich nicht im Traum daran dächte, hinaufzuklettern.

»Fehlte bloß noch, daß du dir auch noch das andere Bein brichst. Tu mir den Gefallen, rühr dich nicht vom Erdboden weg!«

Ehrlich gesagt hatte ich nicht einmal Lust zum Klettern. Die Erinnerung an meinen Sturz, an seine unvermutete Plötzlichkeit, an mein jählings verlorenes Bewußtsein und das schmerzhafte Knacken des Knochens, all das war noch viel zu frisch und lebendig. Vielleicht würde ich nie wieder den Impuls verspüren, auf Bäume zu klettern? Aber fürs erste hatte ich doch das starke Verlangen, einfach ganz für mich im Wäldchen zu sein, in die Stille zu lauschen, den kalten, modrig rauchigen Duft des Ilex einzuatmen und nach Herzenslust durch die schlüpfrigen toten Blätter zu schlurren.

›Sheba: unser bester Jagdterrier.‹ ›Tammy: Alans Lieblingspferd.‹

Wer hatte diese Gedenktafeln für längst verblichene Hunde und Pferde hier aufgestellt? Die Daten auf den kleinen Grabsteinen reichten zurück an den Anfang des Jahrhunderts. So war es vermutlich die Familie LeMercier gewesen.

Für mich war das Stechpalmenwäldchen gewissermaßen die Quintessenz von Anderland. Hochgelegen am Hügel, weit weg von der Stadt, still und eingeschlossen in seine eigene Einsamkeit. Ich liebte die Morningquest-Familie und alles, was sie darstellte, aber dieses Fleckchen Erde hier, das sie bewohnte, war für mich von ebenso großer Bedeutung. Hier konnte ich verstehen, warum in so manchen frühen Religionen Haine als geheiligte Stätten verehrt wurden, wie es kam, daß Altäre und Tempel in ihnen errichtet wurden, weshalb sie von Orakeln und Sibyllen erkoren wurden, warum in ihnen Opfer dargebracht und Tote begraben wurden.

Grischa besaß einen Bildband über Begräbnisstätten. Vielleicht ein seltsames Thema für ein Buch, aber viele von ihnen waren sehr schön, und ich bewunderte besonders die türkische Tradition, ihre Toten in kleinen Wäldchen beizusetzen, wo ihre Gräber während der Sommerhitze kühl im Schatten geborgen waren und die Seelen, wenn sie noch rastlos waren, umherschweben und sich zwischen Blättern und Zweigen erfrischen konnten.

Toby hatte in der Mitte des Wäldchens eine roh gezimmerte Bank aufgestellt, zum Ausruhen für die Arbeiter am Baumhaus: zwei aufrechtstehende Holzkloben und ein darübergenageltes Brett. Da ich merkte, daß mein frisch verheiltes Bein selbst nach diesem kurzem Gang schmerzte, ging ich zu der Bank und setzte mich nieder. Von hier aus konnte man durch die Baumstämme hindurch den Weidenteich sehen, und jenseits davon über die Wipfel des kleinen Kastanienwäldchens hinweg, durch das meine Mutter und ich damals gegangen waren, weiter in die Ferne, wo sich die endlose Landschaft dunstverschleiert im Horizont verlor.

Die Melancholie des Abschiednehmens hatte mich in ihren Krallen. Was, wie ich mir sagte, nun wirklich vollkommen blöd war. Ich ging ja schließlich nicht ins Exil, sondern in das Zuhause meiner eigenen Familie, nicht mal einen Kilometer entfernt. Ich konnte hierher zurückkommen, wann immer ich wollte, schon in zwei Tagen, wenn mir danach zumute war. Und Dolly hatte schließlich ein Anrecht auf die ungeteilte Aufmerksamkeit ihrer Mutter.

Über vierzig hohe Ilexbäume gab es im Wäldchen, hatten die Zwillinge mir erzählt. Die Familie, sagten sie, glaubte, das Wäldchen müsse ein wenig verhext sein, weil es einfach nicht möglich sei, die Bäume zu zählen und zweimal auf ein und dieselbe Summe zu kommen. Ich für mein Teil hatte es nie versucht und hatte auch nicht die Absicht, es zu tun. Die Stämme waren blaßgrau, aber von Flechten zart übergrünt. Aufrecht und ebenmäßig wie Tempelsäulen ragten sie in die Höhe. Rauhes Gras bedeckte den Boden zwischen ihnen, gesprenkelt von dürren Blättern, hier und da durchsetzt mit Brombeerrankengestrüpp. Immer wieder einmal schnitten Grischa oder Garnet oder einer der Jungen die Ranken zurück. Aber das war jetzt längere Zeit nicht geschehen, und das Gestrüpp direkt hinter Tobys Bank war schon über einen Meter hoch.

Plötzlich hörte ich dahinter eine Bewegung, einen Fußtritt vielleicht, und wegen meiner Lahmheit und meiner Unfähigkeit, mich rasch zu bewegen, überfiel mich ein plötzliches, ziemlich unvernünftiges Angstgefühl. »Ist da jemand?« rief ich, stand auf und stützte mich auf meinen Stock. Ich war froh, daß ich ihn dabeihatte. Niemand antwortete.

»Wer ist da?« rief ich noch einmal, denn mir fiel plötzlich ein, wie Onkel Grischa an dem Abend meines Sturzes erzählt hatte, er habe beim Wasserholen im Wäldchen etwas gehört.

Was ich hörte, war eine Art Schnüffeln.

Ich humpelte um das Brombeergestrüpp herum und war baß erstaunt, Lady Venom auf Händen und Knien neben einem der Bäume zu erblicken.

Sie bot einen lächerlichen und zugleich mitleiderregenden Anblick. Die Kleidungsstücke, die sie trug: grauer Tweedmantel, langer, röhrenförmiger Tweedrock, graugerippte Strümpfe, blankpolierte schwarze Spangenschuhe, sie waren samt und sonders mindestens seit zwanzig Jahren aus der Mode – steife, hochwohlanständige Damenkleidung der gehobenen Klassen – und kaum in Einklang zu bringen mit ihrer derzeitigen Position und ihrem Benehmen. Sie mußte die Sachen vor Ewigkeiten per Bestellkatalog von Dickins & Jones bezogen haben. Jetzt schien sie in dem langen Gras herumzuwühlen, als ob sie eine Haarnadel verloren hätte. Auf dem Kopf trug sie einen dieser sehr steifen Hüte, schwarzer Samt in mehreren Schichten, mit einer Feder daran. Die war bei ihren seltsamen Aktivitäten ein wenig zur Seite gerutscht.

»Lady Venner! Was um alle Welt machen Sie hier? Haben Sie etwas verloren?«

Auf ihre grau behandschuhten Hände gestützt, blinzelte sie durch ihren schwarzen Netzschleier zu mir auf.

»Schscht!« zischte sie. »Es könnte Sie jemand hören!«

Und sie wandte sich wieder ihrer Suche zu, kämmte mit den Fingern durch das Gras. Unter den Bäumen war es nicht überfroren, aber es mußte doch sehr kalt sein. Was sie da machte, erinnerte mich an Lulies Prozeduren mit meinem Haar.

»Haben Sie eine Brosche verloren? Einen Ring?«

»Nein, nein!« flüsterte sie wie gehetzt. »Es ist sehr wichtig. Aber ich darf es Ihnen nicht erzählen, ich kann es Ihnen nicht sagen. Niemand darf es wissen.«

Sie fuhr fort, wie besessen herumzutasten.

Es schien nur allzu klar, daß die arme Dame den Verstand verloren hatte. Ich konnte mir vorstellen, daß ein Leben mit dem Colonel sehr leicht eine solche Auswirkung haben konnte auf einen Menschen, der vielleicht von vornherein psychisch nicht sehr robust war. Andererseits – warum hatte sie ihn geheiratet?

»Kommen Sie, Lady Venner«, sagte ich voller Mitleid. »Ich werde Sie nach Hause bringen. Ich glaube, Sie finden jetzt doch nicht, was Sie hier verloren haben. Es ist so kalt, und ziemlich bald wird es auch dunkel. Kommen Sie mit. Geben Sie mir Ihre Hand. Sehen Sie, Sie haben sich Ihre Handschuhe schon ganz schmutzig gemacht.«

Ich lehnte mich auf meinen Stock, benutzte ihn als Stütze, und so gelang es mir, sie in die Höhe zu ziehen. Es war, als hievte man eine Vogelscheuche hoch. Arme und Beine der armen Kreatur fühlten sich an wie Vorhangstangen. Sie war entsetzlich dünn.

»Geschafft! So, jetzt gehen wir«, beschwor ich sie. Halb zog ich sie, halb schob ich sie.

Ich schätzte, daß es in Vogelfluglinie bloß knappe dreißig Meter waren durch den Park bis Aviemore, aber wir waren keine Vögel, und es würde ein langer, beschwerlicher Aufstieg werden über den gefrorenen Grashang.

Lady Venom begann drauflos zu schwätzen. »Nicht daß wir Bedienstete hätten, wissen Sie? Alles, was ich habe, ist eine tägliche Zugehfrau. Das ist nicht genug. Das ist unter keinen Umständen genug. Es ist nicht das, woran Burly gewöhnt ist. So nenne ich nämlich meinen Gatten, Sir Worseley, wissen Sie. Ist ein Kosename. Aber er ist an eine Köchin und ein Zimmermädchen und einen Diener gewöhnt. Wie sollen wir so zurechtkommen? Sie scheinen ja ein kräftiges Mädchen zu sein. Möchten Sie zu uns kommen? Möchten Sie eine Stellung? Das Haus ist modern. Können Sie kochen?«

In diesem Augenblick hörte ich etwas wie ein fernes Echo. Eine Stimme rief: »Pru? Prudence?« Leise zuerst, dann lauter.

»Ich glaube, da kommt Ihr Mann und sucht nach Ihnen, Lady Venner«, sagte ich beträchtlich erleichtert.

Da begann sie zu zittern. »Bitte sagen Sie ihm nicht, wo ich gewesen bin! Bitte nicht! Aber er errät es bestimmt von selbst! Und dann wird er böse!« Sie zog hastig ihre Handschuhe aus. »Hier, nehmen Sie die und stecken Sie sie in ihre Tasche. Dann errät er es vielleicht nicht.«

Der Colonel kam in großen Schritten zu uns herunter. »Prudence! Ich habe dir doch gesagt, du sollst nicht dort runtergehen!«

Ihre Lippen, ihr Kinn, ihr ganzes Gesicht zitterte. Sie wand sich förmlich. Ich mußte sie stützen, denn ich fühlte, wie ihre Beine nachgaben. Ich sagte: »Schauen Sie, es geht Lady Venner gar nicht gut, Sir Worseley. Sie wird tüchtig Hilfe brauchen, um nach Hause zu kommen. Könnten Sie ihren Arm nehmen, bitte?«

Er starrte mich zunächst feindselig an, dann änderte sich sein

Blick wenigstens andeutungsweise, und er sagte: »Oh, das bist du? Bist du nicht das Mädchen, das aus einem Baum gefallen ist und sich verletzt hat?«

»Ich habe mir das Bein gebrochen, ja. Deswegen wohne ich zur Zeit bei den Morningquests. Ich bin gerade heute meinen Gips losgeworden.«

»Ich kenne doch deinen Vater, stimmt's?«

»Tom Crumbe, der Tierarzt, ja.«

Abrupt sagte er: »Du solltest hier nicht meine Frau herumschleppen. Komm, ich nehme sie dir ab, sie wiegt ja nicht mehr als ein Sack Kartoffeln.«

Er schob ihr die Hände unter die Achselhöhlen und stemmte sie ruckartig in die Höhe. Sie gab ein kleines Stöhnen von sich, halb war es wohl Angst, und halb der Atem, der aus ihr herausgepreßt wurde.

»Also gut, danke, ich werd jetzt schon mit ihr fertig.«

Aber sie begann zu jammern und stammelte: »Mein Einkaufswagen, mein Einkaufsroller... Er steht beim Baum. Ich kann nicht ohne ihn weggehen, das kann ich nicht!«

»Was soll das heißen?« fragte ich Colonel Venner.

Er sagte wütend: »Sie muß ihren Einkaufskorb auf Rädern bei sich gehabt haben, den nimmt sie überall hin mit. Sie ist ein bißchen konfus, weißt du.« Über ihre flügelschlagenden Arme hinweg schnitt er mir eine Grimasse. »Wärst du wohl ein nettes Mädchen und holst ihn freundlicherweise? Wenn du ihn nur bis zur Einfahrt bringst, dann komm ich noch mal zurück und hol ihn dort ab, wenn ich sie nach drinnen geschafft hab.«

Und er stampfte davon mit seiner Frau in den Armen. Ihre unartikulierten, klagenden Schreie klangen wie ein trauriger Seevogel.

Ich ging zurück zum Wäldchen und fand unschwer ihren Einkaufsroller neben einem Brombeergestrüpp. Jetzt erinnerte ich mich auch, daß ich sie schon häufig damit gesehen hatte, wenn sie nervös in den Geschäften von Floxby herumspähte. Ich warf einen Blick hinein in der Hoffnung, das, was sie verloren hatte, wäre vielleicht drinnen, aber er enthielt nichts als eine Handvoll Gras und Moos und ein paar tote Blätter. Armes Wesen, dachte ich. Kein Wunder, daß der Colonel zu Zornesausbrüchen neigt.

Dann überlegte ich, ob womöglich sie für mein gebrochenes Bein verantwortlich sein konnte? Hatte sie den Balken durchgesägt? Aber nein: Wer so exakt neun Zehntel jenes Balkens durchtrennt hatte, der besaß Geschick, Augenmaß und Intelligenz, und mir schien, daß diese Qualitäten Lady Venner erwiesenermaßen abgingen. Wenn einer der beiden Eheleute die Tat begangen hatte, dann war es ohne Zweifel der Colonel gewesen. Vielleicht tat es ihm ja leid, jetzt, nachdem ich das unbeabsichtigte Opfer des Anschlages geworden war, aber selbst dann fühlte ich mich noch weit entfernt von der Verpflichtung, ihm vergeben zu müssen.

Ich zog den Einkaufskorb zu dem geteerten Fahrweg hinauf, aber dann fand ich, ich könnte ihn auch noch gleich bis zum Gatter von Aviemore ziehen, nur fünf Minuten weiter die Straße entlang.

Ich stellte den Korb – mit Lady Venners zusammengerollten Handschuhen darin – innen hinter der grandiosen Eichenpforte ab. Und war verdutzt, weil die Stimme, die ich drinnen im Haus weinen hörte, mir viel jünger zu sein schien als die ihre. Sie klang wie die eines kleinen Kindes.

Eigentlich hatte ich vorgehabt, Lulie, Grischa und Mariana von dem Zwischenfall zu erzählen, aber als es soweit war, da schwieg ich still. Später fragte ich mich, warum ich denn nichts gesagt, warum ich meine neue Gewohnheit der Mitteilsamkeit wieder aufgegeben hatte? Irgend etwas an der armen, verwirrten Lady, ihre unübersehbare, heillose Angst vor ihrem Mann, machte mich ganz krank und traurig. Ich mochte einfach nicht darüber reden.

Grischa brachte zum Abendessen höchst unerwartet zwei Flaschen Champagner zum Vorschein. »Ist dein letzter Abend bei uns, und dein Bein ist so gut wie neu, da gibt's ein Festmahl.«

Lulie, die zu einem Ausverkauf in Affmouth unterwegs gewesen war und baumwollene Bettüberwürfe erstanden hatte, war ebenfalls mit einem Korb voller Käse, Obst und Pasteten heimgekommen. So wurde es denn ein richtiges Festessen.

Grischa, animiert durch den Champagner – »Und das ist die echte Sorte, bitte ich zu vermerken«, sagte er stolz, »nicht euer miserabler Schaumwein!« –, demonstrierte uns, wie man einen Menschen mit einem einzigen Strich zeichnete.

»Paß gut auf, Pandora, denn für dich ist das äußerst wichtig: Du mußt immer mit der Hand beginnen, die rechte Hand ist am besten, aber das hängt auch davon ab, ob das Modell Rechts- oder Linkshänder ist. Die Hand also zuerst, dann den Arm hinauf, um den Nacken herum, Kinn, Ohr, andere Seite des Gesichts, des Halses, der Schultern, den Arm abwärts, Hand, Innenseite des Arms rauf, von der Achselhöhle runter zum Fuß, um die Beine herum, andere Seite des Körpers, und so zurück zu der Hand, mit der du begonnen hast.«

Und da sprang einen doch von seinem Papier ein Porträt von Mariana förmlich an – ein schlankes Bergwild, durch eine Schlucht erspäht – mit Haut, die sich wie straffe Seide über ihr knochiges Gesicht spannte. Er mußte sie sehr lieben, dachte ich, um sie so genau zu erfassen.

»Du kannst das so schnell! Einmal rundherum in drei Sekunden – wie 'ne Touristenführung!«

»Wie die Wettervorhersage«, meinte Grischa selbstzufrieden.

»Die Wettervorhersage?«

»Jeden Morgen hör ich mir dieses Rezitativ an – beginnend bei Berwick-on-Tweed, und dann in rasantem Schwenk um die ganze Küste dieser Insel herum. Höchst erheiternd. Aber warum fangen die eigentlich immer bei Berwick-on-Tweed an, frag ich mich?«

»Na ja, weil ...«

»Nein – sag's mir nicht. Mir ist es lieber, es bleibt ein Geheimnis.«

Mariana, redselig und in einer Weise entspannt, wie ich sie selten gesehen hatte, legte ihre Ansicht dar, daß die menschliche Rasse nur in sehr kleinen Einheiten gerettet werden könne. »Nur Familien sind klein genug. Deshalb arbeite ich auch so hart an dieser.«

»Du sagst ja so wenig, Pandora«, bemerkte Grischa irgendwann.

»Eure Familie führt während der Mahlzeiten Streitgespräche. Meine neigt dazu, einzuschlafen.«

Oh, warum habe ich ihnen nicht aufmerksamer zugehört? Jetzt kommt es mir manchmal so vor, als sei ich kurzsichtig und taub gewesen zwischen den Morningquests. Mir entging so viel. So viel.

Zu dieser fortgeschrittenen Abendstunde war ich noch weniger geneigt, die Venners zu erwähnen. Besonders, nachdem Grischa – zu Marianas Entsetzen – eine Idee erwähnte, die er die Jungen hatte diskutieren hören: ob man nicht den Colonel teeren und federn und auf seinem eigenen Gatter aufsatteln solle ...

»Natürlich hab ich's verboten«, sagte er. »Es war Dans Idee.«

»Wie zu erwarten. Dank dir, Grischa«, sagte Mariana kaum hörbar mit schreckgeweiteten Augen. »Dem Himmel sei dank, daß sie solchen Respekt vor dir haben.«

Zum Schluß gelang es mir, beflügelt von Champagner, den ich noch nie zuvor gekostet hatte, auf verhaltene Weise meine Liebe und meine Dankbarkeit gegenüber den dreien auszudrücken.

»Epeß, epeß, na sowas ...«, sagte Tante Lulie.

Und so schwankten wir alle ins Bett, ausnahmsweise ohne vorher das Geschirr abzuwaschen.

Und später in jener Nacht geschah mir etwas, das mir damals so welterschütternd wichtig und alles verwandelnd erschien, daß ich am nächsten Morgen als ein anderer Mensch aufstand – als ein neues Ich, gesetzter und in jeder Weise losgelöst von jenem, das zuvor verschwunden war.

Aber Geschehnisse können sich im Rückblick verwandeln – so wie sich die Umrisse eines Gegenstandes verändern, während es herannaht, vorüberzieht und wieder in der Ferne verschwindet. So geschieht es auch mit Erlebnissen. Und auch dieses, so übermächtig zunächst, begann – aus größer werdendem Abstand betrachtet – fast augenblicklich, sich zu verändern und seine Wichtigkeit zu verlieren, so wie ein Berggipfel schrumpft, wenn man ihn von der Eisenbahn aus betrachtet, wie er kleiner wird, immer noch schön zwar, aber weniger bedeutend, wie er dahinschwindet bis zur Größe eines Stecknadelkopfes und sich endlich ganz und gar verliert – so lange, bis die Erinnerung an ihn durch irgend ein äußeres Stimulans wieder wachgerufen wird – durch die Töne eines Schubertliedes oder einen Mondstrahl, erblickt durch einen Vorhang.

Das war ein anderes Ich. Ich habe mit jener Person jetzt keinerlei Verbindung mehr.

Barney würde natürlich sagen, daß wir unser vergangenes Ich niemals gänzlich amputieren können.

Während des Frühstücks – das Lulie und ich alleine einnahmen, denn Grischa war früh fortgegangen, um Silkin bei einem Problem mit dem Traktor zu helfen, und Mariana war noch nicht aufgewacht –, rief Dolly an und sagte, daß sie am nächsten Tag nicht mit dem Zug käme. Dan würde sie hinunterfahren. Und Selene und Toby kämen vielleicht auch mit.«

»Iber gor, iber gornischt«, meinte Lulie, »alles oder nichts. Na, Grischa wird froh sein, daß er nicht an den Zug muß. Aber wir müssen noch ein bißchen mehr geschroteten Weizen einkaufen.«

Mir tat Dolly leid, der nun die Gelegenheit entging, ihre

Mutter einmal für sich zu haben. Aber ich nehme an, das ist in einer großen Familie ohnehin immer eher ein Zufall.

Während ich – sehr vorsichtig – nach Hause radelte, beschloß ich, in ein, zwei Tagen mal bei Lady Venner vorbeizuschauen. Mir tat die arme Frau so leid. Vielleicht konnte ich etwas für sie tun. Es mußte schlimm sein dort in dem Haus, mit keiner anderen Gesellschaft als der des Colonels.

Als ich in der Woche darauf Grischa in der Markthalle hinter dem Floxby Square traf, erfuhr ich zu meiner Verblüffung, daß Mariana am Freitag nach Amerika geflogen war. Just, als Daniel und die anderen kamen, war sie abgereist.

»Nach Boston? Um nach den Zwillingen zu sehen? Haben die Scherereien gehabt?«

»Ich weiß es wirklich nicht. Zuerst fuhr sie nach London. Und jetzt erzählt uns Gideon von dieser Abreise.« Grischa schien kein bißchen überrascht.

»Die arme Dolly muß so enttäuscht gewesen sein!«

»Na ja«, meinte er, »sie sind dran gewöhnt, an Marianas unvermitteltes Kommen und Gehen. Die Venners sind übrigens auch fort.«

»Ich weiß.«

Als ich zu ihrem Haus gefahren war, hatte niemand auf mein Klopfen reagiert. Der Postbote erzählte mir dann, der Colonel und seine Lady seien nach Brightlingsea gefahren, zum Ausspannen.

Mariana kehrte erst neun Monate später nach England zurück.

7

Es war Ende des Sommers, als ich Dolly das nächste Mal wiedersah.

Ich hatte die geforderten Abschlußnoten geschafft, und da ich zu dem Schluß gekommen war, daß mein Vater und ich entgegen Lulies hoffnungsvoller Voraussage wohl doch eine lange Zeit brauchen würden, um auch nur die Ebene eines zwanglosen Umgangs miteinander zu erreichen, hatte ich mir einen Job im Theaterrestaurant in Crowbridge besorgt. Auf diese Weise konnte ich außerhalb meiner Arbeitszeit ein paar Kunstkurse besuchen. Wohnen konnte ich in Crowbridge bei der Familie eines Mädchens, das ich von der Schule kannte. Sie machte in London eine Ausbildung als Krankenschwester, und so war ihr Zimmer freigeworden. Und als Zugabe bekam ich noch eine Menge Theaterstücke zu sehen und verschaffte mir die Bekanntschaft mit den Bühnenbildnern. Dolly war inzwischen bei einer Familie in Chartres untergebracht, um ihr Französisch zu vervollkommnen. So kam es, daß wir uns, obwohl ich manches Wochenende in Anderland verbrachte, sechs Monate lang nicht sahen.

Eines Freitagabends platzte sie mit fünf Freunden in das Theaterrestaurant hinein, und sie machten einen großen Wirbel, um zwei Tische zusammengeschoben zu bekommen. Es waren drei Jungen und noch zwei andere Mädchen in der Clique, und alle trugen festlich sommerliche Kleidung. Dolly, so stellte ich überrascht fest, hatte ihr Äußeres während des Sommers sehr verändert, vielleicht durch den französischen Einfluß. Verschwunden waren die häßlichen roten, über den Ohren aufgesteckten Zöpfe. Statt dessen wölbte sich ihr Haar, das kürzer geschnitten worden war, wie ein schimmernder Helm über ihrer Stirn und war hinten mit einer Spange zusammengehalten. Viel besser. Außerdem war sie ein paar Zentimeter gewachsen, oder sie hatte fünf, sechs Pfund Gewicht verloren. Fast elegant sah sie aus in ihrem einfach geschnittenen, weißen, geblümten Chintzkleid – man trug damals Chintz. Es war keine aufregende Robe, aber es brachte den Ton ihrer blassen, sommersprossigen Haut und ihres roten Haares zur Geltung. Dazu trug sie einen hellen, zinnoberroten Lippenstift, und das war ein Fehler.

Trotz ihrer schönen neuen Staffage fühlte sie sich nicht wohl, das spürte ich sofort. Sie redete zu viel und zu laut, lachte zu häufig – diese Art hohes, giggelndes Lachen, das man ›anstekkend‹ nennt, als ob es ein Ausschlag wäre. Und ich hörte, daß sie viele von Marianas Ausdrücken benutzte: ›unwiderstehlich, unbezahlbar, skandalös, göttlich, hassenswert, grotesk‹.

»Nein, wie absolut unbezahlbar«, sagte sie dauernd, »wie unwiderstehlich!«

Ich erkannte, daß die eigentliche Hauptperson der Clique ein kleines, selbstsicheres Mädchen war, mit feinem, silberblondem Haar, einem blassen Mund und ruhigen grauen Augen. Ihr Name war anscheinend Vision. Dauernd wandten sich alle an sie. »Meinst du nicht auch, Vision?« »Du warst doch dabei, Vision, du hast doch gesehen, was passiert ist.« »Was sagst du dazu, Vision?«

Die drei Jungen der Gruppe waren gut und konventionell gekleidet mit Schlips und Kragen, die Haare schön sauber und nicht zu lang. Sie waren im gleichen Alter wie die Mädchen und wirkten doch, wie das so oft der Fall ist, um etliche Jahre jünger. Das dritte Mädchen hatte schwarzes, lockiges Haar, fleckige Haut, trug eine Brille und wurde von allen links liegengelassen.

Ich ging hin, um ihre Bestellung entgegenzunehmen, und als Dolly mich sah, machte sie den Mund sperrangelweit auf.

»Pandora!«

»Hallo, Dolly«, sagte ich. Ich war daran gewöhnt, daß Freundinnen aus Floxby oder deren Eltern hier auftauchten, das war für mich längst Routine. »Was kann ich dir und deinen Freunden bringen? Der Schweizer Salat ist gut.«

Dolly starrte mich immer noch in fassungslosem Staunen an. »Du bist so anders! Gott im Himmel, was für eine Veränderung! Mensch, du siehst wundervoll aus!«

»Du auch«, sagte ich.

Und dann erklärte Dolly in der plötzlichen Erkenntnis, welcher Unterhaltungswert sich aus mir herausschlagen ließ, ihren Freunden: »Das letzte Mal, als ich Pandora sah, hatte sie hellgrünes Haar.«

»Genau diese Farbe«, nickte ich resigniert und ließ mich auf die Rolle ein. Mit dem Bleistift tippte ich gegen die gräßliche, apfelgrüne, herzförmige Rüschenschürze, die in jenem Jahr zur Kellnerinnenuniform des Crowbridge-Theaters gehörte.

Einer der Jungen kapierte sofort. »He, du mußt das Mädchen sein, das aus dem Baum gefallen ist.«

Offenbar hatte Dolly die Geschichte bereits ausgeschlachtet – bizarr genug war sie ja auch wirklich –, um ihre Londoner Freunde zu unterhalten.

»Aber«, sagte ein anderer der Jungen, sichtlich ein hochgebildeter: »Ich dachte, Pandora öffnete eine Büchse und fiel nicht aus einem Baum.«

»Oh, Ben, du bist vielleicht ein Idiot!«

Mitten im allgemeinen Gelächter machte Dolly uns knapp miteinander bekannt: »Dies sind meine Freunde Ben Russel, Suzanne Mayer, Vision Plunkett-Smith und so weiter. Und dies ist Pandora Crumbe.«

Plunkett-Smith! dachte ich. Warum habe ich nicht das Glück, Pandora Plunkett-Smith zu heißen. »Ich nehme wohl besser eure Bestellung auf, sonst feuern die mich hier noch wegen Trödelei.«

»Ich kann und kann einfach nicht über die Veränderung deines Äußeren hinwegkommen«, wiederholte Dolly nochmals, als ich mit ihren Krabbencocktails zurückkam.

Sie starrte mich voll offener, unverhohlener Bewunderung an. Welch ein Unterschied zu ihrer früheren freundlichen Herablassung! Ich mußte auch wieder daran denken, wie sie nach meinem Unfall in das Zimmer der Haushälterin gestürmt war, einen entsetzten Blick auf mein grünes Haar geworfen hatte, um dann in schauderndem Entsetzen die Flucht zu ergreifen. Das war das letzte, das ich von ihr gesehen hatte. Offenbar war die äußere Erscheinung für Dolly von höchster Bedeutung. Kein Wunder wahrscheinlich. Bei so gutaussehenden Eltern mußte ihr eigenes, nichtssagendes Äußeres sie lange Zeit unglücklich gemacht haben. Ich wußte noch, wie die Jungen sie immer wegen ihres Umfanges geneckt und sie ›Molli-Dolly‹ genannt hatten. Das mußte für sie eine Qual gewesen sein. Dagegen saß sie heute auf einem hohen Roß – vielleicht aber, das spürte ich aus manchen ihrer Töne und Gesten heraus, doch nicht ganz hoch genug.

Als sie aufbrachen, um sich das Stück anzusehen (eine Noël Coward Retrospektive), sagte Dolly: »Pandora, wir müssen uns unbedingt treffen. Ist dir klar, daß wir in einem Monat gemeinsam in einem Zimmer wohnen werden?«

Es war mir durchaus klar, und sehr begeistert war ich darüber nicht, denn mir begann zu dämmern, daß ich zwar mit der alten Dolly einigermaßen vernünftig hätte zurechtkommen können – bei dieser neuen jedoch war ich mir da gar nicht so sicher.

»Wie lange wirst du hier noch arbeiten?«

»Noch zwei Wochen.«

»Oh, dann mußt du hinterher nach Anderland herauskommen, damit wir Pläne machen können. Gid hat mir zu meinem neunzehnten Geburtstag einen Wagen geschenkt, ich kann uns also mit unserem ganzen Sack und Pack nach Schottland hinauffahren.«

Und hier gähnte der Abgrund zwischen uns auf, dachte ich finster. Sicher, vor dem Auge Gottes waren Dolly und ich gleich, aber vor dem Auge Mammons waren wir es ganz bestimmt nicht und würden es auch nie sein. Nicht im Traum war daran zu denken, daß mein Vater mir zu meinem nächsten Geburtstag einen Wagen schenkte!

Zu guter Letzt entwischte ich vor Dolly nach Schottland hinauf, und zwar mit dem Zug. Ich fühlte mich der langen Fahrt in ihrer Gesellschaft einfach nicht gewachsen. Meine Bücher und meine sonstigen Sachen waren als Frachtgut vorausgeschickt worden (in praktischen Einzelheiten solcher Art half mein Vater mit Rat und Tat), und so waren die beiden Teekisten bereits da und warteten auf mich in dem schmuddeligen kleinen Zimmer des Studentenwohnheimes, das Dolly und mir zugeteilt worden war. Es war L-förmig, und eins der beiden klapprigen Betten stand am Fenster, das auf den viereckigen Hof hinausblickte, das andere am Fuß des L in einer schmalen Nische, die auf nichts hinausblickte.

Natürlich wartete ich höflich auf Dolly, um ihr die Wahl zu überlassen, und hoffte dabei insgeheim, sie würde, da sie doch so wohlerzogen und von Liebenswürdigkeit förmlich durchtränkt war, das Bett in der dunklen Ecke nehmen. Und natürlich tat sie genau das nicht.

»Welches Bett möchtest du lieber?« fragte ich, als sie ankam, bepackt mit Schlittschuhen, Skiern, einem Pelzmantel, ihrem Cello, einem Tennisschläger und einem Plattenspieler. Ohne Umschweife nahm sie den besseren Platz in Beschlag. Vermutlich verdankt man so etwas dem Umstand, drei ältere Brüder zu haben und aus einer großen, privilegierten Familie zu kommen: Man weiß, wann schnelle Entscheidungen vonnöten sind.

Damals störte mich das kein bißchen. Ich war so durch und durch glücklich, da erschien mir ein minder gutes Bett in der dunklen Ecke eines kleinen, schäbigen Zimmers als völlig belangloser Schatten über einer Zukunft, die sich ansonsten wie ein weites, sonniges Panorama vor mir ausbreitete. Eben war ich drüben in der Kunstabteilung gewesen, hatte meine Erinnerung an ihre Herrlichkeiten ebenso aufgefrischt wie die Bekanntschaft mit Tom Dismas Jindrič, dem leitenden Direktor.

Der eigentliche Leiter der Kunstabteilung, Fergus Ruaridh Mackay, befand sich fast ständig anderswo, kommunizierte mit der Natur auf einer Insel namens Egilsay. Er war ein weißhaariger, nobler alter Patriarch, der zur Zeit meines Aufnahmegesprächs kurz im College gewesen war, mir gütig den Kopf getätschelt und gemeint hatte, er habe keinen Zweifel, überhaupt keinen Zweifel, daß ich großartige, interessante Arbeiten vollbringen werde, solange ich in St. Vigeans sei. Ich hatte von vornherein nicht erwartet, persönlich viel mit ihm zu tun zu haben. Die Bekanntschaft mit seinem Vertreter dagegen hatte mich schon eher aus der Ruhe gebracht.

Tom war aus Prag. Sein Vater war während des Zweiten Weltkriegs als tschechischer Pilot in Dornoch stationiert gewesen, hatte sich in ein schottisches Mädchen verliebt, Flora Dalgairn, und hatte sie nach dem Kriege mit nach Prag genommen. Später dann hatte ihr Sohn die Nordsee überquert, um seine schottischen Tanten und Großeltern kennenzulernen. Und die Luft in Schottland war ihm zuträglich gewesen.

»Nicht, um für immer hier zu leben«, sagte er, »aber ich mag den kühlen, trockenen, schottischen Humor und die Granitfelsen und all die Sachen, die in schottischen Herden gebacken werden: *Bannocks* und *Baps*, *Birlins* und *Clods*, *Derrins* und *Meldars*, *Nackets* und *Smoddies* und *Tivlachs*, und wie sie alle heißen.«

»Gütiger Himmel«, staunte ich, »wo bist du denn auf all diese Sachen gestoßen?«

»Meine Großmutter macht sie. Oder doch wenigstens ein paar davon«, setzte er kleinlaut hinzu.

Tom wirkte sehr jung als Leiter einer Fakultät – und er war ja auch jung, erst fünfundzwanzig –, bis man ihn näher betrachtete und die tiefen Linien um seine Augen entdeckte. Ich glaube, er sorgte sich unentwegt um seine Familie. Seine Eltern waren beide

Ärzte dort in Prag, und seine Schwester Lehrerin, und ihre Ansichten waren dazu angetan, sie jederzeit in Schwierigkeiten zu verstricken. Tom war hager und knochig, hatte ein langes, schmales Clownsgesicht, einen dünnen, beweglichen Mund und tiefliegende, dunkelbraune Augen, die wie Bohrer in einen eindrangen. Sein dunkles Haar war lang und ungekämmt – romantisch, fand ich. Er hatte einen starken ersten Eindruck auf mich gemacht. Und der zweite Eindruck war nicht weniger stark. Die Kunstabteilung – kleinstes, jüngstes und am wenigsten begünstigtes Anhängsel der St. Vigeans Universität – war in Armeebaracken auf einer windigen Landzunge untergebracht.

»Kommt mir vor wie zuhause«, meinte Tom. »Mein Großvater hatte in Prag mal eine Bootswerft. Nein, jetzt nicht mehr. Sie steht jetzt leer, denn sie wurde von den Kommunisten geschlossen, und niemandem fällt eine Verwendung dafür ein. Ich habe mich immer dort reingeschlichen und Pläne gemacht, ganz für mich. Wenn das nicht Kunst ist, was? Pläne machen.«

»Was für Pläne hast du gemacht?«

»Nun, zum Beispiel für diesen Film, an dem wir arbeiten.«

Es war ein Film über Socken und Handschuhe. Ich meine keinen Dokumentarfilm, die Socken und Handschuhe vollführten Handlungen, lebten ein aktives, emotionales Leben, betrogen einander, unterzogen sich religiöser Konversion, wurden krank, starben, wurden begraben und wieder zum Leben erweckt. Sein spektakulär niedriges Budget ging größtenteils in ungezählten Tassen Tee drauf, um die Techniker davor zu bewahren, an Frostbeulen zu sterben. Später gewann er einen Preis in Cannes.

Tom ermunterte seine Studenten auch, in ganz Schottland Räder zu sammeln.

»Eines Tages werden sie bestimmt zu irgendwas nütze sein«, meinte er vage.

Ich mußte an Tante Lulies *es kummt amol zu nuzen* denken.

Sie und Tom, da war ich sicher, würden aufeinander fliegen wie Feuer und Flamme.

In der Zwischenzeit türmten sich die Räder um Toms Armeebaracken höher und höher und bildeten, wie er betonte, eine höchst wirksame Barriere gegen den arktischen Wind.

In den Brennöfen wurde vorzügliche Keramik gebrannt – nicht dieses grobe, primitive Steingutzeug. Ich wünschte, Selene könnte ihn kennenlernen. Aber sie ließ sich ja nie weit von zu Hause weglocken. Ebenso betrieb er einen sehr rührigen Theaterklub in einem Keller, der ›Merlins Höhle‹ genannt wurde. Er arrangierte Vorführungen von japanischen und schwedischen Filmen, er jagte seine Studenten in den Sturm hinaus und ließ sie die Küste hinauf und hinunter Vielfalt und Ambiente der Seevögel photographieren, er brachte Kunsthändler aus allen Ecken der Britischen Inseln dazu, ihm Gemälde auszuleihen, die wiederum von ebenso weit her die Menschen in Scharen anlockten, um seine vielgestaltigen Ausstellungen zu besichtigen.

»Wir Tschechen verstehen uns auf Töpferei, Filmen, Ausstellungen, Knödel und Pilze«, sagte er. »Auf diesen Gebieten entfalten wir unser spezielles Genie. Auf anderen Gebieten liegt unser hauptsächliches Geschick darin, andere zu loben und uns selbst zu amüsieren. Wir sind keine Gourmetköche oder Bildhauer oder – aufs ganze gesehen – welterschütternde Stückeschreiber. Auf diesen Gebieten sind andere führend. Aber ach, wie wir deren Fähigkeiten genießen! Und genau das möchte ich meinen Studenten hier beibringen. Denn – machen wir uns nichts vor – in diese kleine neue Universität werden wir wohl kaum sehr viele junge Leute von Genie locken können. Aber was ich ihnen zeigen werde, ist, wie sie all ihren Versuchen ein Höchstmaß an Qualität und Begeisterung abgewinnen können.«

So tanzte ich an diesem ersten Tag des Semesters denn in einer derartig überschwenglich optimistischen Geistesverfassung zurück in unser enges, dunkles Zimmer und in Dollys nörgelnde schlechte Laune, daß mir ihre Verstimmung nicht das geringste ausmachte. Ich nahm sie mit auf einen Rundgang und zeigte ihr die Annehmlichkeiten des Hauses: die Duschräume (unser Zimmer hatte nur ein Waschbecken), die Bügelkammer, die Küche für die Studenten und den Gemeinschaftsraum mit den durchgesessenen Lehnstühlen und den Zigarettenbrandlöchern, die mich an den Tischtennisraum in Anderland erinnerten.

»Warum hat Mar mich bloß in dieses elende Kaff geschickt?« schrie Dolly untröstlich und betrachtete die Zigarettenlöcher. »Das ist unfair! Die Universitäten der Jungen sind nicht entfernt so trostlos. Und Selene, die sitzt warm im Nest und geht jeden Tag aufs St. Martins College. Dies hier ist ja wie Bergen-Belsen!«

»Äußerlichkeiten sind nicht die Hauptsache«, tröstete ich sie schulmeisterlich – es war, als hätten wir die Rollen getauscht. »Warte nur, bis du ein, zwei Vorlesungen gehört hast. Ich glaube, dann siehst du das schon anders.«

Aber sie schien nicht überzeugt. Sie sagte, der Professor für Sozialpsychologie – sein Name war Grindley-Schimmelpenninck – erinnere sie an ein Schaf.

Glücklicherweise war der seinerseits vom ersten Augenblick an zutiefst beeindruckt von Dolly, und es gab in ihrer Fakultät außerdem etliche ernsthafte junge Männer, die zu ihr aufblickten und um ihre gute Meinung buhlten und sie häufig um ihre Ansicht zu ihren Aufsätzen baten.

Während unseres ersten Universitätsjahres kreuzten sich meine und Dollys Wege nicht oft. Und das war vielleicht auch gut so. Ich war voll und ganz und aufs glücklichste in Anspruch genommen von Kunst, Drama und Literatur. Fast meine gesamte Freiheit verbrachte ich in der Töpferei, im Film-Workshop, dem ungenutzten Lagerschuppen, den wir zu einem Theater umgestalteten, oder im eiskalten Atelier. Während Dolly bis in die Puppen im Bett liegen blieb, stand ich um sechs auf und arbeitete bis spät nachts. Wie ein trockener Schwamm saugte ich Instruktionen, Ideen, Ansichten in mich hinein, wie ein Esel, der wahllos Disteln, Gras und Rübenblätter in sich hineinmampft. Ich hatte wirklich weder Zeit noch Energie übrig für Nörgeleien und Heimweh. Das war ein Glück, denn die Lebensbedingungen in St. Vigeans waren wirklich spartanisch, und das Klima war eisig. Außerdem waren Dollys Gewohnheiten als Zimmergenossin alles andere als ideal.

Sie war, genau wie ihre Brüder, allen voran Barney, nie dazu angehalten worden, aufzuräumen. Sie ließ ihre Kleidungsstücke in Haufen auf dem Boden liegen, so wie sie sie ausgepellt hatte. Mit Ausnahme blutbefleckter Höschen, die vertrauensvoll in unserem Waschbecken eingeweicht wurden (tagelang, wenn ich nicht Krach schlug). Ähnlich verfuhr sie in der Gemeinschaftsküche, wo sie fettige Bratpfannen, von Speckrinden und Eiresten verklebte Teller, verbrannte Toastkrümel, nach Räucherfisch stinkende Grillpfannen, wahre Sümpfe feuchter Teeblätter, ölige Sardinenbüchsen und schmutzige Kaffeebecher optimistisch übereinanderstapelte – in dem unerschütterlichen Glauben, daß durch Einweichen in kaltem Wasser über Nacht schon irgendwie alles in Ordnung kommen werde.

»Wieso, ich habe doch das Geschirr eingeweicht«, verkündete sie dann am nächsten Tag kühn und rechthaberisch. »Alles, was irgend jemand anders jetzt noch tun muß, ist doch bloß, es abzuwaschen.«

Zum ersten Mal wurde mir bewußt, welch ein wohlbehütetes Leben die Morningquest-Kinder geführt hatten mit Lulie und Grischa, die den Wolf von der Tür von Boxall Hill fernhielten, ebenso wie Mrs. Grove und ihre zahlreichen Helfern im Londoner Haus.

Das Schlimme war, daß es anscheinend verheerende Auswirkungen auf ihr Gemüt hatte, wenn ich sie ausschimpfte. Dann wandte sie mir die Augen eines waidwunden Rehs zu, ihr Mund zitterte, und sie atmete förmlich Zerknirschung und Reue, schlich stumm einher, wich meinem Blick aus und sammelte ihre herumliegenden Sachen zu kleinen Häufchen zusammen – ein erster hoffnungsvoller Ansatz, sie wegzuräumen. Weiter jedoch ging ihre Buße nie. Nicht ein einziges Mal unternahm sie ernsthaft etwas gegen die Zustände, die mich gleich anfangs hatten aus der Haut fahren lassen: das Geschirr abzuwaschen, die Zigarettenasche auf dem Fußboden wegzufegen, die schmutzigen Handtücher von meinem Bett zu nehmen, die nasse Wäsche aufzuhängen ... Sie flüchtete sich stets in das Gebaren eines treuen Hundes, der wegen eines unabsichtlichen Vergehens rüde gescholten wird. Und das hielt sie länger durch als ich meine Empörung.

Nach etwa einem Monat war mir klargeworden, daß Dolly sich nicht ändern würde, daß sie sich niemals ändern würde. Entweder mußte ich mich bequemen, in Schmutz und Unordnung zu leben, oder ich mußte selbst das Geschirr abwaschen. Mehr noch, um Dolly bei Laune zu halten, mußte ich ständig – wider besseres Wissen – so tun, als sei sie eine große Hilfe, sonst blickte sie mich mit stummem Vorwurf an, scheute keine Mühe, mich darauf aufmerksam zu machen, daß sie den Aschenbecher ausgeleert hatte oder schlecht und recht die Sachen zusammengelegt, die ich gewaschen und auf der Gemeinschaftsleine aufgehängt hatte. Sie war eine wahre Künstlerin darin, in anderen Schuldgefühle zu wekken. Schon jetzt taten mir ihr Mann und ihre Kinder leid, denen ein gebeuteltes Dasein bevorstand, wenn sie nicht alsbald nach ihrer Pfeife tanzten.

Genau so eine ausgepichte Flötenmethode hatte sie auch erfunden, um damit methodisch auf meinen latenten Schuldgefühlen, ob meiner Aufdringlichkeit, herumzuspielen.

»Natürlich, du hast mir total die Zuneigung meiner Mutter gestohlen«, verkündete sie und blickte mich dabei mit großen, verwundeten grauen Augen an. »Ich weiß, es ist nicht allein deine Schuld – aber du hast mich verdrängt, und es wird nie wieder so sein wie früher.«

»Ach, was für 'n Blödsinn, Dolly!«

»Nein, das ist kein Blödsinn. Marianas Gefühle mir gegenüber waren nie sehr stark. Sie ist nie sehr mütterlich gewesen, weißt du, zu keiner Zeit. Sie mag die Jungen, gewiß, aber vernarrt ist sie nie in sie gewesen. Und die Zwillinge, die toleriert sie eigentlich nur gerade. Selene war immer ihr Liebling, und das Merkwürdige ist, daß Sil nie Zeit gehabt hat für Mar, daß die anscheinend nie das Bedürfnis nach Mutterliebe gehabt hat. Solange Toby und sie einander haben, kann der Rest der Welt ihnen gestohlen bleiben. Ich habe oft gesehen, wie zurückgestoßen Mar sich fühlte. Ich dagegen habe Mariana immer gelangweilt«, meinte Dolly traurig. »Und daraus hat sie auch nie ein Hehl gemacht. ›Mein gutes, langweiliges Mädchen‹ hat sie mich mal genannt. Das war an meinem elften Geburtstag.«

»Nein, Dolly, das kann doch nur eine alberne Übertreibung sein. Kein Mensch ist gelangweilt von seinen Kindern – schon gar nicht jemand, der so intelligent ist wie Mariana.«

Zugleich aber fiel mir mein blitzhafter Einblick in Sir Gideons Gemütsverfassung wieder ein: nämlich daß er sich mit tausend Freuden der ganzen Last seiner Brut reizender, talentierter Kinder entledigen würde, um sich ausschließlich auf seine Musik zu konzentrieren. Und ich dachte auch an meinen eigenen Vater.

»Ach, meinst du?« sagte Dolly. »Das zeigt bloß, wie wenig du weißt. Denk doch bloß an die Venners. Die waren bis zur Erstarrung gelangweilt von Thelma. Weggeschickt haben sie sie, um irgend was Handwerkliches zu lernen, und das hat sie nur noch langweiliger gemacht. Manchmal glaube ich, Mar hat mich absichtlich aufs Langweiligwerden manipuliert, um das Risiko auszuschließen, daß ich ihr mal Konkurrenz machen könnte.«

Insgeheim dachte ich, daß diese Gefahr wohl niemals bestanden hatte, aber ich schwieg diplomatisch.

»Und dann traf Mar deine Mutter wieder und machte sie zu einer Art Intimfreundin und hatte dadurch noch weniger Zeit für uns. Und jetzt setzt sie dich an die Stelle deiner Mutter.«

Natürlich erweckte diese Anschuldigung in mir alle möglichen widerstrebenden Gefühle und Fragen, ungelöste Zweifel und Ängste, die ich nicht gerade vor Dolly enthüllen wollte. So sagte ich denn forsch: »Dolly, kein Wort ist wahr von dem, was du sagst. Mariana war wundervoll, was den Tod meiner Mutter angeht – sie wußte eben, was für ein Schock das für mich war und daß mein Vater keine große Hilfe war, weil meine Eltern in einem so frostigen, beziehungslosen Verhältnis zueinander lebten. Meine Mutter war ein sehr verschlossener Mensch. Ich begreife erst jetzt langsam, wie verschlossen...«

Als Trostpflaster erzählte ich Dolly von dem Mann auf dem Begräbnis, daß ich Mariana gefragt hatte, ob sie etwas über den ersten Mann meiner Mutter wisse, daß sie aber nichts gewußt hätte; erzählte ihr auch, daß die beiden gemeinsam zur Schule gegangen wären und Mariana Dinge von meiner Mutter wußte, von denen ich keine Ahnung hatte.

»Du siehst also, ich habe dich nicht verdrängt – das wäre einfach widernatürlich. Es ist bloß so, daß Mariana mir helfen kann, indem sie mir Dinge erzählt, die ich nicht wußte, daß sie meine Lükken auffüllt.«

»Na bitte, du siehst ja selbst – du bist einfach interessanter für Mariana, als ich es bin, gerade wegen dieser ganzen Geheimnisse«, meinte Dolly kläglich. »Alles, was mich betrifft, ist eben so überschaubar und deshalb langweilig für sie. Ich hab versucht, mein Aussehen zu verändern, während sie fort war, ich hab mich bemüht, ein bißchen glamouröser auszusehen...«

»Und das ist dir auch fabelhaft gelungen«, sagte ich.

»Aber was hat es gebracht? Für sie sehe ich immer noch so langweilig aus wie ein Reispudding. Du dagegen! Als die Zwillinge dir die grüne Farbe übers Haar gegossen und dir das Bein gebrochen hatten, da konnte man meinen, jemand hätte Säure über einen Mategna in der National Gallery gegossen! Dieser Aufruhr! Und dann hinterher all die Veränderungen deiner Erscheinung – das war ja wie ein Kunstwerk, an dessen Entstehen sie teilhatte. Als ich mir die Haare abschneiden ließ, hat sie es nicht mal gemerkt.«

»Das kann nicht wahr sein!«

»Na gut, aber ich sag dir, sie kam nach England zurück und meinte bloß: ›Ach Dolly, du hast dir das Haar abschneiden lassen? Ich hoffe bloß, du bereust es später nicht.‹ Das war alles.«

Leider trug diese Bemerkung nur allzu deutlich den Stempel von Marianas unverblümter Ausdrucksweise.

Ich versuchte es mit einem anderen Köder: »Dolly, du bist neunzehn, in zwei Monaten zwanzig. Du brauchst doch keine Mutter mehr. Du solltest dich nach anderen Vorbildern umschauen, solltest dich auf eigene Füße stellen.«

Aber sich einsame Pfade freizuschlagen, das war ganz und gar nicht Dollys Stärke. In St. Vigeans wurde sie zum Mittelpunkt einer großen, munteren Clique aus höheren Töchtern und sportlichen jungen Männern, die ihr wohlgelauntes, heiter schwesterliches Image für bare Münze nahmen. Sie alle tanzten jede Nacht bis in die frühen Morgenstunden, wo immer sie einen Boden fanden, auf dem sich tanzen ließ, sie hörten Beatlesplatten, und wenn der Winter die Stadt und die umliegende Landschaft im Griff hielt, dann liefen sie Schlittschuh, veranstalteten Schneeballschlachten und arrangierten ausgedehnte Langlaufski-Exkursionen. (Natürlich hatte Dolly mit vier Jahren Skilaufen gelernt, denn Mariana schickte ihre Brut jeden Winter nach Klosters.)

»Dolly scheint ganz glücklich«, schrieb ich an Mariana. »Sie ist der Mittelpunkt einer riesigen, geselligen Gruppe, die pausenlos mit irgendwelchen Aktivitäten beschäftigt ist. Ich weiß wirklich nicht, wieso Du je gefürchtet hast, sie könnte sich einsam fühlen oder Heimweh haben.«

Und Mariana schrieb zurück (aber erst nach zweimonatiger Pause; der Proporz ihrer Briefe zu meinen betrug etwa eins zu fünf): »Es wäre mir lieber, Du würdest mir erzählen, daß Dolly sich der Arbeit widmet. Wohingegen ich keinen Zweifel habe, daß

Du, mein liebstes Herz, das tust – ganz auf Dich gestellt und unermüdlich, angespornt sicherlich durch Deinen Tom, der nach allem, was ich höre, ja wirklich ein Zauberer sein muß.«

Tom Jindrič füllte wirklich zu jener Zeit achtzig Prozent meiner Zeit und meiner Gedanken aus. Er war so anregend, so allseitig gebildet. Wie meine Mutter schien er imstande, auf jede Frage, die ich ihm stellte, eine Antwort zu geben. Außerdem war er witzig auf eine trockene, schafsgesichtige Art, die mich an Onkel Grischa erinnerte.

Nach dem täglichen Aktzeichnen (wie die Modelle es schafften, in der eisigen Scheune, die unser Atelier war, nicht an ihrer Entblößung zu sterben, wird mir immer schleierhaft bleiben), trieb er mich zu unablässigen Porträtstudien an: ausgedörrte, knorrige Fischer, Kätner, Schäfer und Großmütter aus den umliegenden Dörfern wurden nacheinander überredet, ins Atelier hinaufzukommen und uns den Nießbrauch ihrer gefurchten, verwitterten Gesichter und ihrer scharfsichtigen, nordisch blauen Augen zu gewähren. Für mich war es ein ununterbrochenes Fest.

Tom war wortkarg gegenüber meiner Arbeit. Bei anderen Studenten erging er sich in langen, detaillierten Ermutigungen, Vorschlägen oder Kritiken, bei mir dagegen waren es immer nur ein, zwei Bemerkungen. »Viel besser«, sagte er etwa nach einer langen, bedächtigen Pause, oder auch das Gegenteil: »Viel schlechter.« Und dann piekte er mir zwischen die Schulterblätter und setzte seinen Rundgang fort.

Ich hatte nie Skilaufen gelernt, und ein einziger Versuch einer Langlauftour mit Dolly und ihren munteren Gefährten hatte gereicht, mich zu überzeugen, daß ich, wenn ich Lust verspürte, durch verschneite Wälder zu gleiten, das lieber in meinem eigenen Tempo und ganz für mich allein tat, und nicht in einer Kolonne kreischender, kichernder Ulknudeln, die dauernd über Baumwurzeln fielen und sich ihre Ski von männlichen Helfern richten lassen mußten. Schlittschuhlaufen hatte ich immerhin gelernt, im

Alter von sieben Jahren, von meiner Mutter während einiger besonders strenger Winter in Floxby. So borgte ich mir Dollys Schlittschuhe aus und ging zum St. Vigeans Moor, landeinwärts von der Stadt gelegen, das erst überflutet und dann gefroren war, und genoß dort die Breughelsche Szene der sich vergnügenden Stadtbewohner. Dort traf ich auch Jindrič, der mit seiner Nikon photographierte, und wir versuchten einen Walzer miteinander, begleitet von der Dudelsack- und Gitarrenmusik eines Duos am binsenbestandenen Ufer. Das brachte mich darauf, ihm von der Musik in Boxall Hill zu erzählen: von den verschiedenen Instrumenten, auf denen in all den verschiedenen Räumen geübt wurde; von den Chorübungen am Sonntagnachmittag; von den sechs Klavieren (oder waren es sieben?); von Toby und zwei seiner Schwestern, die Flötentrios spielten, von Barney, der an Beethovens Opus 109 arbeitete, von den Zwillingen und ihrem formidablen Bachprogramm.

»Morningquest«, sagte er, »ach ja, das ist deine Freundin Dolly, die mit dem roten Haar? Ich hab sie bloß von weitem gesehen, ganz Bienenkönigin, die ihre Tischrunde in Aufruhr versetzt.«

Sein Ton war mehr als eine Spur abschätzig, deshalb erzählte ich ihm schnell noch mehr von der Familie Morningquest: Wie freundlich sie zu mir gewesen waren beim Tod meiner Mutter, wie einzigartig Mariana war, wie eindrucksvoll Sir Gideon, wie bemerkenswert Lulie und Grischa, wie begabt ihre ganze Kinderschar. Und schon war sein Interesse geweckt.

»Was für eine Saga! Das hört sich ja an wie die Familie Bach. Erzähl mir mehr. Und deine Freundin? Was für ein Instrument spielt die?«

»Cello. Aber ich fürchte, sie hat es vernachlässigt, seit sie hier ist.«

Es stimmte. Dolly hatte, nachdem sie einmal von den Banden ihrer Familie befreit war, viele von deren Lebensgewohnheiten abgelegt. Außer natürlich das Selbstvertrauen, das von Wohlstand und Sicherheit herrührt. Das gibt man so schnell nicht auf.

Weihnachten daheim in Floxby war eine ziemlich wortlose Angelegenheit. Es tat mir eigentlich leid, daß ich überhaupt nach Hause gefahren war, denn mein Vater war keineswegs erfreut, mich zu sehen. Er hatte sich in seinem Solodasein sehr behaglich eingerichtet. Sir Gideon war in New York und dirigierte eine Reihe Konzerte, und Mariana gab verschiedene Liederabende in San Francisco, folglich blieben ihre Kinder am Cadogan Square, und Lulie und Grischa hatten Boxall Hill für sich allein. Natürlich besuchte ich sie, und wir führten wundervolle, lange Gespräche. Sie erzählten, daß die Zwillinge bei dem Projekt in Harvard einen großen Erfolg erzielt hätten und eingeladen worden seien, noch über einen weiteren Zeitraum dortzubleiben. »Die beiden haben, wie es scheint, bemerkenswerte telepathische Fähigkeiten.« »Das bezweifle ich nicht«, sagte ich.

Barney war aus dem Heim der Familie ausgezogen und bewohnte jetzt ein eigenes Apartment in Pimlico, zusammen mit seiner Katze Mog und seiner Freundin, die schön, intelligent und reich war, Lady Mary Flyth-Wardour, Chefredakteurin bei *Schmit, Ponsonby, Power and De Croux*, dem Kunstverlag. »Wie wundervoll für Barney«, sagte ich traurig, denn ich hatte stets eine hoffnungslose, unerwiderte Leidenschaft für ihn gehegt, seit er so freundlich zu mir gewesen war nach meinem Beinbruch und dem grünen Haar. Dabei wußte ich ja, daß er unerreichbar war für mein heimliches Trachten. Außerdem wurde ihm in der Familie schreckliche Leichtfertigkeit nachgesagt: Es hieß, er habe bereits drei oder vier Mädchen das Herz gebrochen. Er hatte einen sehr guten Job bei U.S.U., und man erwartete von ihm, daß er es weit bringen würde.

Dan arbeitete an seiner Doktorarbeit (sie hatte etwas mit Siliconchips zu tun), und Toby, der auf seine Abschlußprüfung zusteuerte, war für den Staatsdienst vorgesehen. »Aber wir machen uns Sorgen um Selene. Was wird sie machen, wenn Toby permanent von zu Hause fort ist?« Von Hay aus verbrachte Toby bisher die meisten Wochenenden am Cadogan Square.

»Ach, diese Selene, die ist wie ein Maulwurf«, erzählte Lulie mir sorgenvoll. »Sie geht in ihre Kurse, erzählt mir Mariana, kommt nach Hause, schließt sich in ihr Zimmer ein und sieht keinen Menschen. Was soll denn aus ihr werden? Sie hat keine Freunde, niemanden.«

»Sie braucht psychologische Hilfe«, meinte Grischa, »aber das wird Mariana nicht einsehen.«

Grischa war um diese Zeit gerade mit Wordsworth beschäftigt.

»Ich wandert' einsam wie ein Geist
der hinschwebt zwischen Berg und Tal
mein Blick ein Blumenmeer umkreist
von Goldnarzissen ohne Zahl.«

»Also weißt du, zu sagen: ›Ich wandert' einsam wie die Wolk'...‹, das ist doch widersinnig. Wolken sind nicht einsam. Wordsworth war ohne Frage ein großer Dichter, aber in seinen jungen Jahren ging er reichlich holterdipolter und unbedacht vor.«

»Aber warum sollte wohl ein Geist zwischen Berg und Tal schweben?«

»Warum nicht? Geister müssen ja schließlich irgendwo schweben.«

Mich mit Grischa und Lulie zu unterhalten, das war für mich wie nach Hause kommen. Immer mehr und mehr Klatsch und Neuigkeiten erfuhr ich von ihnen, während ich etwa Lulie half, ihre täglichen Zeitungsartikel auszuschneiden, mit Grischa ein zerbrochenes Fenster im Sattelraum reparierte oder Holzscheite aufstapelte, während ich ihm zusah, wie er den altersschwachen Rasenmäher auseinandernahm und vorsorglich für den nächsten

Sommer reparierte, oder während ich Lulie dabei zusah, wie sie mir aus einem zerschlissenen Tigerfellbettvorleger, den sie für zehn Pence auf einer Auktion erstanden hatte, einen Pelzhut nähte.

»Mariana schreibt, daß sie sich um Dan Sorgen macht. In seiner Arbeit ist er zwar brillant, aber er hat sich mit einer sehr spaßigen Gesellschaft eingelassen.«

»Spaßig?«

»Na ja, sie spielen den Leuten Streiche. Und zwar keine schönen. Dan gehört zu einem Klub, wo gespielt wird. Einen Mann erwischen sie zum Beispiel beim Betrügen. Das sagen sie ihm aber nicht, sondern, als sie beim Roulettespielen sind, schieben sich zwei Leute neben ihn und füllen seine Tasche mit Nieren – rohen, blutigen Nieren. So was macht doch nur ein *momzer*!« meinte Tante Lulie mißbilligend.

Ich fand, dieses Benehmen paßte durchaus zu allem, was ich an Dan beobachtet hatte. Er war mir von den drei Brüdern immer am wenigsten sympathisch gewesen.

»Was gibt's sonst noch Neues?«

»In der Stadt einen Skandal – oder wenigstens ein ungelöstes Rätsel. Ein Mädchen hat ihr Baby verloren.«

Mir fiel ein, daß auch mein Vater irgend etwas darüber vor sich hin gebrummt hatte.

»Ihr Baby verloren? Wie verloren? Und was für ein Mädchen?«

»Ein rothaariges Mädchen. Heißt Buckley.«

»O ja, die kenne ich. Ginge Buckley. Sie war in der Schule in meiner Klasse.« Ich hatte sie gern gemocht. Sie war ganz kurz vor der Abschlußprüfung abgegangen, um ihr Baby zu kriegen.

»Nun, es hat allerlei Tratsch gegeben, nachdem es verschwunden war. Die Leute sagten, vielleicht hätte sie es selbst verschwinden lassen, weil sie es nicht behalten wollte.«

»Ginge? Die würde nie so etwas tun. Niemals!« Ich war entsetzt. »Ich geh und besuch sie mal.«

»Ja, tu das«, sagte Lulie sanft. »Sie war ein gutes Mädchen. Sie kam mal während eines Spätsommers her, um Grischa beim Apfelpflücken zu helfen, als ich einen entzündeten Bienenstich hatte. Ich mochte sie. Und einmal hab ich sie auch mit ihrem Baby getroffen, auf einem Kirchenbasar. Das war ein süßes, rotbäckiges *bubeleh*, ein richtiges Püppchen, und ganz augenscheinlich liebte sie ihn abgöttisch. Es sähe ihr tatsächlich nicht ähnlich, daß sie ihn absichtlich ›verloren‹ hätte.«

Ich ging wirklich zum Haus der Buckleys in der Bahnhofstraße, aber Ginge sei nicht da, sagte mir ihre Mutter, sie sei bei ihren Kusinen in Norwich. »Wegen der Seeluft.« Ich war erschrocken, wie sich Mrs. Buckley verändert hatte. Sie war eine braune, freundliche, stets lachende Frau gewesen, der es Freude machte, ihren kleinen Vorgarten in eine üppige Idylle aus Düften und Farben zu verwandeln. Jetzt schien sie um zwanzig Jahre gealtert, und ihre sonst so gepflegte Kleidung sah schmutzig und vernachlässigt aus. »Ja, weißt du, Ginge konnte all das Gerede nicht mehr ertragen«, sagte sie seufzend. »Und ich kann es ihr nicht verdenken. Wir haben Kirk alle so geliebt. Es hat ihr einfach das Herz gebrochen, als er geraubt wurde.«

»Wie – wie ist es denn passiert?«

»Im Maxi-Markt. Sie stand Schlange am Aufschnitttresen – wegen Zunge –, und sie ließ ihn in seinem Kinderwagen gegenüber am Brotstand stehen. Er war vollkommen unter der Decke, weißt du, er hat sich immer so zusammengekuschelt wie eine kleine Haselmaus, wenn er schlief – Gott befohlen! Als Ginge nach Hause kam, wollte sie ihn aus dem Wagen nehmen, und er war fort!«

»Wie entsetzlich! Arme, arme Ginge! Es war doch nicht Kirks Vater, der das getan hat?«

»Alan? O nein. Der war genauso unglücklich wie wir. Sie dachten zwar nicht daran, zu heiraten, er und Ginge – zu jung, weißt du –, aber er zahlte ihr doch immer ein wenig, so hin und wieder, wenn er konnte, für das Kleine ... Nein, er war es nicht.«

»Und die Polizei konnte nicht helfen?«

Mrs. Buckleys Mund wurde schmal. »Die ließen durchblicken, daß man dort glaubte, sie hätt's selbst gemacht. Rausfinden konnten sie nichts. Aber haben wohl auch bloß so getan, als suchten sie.«

Ich war froh, aus Floxby flüchten zu können, zurück in die arktische Luft und die anregende Gesellschaft von St. Vigeans. Diesmal fuhr ich gemeinsam mit Dolly im Zug dorthin. (Sie hatte, eingeschüchtert durch die Aussicht auf eine lange, winterliche Fahrt nach Süden, ihren Mini vor Weihnachten in Schottland zurückgelassen.)

Zuvor hatte ich eine Nacht am Cadogan Square zugebracht und einen Tag in London, an dem ich Jindričs Anweisung befolgte, mir jedes einzelne Bild in der National Portrait Gallery anzuschauen und obendrein noch die National und die Tate Gallery zu besichtigen. Zu meiner großen Überraschung begleiteten mich Toby, Dan und Barney bei diesem Unternehmen. Sie waren alle drei zufällig auch im Haus und fanden meine Pläne verlockend.

»Warum ist denn Barney nicht bei Lady Mary in Pimlico?« fragte ich Toby, während wir den Trafalgar Square überquerten.

»Molly? Oh, die ist in Pau mit ihrer Stiefmutter – hat Barney hiergelassen, damit er sich um die Katze kümmert. Und er geht auch wirklich heute abend zurück nach Pimlico. Aber diese Beziehung geht ohnehin zu Bruch«, urteilte Toby nüchtern. »Er verkauft ihr gerade die Wohnung.«

»Was ist denn schiefgegangen?«

»Molly war zu besitzergreifend. Wollte jede Minute wissen, wo er war, jede einzelne von eintausendvierhundertvierzig.«

Stumm rechnete ich im Kopf nach.

»Und wo zieht Barney hin?« fragte ich dann. »Zurück zum Cadogan Square?«

»Nein, man hat ihn bei U.S.U. gebeten, in leitender Funktion nach Chicago zu gehen.«

»Aber was wird aus der Katze?«

Außer all seinen Freundinnen mit gebrochenem Herzen hinterließ Barney auch überall eine Spur verlassener Katzen. Irgendwie schien sich (wie auch in diesem Fall) nie eine befriedigende Lösung für die Katze zu finden. Und dabei liebte Barney Katzen zärtlich – vielleicht gar mehr als Mädchen? – und mußte immer eine haben. Ganz bestimmt würde er in Chicago auch wieder eine anschaffen.

»Wenn Molly sie nicht will, dann werden sie sie wohl der Putzfrau schenken«, meinte Toby gefühllos. Dan und Barney gingen ein paar Meter vor uns Whitehall hinunter. Wir wollten zur Tate Gallery.

»Hör mal, Pandora«, sagte Toby, »ich möchte dich um deine Hilfe bitten.«

»Wobei?« Ich war höchst erstaunt, daß irgendein Mitglied der Familie Morningquest von mir Hilfe erbat.

»Es geht um Sil. Ich mache mir Sorgen um sie. Ich geh doch nun bald auf diesen sechswöchigen Kurs nach Genf, und ich fürchte, wenn ich sie nicht alle paar Tage mal ein bißchen aufrüttele, dann verkriecht sie sich vollkommen. Sie hat zu niemandem in der Familie einen Draht. Gideon, so findet sie, ist nichts als ein alter Schwindler. Und Mar scheint sie geradezu zu hassen. Außerdem ist Mar ja ohnehin erst in etlichen Monaten wieder da. Ich hab mir überlegt, ob du nicht ein bißchen mit Sil reden könntest, sie etwa überreden, mit jemandem Kontakt aufzunehmen – mit einem Arzt vielleicht?«

»Du liebe Güte, Toby, ich glaube nicht, daß sie mich sonderlich mag. Warum sollte sie ausgerechnet auf das hören, was ich ihr sage?«

»Sie mag ja überhaupt niemanden«, meinte Toby traurig. Er blickte mich offen an. »Aber respektieren tut sie dich. Sie hat mal gesagt, daß du Mumm in den Eingeweiden hast.«

Mumm in den Eingeweiden ... Ein makabrer Ausdruck. In mir blitzte die Vision eines lebensgroßen Porträts meiner selbst auf, eine Karikatur: mein ratlos verblüffter Gesichtsausdruck, dieweil meine Gedärme wie die Bänder eines Maibaumes in ein Dutzend verschiedener Richtungen gezerrt werden... Und sofort packte mich das unwiderstehliche Bedürfnis, es zu Papier zu bringen, oder besser noch auf Leinwand. Das ist eins meiner Hauptprobleme: Ich bin eine ungeduldige Natur, ich finde es unendlich schwer, die unumgängliche Wartezeit auszuhalten, während der die Vision eines Bildes in meinem Inneren auftaucht und sich dort verfestigt. Und doch muß ich warten, denn ich weiß, es ist sinnlos, ohne ein exaktes Konzept zu beginnen. Und dieses Konzept neigt natürlich dazu, sich immer im ungeeignetsten Augenblick einzustellen.

Ich wußte also, ich mußte dieses Konzept mindestens noch vierundzwanzig Stunden lang (eintausendvierhundertvierzig Minuten laut Tobys Rechnung) in mir herumtragen. Und genau das tat ich denn auch die ganze Zeit, die wir uns in London herumtrieben – schleppte daran wie an einer schweren Aktentasche voller magischer Goldklumpen. Aber gerade diese beunruhigende Bürde innerhalb meines Schädels trug ihren Teil dazu bei, daß es ein unvergeßlich glücklicher Tag wurde. Wir gingen in die Tate, wir gingen in die Courtauld – manchmal zu Fuß, Melodien aus der *Serenata Notturna* vor uns hinpfeifend, manchmal per Taxi (die Morningquest-Jungen besaßen eine seltene Geschicklichkeit, Taxis zu ergattern) und landeten schließlich bei einer viktorianischen Varietédarbietung unter den Bögen von Charing Cross. An meiner einen Seite saß Barney, an der anderen Dan, und ich hielt sie beide bei der Hand. Selbst Dan gegenüber war ich bei diesem Anlaß bereit, weniger Antipathie zu empfinden als sonst, euphorisch wie ich war durch weißen Bordeaux und Krabbensandwiches.

»Meine liebste Pandora«, sagte Barney, »ich wollte, du würdest mit mir leben und wärst meine Geliebte.«

»Um dann sitzengelassen zu werden mit noch einer Waisenkatze? *A schejnen dank*, wie Lulie sagen würde. Eine Waisenkatze kann ich brauchen wie ein Loch im Kopf.«

»Du bist ein herzloses, hartherziges Mädchen!« Aber küssen tat er mich doch.

Natürlich hatte ich Toby mein Wort gegeben, all meine Überredungskünste aufzubieten und Selene zu bewegen, professionelle Hilfe anzunehmen, aber heute war keine Zeit mehr dazu. Dolly und ich hatten Schlafwagenplätze im Nachtzug nach Schottland, und den erreichten wir, nachdem ich mit den Jungen reichlich spät zum Cadogan Square zurückgekehrt war, ohnehin nur mit Müh und Not, indem uns Barney mit Vollgas zum Kings Cross fuhr.

»Aber in zwei Wochen komm ich zu einem Ballettabend wieder herunter«, tröstete ich Toby, »dann sehe ich mal, was ich tun kann. Vielleicht erlaubt sie mir, ihr Porträt zu malen.«

»Das könnte genau das richtige sein.«

Dolly, die den Tag mit Schulfreundinnen auf einem Einkaufsbummel durch Knightsbridge verbracht hatte, war unverhohlen wütend auf uns alle vier. Und als sie und ich unter den roten Decken unserer Kojen steckten, nachdem Barney uns mit einem Gutenachtkuß umarmt hatte und zu seiner Waisenkatze nach Pimlico heimgefahren war, da brach es aus ihr heraus in furiosem Redeschwall.

»Euch rumtreiben, ja?... Kindische Vergnügungen... Ziemlich verantwortungslos – arme Silly, alleingelassen am Cadogan Square! Und an mich habt ihr ja auch nicht gedacht – habt mich nicht gefragt, ob ich nicht lieber Bilder angucken wollte, als diesen langweiligen Einkaufsbummel zu machen.«

»Aber Dolly, du haßt es doch, Bilder anzugucken.«

»Woher weißt du das? Vielleicht hätt's mir gefallen. Ich krieg kaum je die Chance, mit meinen Brüdern auszugehen.«

»Aber du haßt doch deine Brüder...«

»Nein, das tue ich nicht!«

Und so ging es endlos weiter. Sie schimpfte und klagte, während ich, herzlos glücklich, hypnotisiert durch mein visionäres Selbstporträt, vollgesogen mit Kunstgenüssen und weißem Bordeaux, schon bald einschlief.

8

Die Rückkehr der Zwillinge aus Harvard geschah unangemeldet und unerwartet. Als das Taxi sie samt ihrer Riesenmenge an Gepäck und Büchern beim Haus am Cadogan Square abgeladen hatte, fanden sie die Erdgeschoßräume leer und wohlgeordnet vor. Das Haus schien unbewohnt bis auf Mrs. Grove, die Haushälterin, die aus ihren Souterrainräumen heraufkam, um zu sehen, was los war.

»Ach, ihr beiden seid es!«

»Wo sind denn die anderen alle?«

»Euer Daddy ist in Bergen, eure Ma in Mexiko City... Barney ist in Chicago, Toby ist in Genf. Dan ist zwar hier, aber so gut wie nie zu Haus. Und Dolly ist in Schottland.«

»Und was ist mit Silly?«

»Oh, Selene ist hier. Die hat ihr Zimmer ins Dachgeschoß verlegt, in Barneys altes Quartier. Da werdet ihr sie finden.« Mrs. Groves Redeweise war stets flach und unmoduliert, jetzt aber war es noch auffälliger als sonst. »Ja, die ist da. Dieses Mädchen macht ein Gemälde von ihr.«

»Was für ein Mädchen?«

Mrs. Grove war bereits dabei, sich mit dem Gebaren eines Märtyrers über den Gepäckberg herzumachen.

»Lassen Sie das! Machen Sie das nicht, das tragen wir schon selbst. Was für ein Mädchen?«

»Crumbe...« tönte Mrs. Groves Stimme schwach vom Treppenabsatz her, während sie zwei Taschen hinauftrug.

Die Zwillinge schleppten schnurstracks ihr Gepäck in ihr Schlafzimmer und rannten weiter die Treppen hinauf.

Im Dachgeschoß waren, während Barney vorübergehend im Haus residierte, vier kleine Dienstbotenkammern zu einem großen, unregelmäßig geformten Raum mit Dachfenstern und schrägen Decken umgebaut worden. Barney hatte die Wände mit rotem Sackleinen verkleidet. Selene hatte dieses Rot durch ein fahles Blaßgrau ersetzt und Türen und Fenster in einem dazu passenden, etwas dunkleren Farbton gestrichen. Der Fußboden war glänzend weiß und ohne Teppich. Die Möblierung war äußerst karg. Bücher und andere Besitztümer waren, wenn es sie denn gab, hinter Schranktüren verstaut.

»Hmmm!« war Ellys Kommentar, »sehr klösterlich!«

»Oh, à la Bronzino, wie ich sehe«, bemerkte Ally, die geradewegs auf die Staffelei losmarschiert war, um das Porträt darauf zu betrachten. »Dame im gelben Kleid.«

»Es ist üblich«, sagte Selene kalt, »anzuklopfen, ehe man jemandes Schlafzimmer betritt.«

Sie sagte es, ohne ihre Pose zu verändern – aufrecht sitzend in einem Sessel mit steiler Rückenlehne, eine schmale Hand, welche einen Rhabarberstengel umschloß, über den schmächtigen Busen gelegt.

Pandora an der Staffelei ließ den Zwillingen eine herzlichere Begrüßung zuteil werden. »Was ist denn los? Wann seid ihr angekommen?«

»Gerade eben. Wir fanden das Haus menschenleer vor und haben nach Lebenszeichen gesucht. Warum bist du nicht in Schottland? Mit Dolly?«

»Bin ich ja die meiste Zeit. Ich bin bloß gerade ein paar Tage hier, um das hier zu beenden.«

»Nicht übel«, urteilte Ally fachmännisch. »Bronzino im Dienste von Sillys Spitznasenallüren ...«

»Aber wieso seid ihr zwei denn aus Harvard zurückgekommen? Ich dachte, ihr wäret bis zum Sommer dort fest?«

»Wir haben unseren Wohlwollenskredit überzogen«, erklärte Elly hochtrabend.

»Wir entdeckten, daß unser Sponsor das meiste seiner Doktorarbeit von einem unglücklichen polnischen Professor stibitzt hatte, der nicht in der Lage war, dagegen aufzubegehren, weil er nämlich wegen seiner politischen Ansichten in Krakau im Gefängnis sitzt.«

»Und wir haben ziemlich deutlich gezeigt, daß wir davon nicht viel hielten.«

»Ihr seid ja sehr flink gewesen, euch einen amerikanischen Akzent zuzulegen«, sagte Selene. »Findet ihr das nicht reichlich affektiert?«

»Reine Tarnfärbung da drüben«, erklärte Ally, »während der Periode der Anpassung, während wir uns erstmal zurechtfinden mußten, weißt du, und lernten, uns selbst einzubringen, und zwar in einem Spot über Zahnorthopädie.«

»Na, das habt ihr doch sicherlich zu einem ganz bestimmten Zweck gemacht.«

»Oh, wir waren ein toller Erfolg, das steht außer Frage«, meinte Elly selbstzufrieden.

»Tante Lulie gerät bestimmt ganz aus dem Häuschen über eure Verwandlung. Sie hat schon immer gesagt, ihr könntet noch mal richtig elegant werden.«

»Nur wird es ihr leid tun, daß sie das nicht selbst zuwege gebracht hat. So wie bei deinem Haar, Pandora, Liebling. Da hat sie wirklich ein tolles Wunder vollbracht. Du siehst aus, wie man sich die geflügelte Siegesgöttin vorstellen würde, wenn die arme liebe Dame zufällig ein Gesicht hätte. Aber sag mal, warum klammert sich unsere Schwester Silly eigentlich an einen Rhabarberstengel?«

»Oh, das ist nur temporär. Der wird durch eine gelbe Rosenknospe ersetzt. Aber um diese Jahreszeit sind die so kostspielig.«

»Kleinkariert«, sagte Ally zu Elly. »Knauserig. Aber was kann man schon anderes erwarten?«

Ally betrachtete aufmerksam die Malerei. »Du solltest dich mit den *verborgenen Lüsten* befassen, Pandora, Liebste.«

»Verborgenen was?«

»Also: wir haben eine Studie über Albert Pinkham Ryder gemacht. Ein sehr fesselnder und angesehener Maler. Dessen Arbeiten solltest du dir mal sehr genau ansehen, liebste Pandora.«

»Aber weshalb, um Himmels willen?«

»Sag ich's dir nicht? *Verborgene Lüste.* Albert hat sehr komische Farbkombinationen verwendet. Mischte sie mit Marmelade, weißt du, oder Rhabarbersaft, oder Mayonnaise, was immer er gerade zur Hand hatte. Das Ergebnis ist ganz schön merkwürdig. All diese hübschen Gemälde fangen nämlich an, sich aufzuwölben, zu schimmeln und die Farbe zu verändern.«

»Wie Vincents Sonnenblumen«, warf Elly ein, »die grün wurden.«

»Verborgene Lüste«, wiederholte Ally nachdenklich. »Das ist ein wirklich brauchbarer Ausdruck.«

»Wäre ein hübscher Titel für einen Roman. Oder für Ice-Cream. Siebenundfünfzig verschiedene Geschmacksrichtungen. Probieren Sie unsere *Verborgenen Lüste* mit Rosinen!«

»Ihr seid furchtbar alberne kleine Mädchen«, bemerkte Selene ungerührt. »Bloß weil ihr aus Amerika zurückkommt mit einem Haufen raffinierter Klamotten und einem fragwürdigen Akzent, habt ihr in dieser Familie noch längst keine Blankovollmacht, euch groß aufzuspielen, das solltet ihr euch hinter die Ohren schreiben.«

»Findest du wirklich, daß unsere Klamotten raffiniert sind?«

»Und was ist mit unserem Haar? Gefällt dir nicht auch unser Haar?«

»Oh, haut bloß ab, hört auf, uns zu nerven, und laßt euch von Mrs. Grove was zu essen geben!« rief Selene ungeduldig. »Laßt Pandora weitermachen mit dem Malen.«

Die Zwillinge blickten einander resigniert an.

»Das ist bloß, weil sie solch ein ausgeprägtes Bewußtsein für Hierarchie hat«, sagte Elly.

»Das kriegt man eben immer in großen Familien«, pflichtete Ally ihr bei. »Heutzutage in China – mit dieser Ein-Kind-Tradition, die sie da einführen wollen –, da wird keiner mehr ein Gefühl für Rangordnung haben. Und das kann natürlich ganz fatal werden, denn wie kann eine Gesellschaft schließlich ohne ein solches funktionieren?«

»Andererseits«, bemerkte Elly gedankenvoll, »könnte es ja sein, daß Selene ihr Gefühl der Überlegenheit nicht aus der Tatsache herleitet, daß sie älter ist als wir, sondern daß ihr Vater der alte Gid, der Klassemann, ist, während unserer bloß das Kleinkaliber Dave ist. Aber ob man es – aufs ganze gesehen – vorzieht, lieber den alten Gid als Dave zum Vater zu haben, das ist ein strittiger Punkt. Im höchsten Maße strittig, wenn du mich fragst.«

Pandora, die während der ganzen Unterhaltung weitergearbeitet hatte, ließ an dieser Stelle ihren frisch eingetauchten Pinsel auf die weißen Fußbodendielen fallen.

»Oh«, meinte Elly, »sieh mal, jetzt hast du deinen Pinsel auf den schönen weißen Fußboden geschmissen. Warum hast du auch kein Schonerlaken druntergelegt, sag mal? Wo hast du dein Terpentin, Pandora, Liebes?«

»Ich glaube, du hast sie in Erstaunen versetzt«, meinte Ally. »Hast du nicht gewußt, Pandora, daß Dave unser Vater ist? Das ist kein Geheimnis, wirklich nicht.«

»Sie haben sich kennengelernt, während Mar auf einer Tournee in den Südstaaten war, damals, in den fünfziger Jahren«, erklärte Elly und rieb dabei den Boden sauber, »und sie brachte ihn mit nach Hause wie eine Trophäe – weißt du, so wie die Leute Schneckenmuschelschalen oder Kaktusableger heimbringen. Gid machte es nichts aus, oder wenigstens nicht sehr viel. Und wenn doch, dann sagte er es nicht.«

»Nicht daß es ihm besonders lieb wäre«, gab Ally zu bedenken, »Dave im Hause zu haben.«

»Aber er ist schon großartig – hält es mit ›leben und leben lassen‹ – der alte Gid.«

»Na, und Dave ist ja jetzt weg, und vielleicht kommt er nie wieder.«

»Die Sache ist eben die, Mar muß einfach hin und wieder ein bißchen Zeit für sich haben, fern von Gid.«

»Klar, das bräuchte wohl jeder.«

»Gid ist wirklich ein bißchen zu sehr Heiliger, so für den täglichen Gebrauch.«

»Wie unsere Schwester Selene. Schließlich ist sie ja Gids Tochter, und man sieht ja auch, wie sie nach ihm schlägt.«

»Im Gegensatz zu Dolly. Bei der sind wir gar nicht so sicher, ob sie von Gid ist.«

»Wir schlagen kein bißchen nach Dave«, sagte Ally. »Jetzt, wo unsere Zähne gerichtet sind, gibt's überhaupt keine Ähnlichkeit mehr.«

»Ich glaube, ihr irrt euch«, meinte Pandora, die ihre Pinsel auswusch.

»Wegen unserer Zähne?«

»Nein, wegen Dolly. Ich bin sicher, sie ist eures Va … Sir Gideons Tochter. Manchmal ist sie genau wie er. Und ich muß es doch wissen. Ich hab ja reichlich Gelegenheit gehabt, sie kennenzulernen, seit wir eine Bude teilen.«

»Das ist wahr«, meinte Ally.

»Ein sehr interessanter Standpunkt«, sagte Elly.

»Und Pandora hat schließlich Maleraugen.«

»Die hat sie gewiß. Und das berechtigt sie zu ihrer Theorie.«

»Werdet ihr zwei jetzt bitte mein Zimmer verlassen!« schrie Selene und warf den Rhabarberstengel auf den Boden.

»Oh, Verzeihung, Selene, Liebes. Wir lassen euch ja schon in Ruhe. Aber warum kommt ihr eigentlich nicht mit zum Essen?«

»Nein!«

9

Im Frühling unseres zweiten Jahres in St. Vigeans zogen Dolly und ich aus unserer vollgestopften, unerfreulichen Studentenbude in eine Wohnung in der Stadt. Die Wohnung, zwei riesige, dunkle Zimmer und ein Hof im Erdgeschoß eines Kaufmannshauses aus dem achtzehnten Jahrhundert, würde zwar im Winter eiskalt sein, aber was mich betraf, so hatte sie doch verschiedene entscheidende Vorteile: der größte war, daß ich nun ein Zimmer für mich hatte, in das ich mich zurückziehen konnte, wann immer ich wollte – wenn zum Beispiel Dolly die Schar ihrer Getreuen bei sich hatte. Und es war völlig einerlei, wie laut sie ihre Rolling-Stones-Platten spielten, denn unsere Hauswirtin war taub wie eine Natter. Und der kleine, gepflasterte Hof mit seiner Platane war bezaubernd und schattig während unseres zweiten, unerwartet heißen schottischen Sommers. Ich brachte in diesem Hof viele Stunden friedlich malend zu, und auch essen taten wir die ganze Zeit dort draußen.

Natürlich spülte Dolly nicht häufiger Geschirr und fegte nicht häufiger die Fußböden, als sie es in dem Wohnheim getan hatte, aber hier fiel es nicht so auf wegen der Dunkelheit der Zimmer, und weil wir einen feuchten, zellenartigen Küchenanbau hatten, wo sie ihre fettigen, von Essensresten verklebten Teller aufstapeln konnte, bis ich mich entnervt ihrer annahm.

Ehrlich gesagt, ich hätte es vorgezogen, ganz für mich allein zu wohnen. Ich fing an, mir darüber klarzuwerden, daß das Alleinsein der mir angemessenere Status war, aber Marianas Briefe (welche indessen immer seltener wurden) mahnten mich nach wie vor, ›doch bitte ein Auge auf die arme Dolly zu haben‹, und stets wiederholte sie ihre Freude darüber, daß wir immer noch zusammen waren.

Inzwischen begriff ich allmählich, daß sie dies für eine erstaunliche Tatsache hielt, und mittlerweile wunderte mich das auch nicht mehr. Während der Zeit, als wir eine Bude teilten, hatte ich Dolly schlicht als eine einzige Anstrengung empfunden. Gerechterweise konnte man sie nicht einfach der Selbstsüchtigkeit, der Unbesonnenheit, der Unbeherrschtheit oder Launenhaftigkeit bezichtigen. Im Gegenteil, sie war unablässig nett und freundlich, und dennoch spürte ich unter dieser leicht gekräuselten Oberfläche immerfort eine Gegenströmung unterdrückter Mißstimmung, Verdrossenheit, Unzufriedenheit. Sie war wie ein Kind, dessen Geburtstagsbescherung nicht an seine Erwartungen heranreichte. Irgendein Aspekt von St. Vigeans hatte sie enttäuscht? Der Ort? Die Leute? Ich?

Ich empfand oft, daß es ohne Marianas gutes Zureden und ohne die Großzügigkeit der Morningquests bemerkenswert wenig gab, das uns zwei zusammenhielt. Wenn wir einmal die Universität verließen, würden wir sicherlich ganz verschiedene Wege gehen. Wir hatten in puncto Geschmack und Neigungen kaum etwas gemein. Und Dollys einziges Ausdrucksmittel, Zuneigung zu demonstrieren (wenn es denn Zuneigung war), bestand in etwas, das ihr Tutor in Soziologie wohl als ›verspielte Zanksucht‹ definiert hätte, oder als ›scherzhafte Provokation‹. Mit schmollendem Kleinmädchengesicht, die Augen halb geschlossen, mit lächelndem Stirnrunzeln und in zugleich gekränktem und gurrendem Ton hatte sie fast immer etwas auszusetzen. Beständig nörgelte sie an etwas herum. Ich wußte, das war auch schon ihren Brüdern gegenüber immer so gewesen, und die hatten es mit beispielhafter Geduld ertragen. Die einzige Verteidigung gegen ihre ewig krittelnde Große-Schwester-Manier bestand in sturem Schweigen. Mit ihr zu streiten war fatal. Zu meinem Geburtstag schickte mir Mariana ein Paar wie Blätter geformte, silberne Filigran-Ohrclips. Dieses Geschenk löste geradezu einen Wirbelsturm spaßhafter, untergründig giftiger Bemerkungen aus, der

– mal stärker, mal schwächer – über Wochen andauerte... Ich lernte schnell, schleunigst zu verschwinden oder mich hinter einem gleichgültigen, abwesenden Verhalten zu verschanzen, während sie vor ihren Freunden meine Gewohnheiten und Ansichten kritisierte – oder meine Malereien als ›Pandoras häßliche Picasso-Schmierereien‹ beschrieb; oder, wenn sie zufällig gegenständlich waren wie das Porträt von Selene, als ›viel zu gnadenlos genau für meinen vulgären Geschmack‹.

Ich hatte das Bild von Selene mit nach Schottland zurückgebracht, um es Tom Jindrič zu zeigen.

»Das ist ein Schritt«, sagte er bedächtig, »mmh, ein ganz entschiedener Schritt. Jetzt distanzieren wir uns von Bronzino, hm?« Und er umarmte mich kurz.

Ach, heute muß ich seufzen vor Unzufriedenheit über mein jüngeres Ich, wenn ich daran zurückdenke, wie sehr ich mich damals immer über die arme Dolly aufregte! Ich habe mich seither in mancher weit schlechteren Gesellschaft befunden! Sie hatte schließlich auch ihre Probleme. Selene hatte während der Sitzungen für das Porträt ihre Zugeknöpftheit mir gegenüber bis zu einem gewissen Grade aufgegeben (wenn auch nicht so sehr, wie ich gehofft hatte). Und ehe sie über sich selbst redete, gab sie lieber ein paar verschleierte Vertraulichkeiten über Dollys Schwierigkeiten preis.

Die Information bezüglich ihrer Abkunft, die die Zwillinge so mir nichts, dir nichts kundgetan hatten, war für mich ein niederschmetternder Schock gewesen, dessen Auswirkungen mir selbst ein Jahr später immer noch zu schaffen machten. Ich mußte meine ursprüngliche Einschätzung von Mariana revidieren, von Sir Gideon, den Jungen, von Lulie und Grischa – von dem ganzen Morningquest-Clan. Die ganze Zeit über hatte ich sie als eine geschlossene Struktur, als Organismus betrachtet. Nun mußte ich plötzlich begreifen, daß diese romantische Vorstellung eine Simplifizierung, ein Irrtum war.

Wie, das fragte ich mich wieder und immer wieder, konnten die Jungen es bloß ertragen, Dave im Hause zu haben? Ich hatte ihn nie gemocht, aber jetzt ließ der bloße Gedanke an ihn mein Blut erstarren. Ich versuchte mir vorzustellen, meine eigene Mutter hätte einen jungen Liebhaber mit nach Hause gebracht und ihn im Gästezimmer einquartiert... Meine Phantasie streikte schon beim ersten Versuch, mir meines Vaters Verhalten in solch einem Szenarium auszumalen. Mariana und Dave? Nein, nein, unmöglich! Und doch war es möglich gewesen, war möglich.

Dave stammte, wie ich wußte, aus einer distinguierten Südstaatenfamilie, vollgesogen mit herrschaftlicher Tradition und Julep, dem eisgekühlten heimischen Würzwhisky. Großväter, Vater und Brüder, alle waren sie Richter, Bezirksstaatsanwälte, Staatsgouverneure oder Dekan eines Colleges. Dave stellte eine Abnormität am Familienstamm dar. Der Rest der Familie war, so erzählte mir Grischa, hochgewachsen, kernig, monumental, von eindrucksvoller Erscheinung mit kantiger Stirn und vorspringender Nase. Er dagegen war klein und quirlig. Gravierender aber als dieser Unterschied: er war träge bis auf die Knochen. Ganz offensichtlich hatte er die Intelligenz seiner Familie geerbt – er konnte jedes Kreuzworträtsel in vier Minuten lösen, logische oder mathematische Denkaufgaben löste er zwischen zwei Lidschlägen –, aber er hatte eine tiefgründige Aversion gegen jegliche Art von Arbeit oder öffentlicher Dienstbarkeit und keinerlei Neigung, seinen Verstand einzusetzen, um seinen Lebensunterhalt zu verdienen. Und diese angeborene Faulheit war mit einer kräftigen Dosis Boshaftigkeit vermengt. Nachdem er eine andere Familie von Erfolgsmenschen für sich gefunden hatte, der eigenen ebenbürtig und vergleichbar, und nachdem er sich behaglich und parasitär in ihrer Mitte eingenistet hatte, war er von dem unwiderstehlichen Drang besessen, seine Gastgeberfamilie zu hänseln, zu ärgern und zu belästigen.

Zu seinem Glück waren die Morningquests, besonders die

männlichen, insgesamt gutmütig und ignorierten seine Sticheleien, wie sie es auch mit einer surrenden Schmeißfliege gemacht hätten. Es war, als akzeptierten sie ihn als eine Art amtlich bestallten Witzbold, einen Hofnarren. Dan war der einzige, der gelegentlich seine Abneigung zeigte.

Die Zwillinge ignorierten ihn einfach.

»Aber hat denn niemand etwas dagegen gehabt? Hat niemand protestiert?« fragte ich die beiden, als wir Ostern zufällig allein zusammen waren und ziemlich halbherzig an dem Projekt arbeiteten, einen Tunnel von den geräumigen Kellern von Boxall Hill bis zur Grotte im Zentrum des Labyrinths zu graben. Der ursprüngliche Plan dafür und der dazugehörige Impetus waren von Dan ausgegangen. »Höchst brauchbar«, hatte er gemeint, »für den Fall, daß alle Bürger von Floxby plötzlich einen Anti-Morningquest-Aufstand anzetteln und mit Sicheln und Schießgewehren ankommen, um uns in unseren Betten zu verbrennen. Dann wäre das doch ein sehr guter Fluchtweg.« Danach aber hatte sich Dan – typisch! – von dem ganzen Unternehmen distanziert und war jetzt ausgiebig mit einer pummeligen Freundin beschäftigt, die Topsy Ponsonby hieß und Patchworkdecken machte, die sie an die Firma Liberty verkaufte. So erschien er denn selten vor Ort im Schacht und zog es vor, seine Zeit über Tage mit einer Beschäftigung zu verbringen, die Grischa als ›Abschlecken‹ beschrieb.

Eins stand fest bei den Zwillingen: Ich wußte, ich konnte mich immer darauf verlassen, daß sie äußerst objektiv waren.

»Was dagegen gehabt?« meinte Ally. »Natürlich hatte jeder was dagegen. So jedenfalls gab man uns zu verstehen, als wir alt genug waren, die Situation zu begreifen. Barney und Toby und Dan hatten alle möglichen letalen Pläne ausgeheckt, um Dave loszuwerden. Aber Grischa überredete sie, diese nicht in die Tat umzusetzen, er hielt ihnen vor, das sei unzivilisiert. So fügte sich eben jeder darein, so gut es ging.«

»Und ich rechne es unseren lieben Geschwistern hoch an«, fügte Elly hinzu, »daß sie unsere Abstammung nie gegen uns ausgespielt haben.«

»Alle Beschwerden basierten immer auf einer strikt empirischen, pragmatischen Basis.«

»Na ja, und es hat ja auch an Dollys Herkunft einigen Zweifel gegeben...«

»Nein, nein«, warf ich ein. »Dolly muß Sir Gideons Kind sein. Die Ähnlichkeit ist augenfällig, da besteht überhaupt kein Zweifel.«

»Na, trotzdem«, beharrte Elly, »wir haben es aus sicherer Quelle...«

»Aus welcher?«

»Lulie.«

»Oh!« Lulie, das wußte ich, würde niemals falsche oder unzuverlässige Gerüchte weitergeben.

»...aus sicherer Quelle, daß Mar und Gid vor Dollys Geburt drauf und dran waren, sich zu trennen. Sie schlug vor, mit einem gewissen Jemand auf und davonzugehen und Gid die drei Jungen zu überlassen. Und Gids Schwester, Tante Sidonie, sollte aus Paris herüberkommen, um bei ihm zu leben und für die Jungen zu sorgen. Bloß, dieser Plan ging schief, weil Tante Sid während einer Reise durch Albanien Kinderlähmung kriegte und starb.«

»Aber wer war der gewisse Jemand?«

»Das gibt die Geschichtsschreibung nicht preis. Mar ließ sich zu jener Zeit ganz und gar nicht in die Karten gucken.«

Wie quälend war es, sich jener Winterwochen voll scheinbar ungetrübter Vertrautheit mit Mariana zu erinnern und nun erkennen zu müssen, welch riesige Gefilde geheimen Territoriums sie dennoch abgeschirmt hielt gegen die öffentliche (und schon gar meine) Zudringlichkeit. Es war, als befände man sich als Tourist in einem Palast, in dem die Frauengemächer, welche mehr als die Hälfte des Bauwerkes einnehmen, ständig geschlossen und nicht zugänglich sind.

»Glaubt ihr, Dave war vielleicht eine Art Trost, ein Lückenbüßer nach dem gewissen Jemand?«

»Vielleicht. Wir haben keine Ahnung.«

»Und Mutmaßungen sind fruchtlos.«

»Warum schreibst du nicht an Mar und lädst sie ein, heraufzukommen und uns zu besuchen?« drängte Dolly mich ein übers andere Mal. »Wenn ich das vorschlüge, würde sie nie kommen, bei dir tut sie es vielleicht.«

»Warum bist du so versessen drauf, sie hierzuhaben? Sie würde deine Freunde nicht mögen.« Dolly lud ihre Freunde nie an den Cadogan Square oder nach Anderland ein.

»Die Wohnung hier würde ihr gefallen. Sie würde deinen Geschmack bewundern. Und sie würde den alten Grindley-Schimmelpenninck beeindrucken. Und mit Mrs. Dalgairns würde sie sich verstehen.«

Unsere Hauswirtin, Mrs. Dalgairns, war Tom Jindričs schottische Großmama. Er hatte mir auch von der Wohnung erzählt, daß sie gerade frei wäre. Mrs. Dalgairns war klein und zart, aber energiegeladen, mit schneeweißem, ordentlich geflochtenem Haar und klugen blauen Augen. Obgleich sie Mariana nicht im geringsten ähnlich sah, erinnerte sie mich doch an sie, denn beide hatten diese bestimmte Intensität gemein, diese wilde, unbezähmbare Geradlinigkeit. Von beiden konnte man sich unschwer vorstellen, wie sie im Schinderkarren zur Guillotine fuhren, im Unterrock, erhobenen Hauptes, weder links noch rechts blickend – eine Eigenschaft, die Dolly vollständig abging.

»Ja, die würden sich gut verstehen«, sagte ich bedächtig.

»Wenn es bloß möglich wäre, mit Mrs. Dalgairns zu reden.«

Die Verständigung mit ihr war allerdings erschwert. Sie war so stocktaub, daß wir ihr nur Mitteilungen machen konnten, indem wir auf einen Notizblock schrieben, den sie in der Tasche ihres Kittels bei sich trug. Bei Tage, während sie in dem kleinen, aber köstlichen Süßwarenladen residierte, der den vorderen Teil unseres Erdgeschoßdomizils einnahm, trug sie einen blauweiß bedruckten Kittel. Abends aber, oben in ihrer Wohnung, war sie stets formell in Dunkelbraun, mit einer großen Bergkristallbrosche. Ihre Antwort auf jede geschriebene Botschaft oder Frage war gewöhnlich eine einzige gnomische Silbe: »Hmm« oder »Jaa«. Tom war der einzige Mensch, der sie dazu bewegen konnte, sich regelrecht zu unterhalten. Seine Stimme konnte sie mysteriöserweise hören; die schien auf ihre Wellenlänge abgestimmt.

Tom und sie hingen sehr aneinander. Ich glaubte sogar, sie war der eigentliche Grund, weshalb er in Schottland blieb, denn oft schien er Heimweh zu haben nach Prag. Mrs. Dalgairns war es auch gewesen, die mir von seiner Lyrik erzählt hatte – in der Tschechoslowakei natürlich unveröffentlicht. Es waren kurze, gedrängte Gedichte, ironische kleine Statements, von denen er einige allein seiner Großmutter zur Unterhaltung übersetzt hatte – aus keinem anderen Grunde, wie es schien. Für sie war er die Verbindung zu ihrer schmerzlich vermißten Tochter.

»Du könntest Mar überreden, nach Schottland zu kommen, du weißt ja, in deinen Händen ist sie Wachs ...« wiederholte Dolly hartnäckig und mit solchem Nachdruck, daß ich wußte, es mußte das genaue Gegenteil dessen sein, was Dolly wirklich glaubte. Und außerdem stimmte es auch gar nicht, wie ich nur zu gut wußte. Mariana hatte meine letzten drei Briefe nicht beantwortet. Ich hegte sogar den starken Verdacht, daß ich nie wieder von ihr hören würde. Sie war kürzlich nach Brasilien aufgebrochen, wo sie, wie die Zwillinge berichteten, Dave treffen und gemeinsam mit ihm nach London zurückkehren würde.

Auf welchen Wegen die Zwillinge zu ihren Informationen kamen, war mir nie ganz klar. Vielleicht standen sie in telepathischer Verbindung zu ihr. Zur Zeit waren die beiden in London, wo sie in Vorbereitung auf Heidelberg ihr Deutsch auffrischten. Sie schrieben mir regelmäßig.

»Du könntest Mar einladen, zum Semesterabschlußball zu kommen«, schlug Dolly wieder einmal vor.

»Dolly, das ist idiotisch! Du weißt, sie würde den Ball gräßlich finden!«

In St. Vigeans war er der gesellschaftliche Höhepunkt des akademischen Jahres. Dolly sah ihm natürlich mit Begeisterung entgegen, ich ebenso natürlich mit Schrecken. Obgleich er, genaugenommen, in diesem Jahr vielleicht nicht ganz so gräßlich würde, wie er meiner Vermutung nach bei früheren Gelegenheiten gewesen war. Dieses Jahr nämlich wurde er als Künstlerball aufgezogen, und Tom Dismas Jindrič spielte bei seiner Organisation eine Hauptrolle. Ihm war es zu verdanken, daß das Fest nicht in der College-Festhalle stattfand, einer finsteren, viktorianischen Baracke, der Hinterlassenschaft einer längst erloschenen, nonkonformistischen Sekte, sondern in einem riesigen Hangar aus Fertigbauteilen, der mildtätigen Spende einiger bei Nacht und Nebel durchgebrannter Ölspekulanten. Das hatte den Vorteil, daß man alle bisherigen Traditionen über Bord werfen konnte, denn der Hangar war auf der Landspitze neben den übrigen Gebäuden der Kunstschule gelegen, über einen Kilometer von der Stadt entfernt – aus welchem Grunde denn wohl der Dekan und der Rektor und andere ältere Mitglieder der Fakultät sich davon abhalten lassen würden, dem Fest beizuwohnen.

Phantasiekostüme waren angesagt. Dolly hatte mich bereits angeheuert, ihr ein Kostüm zu nähen. Sie würde als Königin Mary von Schottland gehen.

»Warum gerade sie?«

»Sie war groß, wie ich, und hatte rotes Haar.«

»Dunkles Kastanienbraun, um genau zu sein. Und ihre Augen waren braun, nicht blau. Aber nehmen wir's nicht so genau.«

Fest steht, daß es mir viel Vergnügen machte, Dollys schwarzweißes Kostüm mit dem reizenden kleinen Kopfputz anzufertigen. Und aussehen tat sie darin einfach umwerfend.

»Bitte, schreib doch Mar, daß sie kommt«, bettelte sie.

Sie wollte also – armes Ding! – daß Mariana sie in ihrem Maria-Stuart-Kostüm sah, das wußte ich nur zu gut. Dolly hoffte unentwegt – so wie es hoffnungslos Liebende wohl immer und ewig tun werden –, daß irgendein Ereignis, irgendeine Wandlung wie mit Zauberhand den Lauf der Dinge umkehren und Gleichgültigkeit in Liebe zurückverwandeln würde.

Dolly liebte es zu argumentieren. Das war ein Wesenszug, den alle Morningquests gemeinsam hatten. So führten wir diese Streitgespräche gewöhnlich, während ich an ihrem Kostüm arbeitete. Ich hasse es, Zeit zu vergeuden, das war schon immer so. Dispute sind in meinen Augen eine hoffnungslos unproduktive Beschäftigung, außer man kann sie mit irgendeiner Form von Kreativität verbinden, oder auch nur mit irgendeiner notwendigen oder nützlichen Arbeit wie etwa Kuchenbacken oder mit dem Aufräumen seines Arbeitsgerätekastens. Wenn ich jedoch male, dann kann ich nicht diskutieren.

Am Ende schrieb ich wirklich und lud Mariana ein, und natürlich bekam ich keine Antwort. Inzwischen machte ich auch mein eigenes Kostüm für den Ball. Ich wollte als Fledermaus gehen.

Der Auslöser für diese Wahl war, daß einmal – kurz nachdem wir unser neues Quartier bezogen hatten – Mrs. Dalgairns eines Morgens in ungewöhnlich aufgelöstem Zustand die Treppe heruntergekommen war, ein Taschentuch stramm über ihre silbernen Flechten gebunden. Sie bat um Hilfe beim Vertreiben einer ›ekligen Flittermaus‹, die sich in ihr Schlafzimmer verflogen hatte und dort angstvoll umherschwirrte, weil sie wohl den Ausgang nicht mehr fand. Ich fing das Tierchen in einem Badetuch und machte, bezaubert von seinem eleganten Trick, sich die geriefelten Flügel wie Blätter über das pelzige Köpfchen zu falten, zuerst etliche Zeichnungen von ihm, bevor ich es in unseren Innenhof entließ, wo es anschließend perverserweise beschloß, Wohnung zu nehmen. So bekam ich noch viel Gelegenheit, seine Eigenarten und Gewohnheiten zu studieren.

Ich zeigte Mrs. Dalgairns meine Zeichnungen in der Hoffnung, sie zu überzeugen, daß Fledermäuse nicht ›gräßliches Gelichter‹ waren, sondern im Gegenteil interessant und liebenswert. Aber sie ließ sich nicht umstimmen, beteuerte störrisch, sie ›kriege die Krätze‹, wenn sie die Viecher ›rumflittern‹ sähe. Aber sie zeigte von jenem Tage an lebhaftes Interesse für meine Skizzenbücher, die größtenteil voller Porträts waren. Über denen konnte sie halbe Stunden lang ganz versunken brüten und dabei plötzlich ausrufen: »He! Das is ja der Postbote!« oder: »Hach, Leute! Das is die olle Maggie Sempill wie se leibt und lebt. Hast aber mal ein richtig echtes Talent, mein Liebchen.«

Es gelang mir, mein Fledermauskostüm – zinnfarbene Strumpfhose und Tunika, dunkle Kreppflügel, mit alten Regenschirmrippen versteift, eine Maske aus Steifleinen, mit Plastikfell überzogen – vor jedermann geheimzuhalten, sogar vor Dolly, indem ich die Herstellungsprozedur oben in Mrs. Dalgairns' Wohnzimmer an der Nähmaschine vollzog. Dolly war ja auch nie sonderlich an den Belangen anderer Menschen interessiert. »Hast du deins schon gemacht?« fragte sie wohl einmal vage, und wenn ich dann sagte: »Ich denk drüber nach«, dann fragte sie nicht mehr.

Ich hatte eigentlich gedacht, wir könnten in Dollys Mini-Cooper zur Halle hinausfahren, aber es war eben nie gut, auf Dollys Verläßlichkeit zu setzen. Sie hatte den Wagen monatelang ohne Pflege und Service herumstehen lassen (Dolly war hoffnungslos, was jegliche Maschinerie betraf), und als der Tag herankam, befand er sich prompt zur Reparatur eines gebrochenen Radzahns in McDonalds Autowerkstatt. Und also fragte Dolly statt dessen: »Kann ich dein Fahrrad ausleihen, Pandora? Ich möchte rausfahren, bevor der Collegebus losfährt.«

»Du meinst, du willst im langen weißen Rock zur Landspitze

hinausradeln? Und was stellst du dir vor, wie ich zum Ball komme? In einer Kürbiskarosse?«

»Ach«, meinte sie ungerührt, »ich dachte, du würdest schon den ganzen Tag draußen sein, zum Dekorieren. Ich und ein paar andere haben vor, unsere Kostüme mitzunehmen und uns draußen umzuziehen, in der Dunkelkammer.«

»Oh, na schön. Ja, du kannst das Rad haben.«

»Und später fahren wir dann mit dem Bus zurück, und du kannst das Fahrrad haben und damit zurückradeln.«

»*A schejnen dank auch!*«

Genaugenommen jedoch hatte ich die heimliche Hoffnung, daß Tom mich hinterher mit seinem Mini nach Hause fahren würde. Aber ich hütete mich, Dolly diese Idee zu verraten, das hätte sie sofort auf den Kriegspfad gebracht.

Und natürlich stimmte es auch, daß ich den größten Teil des Tages draußen auf der Landspitze verbrachte, oder mit dem Kleintransporter der Kunstabteilung hin und hersauste, das Essen herbeizukarren – Dundee-Kuchen, Sandwiches mit Bücklingspaste, Mini-Schokobrötchen –, die alkoholfreien Getränke, die Musikanlage sowie riesige Kartons voller gekräuselter Kreppapiergirlanden, die uns freundlichst vom Fraueninstitut zur Verfügung gestellt, jedoch von Jindrič schnöde zurückgewiesen wurden.

»Besten Dank, aber gekräuselte Kreppapiergirlanden brauchen wir nun wirklich nicht.«

Um eine Kränkung zu vermeiden, sollten die Kartons im Lagerraum der Kunstabteilung verstaut und zwei Wochen später zurückgegeben werden – der Inhalt sorgfältig in andere Kartons umsortiert. Aber trotzdem sprach es sich natürlich herum. Das tut es ja immer.

Übrigens wirkte sich Dollys eindrucksvolle Erscheinung leicht kontraproduktiv aus. Sie sah so blendend aus, daß eine ganze Menge der Jungen davon abgeschreckt waren und sich nicht trauten, sie zum Tanzen aufzufordern. Trotzdem hatte sie Erfolg genug, und sie schien zufrieden mit der Wirkung, die sie ausübte. Jede Menge Bilder wurden aufgenommen. Ihr Kostüm war die Sensation des Abends und wurde in der nächsten Woche im ›Friday Herald‹ von St. Vigeans lang und breit gewürdigt.

Ich selbst bewerkstelligte meine Kostümierung im allerletzten Moment in einem verlassenen Winkel des Lagerraums hinter mächtigen Leinwand- und Papierrollen. Niemand sah mich hineinschlüpfen, und nur ein Mensch – eine von Dollys Busenfreundinnen – sah mich herauskommen. Sie kreischte laut auf vor Schreck und schoß davon, was ich höchst zufriedenstellend fand.

Niemand erkannte mich während des Festes. Auch das war zufriedenstellend. Gerade wegen dieser Anonymität amüsierte ich mich weit mehr, als ich erwartet hatte. Ich fühlte mich völlig entspannt und meiner eigenen Person enthoben. Das Vergnügen kulminierte in einem schnellen Walzer mit Jindrič, der – wenigstens mich – an unsere Begegnung auf dem Eis des St. Vigeans Moors erinnerte. Ihn aber anscheinend auch, denn, obwohl er sich anfangs über meine Identität nicht klar war, sagte er doch nach drei oder vier Minuten plötzlich: »Gütiger Himmel, das bist du!«

»Nein, bin ich nicht, bin ich nicht!« schrie ich hastig.

Er blickte mich durchdringend an, durchbohrte die steifleinene Pelzmaske.

Als einziger männlicher Teilnehmer hatte er dem kindischen Drang zur Maskerade keine Zugeständnisse gemacht und trug seinen Alltagsdress aus Jeans und grauem Baumwollhemd. Das lange schwarze Haar flog ihm noch wirrer um den Kopf als sonst, sein schmales Clownsgesicht war bleich und verdrossen und grauflekkig vor Erschöpfung. Er sah aus, als ob ihm einer jener niederschmetternden Migräneanfälle drohte, die ihn bisweilen nach einer Periode großer Überlastung heimsuchten. Er war tagelang unentwegt an der Arbeit gewesen, hatte arrangiert, hatte organisiert. Alle weiblichen Kunststudenten verzehrten sich vor Liebe zu ihm. Dolly, die bisher sehr wenig Notiz von ihm genommen hatte, hatte bereits zweimal mit ihm getanzt. Das zweite Mal schob sie sich blitzschnell seitwärts dazwischen, als er mit jemand anderem vorübertanzte, und er lachte sie an, als sei er ganz erfreut, die Beute eines räuberischen Überfalls zu sein.

Unsere Dekorationen waren riesige, dreidimensionale Disteln, die wie Hellebarden an den Wänden entlang hingen. Wir hatten sie aus dunkelrotem, weißem und silbernem Verpackungsmaterial gemacht, vulgär, aber festlich, das wir der örtlichen Flaschenabfüllerei abgeschwatzt hatten. Die Beleuchtung, ebenfalls abwechselnd purpurrot und weiß, wurde zusätzlich noch abwechselnd heller und dunkler, mit dem Effekt, daß auch das Gelächter und die Musik (Dudelsack, Geige und Akkordeon) sich gleichsam wie in rhythmischem Schwall ergossen. Spitznadelige Distelschatten schlängelten sich kreuz und quer über den Boden. Beim klagenden Kreischen und Wimmern der Geigen mußte ich an Toby und Selene denken und an die Zwillinge, wie sie grimmig ihren Bach übten. Aber ich fühlte mich weit, weit entfernt von Boxall Hill.

»Deine Dolly Morningquest ist ja wirklich eine muntere jolly Lady«, durchbrach Tom meine Gedanken, »jolly Dolly Morningquest.«

Donnernd endete die Musik, und ein Junge im Kilt packte mich bei der Hand und zerrte mich von Tom fort. Als Abschluß des Festes waren kernige Volkstänze der Gegend vorgesehen: Quadrille, ›Entblätterte Weide‹, ›Feuriger weißer Sergeant‹. Dröhnend von stampfenden Füßen, gepeitscht von wirbelnden Kilts, begann der Hangar zu vibrieren und zu scheppern, als wolle er auseinanderfliegen. Lange, glitzernde Grannen lösten sich aus den wenig haltbaren Disteln und kamen herabgeschwebt.

»Wie wär's denn mit 'nem Schlückchen, wenn dieser Ringelpietz vorbei ist?« meinte mein Junge im Kilt. »Bin schier ausgedörrt. Is 'ne prima Bar da draußen.«

Er war kein Student, das sah ich. Es hatte denn wohl eine gewisse Infiltration aus der Stadt gegeben.

Die ›prima Bar‹ verfügte über weit stärkere Kaliber als das Ginger-ale und die harmlosen Weißweingläschen des Colleges. Schon beim Ansetzen des Glases verschlug es mir den Atem.

»Was um alle Welt ist das?«

»Och, das is wohl eins von Onkel Murdo seinen Geheimnissen. Na, trink man noch mal, wirst schon sehen.«

Anfangs schmeckte es verdächtig sanft, dann aber wie flüssige Blitze.

»Nein, danke, mehr nicht. War großartig. Jetzt geh ich wohl lieber und helfe beim Aufräumen.«

Er schien sehr geneigt, sich an mich zu hängen, meinte, ein ›Flittermäuschen‹ gehöre doch von Rechts wegen nach draußen, aber ich gab ihm einen Korb und trottete zurück in die Halle.

Auch hier drinnen zeigte sich die Wirkung von Onkel Murdos Gebräu. Lautes Stampfen, Gelächter und Gejohle übertönten beinahe Dudelsack und Schifferklavier.

»Am besten, wir fangen an, sie rauszuschmeißen«, brüllte Angus Hastie mir ins Ohr. Er war Toms Assistent, ein zäher, hinkender Glasgower. »Der Schuppen hier hält so viel Radau nicht mehr lange aus.« Energisch fing er an, die fidele Meute gegen die Ausgänge hin zu schieben und zu scheuchen. »Alle Mann raus! Alle Mann raus! Das Fest ist aus! Nu macht schon, macht schon, liebe Leute – Feierabend für heute!«

Zuerst stieß er auf zaghaften Widerstand, aber insgesamt waren die Studenten eine friedliche, gesetzestreue Herde, und sie fingen gehorsam an, sich wie die Rinder scharrend und drängelnd den Ausgängen entgegenzuschieben. Einige wenige Paare tanzten zwar eigensinnig weiter, aber als die Lichter angingen und die Musik aufhörte, ließen auch sie sich überreden und zogen zögernd ab.

»Das war's dann wohl.« Angus fing an, Plastikbecher, die überall auf dem Boden verstreut lagen, in Abfallbehälter zu werfen. Ich half ihm und fragte mich, wo Tom wohl hingeraten war.

»Fährste nicht mit dem Bus?« fragte Angus. »Kümmer dich nicht um das hier, morgen ist noch Zeit genug.«

»Nein, ich hab mein Fahrrad hier, ich brauche nicht mit dem Bus zu fahren.«

Und ich war Dolly wirklich dankbar, daß sie mir die Möglichkeit verschaffte, mich dem sattsam bekannten Gesinge und den Witzeleien zu entziehen. »Dein Fahrrad steht hinter dem Lagerraum«, hatte Dolly mir über die Schulter zugerufen, als sie mit einer Clique ihrer Freunde verschwand.

Aber natürlich war das Fahrrad nicht da. Todsicher hatte sie vergessen, es abzuschließen. Und zu dem Zeitpunkt, als ich diese deprimierende Entdeckung machte, da waren die zwei Busse schon weg, und ein herzhafter schottischer Regenschauer trommelte auf das Fertigdach des Hangars, strömte an den klapprigen Fenstern herunter und strählte das dürre Hochlandgras.

Auch Angus war schon auf seinem Motorrad davongefahren, deftige Glasgower Flüche ausstoßend, als ihm das Wasser unter das Ölzeugcape fuhr. Tom war nirgends zu sehen. Bei der Wahl, entweder zu Fuß zur Stadt zurückzulaufen oder in einem der Kunstschulgebäude zu nächtigen, zauderte ich nicht lange. In der Tasche steckte ein Schlüssel zum Lagerschuppen, weil wir all unsere Vorräte dort verwahrt hatten. Und vom Hangar zum Lagerschuppen war es nicht mehr als ein dreiminütiger Sprint über einen beleuchteten Betonweg. Ich sprintete also, schloß hastig die Tür auf und rettete mich nach drinnen.

»Und wer hat dich eingeladen?« fragte Tom.

Ich brauchte eine Minute, um ihn auszumachen in dem schwankenden Licht, das durch die Fenster hereinfiel. Er lag, alle viere von sich gestreckt, auf einem ausgestopften Sack aus weißem Fallschirmnylon, Teilstück eines ehemaligen Skulpturenprojekts. Er sah entsetzlich aus, eine tiefe Furche zog sich in der Mitte seiner Stirn abwärts. Unverkennbar befand er sich in den Fängen einer Migräne.

»Tom! Ich dachte, du wärst schon nach Hause gegangen.«

»Wär ich auch«, sagte er grimmig, »aber irgend so 'n Witzbold ist mit meinem Wagen abgehauen.«

»Das haben sie mit meinem Fahrrad auch gemacht. Ich hatte vor, die Nacht hier zu verbringen.«

Keinerlei einladende Geste von seiner Seite. Eine Pause dehnte sich endlos.

»Dieser Fallschirmsack ist nicht groß genug für zwei.«

»Hab ich ja auch nicht behauptet«, erwiderte ich und bemühte mich, weder vorwurfsvoll noch irritiert zu klingen, obgleich mir im Augenblick beileibe nichts anderes einfiel, das in diesem Raum als Schlafgelegenheit dienen konnte. Die Papier- und Leinwandrollen waren viel zu hart und außerdem so gelagert, daß sie aufrecht standen. Aber dann fielen mir glücklicherweise die gekrausten Kreppapiergirlanden ein, die Leihgabe des Fraueninstituts. Davon gab es riesige Mengen, dick und bauschig und raschelnd, verpackt in großen, sargähnlichen Kartons, die alle nebeneinander am anderen Ende des Lagerraums standen.

»Mach dir um mich keine Gedanken, ich komm schon zurecht«, rief ich und wühlte mir ein trockenes, kratziges Nest zurecht wie ein Igel. Armer Tom, dachte ich, heimgesucht von einer Migräne und dann noch gezwungen, die Nacht in dieser elenden Bude zuzubringen, welch ein unverdientes Pech! Ich hatte ihn schon früher unter der Folter seiner Migräneanfälle gesehen – krank, schlotternd und sprachlos. Es gab keine Medizin dagegen. Nichts konnte man tun für den armen Leidenden.

»Is schon ein Kreuz«, sagte seine Großmutter. »Mein armer Oe.« Oe, so nannte sie ihn. »Schon mein Mann hat es gehabt, und ebenso mein Sohn Tammas, den sie über Düsseldorf abgeschossen haben. Da kannste nix gegen machen. Die einzige Kur, von der ich mal gehört habe, ist, daß du dich an all deine Geburtstage erinnerst, bis zurück zum ersten. Aber wer kann das schließlich schon?«

Ich fragte mich, ob sie Tom wohl schon mal von dieser Volksweisheit erzählt hatte, deshalb rief ich zu ihm hinüber: »Versuch dich mal an all deine Geburtstage zu erinnern!« Und dann fiel ich, überwältigt von Erschöpfung und Onkel Murdos Schmuggelschnaps, in einen klaftertiefen Schlaf.

Ein paar Stunden später wurde ich schlagartig wach durch einen anderen menschlichen Körper, der sich in mein Nest wühlte.

»Ich frier mich kaputt«, sagte Tom.

Das stimmte. Seine Zähne klapperten hörbar, und Füße, Hände und Gesicht fühlten sich an wie etwas, das direkt aus dem Kühlraum eines Fleischers kam.

»Ich krepiere, wenn ich mich nicht aufwärmen kann.«

Er schien richtigen Schüttelfrost zu haben. Ich war zutiefst beunruhigt. »Vielleicht sollten wir lieber in die Stadt zurücklaufen? Dabei würdest du vielleicht warm?«

»A ... aber es sch ... schifft doch immer noch wie v ... verrückt. Und der W ... Wind ist st ... stärker geworden«, stotterte er vor Kälte.

Allerdings. Wir hörten ihn in mächtigen Sturmböen über das Dach brausen, und unten von der Steilküste her dröhnte das Krachen der Wellen.

»Dann wart mal einen Moment.«

»He! Wohin g ... gehst du?« Er klammerte sich an mich, als sei ich seine Rettungsboje.

»Ich hol den Fallschirmsack.«

Ich wand mich aus unserer raschelnden Lagerstatt, holte den Fallschirmsack, packte ihn über uns beide und zog ihn, während ich wieder neben Tom kroch, sorgfältig hoch wie eine Bettdecke.

»So, das müßte ein bißchen nützen. Okay, jetzt halt dich einfach an mir fest. Ganz fest.«

Überflüssige Aufforderung. Er klammerte sich fest wie ein Oktopus. Und allmählich verstummte die Todesrassel seiner Zähne.

»Sch ... schon bißchen b ... besser«, seufzte er erleichtert.

»Was ist mit deiner Migräne?«

»So was Irres ... Vielleicht hat die K ... Kälte sie erledigt. D ... die ist weg!«

»Na, das ist doch wenigstens etwas Gutes. Oder hast du dich an deine Geburtstage ...?«

Ich gähnte. Nur zu gern wäre ich gleich wieder eingeschlafen, aber daran hinderte mich meine furchtbar unbequeme Lage. Toms knochige Gebeine und Gelenke lasteten überall derartig auf meinen Druckpunkten, daß ich schon fürchtete, meine Blutzirkulation käme zum Erliegen. Meine beiden Füße und ein Arm waren schon ganz taub.

All diese romantischen Phrasen, dachte ich, von wegen Einschlafen in den Armen deines Geliebten sind ja völlig irreführend!

Ich hatte keine Ahnung gehabt, daß jemand so knochig sein konnte.

Endlich jedoch begann ich so nach und nach einzudämmern, ebenso allmählich, wie die Temperatur in unserem engen Nest langsam anstieg. Nach einer Weile gab Tom einen mümmelnden Seufzer von sich, der sich immerhin anhörte, als sei er der Zufriedenheit näher als der Verzweiflung. Ich fühlte ja auch selbst, daß seine Hände und Füße jetzt wärmer waren, deshalb versuchte ich vorsichtig, mich ihm ein wenig zu entziehen und eine weniger quälende Stellung einzunehmen.

»He! Geh nicht weg!« protestierte er und rutschte mir nach.

»Es ist nur, daß ich nicht gern an Gangrän und Mangeldurchblutung sterben möchte.«

»Keine Sorge!« Er schob mir einen Arm unter den Rücken und zog mich an sich. Mit der anderen Hand streifte er meine Ohrringe ab – es waren solche mit Clips – und verstaute sie irgendwo. Dann fing er an, meinen Rücken zu streicheln.

Was dann folgte, war für mich vollkommen unerwartet. Gewiß, ich hatte mir Phantasien über Tom zurechtgesponnen, aber deren Szenarien waren sämtlich weit in die Zukunft verlegt. Und ganz sicherlich waren sie niemals so gewesen wie dies hier. Unwillkommen? Nein, daß es das war, kann ich nicht sagen. Oder nicht genau. Aber irgendwie fühlte ich mich überrumpelt, so, als befände ich mich in einem Examen, auf das ich nicht vorbereitet war, für das mir das Wissen fehlte. Ich hätte mehr Vorbereitung, mehr Anbahnung gebraucht. Und dann war er so ungeheuer knochig! Ganz und gar nicht das, was ich mir ausgemalt hatte. Kein bißchen wie ›Der St. Agnes Abend‹: ›In ihren Traum schmolz er hinein wie eine Rose ...‹ oder so ähnlich. Von Schmelzen konnte hier keine Rede sein.

War das wirklich schon alles? Sex? Oder war es nichts weiter als ein großartiger Vertrauenstrick?

Und doch mußte ich am Ende zugeben, daß etwas daran war ...

Trotzdem murmelte ich: »Ich war nicht darauf aus, daß das passiert.«

»Ach, ich auch nicht«, sagte Tom, »wenigstens nicht für noch zwei weitere Jahre ...«

»Zwei Jahre? Was für eine Chuzpe!«

Als der Tag anbrach, hatte ich einige Gedankenarbeit hinter mir, wie es nun am besten weitergehen sollte. Hand in Hand gemeinsam die Straße zur Stadt entlangwandern? Gott bewahre!

Tom löste das Problem, indem er aus unserem Nest schlüpfte und verschwand. (Später erfuhr ich, daß er die Steilküste hinuntergeklettert und fünf Minuten lang in der eiskalten See geschwommen war. Dann war er am Strand entlang zurückgegangen.)

Ich war noch damit beschäftigt, mich selbst, den Fallschirmsack und die Papiergirlanden in Ordnung zu bringen, als Angus Hastie wieder auftauchte. Inzwischen zog ein düster feuchter Morgen herauf, wie er für das Hochland typisch war nach einem Sturm.

»Um Himmels willen, Pandora! Was machst du denn hier?« fragte Angus erschrocken.

»Jemand hat mein Rad geklaut. Ich hab die Nacht hier verbracht.«

»Na, so was von Pech! Wenn ich das gewußt hätte, dann hätt ich dich doch auf meiner Honda mitnehmen können.«

»Ist schon gut. Aber ich wäre dir schrecklich dankbar, wenn du mich jetzt zurückfahren könntest.«

»Kein Problem!«

So sauste er mit mir zurück zur Stadt. Es war noch früh, erst halb neun, als ich unauffällig in die Wohnung trat. Natürlich hatte ich gedacht, Dolly, die nie eine Frühaufsteherin war, läge noch im Bett, tief schlafend. Aber zu meiner großen Überraschung war sie schon auf und bewirtete drei Leute mit Frühstück – Cordelia Gray, Hugh FitzMaddon und Eric Potter. Irgendeiner – oder zwei? – hatte in meinem Bett geschlafen. Und gemeinsam hatten sie alles Brot, alle Butter, Speck, Eier und Kaffeevorräte aufgebraucht, die ich gestern eingekauft hatte in der Annahme, sie würden mindestens eine Woche reichen. Ein Riesenstapel schmutziger Teller neigte sich im Ausguß seitwärts. Die Zimmer waren blau von Zigarettenrauch.

»Pandora!« rief Dolly beleidigt und vorwurfsvoll. »Wo bist du gewesen?«

Angriff ist die beste Verteidigung, also kam ich sofort sehr energisch auf mein fehlendes Fahrrad zu sprechen. Gar nicht zu reden von dem scheußlichen Wetter, obwohl man das nun allerdings schwerlich Dolly anlasten konnte.

Sie war rot geworden – Schuldgefühl? Triumph? Entrüstung? Wohl alles zugleich.

»Wir waren so besorgt um dich!«

»Sehr nett von euch«, sagte ich sarkastisch und suchte überall herum nach etwas zu essen, fand auch schließlich eine übersehene gebratene Speckscheibe und einen Kanten Brot.

Hugh, Eric und Cordelia verdrückten sich bald unter verlegenen Entschuldigungen.

Später an jenem Tag, als ich fort war, brachte Mrs. Dalgairns meine silbernen Blattornament-Ohrclips herunter, die Tom in sein Taschentuch eingewickelt und in die Tasche gesteckt hatte. Sie gab sie Dolly, und die überreichte sie mir, als ich mit neuem Brot, Speck und Kaffee zurückkam.

Ich brummte ein unverständliches Dankeschön – mittlerweile verspürte ich die Nachwirkung einer langen und so ungewöhnlich gestörten Nacht –, stopfte sie in meine Jeanstasche und ließ mich zu einem kurzen Schläfchen auf mein unordentliches Bett fallen. Höchstens für zehn Minuten wollte ich die Augen zumachen, denn ich stellte fest, daß ich darauf brannte, Tom wiederzusehen. Es gab schließlich einige Dinge, die zwischen uns geradegebogen und geklärt werden mußten, was die Episode der letzten Nacht betraf. Nach meiner Meinung war eine ruhige, objektive Unterredung notwendig. Und aus diesem Grunde mußte ich Tom unbedingt sehen.

Ach was, ich wollte ihn natürlich einfach nur wiedersehen. Ganz plötzlich schien in meinem Leben eine riesige Lücke zu klaffen, solange er nicht da war, sie auszufüllen.

Unglücklicherweise dehnte sich mein Zehnminutenschläfchen auf drei Stunden aus. Und als ich dann aufwachte, erwies es sich als unumgänglich, mir erstmal das Haar zu waschen und ein paar saubere Jeans herauszusuchen. Dolly war nirgends zu sehen. Wie gewöhnlich hatte sie eins meiner liebsten Kleidungsstücke ›geliehen‹, ein graugrünes T-Shirt mit schwarzen und weißen Spinnen darauf. Sie hatte die unliebsame Gewohnheit, das dauernd zu tun, und da sie eine Kleidergröße mehr brauchte als ich, leierte sie alles und jedes aus, so daß es hinterher um mich herumschlabberte. Verdrossen suchte ich mir ein schwarzes T-Shirt heraus und stieg die Treppe zu Mrs. Dalgairns Wohnung hinauf. Denn oft kam Tom am Samstag vorbei, um mit ihr Tee zu trinken.

Aber: »Och, der is nu gerade nich hier«, erklärte sie mir. »Der is wech, zum Studio, fertig aufräumen, und denn hat er einen von seinen Erwachsenenkurse, den mußt er heute machen, denn morgen früh muß er ja wech, nach Edinburgh.«

»O ja, jetzt fällt es mir wieder ein«, schrieb ich auf ihren Block. »Danke, ich werde ihn dort schon finden.«

Höflich dankend lehnte ich ihre *Nackets, Snoddies* und *Tivlachs* ab und verabschiedete mich von ihr (sie gab mir zwei komische, schnelle kleine Klapse auf die Schulter), setzte mein Fahrrad, das eine schuldbeladene Seele mit plattem Reifen und durchlöchertem Schlauch im Eingang abgestellt hatte, wieder instand und fuhr erneut zur Landzunge hinaus.

Inzwischen – es war später Nachmittag – hatte sich das Wetter gebessert, wie es nach einem schottischen Sturm häufig geschieht, und eine schmeichelnd süße Abendsonne warf ihren vergoldenden Glanz über die herbe Küstenlandschaft. Flirrende Strahlen gelben Lichts fielen schräg durch das Atelier, wo Tom selbst für seinen externen Kurs posierte, weil es ihm nicht gelungen war, so kurzfristig einen seiner sonstigen Pensionäre zu rekrutieren. Die erledigten alle ihre Wochenendeinkäufe oder guckten Fußball.

Er war oben auf dem Podium, saß in einem hölzernen Lehnstuhl in der Haltung von van Goghs Briefträger Roulin – Ellbogen auf den Armlehnen, Hände locker aufgelegt, die Augen in eine unbestimmte Ferne gerichtet. Seine Kleidung war zerknautscht, das Haar unordentlich. Er machte eine abwesende, trauervolle Miene, als versuche er, sich zu erinnern, wo um Himmels willen er das Buch hingelegt hatte, in dem er gerade las. Facetten goldenen Lichts hoben unbarmherzig den Staub auf seiner alten grünen Cordsamtjacke, sein ungekämmtes Haar und die Stoppeln an seinem Kinn hervor.

Diese Neuentdeckung seiner Person – geistesabwesend, meiner Anwesenheit nicht gewärtig, versunken in seine eigenen Sorgen, was immer die sein mochten – brachte mich plötzlich zur Besinnung. Blitzartig wurde mir klar, daß all die Dinge, die ich ihm hatte sagen wollen, ganz und gar unmöglich waren. Es gab keine Möglichkeit, sie auszusprechen. Jedenfalls nicht für mich.

Wie ich so zu ihm hinüberblickte, über die Köpfe der gebannten Studenten hinweg, da sah ich ihn als ein Stück Landschaft, als Naturphänomen – wie Malham Cove oder Coalbrookdale. Und ein Stück Landschaft kann man nicht besitzen. Es gehört der Welt. Alles, was man tun kann, ist, es zu lieben.

Ganz in Gedanken, griff ich nach einem Kohlestift, befestigte einen Bogen Papier auf einem Zeichenbrett und begann zu zeichnen, Grischas Routine folgend, wie ich es immer tat: rechte Hand, hinauf zum Kopf, drum herum und wieder abwärts. Alles in einer einzigen sanften, klaren Linie, ohne je die Spitze des Kohlestiftes vom Papier zu heben. Und während der Umriß der Figur den Bewegungen meiner Hand gehorchte, dachte ich: das, was ich jetzt fühle, das muß Liebe sein. Und es hat nichts zu tun mit meinen wohlgemuten, vertrauensseligen Erwartungen. Dieses totale Erfassen seiner Person und dazu dieser fast unerträgliche Blutandrang zum Herzen, so daß ich meine, jeden Augenblick erstikken zu müssen – das ist es, wovon immer alle reden. Dies also meinen sie. Aber wie soll ich es ertragen, in dieser Intensität? Mein ganzes restliches Leben lang?

Gerade, als ich meine Umrißzeichnung beendet hatte, befahl Tom der Klasse, zusammenzupacken. Sie hatten ja auch, ehe ich dazukam, bereits zwei Stunden gearbeitet.

Dennoch war ich bis zu einem gewissen Grade zufrieden mit dem, was ich gemacht hatte. Natürlich hatte ich in anderen Kursen schon früher viele Zeichnungen von Tom gemacht. Aber diese Skizze in einem Strich war, fand ich, ein gut Teil besser als die meisten meiner früheren Versuche. Ich hatte etwas Essentielles festgehalten – die Wendung des Kopfes, die Neigung der Hände.

Er bewegte sich jetzt zwischen seinen Studenten umher, kommentierte, kritisierte. In diesem Augenblick erblickte er mich, und er fuhr sichtlich zusammen. Er wurde um noch eine Schattierung blasser, als er schon war, und blickte mich ernst und durchdringend an. Und ich blickte ihn genauso an. Es war ja auch nicht der Moment für fröhliche Begrüßungsfloskeln.

Er bahnte sich seinen Weg in meine Richtung, nicht voller Ungestüm, sondern bedächtig, nach und nach, blieb unterwegs hier und dort stehen, um zu betrachten, zu begutachten, zu loben oder Mißfallen zu äußern. Ab und zu griff er nach einem Stück Zeichenkreide und machte ein paar Striche auf das Blatt eines Schülers. Er war ein guter Lehrer, die Leute hörten seinen Worten mit gespannter Aufmerksamkeit zu.

Endlich war er bei mir angelangt. Wortlos zeigte ich ihm meine schnelle Skizze. Er runzelte die Stirn, als ob er darüber erstaunt sei.

Dann raunte er mit verhaltener Stimme: »Du mußt mir verzeihen. Mir war nicht klar... Ich hatte keine Ahnung... daß du... gebunden bist...«

»Verzeihen? Was meinst du damit?« gab ich flüsternd zurück. »Da gibt's nichts zu verzeihen, im Gegenteil, es war...«

»Wir wollen nicht mehr darüber reden«, unterbrach er mich schnell. Dann blickte er wieder auf mein Zeichenblatt und sagte: »Genau das ist es, wonach du gesucht hast. Mach weiter so!«

Zu meinem maßlosen Erstaunen und Unbehagen sah ich jetzt Dollys Gesicht über seiner Schulter auftauchen. Sie trug mein T-Shirt (und es stand ihr sehr gut) zu einem Dirndlrock aus grünem Chintz. Soviel ich wußte, hatte sie noch nie zuvor einen von Toms Zeichenkursen besucht. Aber sie lachte ihr ansteckendes Lachen und wies eine steife, schwerfällige Zeichnung vor – in der Mitte des Blattes zusammengepfercht, ausgeführt mit vielen ungelenk absichtsvollen Strichen, wie eine Kinderzeichnung.

»Ich hab noch einen weiten Weg vor mir, um den Anschluß

zu kriegen, stimmt's? Das hier ist scheußlich, nicht wahr? Oh, komm schon! Sag mir, daß es scheußlich ist!« Sie blickte Tom herausfordernd an.

Dolly hatte absolut keine Ahnung vom Zeichnen, nicht die geringste. Es war auch nie ihr Interesse gewesen. Jetzt aber schob sie ihren Arm entschlossen unter Toms. »Komm, Thomas! Wir kommen noch zu spät zum Film, wenn wir nicht sofort gehen. Pandora kümmert sich schon ums Abschließen – nicht wahr, Pandora?«

Und sie zog ihn rasch mit sich fort. Er wandte sich noch einmal um und blickte mich an – irritiert, durchdringend, fast anklagend. Ich verstand überhaupt nichts mehr. Was hatte ihn denn so wütend auf mich gemacht? Das war ungerecht. Draußen hörte ich Dollys Wagen anspringen, sah sie mit ihm davonfahren. Augenscheinlich war es ihr im Laufe des Tages gelungen, den Motor in Ordnung bringen zu lassen.

Ich kümmerte mich um das Abschließen.

Tom fuhr früh am nächsten Morgen nach Edinburgh, wo er eine Ausstellung von College-Arbeiten arrangierte, und ich sah ihn nicht wieder.

Ich schenkte die Zeichnung, die ich von ihm gemacht hatte, Mrs. Dalgairns, die sich in zärtlicher Begeisterung darüber ausließ.

»He!« sagte sie, »das is ja bis ins Mark genau getroffen! So wahr ich lebe. Das ist sein ureigenstes Ich. Und alles mit einem einzigen Strich. Oh, ich bin so glücklich, es zu haben, Kindchen ... wenn du es nicht selber haben willst?«

»Nein, das ist für Sie«, schrieb ich auf. »Ich freue mich, wenn Sie es haben.«

Ich reiste früh nach Hause, eine Woche vor Semesterschluß, weil meine Freundin Veronica, die jetzt als Redaktionssekretärin beim Magazin ›Ton‹ arbeitete, mir geschrieben hatte, daß es bei ihnen in der Kunstredaktion eine freie Stelle gäbe und daß ich, falls ich die bekäme, ihre Wohnung in Shepherds Bush mit ihr teilen könne.

Ich bewarb mich um den Posten, bekam ihn und zog nach London.

Dolly folgte Tom nach Edinburgh, und dort heirateten sie später im Sommer.

O Tom. Was für eine verpfuschte Angelegenheit.

10

Ehe ich nach Süden fuhr, hatte ich noch eine qualvolle Szene mit Dolly durchzustehen.

Sie beschuldigte mich der Unfreundlichkeit, mangelnder Sensibilität und der hochnäsigen Verachtung aller ihrer Freunde. »Du siehst ja, wie sie vor dir weggerannt sind!«

»Aber Dolly, es ist doch genau umgekehrt. Die sind doch alle ganz High Society, die halten doch gar nichts von mir. Die meisten von ihnen wissen kaum, daß es mich gibt.«

Sie überging das, wie überhaupt alles, was ich einwandte.

Ich war damit beschäftigt, die Wohnung in Ordnung zu bringen, meinen letzten Krempel zusammenzupacken. Die Küche hatte ich einer letzten gründlichen Reinigung unterzogen, aber als ich wieder hineinging, entdeckte ich, daß Dolly ein benutztes Glas einfach ins Spülbecken gestellt hatte. Wenn es etwas gibt, das mich in Rage bringt, dann ist es jemand, der ein Stück Geschirr, bei dem einfaches Abspülen genügte, in ein sauberes, leeres Spülbecken stellt – in der Erwartung, daß ein anderer es abwäscht, abtrocknet und wegstellt. Genau das tat ich verbissen schweigend, während Dolly, die mir gefolgt war, unablässig ihre erbitterte Tirade herunterleierte: Meine Hartherzigkeit, meine Selbstversunkenheit, meine Illoyalität und mein Zynismus, das waren die Kapitelüberschriften. Wenn sie wütend war, verengten sich ihre Augen und neigten sich an den äußeren Winkeln abwärts. In solchen Momenten sah sie Sir Gideon bemerkenswert ähnlich.

»Alles, was du willst, ist immer bloß Malen, Malen! Wenn ich bedenke, was unsere Familie dir alles gegeben hat! Und schließlich war ich es doch – ich –, die Mar gebeten hat, sich mit deiner Mutter bekanntzumachen, weil ich dir so gern näherkommen, dich kennenlernen wollte ...«

»Was?«

Ich war wie vor den Kopf gestoßen. Konnte das wahr sein? Oder war es ein echtes Stück Dolly-Phantasie? Fähig war sie dazu durchaus.

»Ich war in dich verliebt!« sagte sie, und Tränen sprangen ihr aus den schrägen Augen wie Hokusai-Wasserfälle. »Schon immer wollte ich dich kennenlernen! Ich sah dich immer mit deiner Mutter bei den städtischen Konzerten. Ich sehnte mich danach, dich kennenzulernen. Immer hab ich an dich gedacht, von dir geträumt...«

»Oh, meine liebe Dolly...« Ich war wirklich entgeistert. Sich vorzustellen, daß man selbst in den Träumen eines anderen eine Rolle spielt, das ist nahezu unmöglich.

Das ist alles einfach zu widersinnig, hätte ich am liebsten protestiert. Das kann nicht wahr sein. Aber was hätte es für einen Zweck gehabt? Meine Einwände, meine Ungläubigkeit hätten sie nur noch mehr aufgebracht. Und vielleicht – denkbar war es ja immerhin – stimmte es auch, was sie sagte? Ich mußte an ihre liebenswürdig besorgte Art denken, als wir uns zuerst begegnet waren, an ihren aufgeschreckten, entsetzten Rückzug, nachdem die Zwillinge mich lahmgelegt und mein Haar grün gefärbt hatten. Ihre offenkundige Eifersucht auf meine Beziehung zu Mariana. Schließlich war sie ja Marianas Tochter...

»Aber du bist eben einfach nicht das, was ich mir erhofft hatte!« schloß sie wütend. »Du bist nicht der Mensch, für den ich dich gehalten habe! Du bist hart... und kalt... und egoistisch... und sarkastisch. Ich hoffe, ich sehe dich niemals wieder!«

Fast hoffte ich das auch. Wenn nämlich das, was sie sagte, tatsächlich stimmte, wenn ich die ganze Zeit das Objekt ihrer hoffnungslosen Bewunderung gewesen war, dann würde das Gewicht meiner schuldbeladenen Erinnerung schon schwer genug zu schleppen sein, auch ohne dauernde neuerliche Schuldzuweisungen durch ihre rachsüchtige Gegenwart.

Aber Dolly war auch durchaus zu einer runden, satten Lüge fähig, wie ich bemerkt hatte. War es wirklich sie gewesen, die Mariana überredet hatte, mit meiner Mutter Freundschaft zu schließen? Mariana ließ sich so leicht von niemandem überreden. Ich beschloß, sie danach zu fragen, wenn ich sie das nächste Mal sah.

Wann immer das sein mochte.

Toms Name wurde nicht einmal erwähnt.

Mich von Mrs. Dalgairns zu trennen, fiel mir sehr schwer. Und auch sie schien traurig.

»Ach, Kindchen, is ja so schade, daß du weggehen mußt«, erklärte sie mir. »Ich hatt' gehofft, du und mein Oe, ihr würdet noch ein Paar. Ich wär' doch so glücklich, wenn er sich hier niederlassen würd. Hab immer gefürchtet, daß er wieder weggeht, zurück nach Prag. Und ich dacht' mir, du wärst grade das richtige Mädchen für ihn.«

»Vielleicht findet er hier ein anderes Mädchen«, schrieb ich in ihr Notizbuch.

Aber sie schüttelte zweifelnd den Kopf. »Der is nich leicht zufriedenzustellen.«

Noch etwas anderes ließ mir keine Ruhe, nämlich daß Mrs. Dalgairns ein frustrierendes Rätsel ungelöst ließ. Einmal, als sie eines meiner Skizzenhefte durchblätterte, welches Zeichnungen der Morningquest-Familie und von Leuten aus Floxby enthielt, stockte sie bei dem Porträt eines bärtigen Mannes.

»Na, das Gesicht kommt mir aber bekannt vor. Mir ist, als hätt' ich das schon mal gesehen ...«

»Wo?« kritzelte ich aufgeregt.

Es war der bärtige Mann, der mich beim Begräbnis meiner Mutter angesprochen hatte, und den ich noch am selben Tag aus dem Gedächtnis gezeichnet hatte.

»Ach, ist schon lange her. Vielleicht, als ich in Edinburgh wohnte, während ...« Sie furchte die Stirn, schüttelte dann den

Kopf. »Könnte er womöglich Prediger gewesen sein, an der Westkirche? Irgendwie ist mir, als sei er Geistlicher gewesen. Ach nein, das ist meinem Gedächtnis nu' einfach entglitten. Wenn's mir wieder einfällt, Mädchen, dann sag ich's dir.«

Aber das tat sie nie. Etliche Male zeigte ich ihr später noch die Skizze in der Hoffnung, eine verschüttete Erinnerung wachzurufen, aber sie verharrte in quälender Unerreichbarkeit. Mrs. Dalgairns blieb aber dabei, es müsse mit der Zeit zu tun haben, während sie in Edinburgh gelebt hatte. Das war zwanzig Jahre her.

Wie sollte mich das weiterbringen? Sollte ich etwa nach Edinburgh fahren, mich auf die Straße stellen und den Vorübergehenden meine Skizze zeigen?

Die Redaktion des Magazins ›Ton‹ lag in der Curzon Street – altertümlich, unbequem und elegant. Jeder der winzigen, separaten Räume war über drei oder vier Stufen auf- oder abwärts zu erreichen.

Ich war extra früh gekommen, um mich von Veronica noch ein wenig informieren zu lassen. Veronica trug zu dieser Zeit den Sophia-Loren-Look: Ponyfransen mit Seitwärtsschwung, Augen-Make-up à la Mandelaugen, zentimeterlange Wimpern und Minirock. Ellenlange Beine, spitze Slingpumps. »Ballenentzündung«, hörte ich förmlich den Geist meiner Mutter grollen. Sie hatte selbst mit entzündeten Fußballen zu tun gehabt. Schwaden von Elizabeth Ardens ›Blue Grass‹ erfüllten das winzige Büro.

»Sorry, daß ich dir gestern abend kein Bett anbieten konnte«, sagte Veronica. »Aber wenn's soweit ist, daß du in die Stadt ziehen willst, dann hat Roz ihren schauerlichen Fettwanst von Photographen geheiratet, und dann kannst du ihr Zimmer kriegen.«

Ich sagte, das sei überhaupt kein Problem, ich sei am Cadogan Square gut untergebracht. Und ich seufzte bei der Erinnerung an meine Mutter, wie sie sich immer heroisch zusammengenommen und den zwingenden Impuls unterdrückt hatte, Veronica in jeder Hinsicht herunterzumachen – von den Schuhen bis zur Syntax.

»Also – hab auf keinen Fall Angst, gegen die alte Wachtel aufzumucken, die mag nämlich im Grunde Leute, die sich nicht vor ihr fürchten. Und dann vergiß nicht...« zischelte Veronica schnell noch, als die Sekretärin der Herausgeberin hereinkam, um mich zur Audienz zu geleiten, »sie spricht ihren Namen ›Boschm‹ aus, nicht ›Beecham‹. Und dann...« Aber ihre letzte Ermahnung kriegte ich nicht mehr mit, denn ich wurde weggeführt, vier weitere Treppenabsätze hinauf und hinunter.

»Die Kunstredaktion ist ganz oben unterm Dach untergebracht«, erklärte mir Mrs. Beecham. »Candida wird Sie dann hinaufbegleiten.«

Auf den ersten Blick sah Mrs. Beecham nicht beängstigend aus, eine behäbige, stattliche Grauhaarige in geblümtem Kleid. Aber dann fiel einem auf, daß das geblümte Kleid aus Paris stammte, das graue Haar eine Blauspülung erfahren hatte und daß sie Augen hatte wie Dolche.

»Ah, und Sie haben also in Schottland Kunst studiert... Unser Mr. Heron scheint sehr viel von Ihrer Mappe zu halten. Sie werden natürlich in London weiterstudieren?«

»An der Southampton Row Schule«, erwiderte ich und fragte mich, was das wohl mit einem Modemagazin zu tun hatte. Später sollte ich erfahren, daß Mrs. Beecham es liebte, ihren Stall mit ›hochkreativen Geistern‹, wie sie es nannte, zu füllen. Welch Gegensatz zu meinem Vater, der diese ganzen modernen Zwänge, ›kreativ‹ zu sein, für vollkommen verderblichen Unsinn hielt, der bloß dazu führte, das Haus mit scheußlichen Dingen vollzustopfen, gemacht von Leuten, die das lieber hätten bleiben lassen sollen.

»Woran arbeiten Sie zur Zeit gerade?« wollte Mrs. Beecham wissen, während sie mein Kostüm begutachtete, das Tante Lulie aus einem Stück dunkelbraunem Leinenbezugstoff zusammengeschneidert hatte.

»An einem Porträt«, sagte ich, mein As ausspielend, »von Sir Gideon Morningquest.«

Ihm hatte ›Selene im gelben Kleid‹, das ich in Schottland gefirnißt und wieder zum Cadogan Square zurückgebracht hatte, gefallen. Jetzt war er für ein paar Tage in London, zwischen Rejkjavik und Managua, und er selbst hatte die Sitzungen vorgeschlagen.

Zuerst hatte ich Bedenken gehabt. »Ich habe gerade einen entsetzlichen Streit mit Dolly gehabt, Sir Gid. Wäre es nicht ein bißchen peinlich, wenn Sie nach Hause käme?«

Aber er machte eine wegwerfende Handbewegung. »Unsinn, so ein Unsinn. Kinderstreitereien ... Mariana erzählt mir, du hättest einen geradezu bewundernswerten Einfluß auf Dolly ausgeübt. Und ich glaube fast, sich mal mit jemandem zu streiten, das ist genau das, was sie braucht. Dolly legt immer so furchtbaren Wert darauf, gütig und huldvoll zu sein.«

Er lächelte mich an – gütig und huldvoll. Mit genau diesem Siruplächeln werde ich ihn malen, beschloß ich sofort. Die Hände mit einem Stundenglas tändelnd, vielleicht.

»Übrigens teilt uns Dolly gerade mit, daß sie bei Freunden in Edinburgh bleiben wird. Und daß sie plant, dann weiterzufahren nach Skye«, fügte er hinzu. »So besteht also hier keine Gefahr eines Zusammentreffens.«

In Wirklichkeit heiratete Dolly just in diesem Moment Tom Jindrič.

»Oh, dann«, sagte ich zu Sir Gideon, »dann fange ich gleich an.«

»Gut, gut.«

Die Person, die ich bei ›Ton‹ ablöste, hatte noch einen Monat zu arbeiten, so mußte ich nicht vor September dort antreten.

Ich beendete das Porträt von Sir Gideon in einer Woche, malte mit besessener Schnelligkeit, um die Figur fertigzubekommen, bevor er nach Managua abreiste, und den Hintergrund dann fertigzustellen, nachdem er fort war. Ich malte ihn in stehender Pose, nonchalant gegen den Pfosten des Treppengeländers gelehnt. Hinter ihm wand sich das Geländer in einer Spirale aufwärts, und die Stufen folgten der Bewegung wie Faßdauben. Wie ich mich danach sehnte, daß Tom hinter mir auftauchte und sagte: »Viel schlechter«, oder: »Viel besser.«

Wie ich mich nach Tom sehnte – Punkt. Aber Toby (der jetzt wieder am Cadogan Square wohnte, weil er Selene nicht überreden konnte, mit ihm in eine Wohnung in einem umgebauten ehemaligen Marstall in Paddington zu ziehen) war ermutigend und freundlich und sagte mir, dies sei meine bisher beste Arbeit. Ich machte mir Toby häufig zunutze für die stehende Gestalt, angetan mit Sir Gideons Samtjacke, denn er und sein Vater hatten die gleiche Größe und die gleiche hagere Figur; schließlich war es von einem Mann von Sir Gideons Alter und Bedeutung zuviel verlangt, stundenlang zu stehen – obgleich er ja genaugenommen sehr wohl imstande war, dreistündige Konzerte zu dirigieren.

An den Abenden hörten Toby und Selene und ich Schallplatten, Händel-Opern, für die wir alle drei eine Leidenschaft hegten. Oder die beiden spielten auf der Geige und dem Klavier Kammermusik von Schubert, heiser introspektives Zeug – als würde Zement geschaufelt, dachte ich manchmal. Es war eine ruhevolle, nicht unglückliche Zeit. Selene war eine friedliche, anspruchslose Hausgenossin, und von den drei Brüdern hatte ich schon immer Toby als den zugänglichsten empfunden. Dan war nach wie vor zu rivalisierend, zu boshaft und zu selbstgefällig. Und Barney, obwohl durchaus freundlich, zu entrückt. Der lebte die meiste Zeit auf einem geistigen Plateau, das weit außerhalb meiner Reichweite lag.

Jedenfalls dachte ich das.

Mein Vater nahm jetzt gerade seinen jährlichen vierwöchigen Urlaub von der Praxis und war in Cannes bei seiner Schwester Freda. So war es, nachdem das Porträt fertig war und trocknete, nur natürlich, daß ich nach Boxall Hill zurückkehrte, statt ganz allein in einem leeren Haus zu kampieren.

Ich nahm mir einen Packen alter Ausgaben des ›Ton‹ mit hinunter, die zu studieren man mir aufgetragen hatte, und natürlich machte es einen Riesenspaß, sie zusammen mit Tante Lulie und den Zwillingen durchzublättern.

»Straffen Sie Ihre Linie für den Frühling!« las Tante Lulie laut vor. »Nun hört euch diesen *schmonzes* an! Da verschlägt's einem doch die Sprache.«

Und die Zwillinge waren vollends gnadenlos in ihrer Kritik. »Können die nicht wenigstens grammatikalisch richtig schreiben? Dieses verdruckste Mode-Kauderwelsch ist ja das reine Krötenkonzert!« Nachdem die Zwillinge in Vorbereitung auf Heidelberg gerade ihre eigene Grammatik zu Höchstform aufpoliert hatten, waren sie jetzt natürlich besonders stark in puncto Satzkonstruktion.

»Wirklich, Pandora, es ist nur gut, daß du demnächst an diesem scheußlichen kleinen Journal arbeitest. In drei Jahren, wenn wir in Heidelberg fertig sind und du dieses Blättchen in Form gebracht hast, dann kannst du uns ja dort Jobs verschaffen als Redakteure für Philosophie oder als Leiterinnen der Kunstabteilung.«

»He, schau mal, hier ist ja Mar in Salzburg! Das war das Kleid, das du ihr aus den blauen Seidenvorhängen von Cluny Park gemacht hast, Tante Lulie.«

»Ach, richtig. Mit all den Falten. Möcht bloß wissen, wer diese *jente* ist, mit der sie dort spricht.«

Beim Durchblättern von zehn Jahrgängen ›Ton‹ fanden wir eine ganze Menge Bilder von Mariana.

»Natürlich«, meinte Tante Lulie. »Denn schließlich ist sie – dank meiner Wenigkeit – in jeder Gesellschaft immer die bestangezogenste Frau.«

»Nicht zu vergessen, daß sie auch noch ein bißchen singen kann«, fügte Elly hinzu.

Ich verzehrte mich geradezu danach, daß Mariana wieder einmal nach Boxall Hill käme. Aber natürlich tat sie das nicht. Es schien eine Ewigkeit her, seit ich sie zuletzt gesehen hatte. Mich verlangte so dringend danach, ihr sowohl das Verbrechen meines Bruchs mit Dolly zu beichten, als auch die Tatsache, daß ich St. Vigeans auf Nimmerwiedersehen verlassen hatte, und für beides Absolution zu erhalten. So im Stich gelassen, hegte ich allmählich den Verdacht, Mariana wiche mir absichtlich aus und ich würde sie womöglich niemals wiedersehen... oder wenigstens doch nie mehr unter den gleichen Bedingungen wie bei unserem letzten Beisammensein.

Ich mochte Sir Gideons Beteuerungen wegen meines überstürzten Abbruchs in St. Vigeans nicht so voll und ganz trauen.

»Mein liebes Kind, das hat doch keinerlei Konsequenzen, nicht die geringsten. War halt eine der etwas weit hergeholten Planungen meiner lieben Frau. Sie hatte nun mal die Idee, das würde Dolly guttun. Diese Dolly! Sie war schon immer so ein höchst unsteter Charakter... Sie und ebenso Danny, wirklich lästig, alle beide! Aber du, meine liebe Pandora, du mußt natürlich deinen eigenen Weg einschlagen, so, wie du es für richtig hältst. Kunstschule in London und daneben ein Job bei diesem Magazin... höchst lobenswert, höchst praktisch. Warum schlägst du nicht dein Quartier hier in diesem Haus auf, am Cadogan Square? Jetzt, wo Danny ausgezogen und die Zwillinge weit fort in Deutschland sind, ist hier doch reichlich Platz.«

»Oh, das ist so freundlich von Ihnen, Sir Gid, aber eine Schulfreundin in Shepherds Bush hat mir angeboten, die Wohnung mit ihr zu teilen.«

»Gut, gut«, sagte er, nicht weiter sonderlich interessiert. »Ganz wie du willst. Gut, gut.«

Aber das Porträt schien ihm doch wirklich zu gefallen. Das letzte Porträt von ihm, das in der National Portrait Gallery hing, war von Graham Sutherland, und er haßte es. Er fand, er sähe darauf konstipiert aus. Auch ich war mit meinem Bild zufrieden. Ich mochte das dreifach sich windende Treppengeländer, und ich fand, es war mir gut gelungen, den sahnig milden, zufriedenen Katerblick meines Sujets einzufangen.

Ich hatte eigentlich darauf gehofft, daß er mich an seinem letzten Abend aus diesem Anlaß zum Essen ausführen würde, aber das tat er nicht. Er mußte packen für Managua, und außerdem hielt er ohnehin immer sein Geld sorgsam beisammen. Wahrscheinlich fand er – aus gutem Grund –, ich hätte schon genügend freie Kost und freies Logis in London und Schottland erhalten. Immerhin war ja auch meine in letzter Zeit erlangte Vervollständigung meiner Maltechnik schließlich seiner Wohltätigkeit zu verdanken.

In Boxall Hill verlief das Leben ruhig und produktiv wie üblich.

Grischa hatte sich bis zu den Werken von A. E. Housman vorgearbeitet.

»›Die Mühsal unsres stolzen, zorn'gen Erdenleibes, sie ist von Ewigkeit und herrscht ohne Unterlaß ...‹ Gar nicht schlecht das, wirklich nicht. Aber warum, bitte, sag mir, warum muß er mit dieser entsetzlichen letzten Zeile schließen: ›Schultre den Himmel, mein Gesell, und trink dein Maß ...‹ Dein Maß! So geheuchelt, so forciert altertümlich!«

»Na schön, Onkel Grischa, aber was schlägst du als Alternative vor?«

»Nun, zunächst mal wäre es doch besser gewesen, mit einem dreisilbigen Wort zu enden. Regennaß? Winzerfaß? Felsenpaß?«

»Wie auch immer, Onkel Grischa«, meinte ich, »aber wie kommt es eigentlich, daß du schon so weit gediehen bist in der englischen Literatur, schon ganz ans Ende des neunzehnten Jahrhunderts? Hast du da nicht etliches unterschlagen? Es muß dutzendweise Schriftsteller geben, die du ausgelassen hast. Was ist mit Shakespeare, Milton, Blake? Und mit Browning?«

»Jetzt willst du wohl den alten Onkel auf den Arm nehmen,

meine liebe Pandora. Shakespeare, Milton und William Blake brauchen meine Zuwendung nicht. Die rangieren ganz obenan im Pantheon. Und mit keinem einzigen Wort von Blake würde ich hadern.«

«Oh, ich schon! –

›Welche Schulter, welche Pläne
knüpfte deines Herzens Sehne?
Welche Hand, furchtbar zu schauen
drehte furchtbar deine Klauen?‹

...und so weiter? ›Wer hat je von Füßen gehört, die Sehnen verdrehen?‹ «

»Wie bei einem Spinnrad mit Fußantrieb«, meinte Ally sofort. »Du mußt bedenken, daß Blake unentwegt aus seinem Fenster auf die industrielle Revolution hinausblickte. Als ich jünger war, störten mich die ›dunklen, satanischen Mühlen‹ entsetzlich. Ich dachte, er hätte sie nur um des Reimes willen erfunden. Aber die standen ja tatsächlich direkt dort in seinem Hinterhof.«

»Zu Browning komme ich dann zu gegebener Zeit«, sagte Onkel Grischa. »Browning, der wird mich eine Menge harte Arbeit kosten. Für Browning muß ich mich wappnen.«

»›Warum denn randvoll gefüllt die Vase aus Blei – die Hölle wird trocknen dich mit ihren Flammen...‹« zitierte Elly. »Das hätte doch sicherlich besser ausgedrückt werden können.«

Die Zwillinge hatten ihren amerikanischen Akzent fast noch schneller wieder abgelegt, als sie ihn sich zugelegt hatten.

Ich fragte nach lokalen Neuigkeiten. Ginge Buckley war immer noch fort, hatte eine Stellung in Norwich angenommen. Über ihr verschwundenes Baby war nie etwas ans Licht gekommen.

»Und Garnet? Und die Venoms?«

»Garnet ist genau wie immer. Die Venoms sind weggezogen.«

»Weggezogen?« Ich war wie vom Donner gerührt. »Ich dachte, die blieben uns lebenslänglich erhalten, bis zum Jüngsten Tag. Ich dachte, nichts als der Tod könne Sir Gideon von ihrer vergiftenden Gegenwart befreien.«

»Nun«, meinte Grischa, »da scheinst du dich geirrt zu haben. Lady Venom hat etwas erlitten, das ihr Mann als einen nervösen Kollaps bezeichnete. Und sie sind nach Westen aufs Land gezogen, nach Torquay – ›aus Gesundheitsgründen‹.«

»Also, ich hätte nie ... Und was wird aus Mon Repos? Aviemore?«

»Oh, das kauft Danny. Wußtest du das nicht?«

»Danny kauft es? Nein, natürlich hab ich das nicht gewußt! Sir Gideon hat mit keiner Silbe davon gesprochen.«

»Na ja, der ist ja auch sehr ungehalten darüber«, sagte Tante Lulie seelenruhig. »Im Grunde ist er natürlich glücklich, die Venoms nicht wiedersehen zu müssen. Aber auf Danny ist er wütend, weil der seine ganze Universitätskarriere hingeschmissen und einen Haufen Geld auf eine Weise gemacht hat, die Gideon als höchst unehrenhaft betrachtet.«

Ich wußte, daß Danny einen Popsong geschrieben hatte. Selene hatte es mir erzählt, und ich war strikt darauf bedacht gewesen, das nicht in Sir Gideons Gegenwart zu erörtern. Denn es gab – außer einer Darmentleerung in aller Öffentlichkeit – nichts Schlimmeres, das jemand aus seiner Familie ihm antun, nichts, das ihn mehr entsetzen konnte, als ein solches Abweichen von dem, was er ›echte‹ Musik nannte. Daß Dan eben dies getan hatte, mußte eine wahre Folter für ihn gewesen sein.

Der Song ging ungefähr so:

When the wind stops blowing
and the trees stop growing
only then ist when, then is when
I'll stop lovin' you.

When the sun stops rising
that won't be more surprising
than that I should stop stop stop
lovin' you.

There are guys who leave ladies
after they've kissed 'em
but my love for you is permanent, yes, permanent
as the solar system.

When the wind stops blowing, etc. etc.

Er ging nach einer dieser unwiderstehlich einprägsamen Melodien von der Art wie *Twinkle, twinkle, little star...*, jener Art, wie Mozart und Sullivan und Gershwin sie unaufhörlich hervorzauberten, wie sie anderen Komponisten jedoch höchstens an einem Glückstag gelingen. Infolgedessen (vielleicht auch noch durch Dannys viele Freunde und Bekannte in den oberen Etagen der Werbung und der Medien) hatte sich der Song im Handumdrehen auf die ersten Plätze der Hitlisten katapultiert. Verdientermaßen, vermutete ich, behielt mir aber zugleich das Recht vor, Dan auch weiterhin nicht zu mögen und ihn für einen eingebildeten Unheilstifter zu halten. Genau dasselbe hatte wohl zweifellos auch Salieri gegenüber Mozart empfunden.

»Ich muß schon sagen, es ist verdammt ruhig hier ohne die Venoms«, meinte Elly. »Ich vermisse richtig dieses allzeit präsente Gefühl finsterster Böswilligkeit und ständig drohender Aufregung. Aber es macht das Leben sicherlich einfacher. An den Wochenenden bauen Toby und Garnet übrigens ein wunderschönes Dach aus Plexiglas über der Plattform des Baumhauses. Und ohne den alten Venom mit seinem Zetermordio und seinen schriftlichen Einsprüchen kommen sie damit sehr viel schneller voran.«

»Und der Tunnel?« Ich hatte meine Gründe, danach zu fragen.

»Oh, der kommt auch voran. Du kannst uns ja ein bißchen helfen. Dan hat natürlich das Interesse daran verloren, der ist voll und ganz mit Plänen beschäftigt, Mon Repos von Börsenmaklers Tudorstil in ›Popmusikers Gothik‹ umzumodeln. Aber uns hält er trotzdem noch bei der Stange. Sieht aus, als hätte er seine eigenen Gründe, den Tunnel fertigzukriegen. Vielleicht will er einen Geheimgang zwischen den Kellern und Aviemore? In direkter Luftlinie liegt der Pavillon nicht sehr weit von seinem Haus entfernt. Vielleicht hat er vor, chinesische Langspielplatten zu schmuggeln?«

Grischa verlor das Interesse. »Ich muß Garnet holen. Das Klo im Erdgeschoß spült nicht ordentlich.«

Lulie blickte ihm zärtlich besorgt nach, als er davontrottete. »Immer macht er sich Sorgen um das Rohrsystem. Geradezu besessen ist er von Abwasserröhren. Ich glaube, er überträgt da irgendwie seine ewige Besorgnis um sein eigenes Gedärm.«

»Warum?« Ich war plötzlich auch ganz besorgt. »Funktioniert das nicht ordentlich?«

»Oh, perfekt! Er sorgt ja auch sehr gut dafür. Eben jetzt ißt er all sein Gemüse in strikter alphabetischer Reihenfolge, damit er auch ja keins ausläßt. Von Alecost bis Zucchini.«

»Was ist denn Alecost?«

»Ach, das ist eine Kräuterart, Chrysanthemum balsamita, mit einem bitteren Geschmack«, erklärte Tante Lulie, die trotz ihrer Verachtung der modischen Vorliebe für ›Kräutergärten‹, verstreut zwischen ihrem Gemüse selber Dutzende von Kräutern zog, die ein normaler Sterblicher niemals erkennen würde, die sie jedoch täglich verwendete.

Ich verbrachte zwei glückliche Wochen in Anderland, grub Teile von Lulies Gemüsegarten um, verrichtete allerlei Klempnerarbeiten für Grischa (Klempnerei war ein Lehrfach, das ich in

St. Vigeans gründlich absolviert hatte, denn das Rohrsystem in Mrs. Dalgairns' Haus stammte größtenteils aus dem achtzehnten Jahrhundert), ich schneiderte mir (mit Tante Lulies Hilfe) eine Garderobe zusammen, mit der ich die ersten Monate bei ›Ton‹ bestehen konnte, und ich arbeitete mit den Zwillingen an der Fortführung des Tunnels.

Ich war verunsichert gewesen, ob mein Eine-Nacht-Erlebnis mit Tom womöglich zu einer Schwangerschaft geführt hatte, und schwebte folglich in gelinden, wenn auch nach außen hin unterdrückten Ängsten, bis die Frage erledigt war. Aber eine Woche Gartenumgraben und kräftiges Hacken im Tunnel hatten genügt, meinen inneren Frieden wiederherzustellen. Woraufhin ich, obwohl zutiefst erleichtert, dennoch eine perverse Traurigkeit empfand, weil nun ja auch die letzte Aussicht auf eine Verbindung zu Tom dahin war.

Und just da schlug Dollys Bombe ein.

»Habe Tom Jindrič in Edinburgh geheiratet. Flitterwochen in Skye«, telegraphierte sie ihrer Familie, wobei sie Duplikate nach Boxall Hill und an den Cadogan Square schickte in der Hoffnung, daß sie irgendwo ihr Ziel erreichen würden. Tatsächlich aber verfehlte sie es: Ihre Eltern waren noch immer fort, jenseits der Ozeane.

»Dieser Jindrič, wer ist das?« verlangte Lulie zu wissen. »Wird Mariana zufrieden sein?«

»Ich ... ich weiß es wirklich nicht. Ja. Vielleicht. Ich hoffe es. Er ist sehr intelligent und ... und lebhaft, kreativ. Ja. Ich bin sicher, sie wird ihn mögen – und erleichtert sein, daß Dolly solch eine kluge Wahl getroffen hat.«

»Was macht er denn? – He, du bist ja ganz weiß geworden, *bubeleh*, bist du krank?« fragte Tante Lulie besorgt und musterte mich durchdringend.

»Nein, dank dir, es ist bloß ... ich hab Bauchkrämpfe. – Die Menstruation«, erklärte ich hastig. »Bloß das Übliche.«

»Dafür ist Kamillentee am besten«, sagte Tante Lulie, machte mir sofort einen Becher voll, und es half auch wirklich.

»So, jetzt erzähl mehr von diesem Jindrič«, kommandierten die Zwillinge.

Ich erzählte alles, was ich wußte – über seinen Prager Hintergrund, über seine Großmutter, und daß er der eigentliche Kopf der Kunstabteilung von St. Vigeans wäre.

»Ach, dann war er dein Professor, nicht Dollys. Hattet ihr deshalb den Streit?«

»Nein, nein, nicht deshalb. Wir haben uns bloß gestritten, weil Dolly behauptete, ich sei unfreundlich zu ihr.«

Die Zwillinge verdrehten die Augen zum Himmel. »Erzähl uns mal was, das wir noch nicht wissen, ja? Jeder ist doch unfreundlich zu Dolly – nach Dollys Meinung. Also haut sie aus Rache mit deinem Professor ab?«

»Er ist nicht meiner.«

Aber es war zwecklos, vor den Zwillingen etwas verbergen zu wollen.

Ich mußte an all die kleinen, irrelevanten Querverbindungen denken, die mir irgendwie signalisiert hatten, Tom sei für mich bestimmt: die Tatsache, daß unsere Geburtsdaten die gleichen waren, daß unsere Geschmäcker in so vielen Dingen, bis in die winzigsten Trivialitäten hinein, übereinstimmten – unsere Vorliebe für ›Das Jahr des Gärtners‹ von Arcimboldo, oder für Bratäpfel mit braunem Zucker obendrauf. Glückliche neun Monate lang hatte ich – wie Mrs. Dalgairns – geglaubt, daß aus uns so nach und nach ein Paar werden würde. Und ich war meiner Sache innerlich so sicher gewesen, daß ich nie sonderliche Anstrengungen gemacht hatte, auch außerhalb der Kurse mit Tom zusammenzusein oder sein Interesse auf mich zu lenken. Meine Gefühle waren, wie die von Jane Bennett, zwar heftig, aber ich zeigte sie nicht. Wenn ich etwas von meiner Mutter gelernt hatte, dann war es, meine Gefühle zu verbergen. Jetzt war es immerhin ein trauriger Trost, daß ich nicht eine Flut von Mitleid seitens meiner Mitschülerinnen zu gewärtigen hatte.

»Stille Wasser sind tief«, meinte Elly.

»Jeder Mann, der Dolly heiratet, ist nicht eine Sekunde Kummer wert«, meinte Ally.

»Nein, nein«, sagte ich, »ihr werdet ihn mögen. Dolly hat gut gewählt.«

Zu meiner seelischen Läuterung machte ich mich daran, Lulies Schüssel zu zeichnen. Die thronte auf der Küchenanrichte in Anderland und hatte Lulie immer begleitet – aus einem kleinen Dorf irgendwo östlich von Gdansk, das inzwischen seinen Namen verloren hatte und von der Landkarte verschwunden war, durch ganz Europa und über das Meer. Lulies Schüssel war aus dickem, dunklem Holz. Sie war handgeschnitzt, ziemlich flach, beinahe rund, jedoch mit einer leichten, erhöhten Ausbuchtung wie ein Schiffsschnabel, ähnlich dem Bug, wie holländische Lastkähne ihn haben – eine wunderschön geschwungene Linie. Generationen hatten in der Schüssel mit einem zweischneidigen, halbrunden Hackmesser Gemüse zerkleinert, bis der gewölbte Boden papierdünn geworden war und angefangen hatte, ein wenig zu lecken. Deshalb wurde sie jetzt als Behälter für alles mögliche benutzt. Sie enthielt Briefmarken, Büroklammern, Kleingeld, Lulies Lesebrille, Luftpostaufkleber, die Schlüssel für den Minor, eine kleine Taschenlampe, Streichhölzer, Kerzenstummel (brauchbar zum Feueranzünden), Bibliotheksausweise, Rezepte, ein Zaunkönignest mit zerbrochenen Eierschalen, Marken vom Nationalen Sparkomitee, Tesafilm, Samenpäckchen und Tuben mit Klebstoff. Bei den Morningquestkindern war die Schüssel zu einer Legende geworden, sie war so etwas wie Mutters Tasche bei der schweizerischen Familie Robinson: Was immer man gerade brauchte, vom chinesischen Yuan bis zur Rasierklinge, was immer für ein Notstand gerade herrschte – man konnte sicher sein, in Tante Lulies Schüssel fand sich das Rechte.

Für meinen ersten Versuch nahm ich den gesamten Inhalt aus der Schüssel, füllte sie hochgetürmt mit Orangen und produzierte ein sehr langweiliges Stilleben. Da brachte ich die Orangen wieder in die Speisekammer, stellte die leere Schüssel schräg gegen die weiße Wand und zeichnete sie von neuem. Ich hörte förmlich Toms Stimme: »Viel schlechter.« Wütend packte ich den Originalinhalt wieder hinein und unternahm einen dritten Versuch, diesmal von oben, aus der Vogelperspektive betrachtet. Immer noch nicht zufrieden, versuchte ich es ein letztes Mal: Schüssel umgeben vom Inhalt. Das gefiel Lulie, und sie hängte es in ihrem Zimmer auf.

Am Ende der Woche lasen wir in der Lokalzeitung, daß Lady Venom unten in Torquay gestorben war.

›An einer Überdosis Goldregensamen‹ hieß es in dem Zeitungsbericht.

»Goldregensamen?« schrie Lulie. »Was in aller Welt kann die arme *varbissene* Kreatur denn gedacht haben, was sie da schluckt?«

»Das weiß Gott allein«, sagte Grischa.

»Einen *kaddisch* werd ich beten für sie.«

Ich schrieb einen Beileidsbrief an Thelma Venner, die ich während meiner Schulzeit gekannt hatte, aber ich erhielt nie eine Antwort. Große Liebe hatte ja nie, zu keiner Zeit, zwischen Thelma und ihrer Mutter geherrscht.

11

»Tut mir ja entsetzlich leid, Mäuschen, hab mich entschlossen, Gerry Banalmond zu heiraten«, schrieb Veronica auf einer Postkarte. »Fürchte, nun wird wohl für dich in der Wohnung kein Platz sein. Aber ich hab 'nen Spezi in West Ealing, der könnte dich aufnehmen.«

Ich lehnte den Spezi dankend ab, zog wieder an den Cadogan Square und begab mich auf die Wohnungssuche.

Aber dann zogen Veronica und dieser Gerry – der bei einer Nachrichtenagentur arbeitete – nach Rom, und ich übernahm die Wohnung in Shepherds Bush, obwohl sie für mich zu teuer war.

»War eine unruhige Person, Ihre Freundin«, meinte Mrs. Beecham und betrachtete mich über den Rand ihrer diamantenbesetzten Brille. »Offen gesagt, ich dachte mir gleich, daß sie hier nicht sehr lange bleiben würde. Wie finden Sie sich bei uns zurecht, Miss Crumbe? Mir gefällt das hier...« sie tippte auf ein Layout von mir, das sie in der Hand hielt, »... sehr sogar. Meinen Sie, Sir Gideon Morningquest wäre einverstanden, wenn wir einen Exklusivbericht über ihn brächten, mit Bildern? Vielleicht mit einer Porträtzeichnung von Ihnen?«

»Oh, ich glaube, das wäre er wohl, ja, sicherlich.« Denn alles ist ja Wasser auf Sir Gideons Mühle, dachte ich bei mir. »Bloß, er ist so schwer zu erwischen. Im Moment ist er in Budapest. Ich glaube nicht, daß er vor November wieder in London ist.«

»Ich plane das mal für November und schreibe ihm. Das wäre dann für die Märzausgabe.«

›Ton‹, eine Monatszeitschrift, ging drei Monate vor Erscheinen in Druck und wurde sechs Monate im voraus geplant. Es war zu jener Zeit das einzige Modejournal in Taschenbuchformat und erfuhr eine erstaunlich weite Verbreitung. Die Leute – sogar Männer – fanden es handlich zum Lesen im Zug. Es hatte das gleiche Format wie ›Reader's Digest‹, war dick, auf Glanzpapier gedruckt, enthielt Modeabbildungen, sowohl männliche als weibliche, Photos, keine literarische Prosa, ein paar politische Sachen (ein bißchen rechts von der Mitte, aber mit Hang zur Satire), ein paar Gedichte, ein paar Karikaturen. Sein lakonischer Verlagsstil war dem des ›New Yorker‹ nachempfunden. Mein Job, der mir außerordentlich gefiel, bestand in der Organisation des Layouts der Zeichnungen und Modeabbildungen. Die eindrucksvolle Mrs. Beecham war eine äußerst anregende Vorgesetzte, gnadenlos intolerant gegenüber jeglicher Dummheit oder Unachtsamkeit, aber auch bereit, neue Ideen enthusiastisch zu fördern. Wo geknausert werden konnte, da knauserte sie. Die Gehälter bei der Zeitschrift waren extrem niedrig. Ich hatte beträchtliche Freizügigkeit, obgleich ich doch einem großen Verlagsteam angehörte. Honorare für freie Beiträge bewegten sich auf einem weit großzügigeren Niveau als die Gehälter der Angestellten. So hatte ich mir denn angewöhnt – um meine große, unökonomische Wohnung, die ich ungern mit jemand anderem teilen wollte, bezahlen zu können – nebenbei freischaffend zu arbeiten. Zu meinem Glück hatte Mrs. Beecham ein Faible für meine Porträtzeichnungen, und schon bald war mir eine Serie monatlicher Charakterstudien sicher –, eine Zeichnung, ein paar Zeilen Biographie. Anfangs waren die Objekte dieser Studien meist Freunde der Familie Morningquest, jeder, den ich dazu bringen konnte, mir zu sitzen, Leute wie Luke Rose, Sir Gervas Mostyn, Sir Lucian Hawke und Prinzessin Natascha Bagration. Kurz, ich schlug Kapital aus meiner Verbindung zu der Familie. Aber eigentlich fühlte ich mich dazu auch berechtigt.

So rasch ich konnte, war ich vom Cadogan Square weggezogen.

Im Oktober hatte ich dort einmal ganz allein gewohnt. Toby und Selene waren eine Woche nach Madeira gefahren. Die Empfangsräume der Morningquests mit ihren Samtvorhängen, ihren persischen Teppichen und französischen Möbeln machten mich kribbelig und nervös – ich fühlte mich in ihnen niemals zu Hause. Wie konnte die Familie bloß so mir nichts dir nichts zwischen hier und Anderland hin und her wechseln? Für mich jedenfalls war Anderland mit seinen nackten Fußböden und seinen Bauernstühlen das richtige Haus.

Bevor ich auszog, führte mich eines Abends Danny zum Essen aus. Seine Freundin, mit der er zusammenlebte, die dicke Topsy Ponsonby, war derzeit beinahe dauernd unten in Aviemore und überwachte die Innenausstatter, und so hing er wohl ein bißchen in der Luft. Er war freundlich und zuvorkommend gewesen, als Mrs. Beechams Sekretärin ihn anrief, um ihm ein Kurzporträt mit einer Zeichnung von mir vorzuschlagen. Zwei Jahre später in seiner Karriere hätte er sich nicht mehr dazu herabgelassen. In diesem Stadium jedoch war er noch ganz angetan von ein wenig mehr Publicity, und er war sogar einverstanden, in den Verlag zu kommen, um sich zeichnen zu lassen. Dort wurde er natürlich mächtig gefeiert und hofiert, denn sämtliche Sekretärinnen schwärmten für seinen neuen Song *Trespassing Moon*. So ergab es sich denn, daß er und ich hinterher die Straße entlangschlenderten zu einer Kneipe am Shepherd-Markt, dann mit dem Taxi zum Essen weiterfuhren nach Knightsbridge und daß er mich anschließend zum Cadogan Square zurückbrachte, obgleich er seine eigene Bleibe in der King's Road hatte.

Dan hatte wie immer viel zu erzählen. Bow Bells Television hatte ihm ein halbstündiges Programm ganz in eigener Regie angeboten – Interviews, Platten, was immer er wollte, und wenn er sich darauf einließe, was er natürlich tun würde, dann überlegte er ernsthaft eine Namensänderung.

»Ich denke, ich werde mich Danny Morning nennen. Morningquest ist zu lang und zu ungewöhnlich. Die Leute wissen gar nicht, wie man das buchstabiert.«

»Scheint für Sir Gideon aber kein Handicap gewesen zu sein,

wie du bemerkt haben wirst«, versetzte ich schließlich, nachdem ich mich hinreichend begeistert gezeigt, ihm gratuliert und immer just das Richtige gesagt hatte. Manchmal hatte ich das Gefühl, genau das war es, wozu mich die Morningquests brauchten: als lautstarken Bewunderer. So etwas braucht jede Familie. Lulie und Grischa bewunderten nicht lautstark. Sie waren einfach still zufrieden.

»Na ja, bei der klassischen Musik ist das was anderes«, meinte Dan. »Dort erwartet man von den Leuten geradezu, daß sie unaussprechliche Namen haben. Wie Trnka. Und dann unterscheidet das Wissen, wie man's ausspricht, die musikalischen Schafe von den unmusikalischen Ziegen. Aber Gid ist ohnehin bestimmt entsetzt, wenn ich zum Fernsehen gehe. Ihm wäre es wahrscheinlich lieber, wenn ich meinen Namen ganz und gar änderte.«

»Du könntest dich ja Daniele Matin nennen. Oder Dmitri Kalimera.«

Er schien über meine Vorschläge ernsthaft nachzudenken.

»Was ist mit deiner Mutter?« wollte ich wissen. »Was wird sie darüber denken?«

»Ach«, meinte er wegwerfend, »wer weiß schon jemals, was die denkt? Dave wird natürlich ätzende Bemerkungen machen, klar. Aber ich wüßte keine Fernsehgesellschaft, die ihm ein eigenes Programm anbietet.«

Rasch fragte ich, um vom Thema Dave abzulenken, wann er nach Aviemore umzuziehen gedächte.

»Oh, ich werde da nie richtig wohnen«, sagte Dan. »Ich behalte meine Bleibe in der King's Road bei. Aber da Gid mich bestimmt wegen meiner Desertion zur Popmusik mit einem Fluch vor die Tür setzen wird, möchte ich mir da unten ein Standbein erhalten. Ich mag Floxby. Und ich laß mich nicht vor die Tür setzen.«

Das überraschte mich einigermaßen. Ich hatte nie bemerkt, daß Dan sonderlich an ländlichem Ambiente hing. Immerhin war das ein Pluspunkt für ihn.

»Was für ein Glück für dich, daß die Venoms sich entschlossen haben wegzuziehen.«

»Och, das war kein Glück«, sagte Dan und grinste breit über meine Unschuld. »Da hab ich meinerseits ein bißchen Drähte gezogen – oder die Brechstange angesetzt, könnte man sagen.«

»Was heißt das, bitteschön?«

»Hast du nicht so was geahnt?«

»Was geahnt?«

»Na ja, du weißt doch, das alte Mädchen – Lady Venom – hat nicht alle Tassen im Schrank. Ist nicht ganz bei Troste, ja? Das kann dir doch kaum entgangen sein, meine scharfäugige Pandora?«

»Nein, gewiß, sie ist ein bißchen seltsam«, sagte ich, und das Herz zog sich mir plötzlich zusammen.

»Seltsam! Deine typische Mütterlein-spricht-Ausdrucksweise. Die gehört hinter Schloß und Riegel!«

»Du weißt, daß sie tot ist?«

Das traf ihn sichtlich.

»Nein. Nein, das wußte ich nicht. Also tot ist sie? Schön, das müßte ein paar Probleme lösen für den alten Venom. Wie kommt's denn, daß sie tot ist?«

»Es stand in der Zeitung von Floxby, obwohl sie doch nach Torquay gezogen waren. Sie hat eine Menge Goldregensamen geschluckt.«

Da lachte er los wie ein Irrer.

»Was für ein phantastisches Ende! Das muß man ihr lassen. Originell! Das muß ich mir merken, wenn ich Theaterstücke schreibe, was ich mir für später vorgenommen habe.«

Ich verabscheute Dan noch viel heftiger, als ich es bisher schon getan hatte, und ich bereute es, daß ich sein Vitello Parmigiano aß. »Aber was war nun mit dem Haus?«

»Also, vor einer ganzen Weile stand ich mal draußen vor der öffentlichen Bibliothek von Floxby. Kein Ort, der besonders zu mir paßt, wie? Aber ich mußte eine Adresse nachsehen. Ich komme also gerade aus der Tür, und da sehe ich zufällig, wie die alte Lady Venner, eingewickelt in ihre ewigen Schals, sich doch glatt aus einem Kinderwagen ein fremdes Baby schnappt und es in ihren Einkaufsroller versenkt.«

»Du...?« Mein Mund war plötzlich ganz trocken, ich starrte ihn nur wortlos an. Auf seinem Gesicht malte sich bei der Erinnerung daran ein breites, selbstgefälliges Grinsen. Schließlich brachte ich krächzend heraus: »Was... was hast du gemacht?«

»Nun«, meinte Dan behäbig, »ich hab noch nie was dafür übrig gehabt, scheußliche Szenen oder unnötig viel Wind zu machen. Ich sagte also zu dem alten Mädchen, die Bibliothekarin bäte sie noch mal an den Ausleihtresen, weil ein Buch noch einen Datumsstempel haben müsse. Und während sie drinnen war, packte ich das Kind in seinen Wagen zurück und wartete. Als sie wieder herauskam und wegging, ihr Einkaufswägelchen hinter sich herziehend, da folgte ich ihr bis nach Hause. Dort gab es dann eine kurze, heftige Auseinandersetzung mit ihr und dem alten Venom. Das war allerdings scheußlich, muß ich sagen«, erinnerte sich Dan. »Dem alten Venom schmeckte das gar nicht.«

»Was hast du denn gesagt?«

»Ich sagte ihm, mir sei bekannt, daß seine Frau die Neigung habe, anderer Leute Herzblättchen zu kidnappen, und sei in einem Falle selbst Augenzeuge gewesen. Ich erinnerte ihn daran, daß es im Verlauf des letzten Jahres in der Stadt etliche Fälle gegeben hätte, bei denen Babys entführt worden seien. Einige waren wieder aufgetaucht, mindestens eins jedoch nicht. Und dann hab ich bloß höflich zu bedenken gegeben, daß sie doch gut beraten wären, von hier wegzuziehen in ein bekömmlicheres Klima, wenn sie nicht wollten, daß ich der Polizei mal ein kleines Licht aufsteckte zwecks Erhellung dieses kleinen Ausschnittes ganz speziellen Lokalkolorits. Und ihr Haus würde ich direkt von ihm übernehmen. Zu einem vernünftigen Preis natürlich.«

»Und was hat er gesagt?«

»Er schloß sich meinem Standpunkt an. Nachdem er ein bißchen Zoff gemacht hat, natürlich, von wegen Erpressung und so.«

»Was es ja auch war.«

»Oh, was es gewißlich war. Aber was konnte er schließlich tun, na?«

Ich dachte an die arme Ginge. Mein Herz krampfte sich zusammen vor Mitleid. Aber was kann man in solcher Situation tun? Was immer ihrem Baby passiert war, das lag jetzt über ein Jahr zurück. Wenn ... wenn es noch am Leben war, dann hätte man es doch längst gefunden.

»Und die Venners fügten sich? Einfach so?«

»Na ja, ... zu guter Letzt«, sagte Dan, »ja.«

»Und dann?«

»Uff«, sagte er. »Der nächste Teil der Geschichte ist ziemlich häßlich. Ich möchte deinem Feingefühl nicht zu nahe treten.«

Ich sagte nichts. Und da redete er auch schon weiter, ohne abzuwarten.

»Ich erinnerte mich, daß das alte Mädchen sich manchmal in unserem Stechpalmenwäldchen herumtrieb. Deshalb ging ich an einem ruhigen, späten Herbsttag mal dorthin und sah mich sehr genau um. Und da fand ich eine Stelle, wo der Boden aufgewühlt war. In der Nähe des Hunde- und Pferdefriedhofs, weißt du?«

»O nein, bitte nicht!«

»Na schön, wenn du nicht willst! Aber mir jedenfalls wurde sonnenklar, daß es nicht das erste Mal gewesen war, daß Lady Venner sich an fremden Nestern vergriffen hatte. Ich vermutete, daß Sir Venner, wenn er rechtzeitig dahinterkam, die Kleinen jeweils stillschweigend zu ihrem Fundort zurückbrachte oder doch wenigstens an einem hinreichend frequentierten Platz ablegte. Diese zweifelhafte Wiedergutmachung gestand ich ihm schon zu. Aber offensichtlich hatte es mindestens zwei Fälle gegeben, bei denen es dafür zu spät war.«

»Zwei?«

»Weißt du noch, daß an der anderen Seite des Thorn Hill immer Zigeuner auftauchten und dort kampierten? Und gab es da nicht vor ein paar Jahren so ein Gemunkel von einem verlorengegangenen Kind?«

»Ja, ich glaube. Allmächtiger Gott!« stammelte ich.

»Und Sir Venners Lösung des Problems bestand – höchst geschickt – darin, das ›Belastungsmaterial‹ jeweils schlichtweg auf unserem Grund und Boden zu deponieren, so daß, falls irgendwer deshalb belästigt oder verdächtigt würde, es die Familie Morningquest wäre. Reizend, was?«

»Und was hast du gemacht?«

»Das Belastungsmaterial beseitigt. Und zwar auf endgültige Weise«, erklärte Dan selbstzufrieden.

»Hast du der Polizei irgendwas gemeldet?«

»Nein.«

»Weiß sonst noch jemand davon?«

»Oh, die Zwillinge erzählten mal so 'ne Geschichte, daß sie in der Bibliothek einen Einkaufsroller gefunden hätten mit Lady Venners Leseausweis und einem gestrickten rosa Babyschuh drin, und da hätten sie sich so ihre Gedanken gemacht. Aber die Zwillinge interessieren sich ja im Grunde überhaupt nicht für die Belange anderer, bloß für ihre eigenen.«

Dies schien mir so vollkommen an der Wirklichkeit vorbeizugehen, daß ich es kommentarlos überging. Wenn die Zwillinge es vorgezogen hatten, ihre Überlegungen nicht mit Dan zu erörtern, dann hatten sie wahrscheinlich höchst plausible Gründe dafür.

Wir waren am Cadogan Square angekommen.

»Ja, das war ja sehr interessant, wenn auch ziemlich gräßlich«, sagte ich, wie ich hoffte, auf definitiv abschließende Weise. »Und vielen Dank für das Essen. Ich schick dir einen Probeabzug des Interviews, sobald es aus der Druckerei kommt. Wiedersehen.«

»Oh, ich komme noch mit rein«, sagte Dan. »Ich will noch ein paar Klamotten und Langspielplatten aus meinem Zimmer holen.« Chronisch unorganisiert wie Dolly, hinterließ er, wo immer er sein Haupt bettete, eine Spur verstreuter Kleidungsstücke und anderer Habseligkeiten.

Er hatte seinen eigenen Hausschlüssel und öffnete die Tür.

»Gut, dann laß ich dich jetzt allein«, sagte ich. »Gute Nacht. Ich muß morgen früh zur Arbeit, es ist Erscheinungstag. Nochmals meinen Glückwunsch zum eigenen Fernsehprogramm.«

Ich ließ Danny unten stehen, rannte die drei Treppen hinauf und hoffte, daß ich sein Bild ebenso rasch aus meinem Gedächtnis vertreiben könnte. Aber es haftete doch hartnäckig: grinsend, ausbrechend in dröhnendes Narrengelächter, strotzend vor Eigenlob. Ich wand mich innerlich bei dem Versuch, mir jenes Gespräch mit dem Colonel und der armen, verrückten Lady Venom auszumalen.

Als allererstes ein langes, heißes Bad, dachte ich.

Ein heißes Bad hat fast immer eine beruhigende Wirkung. Ich lese dann Spionagethriller, bis das Wasser kühl wird, und mache Pläne für neue Bilder.

Im Dachgeschoß des Hauses am Cadogan Square gab es ein kleines, winkliges Badezimmer, das durch ein Dachfenster erhellt wurde. Die Wanne war lang, tief und schmal wie eine Pferdetränke. Dort oben, so hoch über dem restlichen Haus, hatte man das wohlige Gefühl, als bade man in einem Krähennest. Ich ließ die Wanne mit dampfendem Wasser vollaufen, tauchte dankbar tief hinein und hoffte so, die Eindrücke der letzten zwei Stunden fortzuspülen.

Und dann hörte ich Schritte auf der Treppe. Die Tür, die ich nicht verriegelt hatte, ging auf, und Dan kam herein.

Er war splitterfasernackt.

Mit einem Satz stand ich aufrecht in der Wanne, sah vermutlich zu Tode erschrocken aus, und das amüsierte ihn köstlich. Er grinste von Ohr zu Ohr. Das stand ihm nicht. Auch nicht seine Nacktheit. Er bekam bereits eine mehr als blühende Farbe – zweifellos vom guten Leben –, und einen kleinen, aber unübersehbaren Schmerbauch hatte er sich auch schon zugelegt. Er war ja schon immer dicker und stämmiger gebaut gewesen als seine Brüder. Gegen Ende Dreißig würde er aufpassen müssen, um nicht schlicht und einfach fettleibig zu werden.

»Hast du mich nicht erwartet?« lachte er. »Ach, komm, Pandora, Liebling, so naiv kannst du ja wohl nicht sein, oder? Los, rutsch mal rüber, rühr dich vom Fleck. Ich komm zu dir in die Wanne.«

»Nein, das tust du ganz bestimmt nicht!« sagte ich.

»Spiel mir nicht die süße, in die Enge getriebene Unschuld vor, Mäuschen. Das hat wirklich überhaupt keinen Zweck, macht nicht den geringsten Eindruck auf mich. Da wird höchstens das Wasser kalt.«

»Hör mal, Dan, ich will dich nicht in der Wanne haben, auch nicht in diesem Zimmer oder in diesem Haus. Würdest du also bitte jetzt gehen?«

»Keine Chance«, erwiderte er vergnügt. »Ich liebe es, mich in Badezimmern mit Mädchen zu streiten. Und du siehst hübsch aus, so rosig und dampfend und mit den Händen hinter dem Rükken... Ich muß schon sagen, du hast eine weit bessere Figur als die arme liebe Topsy.«

»Was würde denn die liebe Topsy dazu sagen, daß du hier bist?«

»Werd's ihr nicht erzählen. Und du tust es besser auch nicht...« Sein Grinsen wurde noch breiter, wenn das möglich war. Er sah aus wie der lächelnde Mr. Jackson, der den Honig riecht. »Sonst könnte ich ein bißchen rumerzählen, was du und Bruder Toby und Schwester Selene hier so an den langen Abenden treibt, wenn ihr allein seid.«

»Du mußt doch verrückt sein!« japste ich.

»Nicht verrückt, meine Süße – bloß praktisch. Also komm schon, rück rüber!« Und er griff nach meinem Arm.

Es war der linke Arm, den er packte.

Und ich holte mit der rechten Hand aus, in die ich hinter meinem Rücken den gesamten Inhalt meiner Riesen-Spartube extrastarker, hellgrüner Morgan-Chlorophyllzahnpasta (›mit Magnesium und desinfizierendem Elektrosol für Ihren zusätzlichen Schutz‹) ausgequetscht hatte. Ich klatschte ihm eine satte Handvoll grasgrüner Schmiere in beide Augen, hüpfte flink aus der Wanne, griff mir ein Handtuch und raste in mein Schlafzimmer, das ein Schloß an der Tür hatte.

Ich hörte ihn in schriller Panik aufschreien, dann polterte er umher und brüllte vor Wut. Es war nicht wahrscheinlich, überlegte ich, daß die Wirkung der Zahnpasta sehr lange anhielt. Er konnte sie einfach abwaschen. Für alle Fälle zog ich mich wieder an. Aber er kam nicht in mein Zimmer. Das hatte ich eigentlich auch nicht erwartet. Ich hörte ihn wütend die Treppen hinunterstapfen, nachdem er einen unanständigen, einsilbigen, angelsächsischen Kraftausdruck gebrüllt hatte, als er an meiner Tür vorbeikam. Nach einer Weile hörte ich dann tief unten die Haustür zukrachen, und, weit aus meinem Fenster gebeugt, sah ich ihn unten schräg über die Straße gehen.

Da legte ich mich in meinen Kleidern ins Bett und weinte schrecklich – aus Wut und Ekel, weinte über mich selbst, über die arme Ginge Buckley, über die verrückte Lady Venom und über meinen verlorenen Herzallerliebsten.

12

Weihnachten fuhr ich nicht nach Floxby. Mein Vater war während seines Aufenthaltes bei Tante Freda in Cannes hingefallen und hatte sich die Hüfte gebrochen, und er war immer noch dort. Die Hüfte brauchte lange zum Verheilen. Die Praxis wurde von einer Vertretung geführt. Den Zwillingen ging es in Heidelberg so gut, daß sie nicht die Absicht hatten, nach Hause zu kommen, und ich wollte um jeden Preis eine Begegnung mit Dolly und Tom vermeiden. Oder mit Dan. Barney in Chicago hatte plötzlich seine Heirat mit einer Botanikerin von untadeliger Neu-England-Mayflower-Pilger-Abstammung angezeigt und würde folglich jetzt auch nicht nach England kommen.

»Priscilla Winslow ist ihr Name. Ach, ich hoffe, er behandelt sie besser als die anderen«, sagte Tante Lulie düster. »Aber ich bezweifle das. Sie haben bereits eine Katze, schreibt Barney. Das ist ein schlechtes Zeichen ...«

Ich hatte angerufen, um mich nach Marianas derzeitigem Aufenthalt zu erkundigen. Allem Anschein nach gab sie gerade eine Serie von Liederabenden in Kapstadt. Dave war in Dallas, Sir Gideon war in Stockholm. Es schien, als löse sich die gesamte Struktur der Morningquest-Familie, die ich für so stabil und festbegründet gehalten hatte wie die Pyramiden oder das Parthenon, vor meinen Augen auf. Seit meiner Episode mit Dan scheute ich mich, zum Cadogan Square zu gehen, und sah dadurch auch weniger von Toby und Selene. Manchmal besuchten wir gemeinsam ein Konzert, aber es wurde zunehmend unmöglicher, Selene zu überreden, auch nur einen Fuß vor die Tür zu setzen. Sie blieb im Hause, sie töpferte ein, zwei Töpfe, sie machte hervorragende Stickereien, sie spielte auf der Geige oder der Bratsche – warum also, verlangte man von ihr, daß sie sonst noch etwas täte?

»Weil... weil die Welt schön ist und es sich lohnt, sie anzuschauen.«

»Ich kann mir doch Bücher und Bilder anschauen. Das ist mir lieber.«

»Aber Leute können doch nett sein.«

»Das habe ich nie gefunden.«

Sie aß weniger und weniger.

»Selene, du brauchst wirklich einen Arzt.«

»Oh, bitte, Pandora, hör auf, mich zu nerven. Ich habe doch das Recht, so zu leben, wie ich möchte.«

Gewiß, das hatte sie. Und ganz gewiß hatte ich kein Recht, ihr zuzusetzen, nicht das allergeringste.

Dolly, erzählte mir Selene, war an ihrem letzten Geburtstag zu einer beträchtlichen Summe Geldes gekommen, das ihr von irgendeiner ungarischen Großtante vererbt worden war. Mit einem Teil dieses Vermögens planten sie und Tom, einen Film über berühmte, musikalische Familien zu machen. Von Schottland waren sie schnurstracks nach Kalifornien gereist, um dort Unterstützung dafür zu suchen. Ich wußte, Tom war erpicht darauf gewesen, Hollywood zu besuchen, diesen verrückten Ort mit eigenen Augen zu sehen, aber er hatte keinerlei Ehrgeiz, dort zu leben oder zu arbeiten.

»Das mit dem Film klingt mir eine Spur zu narzißtisch«, meinte ich zweifelnd. »Klingt mehr nach Dollys Projekt als nach Toms.« Ich war besorgt und traurig, daß womöglich Toms Begabung hier für etwas mißbraucht werden sollte, das sich in meinen Ohren verdächtig nach Eigenwerbung für Dolly anhörte. Ich hoffte, daß ich mich irrte.

Prinzessin Natascha Bagration, Objekt einer meiner Zeichnungen und Kurzbiographien für ›Ton‹, hatte mich gebeten, ein lebensgroßes Porträt von ihr zu malen. So verbrachte ich denn Weihnachten bei den Bagrations in ihrer eisigen Wohnung in Edinburgh, um damit voranzukommen. Sie und ihr Mann Andrej unterrichteten Russisch, beziehungsweise russische Literatur an der Edinburgher Universität. Und für mich war es eine sehr starke Verlockung gewesen, ein paar Tage in jener Stadt zu verbringen, mir alle Gesichter in den Straßen anzuschauen.

Natürlich sah ich meinen bärtigen Mann nicht, obwohl ich in etlichen Kirchen den Gottesdienst besuchte in der Hoffnung, ihn irgendwo vor seiner Gemeinde stehen zu sehen. Ich mietete einen Wagen und fuhr nach St. Vigeans, um einen Tag bei Mrs. Dalgairns zu verbringen, wo ich an ihrem Küchenwasserhahn eine neue Dichtung anbrachte, eine Mäusefamilie aus ihrer Speisekammer vertrieb und die Rohrisolierung erneuerte, die sie als Nestbaumaterial benutzt hatte.

Von neuem äußerte sie ihre Enttäuschung, daß ich nicht ihren Oe geheiratet hatte.

»Was is denn schiefgegangen? Er hatte 'n Auge auf dich, das konnte 'n Blinder sehen. Und du bist doch 'n richtiger Familienmensch.«

»Bloß, weil meine eigene so schlimm war, daß ich dazu neige, mich in die anderer Leute einzumischen«, schrieb ich auf ihren Block.

»Diese Dolly ist jedenfalls viel zu grandios für meinen Tom.«

»Sie kommt aus einer wirklich feinen Familie«, kritzelte ich. »Die Aristokratie der Musik.«

Mrs. Dalgairns rümpfte die Nase. Musik war für sie von höchst untergeordneter Bedeutung.

»Das nächste Mal, wenn ich komme«, schrieb ich, »sorg ich dafür, daß bei Ihnen Tests vorgenommen werden für ein Hörgerät.«

»Pphh ...« Sie lächelte ihr ironisches Lächeln.

Als das Porträt fertig war und ich wieder nach Süden aufbrach, hinterließ ich den Bagrations (sehr nette Menschen, knapp bei Kasse, hart arbeitend und, wie sie mir erzählten, an neununddreißigster Stelle in der Anwartschaft auf den Thron von Rußland) eine Kopie meiner Zeichnung des bärtigen Mannes und beschwor sie, ihm, falls sie ihm zufällig begegneten, unbedingt seinen Namen und seine Adresse zu entlocken.

Während meiner Zeit in Edinburgh suchte ich in alten Ärzteregistern nach dem Namen jenes Vetters meiner Mutter, Mark Taylor, und fand ihn auch wirklich aufgelistet, aber ohne interessante oder ungewöhnliche Details. Er schien ein ehrenwerter, respektierter Mann gewesen zu sein, das war alles. Er hatte die medizinische Fakultät in Wien besucht.

Als ich wieder in London war, ging ich, da ich keinen eigenen Fernseher besaß, zum Cadogan Square, um mir bei Toby und Selene die erste von Dans wöchentlichen Plaudersendungen ›Gute Nacht mit Danny Morning‹ anzusehen.

»Ein wahrhaft barmherziger Umstand, daß Mar und Gid sich beide in Übersee befinden«, meinte Selene. »Die würden sterben vor Scham.«

Ich für mein Teil war außer mir, als ich feststellte, daß Dan als Titelmusik seiner Sendung ein verjazztes Thema aus jener ›Serenata Notturna‹ verwendete, die wir uns damals an jenem sorglosen Bummeltag in London gegenseitig vorgepfiffen hatten. Das war, fand ich, als sähe man sein eigenes Kind, ausstaffiert mit der scheußlichen Kleidung eines Fremden, in der vulgären Show eben dieses Fremden wieder. Mein Empfinden für jenes Musikstück, meine Erinnerung an jene leichtherzige Zeit hatte für immer seinen Glanz verloren.

Toby, der hart an seiner Dissertation arbeitete, opferte gerade zehn Minuten für das Programm, ehe er verkündete, das sei widerlich sentimentales Zeug, um dann an seine Bücher zurückzukehren. Selene und ich jedoch sahen es uns voll angewiderter Faszination bis zu Ende an.

»Wenn ich nicht solch Zerwürfnis mit Mar gehabt hätte, dann würd ich ihr darüber schreiben«, sagte Selene. »Aber das wird ja sowieso jemand tun – irgendeiner ihrer Freunde.«

»Es tut mir leid, daß du Streit mit ihr gehabt hast.«

»Na ja«, meinte sie vage, »irgendwann war das ja fällig.«

Weiter sagte sie nichts darüber. Und ich fragte auch nicht. Aber mir tat Mariana leid. Selene war ihr liebstes Kind.

Ich selbst schrieb ihr einen langen, liebevollen Brief nach Kapstadt, schilderte ihr meinen Ausflug nach Schottland und meine Tätigkeit bei ›Ton‹. Aber eine Antwort erhielt ich nicht.

Der Frühling brach mächtig herein mit Narzissenbüscheln und Primeltöpfen auf Straßenkarren, und mir war, als sei eine lange, lange Zeit vergangen seit dem Frühling vor zwei Jahren mit all seinen glücklichen Hoffnungen. Aber dennoch – Frühling ist Frühling. Ein oder zweimal fuhr ich übers Wochenende nach Boxall Hill hinunter. Mein Vater, dessen Bein schließlich geheilt war, hatte sich für einen vorzeitigen Ruhestand entschieden und kam nicht wieder nach England zurück. Er blieb weiterhin in Cannes bei Tante Freda.

In Anderland waren Gewohnheiten und Gepflogenheiten wundervoll unverändert. Hier war jetzt mein Zuhause. Ich liebte es, unangekündigt zu kommen, den Kilometer vom Bahnhof zu Fuß zu gehen, die Abkürzung durch den Kastanienwald zu nehmen. Das Haus auf dem sichelförmigen Hügel, ehrwürdig und unverändert, war wie eine Negation all der drastischen Veränderungen, die sich in meinem eigenen Leben abgespielt hatten. Es war wie ein Sternbild – ein permanentes Gefüge, ein Stück unwandelbarer Eleganz, eine Manifestation natürlicher Ordnung.

Auch die Jahreszeit schritt in altgewohnter Ordnung voran. Schneeglöckchen wichen den Krokussen rings um den kleinen, bemoosten Springbrunnen im Hof; Schlüsselblumen ersetzten die Primeln im Obstgarten und auf den Wiesen.

Grischa ersann Möglichkeiten, alte Farbbänder der Schreibmaschine zu verwenden: zum Verschnüren der Zeitungsbündel für den Altpapiersammler, als Spalier für Wicken. »Und bald können wir sie auch für Tomaten und Pfingstrosen benutzen«, meinte er.

Dan käme gelegentlich zum Wochenende mit reichlich merkwürdigen Freunden nach Aviemore, berichtete Lulie, aber nie brächte er die zu Besuch ins große Haus.

»Merkwürdig? Wieso nennst du sie merkwürdig?« wollte ich wissen.

»*Sched naches*, lohnt nicht, sich den Kopf drüber zu zerbrechen«, meinte Lulie nur.

»Was bringt's, über andere urteilen zu wollen«, meinte auch Grischa und studierte angelegentlich das Spiegelbild seines Gesichtes in dem Kupferkessel, den er soeben polierte. »Diese Topsy ist gar kein schlechtes Mädchen. Ziemlich gutmütig.«

»Aber ihre Flickendecken sind schrecklich. *Paskudni* – scheußlich! Solche Decken würd ich nicht meinem ärgsten Feinde schenken. Aber ja ... gutmütig ist sie ...«

Meine Arbeit bei ›Ton‹ machte mir auch weiterhin Freude, ebenso meine Aktzeichenkurse in der Southampton Row. Ich hatte außerdem den Auftrag, ein Porträt von Gideons Freund Stefan Bartelme, dem Cellisten, zu malen, und machte zur Vorbereitung ein paar Zeichnungen von ihm mit seinem Cello. Mariana sollte in zehn Tagen von ihrer Südafrika-Tournee zurückkommen, und ich war fest entschlossen, auf irgendeine Weise mit ihr zusammenzutreffen, entweder in London oder in Anderland. Es war einfach zu lange gewesen. Ich brannte darauf, ihr von meiner Tätigkeit bei ›Ton‹ zu erzählen. Und ich wollte sie malen.

»Warum machst du nicht eins von Mar?« hatte Toby gefragt, als er wieder einmal für seinen Vater posieren mußte, und Sir Gideon griff den Gedanken sofort auf und meinte: »Jaja, großartige Idee. Natürlich mußt du Mariana malen.«

Über die Dunkelheit des Winters, über Kälte und Traurigkeit, über Phasen unbezwingbarer Sehnsucht nach Tom hatte ich mich hinweggetröstet mit der Planung dieses Projektes. Mariana mit ihrem weißen Haar und dem scharfkantigen Gesicht war ein wunderbares Modell. Sie war, ebenso wie ihr Mann, schon etliche Male porträtiert worden, aber das war kein Hindernis für meine Pläne. Am liebsten, so dachte ich mir aus, würde ich sie in Lulies Zimmer in Boxall Hill malen, mit all der Überfülle an Draperien und Ziermünzen – den Hintergrund eher skizzenhaft, und davor dann sie, sehr klar und genau im Vordergrund.

Und während ich sie malte, würden wir erzählen, würden unsere alte Vertrautheit wiederherstellen!

Toby sagte mir, er werde sie nach ihrem Rückflug aus Kapstadt in Heathrow abholen. »Dave kommt am selben Tag mit einem Panam-Flug aus Dallas, aber auf den warte ich nicht. Der kann sich ein Taxi nehmen.«

Die Aussicht auf Dave verschlug mir die Stimmung. Ich hatte gehofft, er sei noch im Mittelwesten – aus den Augen, aus dem Sinn.

»Kommt sie dann gleich zum Wochenende nach Boxall Hill?«

Nein, sagte Toby, sie müsse erst als Jurorin zu einem Chorsängerwettbewerb nach Cambridge. »Sie fährt Freitag abend nach Cambridge und kommt dann erst in der Woche darauf nach Boxall Hill. Bis dahin wird auch Gideon zurück sein.«

Natürlich war ich grausam enttäuscht, Mariana nicht sofort wiederzusehen. Nach so vielen Monaten der Trennung war ein Aufschub von weiteren sieben Tagen schier unerträglich. Dabei konnte ich ja nicht einmal sicher sein, daß sie sich freute, mich wiederzusehen. Es war Monate her, seit sie sich zuletzt die Mühe gemacht hatte, auf meine Briefe zu antworten.

Verstört und enttäuscht fuhr ich selbst am Wochenende nach Boxall Hill hinunter und half Toby, der gerade seine Dissertation eingereicht hatte, die letzten zwei Meter des Tunnels zu graben.

»So, das wär's! Na, toller Triumph, das!« sagte er und brachte den letzten Abstützbalken in Position. »Der Himmel allein weiß, warum wir das eigentlich gemacht haben. Und kein Mensch wird es uns je danken oder uns dazu gratulieren.«

»Die Zwillinge würden es bestimmt tun, wenn sie hier wären«, meinte ich. »Schließlich haben die beiden ja hart daran mitgearbeitet. Ich schreib ihnen und erzähle es ihnen.«

»Und ich gratuliere euch!« verkündete Dan, der – ganz strahlendes Lächeln, frisch, sauber und rundlich – die Stufen herunterkam, die in die kleine, kryptaähnliche Grotte unter dem Pavillon hinabführten, dem Endziel unseres Tunnelbaus. »Obwohl ... sieht ja noch ganz schön chaotisch aus hier, was?«

Er hatte ein besonders bösartiges Lächeln für mich, als er seinen Blick über mein schmieriges T-Shirt, die dreckigen Jeans, mein verschwitztes Gesicht und die erdverklumpten Haare gleiten ließ.

»Meinst du, ich kann runterkommen, Mopsum?« rief seine dicke Topsy aus dem darüberliegenden Raum herunter.

»Nein, würd ich nicht machen, noch nicht, Popsum. Hier wirst du bloß voller Staub und Dreck. Warte lieber, bis alles saubergemacht ist.«

»Bin untröstlich, daß wir keinen roten Teppich für dich ausgerollt haben«, knurrte Toby, der Topsy mit ihren drallen Röcken, ihren Bauernblusen und ihrem affektierten Kleinmädchengetue unerträglich doof fand. Ich für mein Teil hatte nichts gegen sie – in kleinen Dosen. Sie war immerhin von unerschütterlicher Freundlichkeit. Ich wunderte mich allerdings oft, daß Dan sich mit ihr zusammengetan hatte, denn auch, wenn er häufig den Narren spielte, so war er doch weit davon entfernt, einer zu sein. Aber offensichtlich wogen die Millionen ihrer Familie ihren Mangel an Esprit reichlich auf.

»Gut, gut«, sagte Dan, »wir kommen nachher mal mit 'ner Flasche Schampus rüber, um den Durchbruch zu feiern. Wir wollten sowieso die Fünf-Uhr-Nachrichten in eurer Glotze sehen – unsere scheint plötzlich eine Art Fieberausschlag zu haben.«

»Ach ... na schön«, meinte Toby wenig einladend, »dann sehen wir uns also nachher. Ich brauch jetzt ein Bad. Also, legen wir die Arbeit nieder, Pandora.«

Wir verstauten unsere Bohrer und Hacken, verschlossen die Türen an beiden Enden, um sicherzugehen, daß keine unbefugte Person in unserem etwas primitiven Ausgrabungswerk zu Schaden käme, und gingen dann ins Haus, ein jeder in sein Bad. Meins bestand genauer gesagt aus einer Dusche in dem kleinen Kabäuschen, das Grischa neben der Butlerkammer installiert hatte.

Ich schwemmte den Sand aus meinen Haaren, und während ich es kräftig rubbelte, hörte ich, wie nebenan das Telefon klingelte und Lulie abnahm, aber wegen des Wassergeplätschers verstand ich nicht, was gesagt wurde. Aber ich hörte sehr wohl, daß ihre Stimme sich schrill überschlug, vor Staunen oder vor Entsetzen. Hastig warf ich mir Marianas alten Mönchskittel um, wickelte ein Handtuch um mein nasses Haar und rannte hinaus.

»Oh, nein, nein!« stieß Lulie hervor, legte den Hörer nieder und wandte mir ein weißes, schockstarres Gesicht zu. »Eine entsetzliche Nachricht... warte, warte, es kommt jetzt gerade im Fernsehen...«

Sie eilte nach nebenan in den Tischtennisraum, und ich folgte ihr barfuß und zitternd. *»Kriech nischt da arum asoj borweß!«* schimpfte sie geistesabwesend.

Grischa und die anderen, Toby, Dan und Topsy, waren bereits da, lässig wartend, Gläser mit perlendem Sekt in den Händen. Die BBC-Nachrichten hatten soeben begonnen.

»... Mariana Tass, Lady Morningquest, einer der weltbekanntesten Soprane, kam heute nachmittag in Cambridge durch einen tragischen Unfall ums Leben...«

Tobys Lippen klafften weit auf unter dem Schock.

Wir alle hörten in schierem Unglauben, wie der Nachrichtensprecher in getragenem Ton, wie er solchen Themen angemessen ist, fortfuhr:

»Lady Morningquest und ein Begleiter befanden sich am Gonville Place in Cambridge und gingen an einem abgestellten Auto vorüber, aus dessen undichtem Tank unbemerkt eine beträchtliche Menge Benzin in die Gosse geflossen war. Lady Morningquests Begleiter rauchte und warf anscheinend ein brennendes Streichholz fort, welches die Benzinlache entzündete und eine Explosion verursachte. Beide erlitten so schwere Verbrennungen, daß sie auf dem Wege ins Krankenhaus starben. Lady Morningquests Begleiter war Mr. David Caley, ein langjähriger amerikanischer Freund. Sie wurde hauptsächlich bekannt durch...«

Toby fing an zu schluchzen, laut und kindlich. Grischa sah aus wie ins Herz getroffen.

Der Nachrichtensprecher fuhr fort, Marianas verschiedene Rollen und Ehrungen aufzuzählen. Nebenan klingelte wieder das Telefon.

»Wahrscheinlich die Zeitungen«, sagte Dan, »ich geh ran.«

Er ging, und durch zwei Türen hindurch konnte man seine Stimme hören, laut, selbstsicher und kompetent.

Topsy sah mich an mit großen, mitleidheischenden, feuchtschimmernden Kulleraugen. »Die süße Mariana... sie war solch ein Schätzchen... oh, was für eine fürchterliche, fürchterliche Art zu gehen...«

Ich ging und schlang meine Arme um Toby, der konvulsivisch geschüttelt vor sich hin schluchzte. »Toby, Toby, hör mir zu: Jemand muß es Selene sagen! Sie ist ganz allein am Cadogan Square. Sie sieht kein Fernsehen... aber hört sie Radionachrichten?«

»Wahrscheinlich nicht«, stammelte er und nahm sich sichtlich zusammen. »Nein, du hast recht. Ich fahr wohl besser gleich hin.«

»Ich komme mit.«

»Aber erst noch was in den Magen – eine Stärkung!« befahl Lulie. Sie selbst sah verfallen aus, wie ausgeblutet, fast leichenhaft.

»Und wir müssen überlegen, wie wir mit Dolly in Verbindung kommen«, sagte Grischa. »Pandora, kannst du die Zwillinge anrufen? Und ich muß auch sehen, daß ich Gideon in New York erreiche...«

»Und Davids Familie... hat er eigentlich eine Familie? In Baton Rouge?«

Die Zeitungen machten daraus ein Dreitageereignis. Der Name Morningquest, Marianas Ruhm, ihre große Schar begabter Kinder, die Tatsache, daß sie in den Rang einer DBE, einer ›Dame Commander of the British Empire‹ erhoben werden sollte (das hatte ich nicht gewußt), die bizarren, grausigen Umstände ihres und Daves Todes, und seine – milde ausgedrückt – anormale Stellung in der Morningquest Familie – das alles wurde breit und immer aufs neue ausgewalzt, Tag für Tag. Natürlich auch das glamouröse Rätsel ihrer Herkunft. Als Zweijährige auf den Stufen eines Prager Klosters gefunden, hatte sie bereits früh eine ungewöhnlich vielversprechende Singstimme und bemerkenswerte musikalische Fähigkeiten entwickelt. Die Nonnen jenes Klosters, Experten im Auffinden musikalischer Talente und Lehrkräfte von hoher Reputation, behielten sie bei sich, bis sie sieben war. Dann gelang es den frommen Schwestern – die eine jüdische Abstammung des Mädchens vermuteten, denn sie war während der Deportationen gefunden worden, ausgesetzt wahrscheinlich von ihren Eltern in einem verzweifelten Rettungsversuch – ihre Überstellung in ein Schwesternhaus desselben religiösen Ordens in Basel zu bewerkstelligen, wo sie ihre musikalische Ausbildung fortsetzte. Später kam sie dann, da sie keine religiöse Berufung verspürte, in eine weltliche Schule (wo sie meine Mutter kennengelernt hatte). Danach schickte der Schulvorstand, der mittlerweile auch für sie zahlte, sie an die Juilliard School in New York...

Während der Presserummel noch in vollem Gange war, kehrte Sir Gideon nach England zurück, ebenso die Zwillinge aus Deutschland.

Es gab viele Diskussionen darüber, wo das Begräbnis stattfinden sollte. Lulie – die wie zerstört aussah, um zehn Jahre gealtert im Laufe einer Woche, all die Rembrandtfurchen in ihrem Gesicht schmerzvoll nach unten gezogen –, wollte, daß es in Floxby stattfände. Dafür war auch Grischa. Sir Gideon – ebenso gebrochen, graugesichtig und gealtert, stimmte für London. Ebenso Dan.

»Alle Freunde werden es einfacher finden, zu einer Trauerfeier nach London zu kommen«, argumentierte er. Was er meinte, war, daß dort die Aussicht auf viele Berühmtheiten und auf umfangreiche Publicity größer war.

Am Ende jedoch setzten Lulie und Grischa sich durch, vor allem deshalb, weil der größte Teil der Organisation in ihren Händen lag. Später sollte dann eine Gedenkfeier in London abgehalten werden, mit Beiträgen von John Gielgud, Rafael Kubelik und genügend weiteren Zelebritäten, um selbst Danny zufriedenzustellen. Mir war die Trauerfeier in Floxby lieber, obwohl sie mich schmerzlich an das Begräbnis meiner Mutter erinnerte, und tatsächlich wurden die beiden Freundinnen auch nur wenige Meter voneinander entfernt begraben.

Daves sterbliche Überreste wurden an eine Familie seiner Vettern nach Baton Rouge übergeführt.

Zur Zeit des Begräbnisses befand ich mich noch in einem Zustand des Schocks. Ich konnte nicht glauben, konnte einfach die Tatsache nicht akzeptieren, daß Mariana fort war. Ich war geistig wie gelähmt. Ich konnte nicht glauben, daß ich nie wieder ihre klare, glockenreine Stimme hören sollte, ihre plötzlichen Ausbrüche lauten, unbändigen Gelächters, ihren abrupten Wechsel von reinem Wohllaut zu Heiserkeit, wenn sie irgendeine unerwartete, dezidierte Meinung vertrag.

Die Zwillinge, nur kurz aus Heidelberg herübergekommen, waren ebenfalls stumm und schockiert. Es war zu früh für sie, irgendwelche ihrer typischen Kommentare abzugeben. Aber am Ende der drei Tage, kurz vor ihrer Abreise, meinte Elly doch: »Ach ja, wenn sie uns schon so einen grauenhaften Vater verpassen mußte, so hat sie ihn wenigstens auch auf die prompteste Art und Weise wieder abgeschafft.«

»Er hat sie abgeschafft«, korrigierte Ally sie. »Wahrscheinlich hatte er es satt, inmitten einer Familie von Erfolgsmenschen zu leben.«

»Na, bis dahin scheint es ihm aber ganz recht gewesen zu sein.«

»Im Grunde war er rachsüchtig, das weißt du ja selbst. Die ganze Zeit.«

»Die meisten Leute sind froh über eine gute Entschuldigung für ihre rachsüchtigen Gefühle. Weil von Natur aus jeder sie hegt ...«

»Auf Wiedersehen, liebste Pandora«, sagten sie und umarmten mich. »Kümmere dich ein bißchen um Selene, wenn du kannst.«

Selene war weder auf dem Begräbnis noch bei der Gedenkfeier gewesen.

Dolly und Tom aber waren unerwartet am Abend vor der Zeremonie in Floxby aus Amerika gekommen. Sie übernachteten im ›Claridge‹ und kamen am nächsten Morgen per Auto herunter.

Dollys Erscheinung verblüffte mich heftig, als ich sie nach dem Gottesdienst draußen vor der Kirche stehen sah. Sie war so matronenhaft geworden. Sie hatte wieder an Gewicht zugelegt – oder war sie vielleicht schwanger? –, aber sie sah wohl und zufrieden aus. Verheiratet zu sein – vielleicht auch, von ihrer Mutter weg zu sein? –, das hatte ihr anscheinend Bestimmtheit und Selbstvertrauen verliehen. Und die Erbschaft von der ungarischen Großtante hatte bestimmt auch das ihre dazu beigetragen, dachte ich hartherzig. Sie trug tiefes Purpurrot, einen dunklen Pflaumenton, der Tante Lulie dazu veranlaßte, mir zuzuraunen: »Ach, so eine *schmate*, sowas sollte niemand unter Fünfzig tragen, und schon gar nicht Dolly bei ihrer Gesichts- und Haarfarbe. Aber sie wird es nie lernen, die nicht!«

Tom, der plötzlich hinter Dolly auftauchte, versetzte mir einen totalen Schock. Ich hatte gehofft, daß sich – in Anbetracht meiner ausgezeichneten Stellung, meiner wachsenden Porträtaufträge, meines ganzen tätigen Erwachsenenlebens – der elende Schmerz, die herzzerreißende Sehnsucht nach Tom, die unverändert in mir fortbestand, unter Kontrolle halten ließe, wie ein nukleares Leck, sicher verbarrikadiert und einzementiert hinter Betonwällen. Aber bei seinem bloßen Anblick krümmte ich mich innerlich vor Schmerz.

Und er war so unsagbar dünn! Formell angezogen, wie ich ihn noch nie gesehen hatte, in dunklem Geschäftsanzug und weißem Hemd, schweigsam und gelassen, sah er aus wie Black Rod, schwermütig die Szenerie beobachtend. Die Augen in den tiefen Höhlen waren dunkler, als ich sie in Erinnerung hatte, seine Wangen waren eingefallen und, obwohl vor kurzem rasiert, blaugrau von Stoppeln. Er sah aus wie gejagt, dachte ich bei mir. Aber vielleicht war es auch nur der Jetlag.

Dolly sagte gerade zu Dan: »Ja, es ist uns gelungen, gestern abend mit Strobe von Empyrean Film zu essen, so war es also ein lohnender Trip. Möglich, daß er uns seine Unterstützung anbietet...«

Ich sagte mit ruhiger Stimme: »Hallo, Tom«, und mir kam es so vor, als risse er sich innerlich zusammen wie ein Pferd, das auf die Stange beißt.

Im selben Tonfall erwiderte er: »Beerdigungen sind schlechte Gelegenheiten, sich wiederzusehen. Wie geht es dir, Pandora?«

»Oh, ganz gut. Traurig eben. Es tut mir so leid, daß du Mariana nie kennengelernt hast. Sehr, sehr leid.«

»Ja, mir auch.«

»Wie geht's dir, Tom? Magst du die Westküste?«

Er zuckte die Achseln. »Ist nicht gerade das, wo ich gern mein Leben verbringen würde. Mich zieht es mehr und mehr zu meinen Wurzeln zurück. Nach Prag.«

»Oh... aber was wird dann aus Mrs. Dalgairns? Die vermißt dich so. Wirst du sie nicht besuchen?«

»Nicht auf dieser Reise. Wir haben keine Zeit. Wir müssen heute mit einem Nachmittagflug zurück.«

Dolly fuhr herum und sagte: »Tom, wir müssen gehen. Wir können es uns einfach nicht leisten, das Flugzeug zu verpassen. Oh, hallo, Pandora.« Sie bedachte mich mit einem traurigen, milden Lächeln. »Komm, Liebling, wir müssen das Flugzeug erreichen.«

Und wie bei einer früheren Gelegenheit schob sie ihren Arm durch Toms und zog ihn weg.

Ich fragte mich, warum sie wohl im ›Claridge‹ abgestiegen waren. Warum nicht am Cadogan Square?

Drei Monate später, als ich noch nicht einmal angefangen hatte, mich von Marianas Verlust zu erholen, bekam ich einen Brief von einer Anwaltsfirma im Strand: Paxley, Marwell, Floatworthy und Ginsberg:

»Sehr verehrte gnädige Frau, wir sind beauftragt, Ihnen mitzuteilen, daß Lady Morningquest Ihnen gemäß einem vom April letzten Jahres datierten Nachtrags zu ihrem Testament und Letzten Willen den Regency-Carlton-House-Schreibtisch (1810) mit Messingverzierungen, Kirschholzintarsien etc. aus ihrem Boudoir am Cadogan Square 179a vermacht hat. Bitte informieren Sie uns, wann die Zustellung des oben erwähnten Gegenstandes Ihnen genehm ist.«

Ich war erstaunt, aufgeregt, betrübt und tief gerührt. Dann hatte sie also doch irgendwann an mich gedacht, hatte sich meiner doch erinnert. Und das auf eine Weise, wie es persönlicher auf mich bezogen nicht hätte sein können. Nicht Geld, welches unpersönlich ist, bedeutungslos, sondern ein Möbelstück, das ihr durch und durch eigen war, das sie an jedem Tag benutzt hatte, den sie in London verbrachte, das gleichsam getränkt war mit ihrem praktischen, eleganten Wesen! Wie oft hatte ich sie gesehen, wenn ich die Nacht am Cadogan Square verbracht hatte, wie sie sich morgens zusammen mit Miss Halkett an diesen Schreibtisch setzte, um sich über den üblichen Riesenberg an Korrespondenz herzumachen, resolut, wie ein Holzfäller sich an einen Haufen Astwerk macht.

Der Schreibtisch war wunderschön, von der Farbe dunklen Honigs, mit einem geschwungenen Aufsatzteil, in welchem sich ein halbes Dutzend kleiner Schubladen befanden, das Ganze umrahmt von einem zierlichen Messinggeländer. Die schlanken Beine steckten in Messingmanschetten, in die Platte eingelassen war eine lederne Schreibunterlage, weitere Schubladen befanden sich vorn und zu beiden Seiten. Es war ein Stück Möbel, von dem man träumen konnte, und es paßte in keiner Weise zu mir und meinen sonstigen, aufs Geratewohl zusammengestoppelten, dürftigen Habseligkeiten. Nie hätte ich daran gedacht, mir solch ein Stück zu kaufen. Ich sehnte mich danach, es Tom zu zeigen. Denn ich träumte immer noch von Tom, in drei von sieben Nächten.

Als ich die Anwälte anrief, um den Transport zu arrangieren, erklärte mir Mr. Paxley: »Ich sollte Sie darauf hinweisen, Miss Crumbe, daß dieser Schreibtisch ein äußerst hochrangiger Wertgegenstand ist. Er wurde im Zusammenhang mit dem Erbanerkennungsverfahren geschätzt, und wir können Ihnen mitteilen, daß er viele tausend Pfund wert ist. Wir empfehlen Ihnen daher, ihn unverzüglich versichern zu lassen.«

Ich versprach ihnen, das zu tun.

Zwei Monate nach dem Eintreffen des Schreibtisches bekam ich zu meiner äußersten Verblüffung Besuch von Dolly.

Es war ein brütender Augustsonntagnachmittag in London, so ein Tag, der einem ohnehin schon die Lebensgeister erschlaffen läßt. Ich war übers Wochenende in der Stadt geblieben, um einen Haufen Kleinkram zu erledigen, und ich lechzte nach Ablenkung. Daher fuhren meine Lebensgeister förmlich in die Höhe beim Geräusch der Türglocke, sanken jedoch sofort wieder auf Null, als ich draußen Dolly stehen sah. Sie trug etwas, das wohl Trauerkleidung sein sollte: konventionelles, grau-weiß geblümtes Kleid, weißer Hut. Kaum jemand trug noch einen Hut, Dolly tat es.

»Dolly! Was für eine Überraschung.« Ich konnte mich nicht überwinden, zu sagen, daß es eine angenehme sei.

»Darf ich reinkommen?« fragte sie, tat es aber bereits, blickte sich energisch um, machte gleichsam eine Bestandsaufnahme meiner Besitztümer. Ich sah ihr förmlich an, wie sie im Geiste die Dinge, die sie noch kannte, und die, die ich seit unserer Trennung angeschafft hatte, auseinandersortierte.

»Wie geht es Tom?« fragte ich höflich.

»Gut. Er ist in Schottland. Besucht seine Großmutter.«

»Möchtest du eine Tasse Tee?«

»Nein, danke«, sagte sie kurz angebunden.

Ihr Blick blieb an Marianas Schreibtisch hängen. Er war übersät mit Papieren, mit Layouts. Ich hatte gerade daran gearbeitet, als sie mich unterbrach.

»Ich bin deswegen gekommen«, sagte sie und deutete mit einer Kopfbewegung hinüber.

»Ach?«

»Du wußtest wahrscheinlich nicht, daß Mar... daß Mar immer gesagt hat, es solle einmal meiner sein. Daß ich ihn haben sollte. Das war immer ganz klar abgemacht.«

»Ach?« wiederholte ich ziemlich ratlos.

»Die Jungen können es dir bestätigen, oder Tante Lulie, oder Selene – jeder aus der Familie«, sagte Dolly und betonte das Wort ›Familie‹. »Mar hat immer versprochen, daß er mir gehören würde.«

»Dann nehme ich an, sie muß ihre Absicht geändert haben«, meinte ich vorsichtig.

Dolly blickte mich ungeduldig an, als sei ich ein zurückgebliebenes Kind. »Wir wissen ja alle, daß Mar sich in den letzten beiden Jahren höchst unberechenbar verhalten hat. Menopause vermutlich. Sie machte eine Menge völlig vernunftwidriger Sachen. Und dieser lächerliche Nachtrag war wahrscheinlich eine davon. Sie hätte ihn später wieder geändert oder annulliert – und das ganz ohne jeden Zweifel.«

»Aber sie hat es nicht getan«, erwiderte ich.

»Hör mal, Pandora, sei nicht schwierig! Tu doch nicht, als seist du dumm. Mariana hat nicht wirklich gewollt, daß du den Schreibtisch kriegst. Das konnte sie gar nicht! Denn, als ich noch ganz winzig war – fünf oder sechs...« Dollys Unterlippe zitterte, »... da hat sie ihn doch mir versprochen! Das war ein Versprechen!«

»Dolly, es tut mir sehr leid, aber schließlich hat sie ihn – handschriftlich, rechtskräftig – mir hinterlassen.«

»Du scheinst nicht zu begreifen! Du hast die moralische Verpflichtung, mir den Schreibtisch zu überlassen. Es geht nicht um den Geldwert...«

»Hast du darüber schon mit jemand anderem gesprochen? Mit dem Rest der Familie? Mit den Anwälten?«

»Nein, warum sollte ich? Die wären bestimmt auf meiner Seite. Willst du jetzt also bitte so anständig sein, Pandora, und mir den Schreibtisch überlassen?«

»Tut mir leid, Dolly«, sagte ich langsam. »Aber ich fürchte, du hast mich nicht überzeugt. Okay, Mariana hat dir früher einmal den Schreibtisch versprochen. Aber das war, wie es scheint, vor sehr langer Zeit. Und später machte sie diesen Nachtrag zu ihrem Testament. Folglich hat sie irgendwann in der langen Zwischenzeit ihre Absicht geändert. Wozu sie ein Recht hatte.«

»Aber ich will ihn haben!« sagte Dolly, und die Tränen schossen ihr aus den Augen.

»Daß du ihn haben willst, heißt aber noch nicht, daß du dazu berechtigt bist.«

»Ich weiß viel mehr darüber, als du! Ich wette, du weißt nichts von dem Geheimfach!«

»Also ... doch, ich kenne es.«

Ich war von dem Schreibtisch so begeistert gewesen, als er ankam, daß ich mich eifrig durch alle Literatur über Möbel aus dieser Epoche hindurchgelesen hatte, derer ich irgend habhaft werden konnte. Zuerst war mir die Möglichkeit eines Geheimfaches gar nicht in den Sinn gekommen, nachdem ich aber darauf gekommen war, tastete und zog und schob ich so lange beharrlich daran herum, bis ich nicht nur ein, sondern zwei verborgene Fächer unter der Wölbung des Rückenteils entdeckt hatte. Eins war leer, das andere enthielt einen Brief.

Ich trat an den Schreibtisch und öffnete die geheime Lade.

»Sieh mal, Dolly, hier drin lag ein Brief an mich. Ich nehme an, du erkennst die Handschrift?«

Auf dem Umschlag stand als einziges Wort ›Pandora‹. Die Handschrift läßt mein Herz noch immer eine Spur schneller schlagen.

Ich zog das einzelne Blatt Papier aus dem Umschlag und zeigte Dolly das Datum und die Anrede. Dann steckte ich es wieder in den Umschlag und legte ihn in seinen kleinen Schlupfwinkel zurück.

Dolly betrachtete mich in versteinertem Schweigen.

Dann brach es aus ihr heraus: »Du hast sie mir gestohlen! Du hast mir meine Mutter gestohlen! Weil deine eigene gestorben ist ... Du hast auch nicht die Spur eines Gewissens! Bist einfach gekommen und hast unsere Familie zerbrochen! Nichts als Kummer und Schmerzen hast du verursacht. Du bist eine Diebin! Ja, das bist du – eine Diebin!«

»Oh, Dolly, hör auf damit!«

»Sie hat dir schon diese Ohrringe geschenkt, und dann den Schreibtisch ... Und der Brief ...«

Dolly durchbohrte mich mit einem ihrer Basiliskenblicke. Ich sah, sie war drauf und dran, zu verlangen, daß ich ihr sagte, was in Marianas Brief stand. Erschöpft nahm ich sie beim Arm und drehte sie um. »Dolly, ich weiß, du würdest gern den ganzen Nachmittag hierbleiben und eine endlose Streiterei darüber mit mir führen. Möglich, daß du dich danach besser fühlen würdest. Aber ich habe weder die Zeit noch die Energie dazu. Ich sitze an einer Arbeit, die bis morgen fertig sein muß. Also bitte, geh jetzt einfach zu Tom zurück ...«

»Er ist in Schottland«, wiederholte sie schmollend.

»Also, wo immer er ist, geh zu ihm zurück und mach deinen Film – oder was du sonst machst. Und wenn du wegen Marianas Schreibtisch gerichtliche Schritte unternehmen willst – tu dir keinen Zwang an! Aber sie hat nun mal einen datierten Brief an mich geschrieben, der sich in dem Schreibtisch befand, und daraus schließe ich, daß sie ihn für mich bestimmt hat, und daran halte ich mich. Und nun – Lebwohl.«

Seufzend schob ich sie aus der Tür. Als sie bereits die Treppen hinabging (meine Wohnung lag ganz oben im Haus), da rief ich ihr nach: »Wohnst du am Cadogan Square? Siehst du Selene? Sie braucht Hilfe... sehr viel Hilfe. Vielleicht nimmt sie sie von dir an.«

»Ach, hör mir auf mit Selene!« Dolly stapfte die Treppen hinunter, ohne aufzublicken. Ich kehrte an den Schreibtisch zurück, öffnete das aufschiebbare Paneel und holte den Umschlag heraus. Außer dem Brief enthielt er ein Photo von zwei Schulmädchen mit Strohhüten, Kittelkleidern und Söckchen. Sie trugen Schulranzen und lächelten blinzelnd gegen die Sonne.

»Meine liebste Pandora«, stand in dem Brief, »rein aus Spaß und nur für den Fall, daß ich all meinen geliebten Freunden und Anverwandten durch einen Flugzeugabsturz entrissen werde – wozu immerhin eine statistische Möglichkeit besteht, weil ich so viel umherreise –, habe ich Dir meinen Schreibtisch vermacht, und ich vertraue Deinem Scharfsinn, daß Du diesen Brief hier findest. Deine Mutter war der erste Mensch, den ich wirklich ins Herz geschlossen habe, und sie hat mein Leben mit Freude erfüllt zu einer

Zeit, als ich das elendste, ungeliebteste einsamste verwaiste kleine Mädchen in ganz Europa war. Laß dir nie von jemandem weismachen, die Liebe eines Kindes könne nicht so tief sein wie erwachsene Liebe. Sie kann tiefer sein. Als ich deine Mutter verlor, als sie nach Schottland zu jenem Vetter verfrachtet wurde, da war mir, als hätte ich die Hälfte meines Ichs verloren – die bessere Hälfte. Ich brauchte Jahre, um mich davon zu erholen. Ich hatte andere Verbindungen seither – einige stark, einige tief –, aber keine kam der Bindung an Hélène gleich. Und als ich sie vor drei Jahren wiederfand – aber so verletzt, so verkrüppelt, so voller Narben –, da war's mir, als hätte ich dieselben Verheerungen erlitten. Wenn sie beschlossen hatte, uns nie zu erzählen, was damals in Schottland geschehen ist, so war das ihr gutes Recht, und vor allem war es ihr zweifellos am wichtigsten, dich von ihrem Trauma unbelastet zu lassen. Ich kann da nicht urteilen, und ich versuche es auch nicht. Und die verdammte Seele, die jenen Schaden angerichtet hat, ist ja auch außerhalb unserer Reichweite – wohl glücklicherweise. Und Hélène selbst hat ihren Frieden.

Pandora, ich habe unseren letzten Gedankenaustausch so abrupt abgebrochen, weil ich plötzlich von der Vorahnung überwältigt wurde, ich könne bald für dich empfinden, was ich für deine geliebte Mutter empfunden habe. Und ich glaubte, das sei nicht zu deinem Besten. Liebstes Kind, du mußt frei sein, frei, deine eigenen Entscheidungen zu treffen, und wenn wir... wenn ich dir allzu nahe gekommen wäre mit dem ganzen Gewicht an Vergangenheit und Leidenschaft und Leiden, das ich mit mir herumschleppe, dann hätte dein kleines Schiff womöglich schon gestrandet sein können, noch ehe es den Hafen verließ! Verzeih mir, daß ich meine Metaphern so durcheinanderbringe – deine geliebte Mutter hätte mich ganz schön aufgezogen damit!

Du hast ein gutes und starkes Talent, du hast die Kraft, deinen eigenen Weg zu gehen. Seltsamerweise betrachte ich dich mehr als mein eigenes Kind als jedes der anderen, die ich selbst geboren habe – außer vielleicht Selene.

Für mich wirst du immer etwas sehr Kostbares sein, das mir hätte beschert werden können – vielleicht umso kostbarer, weil es nicht so war.

Ich liebe deine Briefe. Sie sind wie Juwelen. Einen von ihnen zeigte ich Argissa Montefeltro, und sie war tief beeindruckt. Sie möchte gern, daß du eines Tages etwas für sie schreibst. Ich wünschte mir, ihr beiden würdet Freundinnen, weil ihr mir beide so sehr lieb seid.

Vergib mir und vergiß mich nicht. – M.«

Argissa Montefeltro war sowohl zu dem privaten Begräbnis als auch zu der Gedenkfeier erschienen. Sie war eine imposante Erscheinung: leichenblasses Gesicht, riesige, verwüstete Augen, gekleidet in Diamanten und Zobel. Ich wußte, sie gab die internationale Zeitschrift ›Phaeton‹ heraus, sie hatte Affären mit Sartre und Dürrenmatt (so wollten es die Gerüchte) gehabt, hatte eine Zeit in der Wüste bei Georgia O'Keefe verbracht, ebenso etliche Jahre in buddhistischen oder katholischen Klöstern und war eine Freundin von Mutter Teresa. Bei der Gedenkfeier hatte sie einen Nachruf auf Mariana sprechen sollen, war aber so geschüttelt gewesen von Schmerz, daß sie es nicht vermochte. Betäubt, schluchzend, wie versteinert hatte sie von Pierre Boulez behutsam vom Podium geführt werden müssen. Ich bemerkte, daß Sir Gideon sie mit unverhohlener Antipathie betrachtete. Gerüchte besagten auch, sie sei in voller Länge (samt Zobel, Diamanten und so weiter) zwischen den Blumen über Marianas frisches Grab hingestreckt gesehen worden, vollständig in Tränen aufgelöst.

Ich fand nicht, daß ich auch nur im geringsten für eine Freundschaft mit Argissa Montefeltro taugte, und ich hoffte sehr, sie werde keinen Versuch unternehmen, mit mir in Verbindung zu treten. Und tatsächlich tat sie es auch nie.

Monatelang nach Marianas Tod fuhr ich fast jedes Wochenende nach Anderland hinunter. Ich dankte dem Himmel für meinen aufreibenden, anspruchsvollen Beruf mit seinen unentwegten Krisen, seinen Momenten der Begeisterung, der Panik und der Verzweiflung, stets jedoch voller Geschäftigkeit und Ablenkung für das Gemüt. Mrs. Beecham behandelte mich mit einer strikten, unsentimental pragmatischen, vorausblickenden Klugheit, die hilfreich war.

»Dieser ganze ekelhafte Tratsch wird verebben«, sagte sie. »Der Tod scheint dem wohl immer besonders förderlich – so wie das Unkraut aufschießt, wenn ein großer Baum fällt.« Und mit dem für sie typischen nüchternen Eigeninteresse setzte sie hinzu: »Bloß gut, daß wir den Artikel über Gideon Morningquest schon in der Märzausgabe hatten. Wenn wir ihn jetzt brächten, dann sähe das so aus, als wollten wir mitmischen bei diesem vulgären Rummel ...« Sie tippte auf ein paar Exemplare der Regenbogenpresse, die sich jetzt, nachdem sie Marianas Verbindung mit Dave und die Elternschaft der Zwillinge in jeglicher Variation breitgetreten hatte, über Sir Gideon und seine verflossenen Beziehungen hermachte. Von denen mich etliche allerdings einigermaßen schockiert hatten. Jedenfalls wurde das exzentrische Lebensmuster der beiden auch weiterhin genüßlich der öffentlichen Schaulust preisgegeben, und die Öffentlichkeit schien sich daran zu berauschen.

Meine Wochenenden in Anderland waren ein großer Trost, und ich glaube, sie waren es wohl auch für Lulie und Grischa, die durch den Verlust Marianas in vielerlei Hinsicht schwerer getroffen schienen als ihre Kinder. Dolly und die Jungen entwuchsen dem Elternhaus ohnehin und hatten sich, jeder auf seine Weise, mit dem Verlust arrangiert, und bei den Zwillingen war die Trauer in Wut umgeschlagen. Lulie und Grischa aber waren ganz einfach abgrundtief traurig und vermißten sie jeden Augenblick.

Wir sprachen viel über sie, während ich die beiden immer und immer wieder zeichnete und malte: Lulie mit ihrem Rembrandt-Barett, Grischa in schwarzer Samtweste und weißem Rollkragen, unrasiert, die unvermeidliche Tasse Kaffee oder das Glas Armagnac in der Hand.

Sie hatten Mariana als eine Art jüngerer Schwester betrachtet: geliebt, fehlbar, begabt – eine stete Quelle der Anteilnahme, der Freude, der Bangigkeit.

»Und als sie damals deine Mutter wiederfand, wie war sie da außer sich vor Freude! Viele, viele Male hatte sie mir von ihrer verlorenen Freundin Hélène erzählt, die sie so sehr geliebt hatte während ihrer Schulzeit in der Schweiz. Sie bewahrte das Photo immer in diesem Etui für Kamm und Bürste auf, das deine Mutter ihr einmal gemacht hatte. Etliche Kopien hat sie davon machen lassen, weil sie solche Angst hatte, es zu verlieren.«

Ich nickte und mußte durch Zwinkern die Tränen zurückdrängen beim Anblick dieses Etuis aus gelblich verblichenem Leinen, mit Kreuzstichen zusammengenäht – ein altmodisches, kindliches Relikt meiner Mutter, und ein so totaler Kontrast zu der kargen Handvoll ihrer unsentimentalen persönlichen Habe.

»Mariana war so zornig und verzweifelt über das, was deiner Mutter geschehen, wodurch sie derartig verändert war, über all das Leiden, all die Mißhandlung, die sie durchgemacht hatte.«

»Wenn ich bloß wüßte, was ihr damals geschehen ist ...«

»Ich glaube, das wirst du nun wohl nie mehr erfahren«, meinte Lulie. »Ich sehe jedenfalls keine Möglichkeit, wie du herausfinden könntest, was ihr zwischen jener Periode in der Schweiz und der Heirat mit deinem Vater Schlimmes geschehen ist. Mußt halt einfach versuchen, *bubeleh*, es aus deinem Bewußtsein zu verdrängen.«

Aber ich hoffte trotzdem, daß ich eines Tages irgendwie auf den bärtigen Mann stoßen würde. Vielleicht, indem ich ein Inserat aufgab?

Und dann sagte Lulie etwas, das mich völlig niederschmetterte.

»Höchstwahrscheinlich hatte es damit zu tun, daß deine Mutter Jüdin war.«

»Jüdin? Meine Mutter war Jüdin?«

»Hat sie dir das nie erzählt?«

13

Das zweite Weihnachten danach verschlug es mich nach Paris.

»Wir sind so einsam und verloren in Boxall Hill«, hatte Grischa geschrieben. »Wenn du irgend kannst, komm her und heitere uns auf.« Und ich hatte auch durchaus die Absicht, das zu tun, aber in allerletzter Minute kam die Aufforderung von Mrs. Beecham – wie immer in freundlich seidene Worte gefaßt, wobei jedoch, wie ich sehr wohl wußte, auch nur der geringste Anflug des Zauderns oder der Unlust meine Position in Gefahr gebracht hätte; und ich hing viel zu sehr an meinem Job, um ihn ausgerechnet jetzt aufs Spiel zu setzen – die Aufforderung also, mich just am Heiligabend auf die Ile de la Cité zu begeben, um Daisy de Saint-Aignan zu einem Interview abzufangen –, eine intellektuelle Herzogin, derer man schwer habhaft wurde, da sie den größten Teil ihrer Zeit in einem griechischen Kloster verbrachte, die sich jedoch plötzlich bereiterklärt hatte, mir zu einer Porträtzeichnung zu sitzen, während sie sich in ihrer Pariser Wohnung aufhielt, um rechtliche Dinge im Zusammenhang mit ihrer Altersversorgung betagter Angestellter zu regeln. Sie erwies sich als unerhört lohnendes Modell, diese Herzogin – Mrs. Beecham hatte ein unbestechliches Auge –, und ich schätzte mich glücklich, ihr ausdrucksstarkes Schnabelprofil, den raffinierten, beweglichen Mund und die schwarzen, heftigen Augen meiner wachsenden Porträtmappe einverleiben zu können, während sie über die Probleme redete, einen großen, alten Grundbesitz zu verwalten und die zahllosen dazugehörigen Kunstschätze zu unterhalten, durch die sie in das Interesse der Öffentlichkeit geraten war.

Sonderlich gastfreundlich war sie nicht. Eine Tasse lauwarmer Zitronentee, serviert von einem bejahrten Dienstmädchen mit schwarzem Kleid und weißen Bändern (nur zu gern hätte ich auch ihr Porträt gezeichnet) – das war alles während meiner zweistündigen Sitzung. Millionäre konservieren ihre Millionen durch strikte Beschränkung auf schwache Glühbirnen und auf kurze Telefongespräche, das habe ich wiederholt beobachtet. Weil ich das Sechs-Uhr-Flugzeug aus London erwischen mußte, hatte ich das Frühstück ausgelassen, so daß ich am Ende meines Besuches von der heißhungrigen Vision eines Croque-Monsieur heimgesucht war. Aber zuerst wollte ich, da ich schon einmal in Paris war, meine bevorzugte Malutensilienhandlung aufsuchen, Senneliers am linken Seineufer, um mich mit Papier und Farben einzudecken.

Als ich dort hochbeladen wieder herauskam, ließ ich mich weitertreiben ins Quartier Latin und setzte mich an das erste freie Tischchen auf dem Bürgersteig. Hier nutzten in Pelze und flauschiges Mohair gehüllte Pariserinnen das frische, klare Wetter, und ich mit meinen sperrigen Paketen und Mappen war froh, mich nicht zwischen Caféhaustischen hindurchzwängen zu müssen.

Und wie ich so dasaß, kauend und Bier trinkend, da hörte ich auf einmal Stimmen, die mir bekannt vorkamen.

»Bacon glaubte, der Fortschritt der Wissenschaften könne dem Fall der Menschheit Einhalt gebieten . . .«

»Bacon war ein Dummkopf. Der hatte jeglichen Bezug zur Realität hoffnungslos verloren. Sein ›Nova Atlantis‹ ist nicht . . . wird doch nie . . .«

»Mein Gott! Die Zwillinge!«

»Gütiger Himmel! Das ist ja Pandora! In Tante Lulies wundervollem braunen Samt siehst du so elegant aus, daß wir dich gar nicht erkannt haben!«

Sie standen auf und umarmten mich.

»Aber du mußt auch Barney begrüßen. Los, Ally, schnell, renn ihm nach und hol ihn zurück. Er ist gerade im Moment losgegangen, um Konzertkarten für heute abend zu kaufen . . .«

»Oh, nein, nein, jagt ihm doch nicht nach . . . vielleicht will er mich gar nicht sehen . . .« protestierte ich, aber Ally war bereits auf und davon und sauste im Zickzackkurs zwischen den langsam schlendernden Franzosen hindurch.

»Sie wird ihn schnell einholen«, meinte Elly zuversichtlich und stützte die Ellbogen auf den Tisch. »Aber jetzt erzähl mal, was machst du in Paris, Pandora?«

»Na, und ihr? Ich denke, ihr sitzt warm eingenistet in Heidelberg, und Barney ist drüben in Chicago?«

»Na ja, also der mußte für eine Woche rüberkommen zu Besprechungen mit einem Spezi an der Sorbonne. Und da schrieb er uns, ob wir uns nicht alle treffen wollten. Dieser Kumpel hat ihm ein riesiges Apartment in der Rue des Écoles überlassen. Dort hausen wir alle zusammen und amüsieren uns köstlich.«

»Ist Barneys Frau auch hier? Priscilla?«

»Nein, ist sie nicht. Uns schwant auch so was, als ob die Dinge in dieser Hinsicht nicht so überschwenglich gut stehen. Ah, schau mal, sie hat ihn schon. Barney, Barney, sieh mal, wer hier ist!«

Barney und ich hatten uns sehr, sehr lange nicht gesehen, genaugenommen seit Marianas Begräbnis nicht mehr, denn danach war er gleich nach Chicago zurückgeflogen. Aber er war völlig unverändert. Er trug noch dieselben, unordentlichen Cordhosen und das beutelnde Tweedjackett, die Taschen vollgestopft mit Papieren. Das helle Haar hing ihm in die Stirn, und seine Augenwinkel neigten sich sehr reizvoll schräg, wenn er lächelte.

Ich war ungebührlich froh, ihn wiederzusehen. Und ihm schien es mit mir ebenso zu gehen.

»Ja, was verschlägt dich denn nach Paris, Pandora?«

Ich erzählte von meiner Herzogin, und die Zwillinge platzten schier vor Neugierde.

»Das war früher eine durch und durch verruchte Dame, weißt du noch? Hatte eine Affaire mit Mussolini – oder war es Franco? Und jetzt bereut sie ihre Untaten, indem sie scheffelweise Geld an die Schönen Künste wendet. Aber es ist leichter für ein Kamel, das Himmelreich zu betreten …«

»Sie sieht auch aus wie ein Kamel«, frohlockte Elly, die meine zwanzig Zeichnungen betrachtete. »Vielleicht sollte sie sich als eins verkleiden.«

»Wie lange bleibst du in Paris, Pandora, Liebling?«

»Ja... ich hatte vor, mit dem Sechzehn-Uhr-Flug zurückzufliegen...« Ich blickte auf meine Uhr.

»Ach, warum bleibst du nicht und fliegst morgen zurück? Kein Mensch reist am Ersten Weihnachtstag, außer dir und Barney. Da werdet ihr das Flugzeug ganz für euch haben. Du kannst über Nacht bei uns in der Rue des Écoles bleiben – da gibt's massenhaft Platz – und mit uns ins Konzert kommen.«

»Was ist mit euch, ihr beiden? Kommt ihr mit nach Anderland?«

»Nein, Elly und ich müssen übermorgen nach Heidelberg zurück, weil wir für den St. Stephanstag am 29. Dezember ein satirisches Musical einstudiert haben, und das geht total in die Binsen, wenn wir das Ruder nicht in der Hand behalten. Aber für heute abend könnten wir dir das Vergnügen unserer Gesellschaft gewähren. Wir könnten zum Beispiel ausgehen und irgendwo üppig speisen – was meinst du, Barney?«

»Ja, bleib doch, Pandora«, bestürmte mich auch Barney. »Und dann fahren du und ich morgen gemeinsam nach Anderland. Wir rufen Lulie und Grischa heute abend an. Und Gid in Rom auch.«

Und so machten wir es denn auch. Wir ließen die Zwillinge die Perlen ihrer Satire vor die vermutlich verständnislosen Studenten und Lehrkörper von Heidelberg werfen. Barney und ich dagegen flogen nach Heathrow zurück und fuhren in einem gemieteten Wagen nach Floxby Crucis.

Einen Gutteil des Weges Hand in Hand. Was natürlich töricht war, gedankenlos, ein Fehler in fast jeder Hinsicht. Aber wir waren beide so zutiefst traurig und einsam.

14

Die Zwillinge blieben drei Jahre lang von England fort.

Der erste der Familie, dem sie nach ihrer Rückkehr zufällig in der Bibliothek der Gesellschaft zur Förderung wissenschaftlicher Jurisprudenz begegneten, war Barney. »Ja, was machst du denn hier in London, Barney? Hast du dich endgültig von Priscilla getrennt?«

Er lud sie in seine Wohnung im Hafenviertel ein.

»Der Cadogan Square ist auch wirklich zu traurig, seit Selene tot ist«, meinte Elly und nahm die Einladung an. »Und der alte Gid will uns ja eigentlich gar nicht sehen.«

»Warum ... warum mußte Selene sterben?«

»Sie mochte ganz einfach nicht mehr leben«, sagte Barney traurig, während er Rühreier schlug. »Sie kriegte Lungenentzündung, und keiner merkte es, bis es zu spät war. Aber selbst, wenn man es gemerkt hätte, ich glaube nicht, daß es viel geändert hätte.«

»Und was tut Toby jetzt?«

»Arbeiten. Er erforscht Fäkalien aus der Eisenzeit. Und scheint sich daran vollkommen zu begeistern.«

»Hat er eine Geliebte?«

Barney schüttelte den Kopf.

»Und du, Barney? Wo ist Priscilla jetzt?«

»Wieder in New Hampshire, wo sie hergekommen ist«, antwortete er knapp.

»Hast du eine andere?«

Aber Barney trug die Bratpfanne zum Ausguß und zog es vor, nicht zu antworten.

»Fahrt ihr runter nach Anderland?« fragte er, als er mit dem Kaffee wiederkam.

»Natürlich. Wir können's gar nicht abwarten, Lulie und Grischa wiederzusehen. Aber zuerst wollen wir Pandora besuchen. Und wo ist Dolly?«

Barney meinte vage, er vermute, die wäre noch in Los Angeles mit ihrem Tschechen. »Und Dan pendelt jede Woche zwischen London und New York hin und her. Er ist jetzt eine Persönlichkeit des öffentlichen Lebens. Aber seine Topsy bleibt meistens unten in Floxby. Pandora malt ein Porträt von ihr... glaube ich wenigstens.«

Eine große, getigerte Katze stolzierte ins Zimmer, beäugte abschätzig die Zwillinge und stakste wieder hinaus.

»Wie heißt sie?«

»Mog.«

»Dann hast du sie aus Chicago mitgebracht?«

»Nein. Das hätte sechs Monate Quarantäne bedeutet.«

»Ich dachte, dein Kater dort hätte Mog geheißen?«

»All meine Kater heißen Mog.«

»Und was ist mit dem anderen passiert?«

»Ich hab ihn bei Freunden zurückgelassen.« Jetzt klang Barneys Stimme defensiv: »Die haben mir dann später geschrieben, daß er einfach nicht bei ihnen geblieben ist. Er rannte weg.«

»Schade, daß... wie heißt sie doch noch... daß Priscilla ihn nicht nach New Hampshire mitnehmen konnte.«

»Sie mochte im Grunde Katzen nicht.«

»Ist es nicht komisch«, bemerkte Ally nachdenklich, »wie man von Menschen immer gleich in der Vergangenheit redet, sobald man sich von ihnen getrennt hat? Als ob sie gestorben wären und nicht länger in Betracht gezogen werden müßten.«

Barney warf seiner jüngeren Schwester einen finsteren Blick zu, fragte aber: »Und ihr beiden? Was habt ihr für Pläne?«

»Wir haben Stellenangebote von der Universität Yokohama. Aber wir fahren erstmal hin und sehen uns das an. Ein Trip nach Japan also. Aber vorher haben wir noch hier in England Geschäfte abzuwickeln.«

»Ihr seht beide bemerkenswert elegant aus.«

»Das ist das Louise-Brooks-Syndrom.«

»Zu schade«, meinte Elly, »daß Pandoras Magazin eingegangen ist. Sie wollte uns dort Jobs besorgen.«

»Nicht sehr gut bezahlte Jobs, vermute ich. Da seid ihr in Yokohama bestimmt besser dran.«

»Pandora scheint mit ihren Porträts mächtig Erfolg zu haben«, meinte Ally bedächtig. »Dauernd begegnet einem ihr Name im ›Encounter‹ und in ›Marie-Claire‹.«

»Und du, Barney, du bist jetzt Professor? Und alle Studentinnen beten den Boden an, über den du schreitest?«

»Nur ein paar.«

»Wie geht's dem alten Gid? Lulie schreibt, er würde jetzt ziemlich weltfremd.«

»Mars Tod hat ihn echt umgehauen«, sagte Barney nach einer Pause. »Er hatte doch diesen Herzblock ... Wart ihr dabei, als das passierte?«

Sie schüttelten ihre dunklen Köpfe.

»Er war glatt weggetreten, drei Tage lang. Tiefe Bewußtlosigkeit. Stand auf Messers Schneide. Er kriegte Sauerstoff und all so was. Als er wieder zu sich kam, dachte er, er sei weg gewesen, auf einer langen Reise. Und wenn er hinterher auf den Zwischenfall zu sprechen kam, sagte er immer: ›Als ich fort war.‹ «

»Interessant.«

»Es hat ihn mächtig verändert. Er ist immer irgendwie abwesend. Unerreichbar.«

»Für uns war er das schon immer«, sagte eine der beiden.

»Nun, jetzt noch viel mehr als früher. Außer wenn er dirigiert. Dann springt der Motor wieder an.«

»Dann führt er also noch ein volles Berufsleben?«

»Na, und ob! Bloß muß Childers jetzt viel mehr als sonst auf ihn aufpassen und dafür sorgen, daß er überall rechtzeitig zur Stelle ist.«

»Wie ein armer alter Schamane«, meinte Ally. »Tapert durch die Welt und schwingt seinen Zauberstab.«

»Tja ...« Barney blickte auf seine Uhr. »Ich muß jetzt gehen und einen Kurs unterrichten. Fühlt euch wie zu Hause, Mädels.«

»Wir laden dich heute abend zum Essen ein. Irgendwo ganz nobel. Und dann haben wir vor, Pandora zu überfallen und uns bei ihr einzunisten – wenn sie uns haben will.«

Barney hob die Augenbrauen und sagte: »Ich glaube, sie will.« Dann nahm er seine mit Büchern und den Aufsätzen seiner Studenten vollgestopfte Segeltuchtasche und verließ die Wohnung.

»Armer alter Barney«, sagte Ally nach einer Weile.

Ihre Zwillingsschwester fand dem nichts hinzuzufügen.

»Und was wollt ihr eigentlich am Ende mal machen?« fragte Pandora die Zwillinge, als sie einige Tage später in ihrer Wohnung in Shepherd's Bush ankamen.

»Ach, weißt du, letztendlich gehen wir wohl in die Politik. Aber erst in sieben Jahren oder so. Erst, wenn wir uns die Ecken und Kanten abgestoßen haben.«

»Ich seh eigentlich gar nicht mehr viele Ecken und Kanten.«

»Besser wie gor nischt«, meinte Elly grinsend. »Wir haben aber zur Zeit ein kleines Problem. Ally hat gerade eine Abtreibung hinter sich und fühlt sich ziemlich mies. Hättest du was dagegen, wenn wir für zwei, drei Tage hier bei dir bleiben, Pandora?«

»Oh, meine Liebe! Ja, natürlich könnt ihr hierbleiben, so lange ihr wollt. Gibt es irgendwas, das ich tun kann?«

»Nichts, außer das liebe Mädchen ausreichend mit Tampax zu versorgen. Aber wir haben ohnehin schon einen tüchtigen Vorrat mitgebracht.«

»War denn die Abtreibung unbedingt notwendig?«

»O ja«, erwiderten die Zwillinge wie aus einem Munde.

Und dann erklärte Ally: »Wir fanden es einfach unerläßlich, daß eine von uns diese Erfahrung macht. Man kann schließlich nicht bei Sachen mitreden, die man nie selbst gemacht hat, stimmt's? Und es war nicht nötig, daß wir es beide machten, denn bei uns ist die mentale Beschaffenheit ziemlich übereinstimmend. So haben wir gewettet, und ich habe verloren. Oder gewonnen – wenn man es lieber so betrachtet.«

»Mit ›machen‹ meint ihr Sex? Den ganzen *schmier*, um mit Lulie zu reden?«

Sie brachen in Gelächter aus.

»Liebste Pandora, wir vergessen immer wieder, daß du ja jetzt weißt, daß du Jüdin bist.«

»Halbjüdin wenigstens, wie wir.«

»War es ein Schock, als du es erfuhrst?«

»Eine Überraschung. Aber eine gute.«

»Ich habe so eine Idee«, sagte Elly, »als ob unsere Mütter Kusinen waren. Wenn du dir dieses frühe Photo von ihnen anschaust, da sehen sie sich total ähnlich.«

»Nicht ähnlicher als jedes andere Schulmädchenpaar aus jener Zeit – die Kittelkleider, die Söckchen, der Haarschnitt, die Hüte. Und was soll's – wir werden es nie herausbekommen. Weil nämlich Mar wirklich nicht das geringste über ihre Eltern wußte. Und sämtliche Unterlagen wurden zerstört, als das Kloster in Graz von einer Bombe getroffen wurde.«

»Bist du irgendwie weitergekommen mit deiner Suche nach Hélènes erstem Ehemann, Pandora?«

»Keinen Fußbreit. Ich hab's mit Anzeigen probiert im ›Scotchman‹ und in der ›Times‹. Null Erfolg. Und habt ihr irgend etwas von Daves Sippe in Baton Rouge gehört?«

»Keinen Piep. Die nahmen seine Asche in würdevollem Schweigen entgegen. Eine unterschriebene Empfangsquittung kam zurück, das war das Ende der Transaktion.«

»Alles das weist doch nur nachdrücklich darauf hin«, sagte Elly, »daß wir Ahnen und Vorfahren vergessen und uns nur noch um unsere eigenen Belange kümmern sollten.«

Ally nickte, wurde ziemlich blaß und stürzte ins Bad.

»Ist sie wirklich in Ordnung?« fragte Pandora. »Soll ich nicht lieber meine Ärztin holen?«

»Nein, nein. Die ist zäh wie 'ne alte Hickorywurzel. Das ist eine sehr gute Erfahrung für uns beide«, meinte Elly vergnügt.

»Wer... wer war denn der Vater?«

»Och, vergiß ihn. Eine völlig unwichtige Person. Ein *nudnik*. Aber erzähl mal von dir, Pandora. Wir wissen, du malst am laufenden Band die Noblen und die Berühmten, und sie geben sich bei dir die Klinke in die Hand. Aber bist du glücklich dabei? Wie steht es mit deinem privaten Leben? Deinem inneren Selbst?«

»Ach... nichts von Interesse.«

»Nun komm schon, weich nicht aus.«

»Wirklich, das stimmt. Ich hatte eine Affäre mit einem verheirateten Mann. Die läppert sich gerade ihrem Ende entgegen. War auch nicht von vorrangiger Bedeutung.«

»Suspendierte Seelenfunktion«, konstatierte Elly.

»Wie bitte?«

»Das ist der Status, in dem du dich befindest: Warten auf den Märchenprinzen.«

»O nein! Ganz und gar nicht!«

»Wir müssen dich davon befreien.«

»Ich möchte euch beide malen«, lenkte Pandora schnell ab. »Während ihr hier seid. Oder besser noch unten in Anderland.«

»Ja, Anderland wäre am besten«, meinte auch Ally, die gerade zurückkam. »Was macht denn Grischa jetzt so? Und wie geht es deinem Vater, Pandora? Wo ist er?«

Pandora fing an zu lachen. »Oh, der hat geheiratet! Ist das wohl zu glauben? Eine Witwe, die er in Cannes kennengelernt hat. Ist ein großer Erfolg. Er ist ein völlig veränderter Mensch, redselig, ulkig, man erkennt ihn kaum wieder. Sie kommen nicht oft nach England, er hat das Haus und die Praxis verkauft.

Und Grischa, dem geht's auch ganz gut. Er hört immer ausgiebiger das Dritte Radioprogramm, weil ihn die Verschwendung so quält: Er kann den Gedanken an all die freigesetzte Musik nicht ertragen, die nutzlos in die Ätherwellen verströmt, wenn er sie nicht hört. Auf die Weise bleibt ihm weniger Zeit zum Revidieren der englischen Literatur, was auch ganz gut ist, denn er fand in Browning doch eine recht harte Nuß zu knacken.«

»Und Lulie? Für wen näht sie denn jetzt Kleider? Ich wette, bestimmt nicht für Dolly.«

»Nein, nicht für Dolly. Manchmal für mich. Und sie wird sich freuen, euch ...«

Im Nebenzimmer klingelte das Telefon.

»Entschuldigt mich.« Pandora blickte auf ihre Uhr. »Das wird Toby sein. Er ruft mich immer um diese Zeit an.«

»Ach, gut, dann können wir auch gleich mit ihm reden. Barney hatte seine Nummer nicht.«

»Er hat gar keine. Er ruft mich aus einer Telefonzelle an. Ich werd ihm sagen, daß ihr hier seid.«

Sie ging nach nebenan, und nach einer Weile kam sie wieder und sagte: »So, sprecht ihr jetzt mit ihm.«

»Da werdem ihm aber die Münzen ausgehen?«

»Nein, er gibt mir jeweils die Nummer durch, und ich ruf dann zurück.«

Elly ging durch die Tür.

»Toby ist nicht verheiratet, wie?« wollte Ally wissen und betrachtete aufmerksam die Tränen auf Pandoras Wangen.

»O nein. Der arme Toby. Nein, und ich glaub auch nicht, daß er je heiratet. Er ist sehr unglücklich wegen Selene. Aber er arbeitet ununterbrochen. Er ist für einen Nobelpreis vorgeschlagen, erzählte mir jemand. Er hat eine völlig neue Theorie über die Wurzeln der menschlichen Rasse entwickelt, die sämtliche bisherigen Theorien ins Wanken bringt.«

»Ach, die Wurzeln!« sagte Ally ungeduldig. »Die Leute sollten sich lieber um ihre Bestimmung Gedanken machen, nicht um die Wurzeln.«

»Toby möchte mit dir sprechen!« rief ihre Schwester aus dem Nebenzimmer.

15

Es ist unmöglich, die Nachwirkungen zu überschätzen, die Marianas Tod auf ihre Kinder hatte. Das Ereignis war so urplötzlich, so grauenhaft und so bestürzend gewesen: An einem Tag war sie noch da, ein kraftvolles, lebendiges Musterbeispiel für Unverbrüchlichkeit und harte Arbeit, eine Verfechterin hoher kultureller Maßstäbe und der elementaren Bedeutung familiären Zusammenhalts – denn nach Marianas tief empfundener und oft geäußerter Überzeugung konnte die menschliche Rasse bestenfalls durch den Zusammenhalt kleiner Gruppen gerettet werden, und unter solchen Gruppen war die Familie die hochrangigste und stärkste von allen –, und am nächsten Tage war sie einfach nicht mehr da, und statt ihrer gab es diese Hinterlassenschaft aus Schock, Skandal und gemeinem Klatsch.

Toby und Selene waren die Lieblinge ihrer Mutter gewesen, und sie traf ihr Tod am härtesten. Selene, glaube ich, hat sich nie mehr davon erholt. Toby hätte es vielleicht gekonnt, war womöglich schon auf dem Wege der Gesundung, aber das Unglück holte ihn ein. Er fühlte sich von Selene bitterlich hintergangen. Das war denn auch sein ständiges Hauptthema bei unseren Zehn-Uhr-Gesprächen. »Sie hat sich absichtlich verhungern lassen, um nicht mehr leben zu müssen. Warum? Sie hätte mehr Selbstrespekt haben müssen. Sie hätte mehr Rücksicht auf mich nehmen müssen.«

»Aber Toby, man muß doch geradezu heldenmütig sein, um das Wohlbefinden eines anderen in einem solchen Maße über das eigene zu stellen.«

»Jawohl, und so viel Heldenmut hätte Selene sehr wohl haben können. Erwachsenwerden ist schließlich ein Prozeß des allmählich sich entwickelnden Selbstrespekts. Wenn sie doch bloß noch ein bißchen gewartet hätte! Wir waren immer so glücklich zusammen. Erinnerst du dich noch an die Schallplatten, die du uns immer geschenkt hast? Es gab eine Zeit, da spielten wir sie andauernd, besonders die Cäcilienode. Dabei mußten wir meistens weinen.«

»O Toby, ich kann die Cäcilienode überhaupt nicht mehr hören. Es versetzt mir schon einen entsetzlichen Stich, wenn ich bloß an diese Musik denke.«

»Hast du eigentlich je was geahnt ... von mir und Selene? Wir waren ziemlich überzeugt davon.«

»Was geahnt, Toby?«

Es war kein Wunder, daß von ihren drei Söhnen dieser Marianas Liebling war. Lulie zeigte mir Photos von ihm von sechs bis sechzehn. Er war unschuldig und schön wie eine Narzisse. Selbst zu der Zeit, als ich ihn malte, war er es noch, nicht eigentlich hübsch, dazu war sein Mund zu breit und zu unregelmäßig, aber sein Gesicht besaß etwas von innen heraus Leuchtendes, ein Etwas, das sich nicht fassen ließ. Ich konnte mich in seine Betrachtung versenken, ohne es doch je mit den Ausdrucksmitteln der Farbe bannen zu können.

Die drei Jungen reagierten sehr unterschiedlich auf Marianas Tod. Barney widmete sich gewissenhaft seiner Lehrtätigkeit, aber ich glaube, er änderte seine Einstellung gegenüber dem weiblichen Geschlecht – Huren natürlich ausgenommen – und las gelegentlich die Romane von Jane Austen oder George Eliot. (Barney war der einzige aus der Morningquest-Familie, der zum Vergnügen las und nicht bloß der Information halber. Nicht einmal die Zwillinge taten das.)

Dan, der Lulie zufolge schon als kleiner Junge unehrlich und hinterhältig gewesen war, der stets versucht hatte, notfalls durch Schliche und Tricks mit Barney Schritt zu halten, wo er sich an geistigen und körperlichen Gaben nicht mit ihm messen konnte, war weniger betroffen als seine Brüder, einzig, daß er nun auch noch jegliche falsche Vorspiegelung des Respekts vor Moralität fahren ließ. Dabei besaß Dan einen guten Verstand, er war gewitzt und von schneller Auffassungsgabe und besaß von den drei Brüdern das größte musikalische Talent. »Man kann nichts dagegen machen, seine dämlichen Songs haften einem im Gedächtnis«, schimpfte Grischa, »auch wenn es noch so ein gräßlicher Schund ist. Irgendwie haben sie eine Qualität, die sie von allem anderen abhebt.«

Eine der eher bizarren Nachwirkungen von Marianas Tod war Sir Gideons Übertritt zum Katholizismus.

Er hätte diesen Schritt gern still und ohne Aufhebens vollzogen, durch Unterweisung seitens eines Monsignore in der Farm Street, den er seit Jahren auf musikalischer Ebene kannte, und durch eine diskrete Zeremonie. Aber natürlich ereignete sich kaum je etwas im Zusammenhang mit Sir Gideon ohne Aufhebens. Jedenfalls gefiel es dem Papst, als er davon hörte, sich persönlich einzumischen und ihn im Schoß der Kirche willkommen zu heißen, und folglich beschäftigten sich die Zeitungen aufs genaueste und ausgiebigste damit. Ich verdächtigte übrigens auch Dan, bei dem Publicityrummel kräftig mitgemischt zu haben. Ich wußte, er hatte sogar seinen Vater eingeladen, in seiner Unterhaltungsshow aufzutreten, um den Übertritt zu diskutieren – die Anfrage wurde ihm taktvoll von der dicken Topsy überbracht, die sich mit dem alten Jungen auf bestem Fuße wähnte, aber die Einladung wurde indigniert zurückgewiesen. Sir Gideon versicherte, lieber würde er sich an der Zunge über die Alpen schleppen lassen.

Die Zeremonie beim Papst in Rom fand etwa einen Monat nach der Rückkehr der Zwillinge aus Heidelberg nach England statt. Die beiden und ich hielten uns damals gerade in Anderland auf, wo ich an ihrem Doppelporträt arbeitete. Ich hatte es so konzipiert, daß die zwei Schach spielend an einem kleinen Tisch saßen – Ally in Rückenansicht, im Schatten, als Viertelprofil, Elly ihr gegenüber im Dreiviertelprofil. Das Licht fiel durch ein hohes Fenster zur Linken herein, und in einem Spiegel hinter Elly sah man das Gesicht ihrer Schwester. Das Ganze fand in einem Raum von Boxall Hill statt, der von der Familie ›Marmorhalle‹ genannt wurde und in dem sich gewöhnlich keinerlei Möbel befanden, dessen Wände jedoch ringsum mit riesigen Spiegeln verkleidet waren. Zunächst waren mir mit dieser komplizierten Komposition diverse falsche Ansätze unterlaufen, aber jetzt ging es zügig voran. Ich malte wie besessen bei Tag und träumte von dem Bilde bei Nacht – merkwürdige Träume von dem Schachspiel: daß Ellys Bauern sämtlich zu Königinnen wurden, daß Allys König plötzlich das Schwert zog und anfing, sich wie wild zu verteidigen. Dabei war von dem Schachspiel selbst kaum etwas zu sehen, weil Allys rechter Ellbogen und ihre Schulter es diagonal abblockten, aber zwei der geschlagenen Figuren, ein weißer Springer und ein schwarzer Läufer, standen am Rand des Tisches, und der Fußboden der Marmorhalle, alternierende schwarze und weiße Fließen, führte das Thema des Schachspiels gewissermaßen fort.

Gewöhnlich kam Onkel Grischa herein, machte sich an allerlei zu schaffen – wischte etwa die Spiegel mit einem Schwamm an langem Stiel sauber – und verstrickte den jeweils posierenden Zwilling (ich nahm sie mir stets einzeln vor) in philosophische Diskussionen.

»Kunst ist eine Methode, die dingliche Welt in Beschlag zu legen. Man könnte es als ein Äquivalent zum Markierungsinstinkt der Tiere bezeichnen, welche Bäume oder Felsen mit dem Sekret ihrer Duftdrüsen besprühen, um ihr Territorium zu umreißen. Oder mit Urin. Von dort bis zu den großen Tieren der Renaissance, die ihr Prestige ›markierten‹, ist es nur ein Schritt.«

»Und was für ein Territorium markiert dann Picasso?« wollte Elly wissen.

Grischa ist schon auf dem richtigen Wege, fand ich, und mußte an die Adventskalender zurückdenken, die meine Mutter so gerne für mich aufstöberte, wenn sie konnte (damals waren sie gar nicht immer leicht zu bekommen): Kalender, auf denen sich während der Wochen, die auf Weihnachten zuführten, mehr und mehr kleine Türen öffneten. ›Markierte‹ ich meine Ansprüche an die Morningquest-Sippe durch diese Serie von Gemälden? Öffnete ich eine Tür nach der anderen?

Lulie platzte in den großen stillen Raum hinein und sah verstört und ärgerlich aus.

»Was gibt's, Tante Lulie?«

»Gideon hat angerufen. Er kommt heute noch her, mit Childers und Luke Rose. Er hat Bindehautentzündung und hat die Tournee nach Wien abgesagt. Er hat vor, eine Woche lang hierzubleiben.«

Grischa strahlte spontan vor Freude. »Eine Woche! Was für eine Freude! Ist lange her, daß wir ihn für länger als eine Nacht hier hatten.«

»Und dann auch noch Childers und Rose. Wie soll ich die alle füttern?«

»Wir gehen für dich einkaufen, Tante.«

Seit sie älter wurden, reicherten Lulie und Grischa ihre Diät von Zeit zu Zeit mit einem Hähnchen an. »Nicht, daß wir unseren Prinzipien untreu wären«, erklärte Lulie, »aber vegetarische Kost erfordert so viel Schnippelei.«

Die Zwillinge kauften liebend gern ein. Sie hatten sich aus Deutschland einen großen Wagen mitgebracht, mit dem sie lässig nach London und wieder zurückfuhren. Sie hatten darin auch schon Dachverstrebungen und Stützbalken aus Crowbridge herangeschafft und damit höchst kompetent den Tunnel fertiggestellt. Und nach vielen Telefongesprächen mit Toby, der jetzt fast ebenso unzugänglich war wie früher seine Schwester Selene, waren sie jetzt damit beschäftigt, den Baumpavillon in eine Gedenkstätte für Mariana und Selene zu verwandeln.

Ein Kranz gewölbter, transparenter Blütenblätter – wie die einer Tulpe – umstanden einzeln den Mittelpunkt des Gehäuses, wo eine gläserne Gedenktafel senkrecht aufgestellt werden sollte. Sie wurde von einer von Selenes Freundinnen angefertigt, einer ehemaligen St. Martins Schülerin, die sich durch ihre erlesenen Glasziselierungen einen Namen machte.

»Mascha hat versprochen, sie würde noch diese Woche mit der Tafel fertig. Dann können wir sie also aufstellen, während der alte Gid in Anderland ist. Das wird ihn freuen«, meinte Ally.

»Ach, den armen alten Gid freut heutzutage kaum noch was. Der wird ein richtiger oller Miesepeter«, meinte mitleidig Tante Lulie, die selbst um die Achtzig war und der man seit Selenes Tod ihr Alter auch immer mehr ansah. Ihre Energie jedoch und ihr Interesse waren ungebrochen. Sie fiel noch immer wie ein Eichhörnchen über die Tageszeitungen her und schnitt neue Artikel aus: politische Aufsätze, literarische Rezensionen, Photos, Karikaturen. Immer noch schickte sie sie bündelweise mit der Post ab. Ich wußte inzwischen, daß sie an einen Vetter in San Francisco gingen.

»Schickt der dir eigentlich auch mal irgendwas als Antwort?« fragte ich einmal. Er war, wie es schien, Chefarzt eines großen psychiatrischen Krankenhauses.

»Nie! Aber der war schon immer so ein armer *nudnik* von einem Burschen, auch schon, als wir gemeinsam aufwuchsen. Der hätte es nie im Leben zu was gebracht, wenn ich ihn nicht dauernd ein bißchen getriezt, ihm nicht ein paar Ideen in den Kopf gesetzt hätte. Zu mehr langt es bei dem nicht, der arme *schlemiel.*«

Als Sir Gideon eintraf, mußte er sich einen Reporterschwarm der lokalen Presse vom Leibe halten, die sämtlich erpicht waren auf persönliche Aussagen über seine neue Glaubensrichtung und seine künftigen Absichten: Würde er der Messe in der winzigen katholischen Kirche des Ortes beiwohnen oder der in der größeren von Crowbridge, die fast Kathedralenformat hatte? Hatte er vor, in Boxall Hill eine Kapelle zu bauen? Was hatte der Papst zu ihm gesagt? Oder er zum Papst? Wie waren seine Ansichten zur Abtreibung, zur Empfängnisverhütung, zur römisch-katholischen Messe, zu weiblichen Priestern?

Gideon parierte der Meute mit seiner gewohnten Liebenswürdigkeit und mit dem Lächeln eines Heiligen.

»Er war geradezu verpflichtet, Katholik zu werden. Um sich für die Seligsprechung zu qualifizieren«, zischte Elly mir ins Ohr. »Siehst du nicht förmlich St. Gideon die Seite eines spätgothischen Portals zieren?«

»So hab ich ihn schon immer gesehen.«

Aber kaum war er im Hause, da fielen Eleganz und Leichtigkeit von ihm ab, und er war nur noch alt, fragil, müde, nichts als Knochen und Muskeln, überzogen von runzliger Pergamenthaut. Nach seinen Wünschen gefragt, antwortete er unbestimmt oder gar nicht. Immer war er weit fort mit seinen Gedanken, redete mich manchmal als Selene an, manchmals als Sidonie. Childers und Onkel Grischa kümmerten sich unauffällig jede Minute des Tages um ihn. Meistens lag er auf einer Chaiselongue in seinem großen, kahlen Schlafzimmer, wo ständig ein Holzfeuer brannte, und hörte das Dritte Programm. Den größten Teil der Zeit döste er vor sich hin.

Aber er war doch – wie Ally es prophezeit hatte – erfreut und ein wenig aufgerüttelt, als er von der Gedenkstätte für seine Frau und seine Tochter hörte. Da das Wetter ruhig und schön war, schlurfte er gern an den frühen Abenden hinaus, am Grenzgraben entlang, um die geschwungene, von Schlüsselblumen duftende Bergwiese herum, und setzte sich auf die weiße Eisenbank am Rande des Stechpalmenwäldchens. Von hier aus starrte er dann unverwandt über die weite, leere Landschaft hin oder auch hinauf auf das Plexiglasgebilde, das jetzt geheimnisvoll zwischen den dunklen Bäumen schimmerte. Was er wohl dachte, fragte ich mich immer wieder.

Manchmal kamen die Zwillinge und spielten ihm auf ihren Geigen Bach vor. Er schien ihnen jetzt geneigter zu sein als früher, vielleicht, weil der lästige Dave verschwunden war. Vielleicht hatte er aber auch einfach nur vergessen, wer sie waren. Von allgemeinen Unterhaltungen nahm er wenig Notiz und beteiligte sich auch nicht daran, außer wenn es um Musik ging. Dann aber wurde er plötzlich diktatorisch. Wenn etwa Elly beiläufig bemerkte: »Ich hab die A-Dur-Sonate nie so gern gemocht wie die in E-Dur«, dann erklärte er gebieterisch: »Es kommt nicht darauf an, ob du sie magst oder nicht. Bei der Musik besteht deine Aufgabe darin, sie zu kennen.«

»Man muß das alte Monster respektieren«, gab Ally zu.

»Es ist interessant zu sehen, wie er sich förmlich ausdehnt und wieder zusammenzieht«, bemerkte Onkel Grischa. »Wenn eine Sache seine Aufmerksamkeit erweckt, dann kann er sich bisweilen ausweiten, fast bis zu seiner vollen früheren Fülle. Und dann wieder schrumpft er zusammen auf die Größe einer Erbse! Es ist eine traurige, aber sehr heilsame Erfahrung, zu beobachten, wie ein Organismus, der früher dein gesamtes Liebespotential total in Anspruch nahm, so sehr die Fähigkeit verlieren kann, überhaupt Liebe zu absorbieren. Wie ein Schwamm, der sich in einen Stein verwandelt.«

»Oh, Onkel Grischa. Hast du ihn denn früher so total geliebt?«

»Unverbrüchlich. Mit jeder Faser meines Wesens. Er hatte so viel für mich getan. Und eine Liebe wie die, das ist ein Prozeß der Verwandlung, ist wie eine chemische Reaktion: Man ist hinterher nicht mehr derselbe Mensch.«

Hatte ich schon einmal jemanden derartig geliebt? Mariana? Tom? Viele Menschen – wohl die meisten, dachte ich – werden nie in ihrem Leben durch eine solche Metamorphose geschwemmt. Und was hatte denn Gideon wohl an sich gehabt, ein solches Ausmaß an Ergebenheit auszulösen? Seine eigene Ergebenheit der Musik gegenüber? Ein eher kühler, wenig liebenswerter Charakterzug, wollte mir scheinen.

Wenn Pläne für Marianas Gedenkstätte besprochen wurden,

dann wuchs Sir Gideon augenblicklich wieder zu alter Dimension und Größe empor und zeigte an sämtlichen Details durchaus reges Interesse. Er bestand sogar darauf, die gewundene Holztreppe, die sich ins Herz des Dickichts emporwand, hinaufzusteigen (gestützt von Childers und mit dem besorgten Grischa hinter sich), um die Plexiglasblütenblätter und die für die Gedenktafel vorgesehene Stelle zu begutachten.

Was für ein Glück, mußte ich denken, daß Colonel Venner ein für allemal aus dem Wege war, weit fort im Westen des Landes. All diese unliebsamen Aktivitäten, all die Leute, die hier die Wendeltreppe hinauf- und hinuntertrampelten, hätten Sir Worseley in schönste Raserei versetzt. Obwohl die Treppe selbst inzwischen wohl kaum mehr seinen Zorn erregt hätte. Sie war zu einem sanften Grau verwittert. Um so sicherer hätten es bestimmt die glänzenden Blütenblätter der Kuppel geschafft, die zwischen den dunklen, schwankenden Ilexwedeln blitzend die milde Maisonne auffingen und reflektierten.

Toby und Barney hatten versprochen, zum Wochenende nach Anderland herunterzukommen. Wir planten eine kleine Familienzeremonie, bei der die Glasplatte aufgestellt werden sollte. Dolly telegraphierte aus Los Angeles: Sie bedauerte, nicht kommen zu können, und schickte gute Wünsche.

Niemand hatte – natürlich – mit Dan gerechnet. Denn der arbeitete wie eine Termite, wie ein Maulwurf, ein Biber, ein Präriehund, grub in alle Richtungen gleichzeitig und produzierte Stories, ›Menschliches-Zwischenmenschliches‹: in der Presse, der nationalen, täglichen, wöchentlichen und lokalen; im Radio, lokal und national; und natürlich auf jedem verfügbaren Fernsehkanal.

Die Glockenblumen im Wäldchen waren bald von ungebetenen Neugierigen und sensationslüsternen Photoreportern zu einer feuchtgrauen Masse zertrampelt. Schon tagelang vor der Zeremonie mußten wir darauf achten, die Haustür verschlossen zu halten und die Schafe in der hintersten Ecke des Obstgartens hinter elektrischem Draht einzusperren, sonst hätte mit Sicherheit irgendeiner von den Presseleuten das Gatter offengelassen, und sie wären auf den Fahrweg entwischt.

Es wimmelte nur so von Reportern.

»*Schtinkt fun kop!*« brummelte Lulie. Wen sie genau damit meinte, tat sie nicht kund.

Am Tage der Zeremonie war eine ganze Batterie von Pressekameras auf Sir Gideon gerichtet, als er, gestützt von Barney, wieder die gewundene Treppe hinauftaperte und oben die von Lulie gestiftete *schmate* entfernte (ein riesiges Stück vergilbter Mechlinspitze, das wir denn doch lieber benutzt hatten als die rotblaue Patchworkdecke, ein Artefakt der dicken Topsy, das diese hoffnungsvoll angeboten hatte), und darunter die schmale Glastafel enthüllte und sie den launenhaft blinkenden Sonnenstrahlen preisgab. Barney ließ den Pfropfen aus einer Champagnerflasche knallen, und funkelnde Schaumtröpfchen sprühten zwischen die Stechpalmenblätter. Im selben Moment, nur viel lauter, erschreckte ein Gewehrschuß die Saatkrähen im nahen Kastanienwäldchen. Etliche Zuschauer schrien auf, und das Glas der Gedenkplatte splitterte in tausend Stücke.

Es war ein schier unglaubliches Glück, daß niemand von den Leuten, die auf der Plattform standen, verletzt war – außer Toby, der sich eine leichte Schnittwunde am Wangenknochen zugezogen hatte. Sir Gideon, der der Glastafel am nächsten gestanden hatte, trug glücklicherweise eine große Sonnenbrille, die sein Gesicht schützte.

Dan, der unten das Bow-Bells-Fernsehteam dirigierte, konnte sich geistesgegenwärtig auf den Schützen werfen, der – natürlich – niemand anders war, als der alte Colonel Venner. Der war durch die vielen vorausgegangenen Zeitungsberichte auf das Ereignis aufmerksam geworden und war von Torquay heraufgekommen; frühmorgens um sechs war er losgefahren.

Die örtliche Polizei (ohnehin zur Stelle, um die Ordnung zu

wahren) packte ihn sofort, entwand ihm sein Gewehr, während er sich, wüste Beschimpfungen ausstoßend, mit Händen und Füßen wehrte und um sich schlug.

Der Hauptgrund seiner Verstörtheit war anscheinend, daß er die Morningquest Familie für den Tod seiner Frau verantwortlich machte. Ein völlig veränderter Mensch sei sie gewesen, nachdem sie Aviemore verlassen hätte. Und es gäbe keine Gerechtigkeit in einer Welt, die der einen Frau ein Mordsding von gläserner Bücherstütze in einem Baum aufstellte, während eine andere, die in den Augen des Himmels genausoviel wert war, unter einer Lage Granitsplittern in Torquay läge!

»Verdammte Blutsauger!« schrie er, und sein schütteres weißes Haar flog ihm um den Kopf, und die rauhen, roten Wangen glänzten von Schweiß. »Verdammte Kindsräuber! Ihr braucht bloß mal unter der Steineiche da zu graben – das reicht schon! Werdet schon sehen, was ihr da findet! Da wird euch das Lachen vergehen! Werdet schon sehen! Ihr Ungeheuer! Geldsäcke! Mörder!«

Und immer von neuem, und immer das gleiche. Und natürlich war alles das Wasser auf die Mühlen der Medien.

Und gar noch, als Colonel Venner, in Gewahrsam genommen, mit seinen wilden Beschuldigungen fortfuhr und die Behörden hartnäckig beschwor, den Boden des Stechpalmenwäldchens aufzugraben, wo man, wie er versicherte, die Leichen des halben Dutzend Kindern finden würde, die während der letzten sieben Jahre in Floxby verschwunden waren.

Der Polizeidirektor, ein freundlicher, gewissenhafter Mann namens Witherspoon, suchte Sir Gideon auf. Er war in größter Verlegenheit wegen der ganzen Angelegenheit.

»Mein lieber Mann«, sagte Sir Gideon – es war wundervoll, wie eine solche Krise seine geistigen Kräfte mobilisierte und ihn stracks auf den Boden der Tatsachen zurückholte –, »mein lieber Mann, natürlich müssen Sie graben, wo es nun einmal all dieses Gerede gibt. Graben Sie, so tief Sie wollen und wo Sie wollen. Ich fürchte, es sieht ganz so aus, als ob der arme Colonel Venner seit dem traurigen Tod seiner Frau ein wenig die Balance verloren hat. Aber selbstverständlich müssen derartige Behauptungen ernstgenommen werden.«

»Natürlich sind ja nicht ein halbes Dutzend Kinder in Floxby abhanden gekommen, Sir. Bloß eins. Und dann diese unbestätigte Meldung über ein Kind fahrender Leute vor ein paar Jahren. Allerdings wurden etliche Babys böswillig aus ihren Kinderwagen entfernt und dann an anderer Stelle wiedergefunden. Und es sieht ja immerhin tatsächlich so aus«, fügte Witherspoon betreten hinzu, »als ob der Boden in Ihrem Wäldchen vor nicht allzu langer Zeit aufgewühlt worden ist.«

»Ja, dann graben Sie, mein lieber Freund! Graben Sie, was das Zeug hält!«

Und so gruben sie. Sie gruben und gruben.

»O weh, unsere armen Glockenblumen!« jammerte Tante Lulie, als immer mehr der weißen, wuchernden Knollen bloßgelegt wurden.

Am Ende hatten sie den gesamten Boden unter den Bäumen umgegraben, aber finden taten sie nichts außer ein paar Hunde- und Pferdeknochen und einem feuchten, grau durchweichten, wollenen Etwas, von dem sich bei der Untersuchung im Polizeilabor herausstellte, daß es ein Babyschuh von ehemals rosa Farbe war. Er wurde der armen Ginge Buckley gezeigt, aber sie beteuerte, ihn nicht zu kennen.

An diesem Punkt fühlte ich mich verpflichtet, meine Geschichte zu erzählen, wie ich Mrs. Venner verstört und verwirrt herumsuchend im Wäldchen angetroffen hatte; und daß sie ihren Einkaufskorb auf Rädern bei sich gehabt hatte. Und auch, daß ich später das Weinen eines Kindes zu hören geglaubt hatte, das aus dem Hause der Venners drang.

Die Polizei war höchlich interessiert.

»Können Sie diese Beobachtungen wohl datieren?«

»Ja, das kann ich«, erwiderte ich nach einigem Nachdenken. »Es war im Spätwinter, und es war der Tag, an dem der Gipsverband von meinem Bein abgenommen wurde. Vor fünf Jahren. Das Krankenhaus müßte doch noch Unterlagen darüber haben, meine ich. Es war ein Mittwoch. Ich weiß das noch, weil ich zu der Zeit hier in Boxall Hill wohnte, und am nächsten Tag sollte ich wieder fort, am Donnerstag.«

Und wir veranstalteten an jenem Abend ein Abschiedsessen, dachte ich bei mir. Und es war das letzte Mal, daß ich Mariana sah – sie lebend sah.

»Wir danken Ihnen, Miss Crumbe. Das ist äußerst hilfreich.«

An jenem Tag, so wurde durch Recherchen in den Polizeiakten entdeckt, war vor dem kleinen Geschäft eines Gemüsehändlers im Crowbridge Lane ein Baby aus seinem Kinderwagen entwendet worden, war aber sieben Stunden später auf der Treppe des Rathauses wieder aufgefunden worden – durchnäßt, hungrig aber unversehrt, in einem Pappkarton. Was für ein Karton? Einer, der zuvor ein Dutzend Flaschen australischen Rotweins enthalten hatte.

Ich fragte mich, ob die Venners wohl kartonweise australischen Wein kauften? Und dann spitzte ich die Ohren bei dem, was Witherspoon Sir Gideon gerade erzählte:

»Im Hinblick auf die äußerst prekären Anschuldigungen seitens des Colonels, Sir Gideon, hatten wir ebenfalls daran gedacht, den Garten von Aviemore aufzugraben. Ich habe auch bereits mit Ihrem Sohn, Mr. Daniel Morningquest, darüber gesprochen. Aber er sagt mir, daß der Garten, als er das Haus kaufte, durch Maulwürfe derartig verwüstet gewesen sei, daß er als erstes nach seinem Einzug eine Firma für Garten- und Landschaftsgestaltung beauftragt habe, die gesamte Fläche zu sanieren. Man habe den Boden bis zu einer Tiefe von zwei Metern ausgehoben und dann Maschendraht über die Oberfläche gelegt. Und die Leute haben dabei ja anscheinend nichts gefunden, sonst wären wir doch informiert worden. Natürlich habe ich mich mit der Firma in Verbindung gesetzt – Pedigree Plots.«

O du schlauer Dan, dachte ich bei mir.

»Also«, meinte Barney, der ein paar Tage in Boxall Hill blieb, um seinem Vater zur Seite zu stehen, »es sieht ja ganz so aus, als ob Lady Venner die Kindsräuberin gewesen sein könnte. Sie war ja auch in ihrer letzten Zeit hier wirklich ein bißchen sonderbar. Ich weiß noch, wie sie einmal meine Mutter anschrie, als sie sich in der Einfahrt begegneten, große Familien seien so entsetzlich vulgär! Lediglich sinnloser Quatsch natürlich, aber doch sehr boshaft. Ich nehme an, immer, wenn der Colonel entdeckte, daß sie ein Baby geklaut hatte, versuchte er, es unauffällig zurückzubringen. Ich möchte mal wissen, ob sich irgendwas Ähnliches ereignet hat, nachdem sie nach Torquay umgezogen sind?«

Dies veranlaßte Witherspoon, sehr nachdenklich dreinzublikken.

»Ich werde das durch unsere Kollegen dort überprüfen lassen. Aber in der Zwischenzeit, Sir Gideon – was erwarten Sie von uns, wie sollen wir mit dem Colonel verfahren? Schließlich waren Sie es, auf den er geschossen hat. Und Ihre Glasplakette ist zerbrochen. Wollen Sie Anklage erheben?«

An diesem Punkt verfiel Sir Gideon wieder in sein Gebaren eines Heiligen.

»Aber nein, nein, nein, mein Lieber. Schließlich hat er ja nicht auf mich gezielt. Er meinte die Gedenktafel, sehen Sie das nicht? Ich bin sicher, es steckte nichts Persönliches dahinter. Es war einfach wie das Schießen auf eine Zielscheibe. Bestimmt. Ich hege keinerlei feindselige Gefühle gegen den armen Kerl.«

»Nun komm schon, Gid«, entgegnete Barney. »Er feuert auf dem Grundstück eines anderen – auf deinem – eine Waffe ab! Das ist ja wohl immerhin Hausfriedensbruch.«

»Und Widerstand gegen die Staatsgewalt«, ergänzte Witherspoon.

Aber Sir Gideon blieb hart. »Der Mann hat schon genug gelitten. Und – so sagten Sie doch – er befindet sich im Zustand geistiger Verwirrung, müßte also in Gewahrsam genommen werden?«

»Jawohl, Sir, man hat ihm Beruhigungsmittel verabreicht, und wir haben ihn fortgeschafft nach Chidgrove.«

Chidgrove war die örtliche psychiatrische Klinik.

»Nun, dann lassen Sie ihn doch dort bleiben, bis es ihm besser geht. Ich jedenfalls werde bestimmt nicht Klage gegen ihn erheben, das wäre nicht gutnachbarschaftlich.«

»Er ist doch gar nicht mehr dein Nachbar!« fauchte Barney.

Witherspoon schien halb erleichtert, halb frustiert. »Sehr gut, Sir Gideon. Wenn Sie so darüber denken... Wir müssen uns ohnehin mit genügend weit schlimmeren Verbrechen herumschlagen. Ich halte Sie auf dem laufenden bezüglich künftiger Entwicklungen.«

»Gut, gut«, sagte Sir Gideon abwesend, und an mich gewandt: »Sidonie, könntest du wohl so nett sein und mir die Partitur von ›Das Lied von der Erde‹ holen? Ich glaube, du findest sie im Musikzimmer.«

Ich nickte, ging davon und fragte mich, welcher der Räume in Anderland wohl als Musikzimmer bezeichnet wurde. Denn tatsächlich wurden sie alle zum Musizieren benutzt.

In der Diele sagte Barney zu mir: »Pandora, könntest du vielleicht für einen Monat oder so Mog hüten? Ich möchte nach Dänemark fahren und dort ein paar Leute besuchen. Und Mog kennt dich, er mag dich...«

»Nein, tut mir leid, ich kann nicht«, sagte ich kurz angebunden. »Ich fahre selbst weg.«

16

Ich hatte mein Bild ›Das Schachspiel‹ zu einem schottischen Porträtwettbewerb angemeldet. Aus verschiedenen Gründen lag mir daran, Kontakte in Schottland aufrechtzuerhalten. Und da ich zwei Jahre lang Studentin an einer schottischen Akademie gewesen war, war ich berechtigt, an dem Wettbewerb teilzunehmen.

Einer der Gründe, weshalb ich gern wieder einmal dorthin fuhr, war meine Anhänglichkeit an Mrs. Dalgairns. Für mich bedeutete sie die Verbindung zu Tom. Ich unterhielt immer noch einen Briefwechsel mit ihr. Sie vermißte ihren Oe, der mit Dolly nach Los Angeles zurückgekehrt war, schmerzlich. »Dieses Los Angeles, das klingt mir sehr nach einem unseligen Ort«, schrieb sie bedrückt. In einem anderen Brief hatte sie mir etwas mitgeteilt, das mich besonders interessierte. »Ich hab im Fernsehen einen Menschen gesehen, der sah genau so aus wie Dein bärtiges Bild, das Du mir mal gezeigt hast unter Deinen schönen Zeichnungen. Das war die Eröffnung von einem ganz neuen Hospiz für sterbende Leute. Er war einer von der Obrigkeit auf dem Podest, aber geredet hat er nicht. Aber ähnlich gesehen hat er Deinem Bild wie eine Erbse der anderen.«

Merkwürdigerweise hatte Grischa dasselbe Programm gesehen und genau dasselbe gesagt.

»Ich sah da dies Gesicht, das mit sehr bekannt vorkam. Und da fiel mir ein, das war der Mann, den ich beim Begräbnis deiner Mutter mit dir hatte sprechen sehen. Der, den du dann später aus dem Gedächtnis gezeichnet hast. Ich möchte behaupten, es war definitiv derselbe Mann.«

Ich wußte, Grischa hatte ein bemerkenswertes Gedächtnis für Gesichter. Es war höchst unwahrscheinlich, daß er sich irrte. Und Mrs. Dalgairns bestimmt ebensowenig.

So brachte ich denn ›Das Schachspiel‹ nach Edinburgh, hoffnungsvollen Herzens. Ich reiste mit dem Zug. Im Gegensatz zu anderen Mitgliedern der Morningquest-Sippe, für die Autofahren so selbstverständlich wie Atmen war, hatte ich nie den Wunsch nach einem eigenen Wagen gehabt, obwohl ich fahren konnte, wenn es sein mußte.

Ich wohnte bei den Bagrations, die freundlich und gastfrei waren wie stets, und nachdem ich mein Bild an seinen Platz an der überfüllten Wand begleitet hatte, fuhr ich mit dem Bus weiter, um einen Abend bei Mrs. Dalgairns in St. Vigeans zu verbringen.

Ich fand sie in entsetzlich niedergeschlagener Verfassung vor.

»Ach je, deine Dolly und mein Oe, die haben jetzt untereinander beschlossen, daß sie am Ende doch nicht zusammenpassen. Du liebe Güte, das hätt ich denen gleich zu Anfang sagen können!«

»O weh«, sagte ich. »O weh, was für ein Jammer.«

Keine Verlautbarung über diese Entwicklung war bisher nach Anderland gedrungen.

»Wessen Schuld war es denn?« schrieb ich auf Mrs. Dalgairns' Block.

»Ach, wer kann das schon sagen? Aber du liebe Güte, ich bin ganz sicher, daß es nicht die Schuld von meinem Oe ist, denn ein gutartigerer Junge ist nie über unsere Straßen gewandelt. Das ist diese unselige Dolly. Sie ist auf und davon und hat Tom wegen so 'nem Tunichtgut sitzengelassen, den sie dort Filmdirektor nennen.«

Als ich das hörte, verspürte ich große Erleichterung. O ja, dachte ich, Dolly hatte schon immer einen Blick für die besseren Chancen! Und wenn sie Tom doch nur unablässig in Unternehmungen gedrängt hatte, die nicht seine Sache waren, dann würde er, auf sich gestellt, viel besser zurechtkommen.

»Vielleicht heiratet er eine nette amerikanische Frau«, schrieb ich hin, sozusagen als Beschwichtigung für die Götter des Unheils.

Aber Mrs. Dalgairns schüttelte nur noch kummervoller den Kopf. »Keine Chance! Nicht die geringste Chance! Denn er ist schnurstracks in ein Flugzeug gestiegen, das ihn nach Prag zurückgebracht hat. Das hatte er nämlich schon seit langem tun wollen, denn seiner Mutter geht's gar nicht gut.«

»Oh, das tut mir wirklich leid.«

»Und deine Dolly, die hat ja Prag nie besuchen wollen. Hat mich ja auch gar nicht gewundert«, meinte Mrs. Dalgairns mit jenem gefährlichen Aufblitzen ihrer Augen, »die hat nämlich gefürchtet, daß Toms Mutter – meine Tochter Elspie – und ihr Mann nicht vornehm genug wär'n für ihre feine Lebensart. War eben was Besseres, diese Dolly.«

»In dem Falle ist es ja gut, daß er sie los ist.«

»Hm, ja, weiß Gott, das stimmt. Aber was mich zu Tode ängstigt, das ist der Gedanke, daß Tom sich da in Prag schnurstracks in Politik oder so was einmischt, denn er ist ja ein rechter Heißsporn. Weißt du noch, wie er sich immer mit dem Dekan und dem Präsidenten angelegt hat?«

»Oje ... ich meine, ja, das weiß ich noch.«

Sie sah mich bekümmert an. Ich schrieb: »Meinen Sie, daß er lange in Prag bleibt? Oder wird er wieder hierher zurückkommen?«

»Womöglich ist das gar nicht so einfach, zurückzukommen. Könnt sein, er merkt plötzlich, daß er da festsitzt.«

»Haben Sie seine Adresse?«

»Ich schreib ihm über Elpsies Adresse.«

Ich notierte mir Elpsies Adresse, ohne eigentlich zu wissen, ob ich davon Gebrauch machen wollte. Zu viele Briefe aus dem kapitalistischen Westen waren vielleicht zu belastend für Tom und konnten ihn in Schwierigkeiten mit den Regierungsstellen bringen. Und außerdem wollte er vielleicht auch gar keinen Brief von mir.

Und doch – wie die Heldin in *Persuasion*, als sie hört, daß Captain Wentworth ein freier Mann ist – erfüllte mich Freude, jubelnde, sinnlose Freude!

Mrs. Dalgairns erzählte mir von ihren neuen Mietern, zwei ganz netten Jungen, die überhaupt keinen Ärger machten, sich ganz für sich hielten – bloß hätten sie die fürchterliche Angewohnheit, das Örtchen immer mit massenhaft . . . ja mit so was wie 'ner Art fusseligem Verbandmull aus der Apotheke zu verstopfen. Entzückt über ihre mittelalterliche Ausdrucksweise, versprach ich, mich nach dem Abendessen um das Örtchen zu kümmern, und nachdem ich das erledigt hatte, verbrachten wir einen gemütlichen Abend vor dem Fernseher. Es gab Dans Unterhaltungsshow ›Ein Abend mit Morning‹, und wir hörten Crusilla Fingers Dans neuen Song singen: ›Seeing-Eye Sunset‹. Merkwürdigerweise sang Dan seine Songs nie selbst, obwohl er eine recht gute Stimme hatte. Nach Crusilla interviewte Dan einen berühmten (oder berüchtigten) Kunstfälscher, Willy Brownrigg, der dabei sein Talent unter Beweis stellte, falsche van Goghs zu schaffen, womit er mich jedoch nicht überzeugte.

Mrs. Dalgairns war außerordentlich interessiert, Dollys Bruder zu sehen. »Herrjeh, da ist schon 'ne Ähnlichkeit«, meinte sie. »Um die Augen rum, finde ich. Und diese Crusilla, Pandora, die sieht ja gespuckt aus wie du.«

»Gott im Himmel, das stimmt ja! Aber das ist wohl zum Teil das Make-up und die Haarfrisur.«

Ich fragte mich, wer wohl dafür verantwortlich war. War das Dans Frauengeschmack? Oder war es reiner Zufall?

»Aber was für ein Schlitzohr der Mann ist!« meinte Mrs. Dalgairns. »Kann er nicht 'ne anständigere Art finden, sich seine Moneten zu verdienen?«

»Aber er verdient eine Menge Moneten auf diese Weise! Die Familie behauptet, er sei bereits Millionär.«

»Gott im Himmel, Mädchen, ist das eine ungerechte Welt!«

Am nächsten Tag fuhr ich wieder nach Edinburgh und erfuhr zu meiner größten Verblüffung, daß die Jury mein ›Schachspiel‹ als Gewinner des diesjährigen Wettbewerbs auserkoren hatte. Wie das die Zwillinge ergötzen würde! Ich mußte gleich nach Yokohama schreiben und es ihnen erzählen.

Es gab allerlei Brimborium, eine Präsentationsfeier und ein Mittagessen im Royal-Caledonian-Hotel. Das kam meinem Plan in die Quere, das St. Bernard's-Well-Hospiz aufzusuchen und noch ein, zwei andere Plätze, die ich mir als Fahndungsorte vorgenommen hatte. Auch hatte ich vorgehabt, mir wieder einmal mein Lieblingsbild anzuschauen, Raeburns ›Bildnis eines alten Herrn‹, der mit verschränkten Armen würdevoll über das Eis gleitet. Er erinnerte mich an einen längst vergangenen Tag auf dem St. Vigeans Moor.

Wie sich herausstellte, machte es nichts, daß ich das Hospiz verpaßte. Denn nach dem Mittagessen brachte man mich zur Ravelstone Hall zurück, wo die Ausstellung hing, weil dort vor meinem Bild ein Photo von mir gemacht werden sollte.

Und da stand, es versunken betrachtend, mein bärtiger Mann! Er war gealtert, ziemlich sogar, wie ich sofort feststellte. Sein Haar war grauer und schütterer, der Bart war fast weiß. Aber es war derselbe Mann – mit dem schmalen Gesicht, den grünlichen Augen –, da bestand nicht der leiseste Zweifel.

Als er die Photographen mit ihren Gerätschaften kommen sah, wollte er hastig aus dem Wege gehen, aber ich rannte auf ihn zu und packte ihn am Arm.

»O bitte, gehen Sie nicht!« bat ich ihn. »Ich möchte ... Ich möchte so gern mit Ihnen reden. Bitte, bitte, bleiben Sie!«

Er war zu Tode erschrocken. Und es war nur zu klar, daß er mich zunächst nicht erkannte. Da fiel mir ein, wie sehr sich mein Äußeres verändert hatte, seit wir uns zuletzt gesehen hatten, bei Mutters Begräbnis. Selbst noch, als ich sagte: »Ich bin Pandora Crumbe – Hélènes Tochter – wissen Sie nicht mehr?«, wirkte er nervös und mißtrauisch. »Gut ... dann sagen Sie mir wenigstens Ihren Namen und Ihre Adresse, damit ich mit Ihnen Verbindung aufnehmen kann.«

Da aber gab er nach und sagte, er werde warten.

»Es dauert auch höchstens ein paar Minuten«, sagte ich.

Und als die Photographen fertig waren und ihrer Wege gingen, da nahm ich ihn fest beim Arm und zog ihn nach draußen. »Lassen Sie uns irgendwo eine Tasse Tee trinken. Ich möchte gern ... Ich möchte ganz unbedingt etwas darüber hören, wie Sie damals mit Mutter verheiratet waren.«

Er warf mir einen verstörten Blick zu. »Das ist keine Geschichte für eine Teestube.«

Schließlich gingen wir in den Prince's Street Park und setzten uns dort auf eine Bank mit einem Blumenbeet davor.

Unentwegt beäugte er mich auf seine nervöse, angstvolle Art.

»Wie ist Ihr Name, bitte?« fragte ich ihn und hatte das Gefühl, er könne jeden Moment ausbrechen und wie ein gejagtes Wild vor mir fliehen.

»Murdoch. Ewart Murdoch.« Zögernd reichte er mir eine Karte mit der Adresse des St. Bernard's-Well-Hospiz.

Wie seltsam, dachte ich. Der Name Murdoch sagte mir überhaupt nichts – und doch hätte es meiner sein können. Ich hätte Pandora Murdoch heißen können, statt Pandora Crumbe. Dieser zappelige, unglückliche Mann hätte mein Vater sein können.

Plötzlich sah ich im Geiste meinen Vater vor mir – mit all seiner brüsken, diffamierenden Geringschätzung für das meiste, was mich interessierte – als eine doch recht kraftvolle Figur, verläßlich wenigstens, wenn auch nicht sonderlich freundlich.

»Wie haben Sie Mutter kennengelernt, Mr. Murdoch? Wann ist das gewesen?«

»Ach, das muß so 1949 oder 1950 gewesen sein. Ich war damals Theologiestudent, und sie studierte Sprachen an der Universität. Sie wohnte in einem Studentenwohnheim. Vorher hatte sie bei ihrem Vetter gelebt, der war Chirurg, aber er war kurz zuvor gestorben, ganz plötzlich, an einer Lungenentzündung. Und ... und sie und ich, wir fingen an, uns zu mögen.«

Hier verstummte er vollends. Schon bisher hatte er verklemmt und mit langen Pausen geredet.

»Wir haben geheiratet«, sagte er dann lakonisch.

Er war sehr blaß geworden. Seine Gesichtshaut unter der weißlichen Krause des Bartes war grauweiß. Er trug einen dunklen Anzug über einem Shetlandpullover. War dies seine Berufskleidung? Oder hatte er einen freien Tag? Vielleicht war er in dem Hospiz eine Art Verwalter?

»Sie waren Theologiestudent«, bohrte ich vorsichtig, »dann sind Sie also Geistlicher geworden?«

»Ja, richtig. Kurz bevor wir heirateten.« Und wieder verstummte er.

»Sie haben also geheiratet. Und wo haben Sie dann gewohnt?«

»Ich sollte ein kleines Haus bekommen, das gehörte zu der Predigerstelle. In Cramond. Aber zuerst wollten wir unsere Hochzeitsreise machen. Nach Nairn.«

Die Ortsnamen schienen für ihn wie Pfosten eines Geländers, an die er sich verzweifelt klammerte.

»Wie lange waren Sie verheiratet?« fragte ich.

»Bloß einen Tag.«

Schweigen breitete sich zwischen uns aus, während ich dies zu begreifen versuchte.

»Warum? Was ist passiert?«

Er starrte mich schweigend an und wand die Hände umeinander. Und ich fragte mich, ob er diese Geschichte wohl schon jemals jemandem erzählt hatte. Das Wetter hatte sich verschlechtert, es war empfindlich kalt und grau geworden. Ich schlotterte, denn ich war für England angezogen, nicht für Schottland. Ich wünschte, ich hätte mir eine Jacke mitgebracht, oder doch wenigstens einen dickeren Pullover. Da saßen wir Seite an Seite auf einer harten, schmalen Bank, und vor uns ein Beet voller Lupinen in grauenhaft schrillen Plastikfarben, pink, rot und gelb. Der düstere Himmel ließ sie nur noch greller erscheinen.

Endlich fuhr er fort: »Sie und ich wollten während unserer Flitterwochen in diesem kleinen Hotel wohnen, wissen Sie. Keiner von uns hatte irgendwie Familie. Es gab nur uns beide. Meine Mutter und mein Vater waren schon seit ein paar Jahren tot. Und ihr Vetter war ja auch gerade verstorben.«

»Dadurch – nehme ich an – schlossen Sie sich gewissermaßen noch enger aneinander?«

»Na ja«, meinte er unsicher, »so könnte man es nennen, glaube ich. Das taten wir wohl.«

»Und dann?«

»Und dann ... Und dann ... Wir nahmen unser Abendessen ein und gingen nach oben ins Bett ... in unser Zimmer. Und Hélène setzte sich aufs Bett und fing an zu weinen, und sie sagte, es gäbe da was, das müsse sie mir sagen ... mir sagen, bevor wir irgend etwas täten. Sie war schon während des ganzen Essens so still und blaß gewesen.«

In seinem Gesicht arbeitete es. Die Knochen unter dem grauweißen Bart zuckten auf und ab, gerieten ganz außer Kontrolle. Ich kam mir vor wie ein Ungeheuer, daß ich immer noch weiter in ihn drang, nach weiteren Details bohrte, aber ich war nun einmal entschlossen, die ganze Geschichte aus ihm herauszuquetschen.

»Ja?«

»Dieser Vetter von ihr, der Chirurg Mark Taylor, der in jedermanns Augen ein so guter, freundlicher, besonnener und respektabler Mensch war, von all seinen Kollegen bewundert und hoch angesehen ... der hatte das damals alles arrangiert, daß Hélène aus ihrer Schule in der Schweiz nach England übersiedelte. Er selbst war Österreicher ...«

»Ja?«

»Und die ganze Zeit über, so erzählte sie mir dann ... seit sie angekommen war... im Alter von zwölf Jahren, das stellen Sie sich mal vor!... hat er sie mißbraucht. Aufs schändlichste. Sie hat mir Dinge erzählt... entsetzliche Dinge, daß mir schlecht wurde... richtig schlecht! Ich könnte sie nicht wiederholen. Es war mir so unerträglich. Und sie war doch noch ein kleines Mädchen... Und niemand da, an den sie sich wenden konnte! Ihre Eltern vor langer Zeit in Europa gestorben, sie wußte nicht mal, wo ungefähr sie begraben sein konnten. Und das Ganze ging über Jahre. Jahre!«

»Warum hat sie denn nicht... Warum, um alles in der Welt...? – Nein. Ich versteh schon, warum.«

Und ich stellte sie mir vor, wie sie verbissen durchhielt, einzig darauf bedacht, ihre Ausbildung zu beenden, koste es, was es wolle. Wie sie davor zurückschreckte, es Lehrern oder anderen Autoritätspersonen zu erzählen, aus Angst, daß man ihr nicht glaubte, aus Angst, auch noch das bißchen Sicherheit zu verlieren, das sie besaß. Mark Taylor war ein bekannter, hochgeachteter Mann. Wessen Geschichte also hätten sie geglaubt? Und das Ganze war zwanzig Jahre her... länger. Selbst heute noch waren solche Dinge Gegenstand entsetzten Gewispers, sie wurden nicht öffentlich erörtert. Wie wäre es erst damals ausgegangen?

»Wie grauenhaft. Wie grauenhaft. Arme, arme Hélène.«

Tränen strömten jetzt an Ewart Murdochs Wangen herab. Er wand sich in Seelenqualen.

Ich wollte ihm helfen, ihn in den Fluß der Ereignisse zurückbringen, und fragte deshalb: »Und konnten Sie sie denn überhaupt... Ist es Ihnen gelungen, sie zu trösten?«

Da schluchzte er laut auf. »Nein. Nein! Das ist ja das Schlimmste von allem! Nein, ich habe sie nicht getröstet! Ich war bloß entgeistert und entsetzt! Ich prallte vor ihr zurück, als ob sie unrein wäre. Und das war sie nach meinem Verständnis ja auch – sie war unrein! Ich erklärte ihr, daß unsere Heirat eine Lüge sei, eine stinkende Lüge, daß ich nie ein gutes Wort für sie eingelegt hätte, wenn sie mir das alles vorher erzählt hätte. Ich war in tiefster Verzweiflung. Und rasend vor Zorn. Ich fuhr in meine Kleider, verließ das Zimmer, rannte aus dem Hotel und lief die ganze Nacht durch die Straßen. Oh, ich schäme mich jetzt so furchtbar! Ich – ein Prediger des Herrn – ich war so schmachvoll gestrauchelt! Ich begriff damals ganz und gar nicht, daß es meine Aufgabe gewesen wäre, sie zu trösten, wenn ich es konnte, oder wenigstens mit ihr über ihre Kümmernisse zu reden. Ihr zu sagen, daß es nicht ihre Schuld war. Ich habe versagt ... ich habe versagt! Oh, ich bin ein schwacher, wertloser, kleinmütiger, nutzloser Mensch!«

Allmählich war ich regelrecht wütend auf ihn: Ich fand, er sollte sich jetzt mal lieber weniger über seine eigene Unzulänglichkeit auslassen als viel mehr über die seelische Verfassung der unglückseligen Hélène. Wie war ihr wohl zumute gewesen, in ihrer Hochzeitsnacht derartig kaltgestellt zu werden, nachdem sie ihm vertrauensvoll ihre Geschichte erzählt hatte?

Obwohl ... soviel stand fest, sie hatte den Zeitpunkt auch nicht sehr taktvoll oder taktisch gewählt. Sie hatte sich wirklich einen unpassenden Moment ausgesucht, all das Schreckliche herauszuschleudern, das zu verschweigen ihr immerhin so lange Zeit gelungen war. Aber sie war ja damals noch ein Mädchen – wie alt? Neunzehn? Zwanzig? Eine Waise, eine Fremde.

Plötzlich hörte ich wieder Marianas Stimme sagen: »Deine Mutter hat mir erzählt, daß einmal in ihrer Vergangenheit ein totales Desaster über sie hereingebrochen sei durch eine indiskrete Enthüllung, die sie gemacht hätte.« Und danach hatte Mariana etwas über Hélènes Beziehung zu meinem Vater gesagt – wie zutiefst sie gestört gewesen wäre durch Hélènes Verschlossenheit.

O ja, dachte ich. O ja! Verständlich, daß es so war. Nachdem sie einmal erfahren hatte, welche Kalamitäten sich daraus ergaben, daß sie alles ausgeplaudert hatte, mußte sie sich fortan ja nach Kräften hüten, je wieder eine solche Indiskretion zu begehen. Sie würde doch denselben Fehler nicht zweimal machen! Also verschanzte sie sich hinter undurchdringlicher, zugeknöpfter Verschlossenheit.

»Was passierte dann?«

»Am Morgen ging ich zum Hotel zurück, hatte vor, meine Sachen zu packen und wegzufahren, ohne sie noch einmal zu sehen, wenn es möglich war. Aber sie war selbst schon gegangen, hatte ihre eigenen Sachen zusammengepackt und war fort. Ich habe sie nie wiedergesehen.«

»Sie haben sie nie wiedergesehen?«

Er schüttelte den Kopf, schluckte und blinzelte. »Damals war ich so erleichtert! Ich sagte Ihnen ja ... ich betrachtete sie als etwas Schmutziges, Schändliches, als etwas, das man hinausfegen und schleunigst in den Kehreimer schaufeln mußte. Ich wußte gar nicht, wie ich ihr überhaupt hätte in die Augen sehen sollen! Als ich daher feststellte, daß sie fort war, da war das für mich wie ein tiefer Atemzug in süßer, frischer Luft.«

Ich saß stumm da und wünschte mir eigentlich nur, er möge einfach verschwinden. Ich mochte nicht länger mit ihm sprechen.

Dann aber fuhr er aus eigenem Antrieb fort: »Na ja, dann kriegte ich einen Brief von irgendwelchen Anwälten, in dem stand, daß ihre Klientin, Miss Taylor – sie hatte den Namen ihres Vetters angenommen, als sie nach England kam, und er, vermute ich, hat seinen aus irgendeiner europäischen Version umgemodelt ...«

Ich nickte. Ich wußte das.

»... Miss Taylor wünschte, die Ehe solle aufgelöst werden, da eine sexuelle Vereinigung zwischen uns nicht stattgefunden habe. Und so wurde die Ehe annulliert. Das war überhaupt kein Problem. Und ich sah sie niemals wieder. Aber ungefähr ein Jahr später las ich in einer schottischen Lokalzeitung zufällig die Nachricht über ihre Eheschließung mit einem Mr. Crumbe. Und daß er Veterinär war, und daß sie in irgendeine Stadt in England zögen. Und später – viel später – reiste ich gelegentlich in jene Stadt. Nicht, um sie wiederzusehen. Nein. Sehen tat ich sie nie. Aber ich suchte mir den Namen Crumbe im Telefonbuch heraus – bloß um zu sehen, ob sie noch dort wohnte. Ein- oder zweimal habe ich die Nummer angerufen. Bloß um ihre Stimme ›Hallo‹ sagen zu hören. Dann legte ich den Hörer wieder auf. Und ich ließ mir die Lokalzeitung per Post zusenden. Auf diese Weise konnte ich ein wenig mit ihr in Verbindung bleiben. Denn öfter mal wurde sie irgendwie erwähnt, ihr Name in irgendeiner Liste von Damen bei einer Zusammenkunft.«

»Sie fühlten sich schuldig«, sagte ich tonlos.

»Tja. Wird wohl so gewesen sein.«

»Sie wollten sich selbst beruhigen, daß Sie ihr keinen bleibenden Schaden zugefügt hätten. Weil Sie wußten – Sie müssen das gewußt haben –, daß Sie an ihr ein ebenso großes Verbrechen begangen hatten wie der andere Mann.«

Seine traurigen, blutunterlaufenen, grünlichen Augen sahen mich an.

»Tja«, sagte er wieder, »ich glaub, so ungefähr kann es wohl gewesen sein. Aber – dem Herrn sei Dank – es scheint ja, als hätt ich ihr kein Leid zugefügt. Sie war in ihrer Stadt eine wohlangesehene, bekannte Person. Und als sie starb, hatte sie ein großartiges Begräbnis – viele Freunde. Und eine gute Ehe mit Ihrem Vater.«

Ich überging alles das und fragte nur: »Und Sie? Haben Sie noch einmal geheiratet?«

»O nein! Nie! Ich hatte einfach das Gefühl, ich brächte es nicht fertig, mich noch einmal in eine solche Bindung hineinzutrauen.«

Und folglich, dachte ich bei mir, hast du bestimmt nie wieder einer Frau über den Weg getraut. Das wäre gewesen, wie über einen Morast zu gehen: Jeden Moment hättest du befürchtet, daß der Boden unter deinen Füßen nachgäbe, immer hättest du auf irgendein beängstigendes Bekenntnis gewartet.

»Sie haben die Kirche verlassen?«

Seine Kleidung war sicherlich nicht die eines Predigers.

»Ja, das habe ich. Mir erschien mein Charakter zu fehlbar –

nicht stark genug für das Priesteramt. So ließ ich mich als Krankenpfleger ausbilden.«

Das erweckte in mir immerhin einen schwachen Respekt. Zumindest hatte der armselige Wicht sein Bestes getan...

»Und dann kam ich in die Krankenhausverwaltung.«

»Und jetzt sind Sie in diesem Hospiz.«

»Ja, und das ist eine gute Arbeit. Sehr erfüllend, könnte man sagen.«

»Also dann«, sagte ich nach einer Pause. »Ich danke Ihnen. Ich bin sehr froh, daß es mir gelungen ist, Ihrer endlich habhaft zu werden. Sie haben ... Sie haben mir ein paar dunkle Winkel ausgeleuchtet.«

»Hat Ihre Mutter Ihnen denn nie etwas davon erzählt?«

»Nein. Um Himmels willen, nein! Ebensowenig hat sie es meinem Vater erzählt. Da bin ich ganz sicher.«

»Lebt er noch?«

»Ja, aber er hat sich zur Ruhe gesetzt. In Südfrankreich.«

Auf einmal wurde Mr. Murdoch quicklebendig, gesellig, gesprächig.

»Ach, das ist ein entzückendes Land, dieses Südfrankreich. Einfach großartig für Ruheständler. Einfach großartig. Und ist er glücklich, Ihr Vater?«

»Oh, sehr. Um es genau zu sagen: Er ist auch wieder verheiratet.«

Ich mußte lächeln bei dem Gedanken an die blonde, dauergewellte, Gin-Tonic trinkende, Bridge und Golf spielende Reenie, meines Vaters neue Frau, und wie weltenweit sie von all diesen Kümmernissen und Tragödien und Sorgen entfernt schien. Von all diesem *Zores*.

»Na, und Ihnen steht ja eine feine Karriere als Malerin bevor!« meinte Mr. Murdoch mit fröhlich ermunternder Stimme. »Ich war gleich äußerst interessiert, als ich Ihren Namen in der Mittagszeitung las! Ich sagte mir, da lauf ich doch gleich mal schnell zu der

Galerie rum und werfe mal einen Blick drauf. Und es ist wirklich ein schönes, gut gemaltes, gedankenvolles Bild, das ›Schachspiel‹, ja. Da haben Sie viel Arbeit reingesteckt, das sehe ich. Ich hoffe, die Galerie kauft es.«

»Danke, man hat mir schon ein Angebot gemacht.«

»Das ist ja großartig! Wirklich großartig! Dann kann ich ja von Zeit zu Zeit immer mal hingehen und einen Blick drauf werfen.«

Im Geiste hörte ich Mr. Murdoch bei der Arbeit mit seinen Hospizinsassen reden.

»Aber nicht doch, warum wollen Sie denn nicht bis Weihnachten am Leben bleiben, Mrs. Hastie! Da machen wir's uns alle zusammen gemütlich und singen gemeinsam Choräle!«

»Also – ich bin sehr froh, daß ich Sie wiedergetroffen habe, Mr. Murdoch«, sagte ich beim Aufstehen und schauderte in dem bitterkalten Wind.

17

Toby schrieb mit großer Verve sein Buch *Die Herkunft des Menschen*. Es wurde bald darauf von der Camford University Press veröffentlicht, mit Wohlwollen zwar, aber mit keinerlei übertrieben optimistischen Erwartungen. Und wirklich machte es sich während der ersten sechs Monate kaum besser als respektabel. Es war, im Verlegerjargon ausgedrückt, ein ›Schläfer‹. Womit zu sagen wäre, daß sich der Camford-Verlag nach etwa achtzehn Monaten unvermittelt der Tatsache gegenübersah, daß es sein meistverkaufter Titel war und bereits in siebzig Sprachen übersetzt – einschließlich Beduinisch und Eskimosprache.

Toby war hingerissen von der Eskimoversion. Er pflegte mir laut daraus vorzulesen, während ich an seinem Porträt arbeitete, wobei er mit Genuß Worte auskostete wie ›inogutikarkovluggit‹ – so wenigstens hörte es sich an.

»Lulie wird ihren Spaß daran haben«, meinte ich, während ich vor mich hin malte.

»Hat sie bereits. Ich hab ihr ein Exemplar geschickt. Und eins an die Zwillinge in Japan.«

Mein Bild von Toby stellte ihn unordentlich dar, in Hemdsärmeln, mit den Fingern zwischen den Seiten eines Buches herumblätternd, und ein Lineal, ein Zeichendreieck und ein Meßzirkel ragten aus seiner Hemdtasche. Später fügte ich in den Hintergrund das dunkle Stechpalmenwäldchen mit dem schimmernden Baumhaus ein. Es wurde ein ungestümes, hingewischtes, impressionistisches Bild, sehr anders als ›Selene im gelben Kleid‹, welches in seiner Wohnung an der Wand hing. Die Wohnung war genaugenommen gar nicht seine, es war eine ausgeborgte, in der Nähe des Regent's Park. Sie gehörte der Mutter seines Verlegers von der Camford Press. Die war für ein Jahr in Übersee. Er meinte dazu bloß: »Die Wohnung ist schon in Ordnung; gerade recht für die Zeit, in der ich dieses nächste Buch zu Ende bringe.«

Er arbeitete an der Fortsetzung *Ausblicke*.

»Warum läßt du dich nicht endgültig irgendwo nieder, Toby?«

»Ich möchte reisen, wenn dies geschafft ist.«

»Wohin?«

»Weiß noch nicht. Schlimme Orte. Unglückliche Orte. Orte, wo die Menschen uneins sind.« Er blickte zu Selenes Bild hoch. »Um dahinter zu kommen, warum.«

Es bestand eine starke Ähnlichkeit zwischen Selenes Gesicht und seinem.

»In vieler Hinsicht waren sie enger verbunden als die Zwillinge«, hatte Lulie einmal gesagt. »Für die Zwillinge bestand keine Notwendigkeit, sich aneinanderzuklammern, die gehörten von Anfang an zusammen. Aber Toby und Selene brauchten eine Weile, einander zu finden. Und dann klammerten sie sich aneinander.«

Tobys erstes Buch hatte ihn vier Jahre des Schreibens gekostet, mein Bild von ihm brauchte nur eine Woche, um gemalt zu werden. Es war von den Verlegern in Auftrag gegeben worden für den Schutzumschlag einer Neuauflage der *Herkunft des Menschen*, dessen Verkaufsziffern mittlerweile unerfaßbar waren wie der Sand am Meer. Das Erscheinen der Neuauflage war etwa zeitgleich mit der Bekanntgabe der Nobelpreisträger geplant.

Aber dann mußte Toby eines späten Abends unbedingt in die Themse springen, um einen dummen, selbstmörderischen Teenager zu retten, der sich über das Geländer der Hungerford Brücke gestürzt hatte. Und dabei ertrank er. Eine Polizeibarkasse, die dem unglückseligen Mädchen (ebenfalls ertrunken) zu Hilfe eilte, stieß rein zufällig gegen seinen Kopf, und als sie ihn endlich aus dem Wasser zogen, war er tot.

Was hatte Toby um ein Uhr nachts an der Hungerford Brücke zu suchen? Nun ja, er unternahm häufig lange nächtliche Spaziergänge am Fluß entlang. Seit Selenes Tod hatte er Schwierigkeiten, Schlaf zu finden, erklärte er.

Immer noch vermisse ich seine Zehn-Uhr-Anrufe schmerzlich. Ich werde sie mein ganzes Leben lang vermissen. Wenn das Telefon um diese Zeit des Abends klingelt, versetzt es mir jedesmal einen heftigen Stich. Meist nehme ich gar nicht ab. Wer immer es wäre, es könnte nur eine Enttäuschung sein.

Warum, warum bloß mußte Toby von seinem Weg abweichen, um dieses alberne Mädchen zu retten? Er hätte weitere Bücher geschrieben, er hätte wer weiß was beisteuern können zur potentiellen Errettung der Menschheit – wenn sie denn zu retten ist.

Mariana wäre so wütend gewesen, wenn sie von seinem Tod erfahren hätte!

Ich denke oft, daß sich in den Kindern die unerfüllten Ambitionen ihrer Eltern manifestieren. Und darauf beruht, meine ich, unser aller Fortschritt. Denn Fortschritte machen wir ja wirklich, wenn auch langsame, wie man zugeben muß. Wenigstens wird man jetzt mit grauem Star und Blinddarmentzündung fertig. Mariana wäre sehr glücklich gewesen über die Art, wie Toby Konturen annahm. Ihr war eine Singstimme verliehen worden, und sie machte vollen Gebrauch davon. Und doch hatte man bei ihr das Gefühl, als schlummerten in ihr noch viele unausgelebte Intentionen. In ganz beträchtlichem Ausmaß also war ihr ihre Stimme auch im Wege. Allzugern hätte sie noch andere Dinge getan.

Ach, genau wie meine Mutter! Wenn ich male, dann gieße ich förmlich ihre Stimme auf die Leinwand. Aber wie auch immer...

Der arme alte Gideon war ganz verwirrt über diesen dritten Verlust innerhalb seiner Familie. »Wo ist Toby?« fragte er unentwegt, monatelang. Keine Erklärung schien ihn zu erreichen.

Manchmal denke ich, das Leben ähnelt, wenn man in meinem Stadium angelangt ist, dem Versuch, die Teigreste zu verwenden, die beim Rundschneiden einer Pastete abfallen. Was kann man noch mit ihnen anfangen? Eine neue Pastete formen?

Nach Tobys Tod kam Dolly nach England zurück.

Ich war damals zufällig gerade in Boxall Hill. Lulie und Grischa waren entsetzlich mitgenommen durch den Verlust Tobys, und ich setzte gern alles daran, so viel Zeit wie möglich bei ihnen zu sein.

Grischa wurde jetzt unübersehbar immer geistesabwesender. Gerade an jenem Morgen hatte ich ihn begleitet, als er ein Töpfchen ausgelassenes Hühnerfett nach draußen trug, um es an die Vögel zu verfüttern. (Es herrschte zwischen ihm und Lulie ein ununterbrochener Krieg über Hühnerfett. Er erklärte, das sei reinstes Cholesterol, und zwei Teelöffel von dem Zeug könnten einen umbringen, während Lulie dagegenhielt, daß alle ihre Vorfahren von nichts anderem gelebt und es sämtlich bestens überstanden hätten bis hoch in die Neunzig hinein.) Diese spezielle Runde jedenfalls hatte Grischa gewonnen, und er trug triumphierend den Topf von dannen. Ich ging mit einem Teller voll Brotkrümeln hinter ihm her und beobachtete, wie seine Aufmerksamkeit – das geschah oft in diesen Tagen – plötzlich abgelenkt wurde, diesmal durch eine blaßrote Krokusknospe, die aus einem Nest toter Blätter emporwuchs.

Träumerisch sagte er zu mir: »Ich habe über *Ozymandias* nachgedacht. Das Problem, Pandora, ist dieses Wort ›aufgeprägt‹. Ein erstklassiges Gedicht, dieses *Ozymandias*, das ist unbestreitbar. Aber soll man ›aufgeprägt‹ nun als nüchternes Verb werten, analog zu ›erfühlen‹? ›Der Bildner tief erfühlt' die Leidenschaften, die hier lebendig bleiben, aufgeprägt den leblos toten Dingen ...‹ Der Bezugsgegenstand dieses ›aufgeprägt‹ wäre der Bildner? Oder sollte das ›aufgeprägt den leblos toten Dingen‹ umgekehrt als ein Satzteil zur näheren Bestimmung der ›Leidenschaften‹ betrachtet werden?«

»Da muß ich leider passen, Onkel Grischa«, sagte ich und beobachtete in starrer Faszination, wie er, der jetzt grüblerisch in meine Richtung blickte, das Töpfchen in die Höhe hob, um das Fett in eine Kokosnußschale zu gießen, die an einer Drahtschlinge aus einem Apfelbaum hing. Aber er verfehlte das Ziel, und der gesamte Inhalt aus flüssigem Fett lief langsam in seinen Hemdsärmel hinein. Es erinnerte mich an die Zwillinge, wie sie mir damals die grüne Schmiere aufs Haar gegossen hatten.

»Da bin ich wirklich in Verlegenheit«, sagte ich. »Ich muß das Gedicht erst noch einmal lesen, ehe ich eine Meinung sagen kann.«

»Es ist insgesamt ein ausgezeichnetes Gedicht, dieses *Ozymandias* – eben bis auf diesen nagenden Zweifel ... Ach!« tadelte er sich milde, »nun sieh dir an, was ich gemacht habe! Was für ein unachtsamer, lächerlicher alter Kerl ich geworden bin!«

»Du gehst wohl besser und nimmst gleich mal ein Bad, Onkel Grischa.«

»Ich glaube, du hast recht, meine liebe Pandora. Ach, ich weiß gar nicht ... Was Lulie wohl zu mir sagen wird?«

Ich konnte es mir ungefähr denken: *»Oj wej, was a schmegegge!«* Aber sie war ja so unendlich geduldig, solche Mißgeschicke zu beheben und in Ordnung zu bringen.

»Ich zieh schon mal die Bohnenstangen für dich raus, Onkel Grischa«, rief ich ihm nach, »und fange dann mit dem Graben an.«

Er winkte zustimmend mit der Hand und stapfte auf das Haus zu.

Als ich aus Schottland zurückkam, noch ganz unter dem Schock meiner Unterredung mit Ewart Murdoch, da waren Lulie und Grischa wunderbar. Wir redeten und redeten über diese Enthüllungen.

»Aber das erklärt ja so vieles«, sagte Lulie. »Warum deine Mutter ein derartig zugeknöpftes Leben lebte. Sie war doch von ihren Eltern aus Europa fortgeschickt worden – wie sie glaubten, in die Sicherheit. Und dann waren ihr die Eltern verloren gewesen, und dieses Entsetzliche wurde ihr von ihrem eigenen Vetter zugefügt, dem Manne, der sie eigentlich beschützen sollte. Da merkte sie denn, daß sie nichts und niemanden hatte, an den sie sich wenden, dem sie vertrauen konnte – nur sich selbst ganz allein, auf die sie sich verlassen mußte.«

»Nicht einmal das. Denn sie hatte ja Murdoch spontan ihr Herz ausgeschüttet, und das stellte sich als ein verhängnisvoller Fehler heraus.«

»Ach, was für ein hoffnungsloser Mann der sein muß!« sagte Grischa angewidert.

»Nein, einfach nur ein Schotte, Onkel Grischa. Schotten sind so.«

»Und sehr viele Engländer sicher auch so.«

»Und dann«, fuhr Lulie beharrlich fort, »erklärt es ja auch dir, *bubeleh*, warum es dir so schwerfällt, mit anderen Menschen umzugehen; warum du nicht mal halbwegs auf sie zugehen kannst. Außer, um ihre Abwasserröhren heilzumachen.«

»Bin ich so?«

»Ja, du bist stachlig wie ein Borstentier!«

Ich mußte an Tom denken. Wie so oft.

»Kommunikation ist so schwierig. Es passiert so selten, daß man Leute findet, die die gleiche Grammatik benutzen. Ihr beiden tut das. Es ist traurig: Ich weiß noch, wie ich mit Mutter durch den Wald hier heraufkam – an dem Tag, an dem sie starb –, und sie sagte zu mir: ›Ich möchte so gern, daß du Menschen findest, mit denen du reden kannst, die dieselbe Sprache sprechen ...‹ «

»Und dabei dachte sie an diese Familie. Der sie dich gewissermaßen vermacht hat.«

»Ja, aber es sprechen ja gar nicht alle dieselbe Sprache.«

»Toby tat es.«

»Ja, Toby tat es. Und die Zwillinge. Aber die sind in Yokohama.«

In Anderland die Bohnenstangen herauszuziehen, das war eine gigantische Arbeit. Zu Zeiten, als noch sämtliche Kinder der Familie den ganzen Sommer über fast jedes Wochenende nach Boxall Hill kamen, da hatten Bohnen, Bohnensuppe oder Bohnensalat den Löwenanteil ihrer spartanischen Ernährung ausgemacht. Jeden Herbst hatte Lulie Berge von Bohnen, rote, weiße oder grüne, getrocknet, in Flaschen oder Dosen konserviert oder eingefroren, und diese Gewohnheit war beibehalten worden, obwohl der Hauptteil der Bohnenernte jetzt für Wohltätigkeitszwecke verkauft oder gespendet wurde. Aber immer noch gab es Reihen und Reihen von Stangen und vertrockneten Pflanzen, die herausgezogen werden mußten. Zuerst mußten die verdorrten Kletterranken von den Stangen abgelöst und die Baststränge durchschnitten werden, die die Stangen miteinander verbanden. Ich arbeitete mich Reihe um Reihe vor, lehnte die Stangen gegen Grischas Werkzeugschuppen, harkte das vertrocknete Rankengestrüpp auf einen Haufen zusammen und hielt dann ein Streichholz daran. (Natürlich wäre es besser gewesen, es unterzugraben, aber angesichts des Ausmaßes dieser Arbeit drückte ich mich lieber darum herum).

Zwei Stunden lang kam niemand in meine Nähe außer einem neugierigen Rotkehlchen. Und in der Ferne hörte ich einen eifrigen Buchfinken sein geschwätziges, selbstgefälliges Lied in unverdrossener Routine pfeifen, immer und immer wieder. Lernen es die jungen Buchfinken eigentlich durchs Hören von ihren Eltern? Oder wächst die immer wiederkehrende Tonfolge bei ihnen so natürlich wie ihr Federkleid?

Toby hätte die Antwort gewußt.

Ich sang selbst ein bißchen vor mich hin, etwas, das ich tunlichst vermeide, wenn ich mich in Hörweite irgendeines Mitglieds der Morningquest-Sippe befinde, die ja sämtlich, ob sie es zu schätzen wissen oder nicht, von Natur aus Musiker sind. Ich kann zwar richtig singen, aber ich habe keine Stimme, auf die man stolz sein könnte. Noch immer winde ich mich bei der Erinnerung daran, wie ich auf Sir Gideons Geheiß und unter den Augen der ganzen

Familie damals dieses ›Oh, wa ta na‹ gepiepst hatte. Ihre höfliche Unbeteiligtheit! Dolly mit ihren roten Zöpfen und dem Schulkittel... Die Zahnspangen der Zwillinge... Die Jungen, die sonstwo hinschauten, bloß nicht auf mich... Und Mariana wie der Bug eines Wikingerschiffs.

Am nördlichen Himmel türmte sich ein Heuschober aus blauschwarzen Wolken auf. Jeden Augenblick würde es einen gewaltigen Wolkenbruch geben. Ich schuftete wie ein Stachanow-Arbeiter, um meine Reihe noch zu Ende zu bringen, riß die Stangen heraus, pellte die trockenen Ranken davon ab und schmiß sie in das unstete, qualmende Feuer, und jedesmal, wenn ich das tat, kriegte ich eine Wolke weißer Asche ins Gesicht. Das Abtragen der Bohnenstangen ist eben eine Dreckarbeit. Ich hatte Brösel des Gestrüpps im Haar und innen im Hemdkragen, meine Schuhe waren von Staub überzogen, meine Hände voller Schmutz und Ruß. Ich hoffte, Grischa hatte nicht alles Badewasser verbraucht.

»Drinking treacle, drinking rum...« sang ich lauthals. »Dem Herrn singen wir, bis sein Königreich kommt...«

Und plötzlich stand da Dolly. Zurück aus weiter Ferne.

»Hallo, Dolly!« Ich war zu Tode erschrocken. *»Es kumt a rinnen a bald a plog.«*

Wie Tante Lulie gesagt hätte. Es mußte jede Minute anfangen zu gießen.

Dolly war todschick. Anders konnte man es nicht nennen: Ihr Hosenanzug, pinkfarben, war genau die Sorte Kleidungsstück, die man nirgendwo anders kaufen konnte als an der Westküste der USA. Dazu ein Haufen glitzernden Modeschmucks und funkelnd blanke schwarze Lackschuhe, passend zu einem Mordsding von Handtasche, das groß genug war, ein Ferkel darin zu transportieren. Das Haar, heller als ehedem, zur Hochfrisur aufgebauscht, fügte ihrer Körpergröße glatte dreißig Zentimeter hinzu. Ihr Gesicht war so wie immer – rund, selbstzufrieden, blauäugig, jetzt jedoch sorgfältig zurechtgemacht und ohne Sommersprossen.

»Wie nett, dich zu sehen, Dolly!«

Und wirklich, mir war warm ums Herz. Denn schließlich war sie nach ihrem eigenen Bekunden einmal in mich verliebt gewesen. Sie hatte nach mir geschmachtet, wir hatten eine Menge Zeit zusammen verbracht. Ich hatte unzählige Berge wacklig aufgetürmter schmutziger Teller abgewaschen, während sie geredet und geredet hatte... Sie war nun mal ein Teil meines Lebens, ob ich wollte oder nicht. Und sehr wahrscheinlich war ihr überhaupt nicht bewußt gewesen, welchen Schlag sie mir versetzt hatte, als sie mit Tom Jindrič abzog.

»Oh, schau mal, der Regenbogen, Dolly! Was für ein phantastischer Willkommensgruß zu Hause!«

Ein großartiger Strahl späten, westlichen Sonnenlichts durchschnitt die dämmrige Landschaft unter dem schwarzen Dom der Wolken. Und plötzlich leuchtete ihm gegenüber ein monumentaler Regenbogen auf, einen Fuß fest auf der Talsohle der Boxall Hill Weide aufgesetzt.

Aber Dolly, sich selbst treu, schien unzufrieden mit den Dingen um sie her.

»Um Himmels willen, Pandora, du siehst ja aus wie aus ›Die gute Erde‹. Komm sofort mit rein und bring dich in Ordnung!«

»Ich stelle nur noch diese Geräte weg.«

»Warum können die denn nicht jemanden finden, der das alles macht...« murrte sie, als ich die Gerätschaften in den Schuppen schleuderte und ihr folgte. »Warum bestehen sie partout drauf, alles selbst...«

»Nun, im Moment mache ich es ja für sie«, betonte ich.

»Ich meine irgend 'nen Mann, einen professionellen.«

Wir hatten den halben Weg zum Haus geschafft, da fing es an zu gießen.

»Besser, wir stellen uns hier unter... Das kann ja nicht lange dauern«, sagte ich und zog sie mit mir in den kleinen Säulenpavillon, der unter seinem Fußboden in der Grotte den äußeren Eingang zu unserem Tunnel verbarg. Und ich fügte hinzu: »Macht ja nichts, wenn ich naß werde, aber du wirst dir doch nicht diesen hübschen Anzug verderben wollen.«

Der Regen veranstaltete auf dem runden Dach über uns einen Krach wie von Artilleriegeschossen.

»Mir war nie bewußt, wie nahe dieses Häuschen bei Aviemore liegt«, sagte Dolly und blickte über die Hecken des Labyrinths hinweg auf die falschen Tudorgiebel von Aviemore hinüber, die jetzt nur deshalb sichtbar waren, weil die abschirmende Doppelreihe der Pyramidenpappeln noch ohne Blätter waren. »Kommt Dan eigentlich oft herüber?«

»Nein, sehr selten. Aber die dicke Topsy hat sich dort voll und ganz eingenistet mit ihren Steppdecken. Und sie sammelt jetzt außerdem Formen für Aspik aus Zinn. Zwischen ihr und Lulie hat sich übrigens eine ganz herzliche Beziehung entwickelt. Sie tauschen Handarbeitsmuster aus.«

Dolly sah mißbilligend drein. »Ich begreife nicht, wie Dan diese Gans heiraten konnte.«

»Um einer sonst wenig überzeugenden Geschichte Wahrscheinlichkeit zu verleihen?«

Sie sah mich verständnislos an.

»Etwa wegen ihres Geldes. Das hat sie haufenweise. Und immerhin scheint es ziemlich gut zu gehen. Anscheinend stört es sie nicht, Dans eher zweifelhafte Unternehmungen zu finanzieren.«

»Also wirklich, man sollte diesen gesamten Besitz hier verkaufen«, meinte Dolly unwirsch. »Ist doch lächerlich, ihn noch weiter zu halten. Wer kommt denn schon noch her? Barney vielleicht?«

»Nicht oft«, mußte ich zugeben.

»Die Zwillinge sind in Japan, und Gideon ist praktisch ga-ga, dem ist es bestimmt nicht wichtig, wo er ist, würde ich meinen.«

»Nein, nein, Dolly, das stimmt nicht, es ist ihm wichtig.«

Sie blitzte mich wütend an. Wer war ich denn, sagte ihr Blick, mir ein Urteil über Gideons Gefühle zu erlauben?

»Und was ist mit Lulie und Grischa? Und Garnet? Welche Lösung schlägst du für die vor? Das Obdachlosenheim in Floxby? Oder würdest du sie lieber an den Cadogan Square umsiedeln?«

»Dies Land hier muß Hunderttausende wert sein – wenn nicht gar Millionen«, beharrte Dolly. »Und überlege mal, was das kosten muß, an Steuern und Unterhalt!«

Ich wandte schüchtern ein, meiner Ansicht nach hielten die Aktivitäten von Lulie und Grischa, die noch auf Marianas ursprünglicher Gesamtplanung basierten, das Anwesen über Wasser, wenn es nicht gar einen kleinen Überschuß abwarf. »Auf dem Land hinter dem Hügel werden Schweine gehalten, weißt du, und die Gewächshäuser sind an einen Mann verpachtet, der Tomaten und Pilze züchtet. Und die Zwillinge wollen ja in zwei oder drei Jahren aus Japan zurückkommen. Vielleicht wollen die sich dann hier niederlassen. Sie brauchen schließlich einen Ort, wo sie ihre Bücher schreiben können.«

»Bücher?«

»Ally arbeitet an einer Geschichte der Privatsphäre, Elly stellt eine Anthologie der Fürze zusammen.«

»Fürze ...«

Dolly sah nur noch mißbilligender drein und stocherte mit ihrer glänzenden Schuhspitze auf der Falltür unter unseren Füßen herum.

Um ihre düstere Laune ein wenig aufzuhellen, bat ich: »Aber erzähl doch mal von dir, Dolly. Was machst du jetzt? Hast du vor, in England zu bleiben?«

»Ach ...« sagte sie. »Na ja, das hängt von Mars ab.«

»Mars?«

»Mein Mann. Marston Barclay Wuppertal III«, erklärte sie freundlich in ihrer alten, sämigen Stimme.

»Und was macht Mars?«

»Er ist Architekt. Hat lange in einer Gesellschaft an der Westküste gearbeitet, und jetzt ist er hier, um in Europa die Fühler auszustrecken.«

»Ach, das ist äußerst interessant. Und du, Dolly, hattest du... Hast du einen Job?«

»Ich hab drüben für ein Diplom gearbeitet – an der Westküste«, sagte sie unbestimmt. »Auf dem Sektor der erzieherischen Förderung sozial und kulturell integrativer Fähigkeiten. Und dann habe ich eine Weile in Santa Monica gearbeitet, wobei es galt, Bindungen zwischen verschiedenen Gruppierungen zu bewirken, die zur Vernetzung der einzelnen Individuen gebildet wurden, unter Koordinierung fortlaufender sozial und psychiatrisch orientierter Imponderabilien.«

»Ich nehme an, das hast du sehr gut gemacht, Dolly.«

»Und – angenommen, Mars findet hier drüben einen Einstieg – dann werde ich auch versuchen, etwas Derartiges hier in diesem Lande zu arrangieren. Ich meine, Barney könnte mir da behilflich sein.«

Da zweifelte ich allerdings stark – nicht an Barneys Fähigkeit zu helfen, sondern an der Wahrscheinlichkeit, daß er es auch wirklich tat. Ernsthafte Hilfestellung für seine Mitmenschen, das war nicht seine Stärke, obwohl er ein Renommée als mitreißender Lehrer hatte.

»Ist Mars auch mit hergekommen?«

»Nein, er trifft sich mit ein paar Leuten in London.«

Ob wohl Mr. Wuppertals Beruf, fragte ich mich, irgend etwas zu tun hatte mit Dollys Wunsch, Boxall Hill verkauft zu sehen – und das Land vermutlich umgemodelt in ein großes Villenareal für die Gutbetuchten?

Wohlerzogen sagte ich, wie enttäuscht ich sei, M. B. Wuppertal den Dritten heute nicht kennenzulernen, ich hoffe aber, das bald nachholen zu können. Und ich konnte nicht widerstehen hinzuzusetzen: »Hörst du eigentlich noch was von Tom? Gibt's irgendwelche Nachrichten, was er in Prag macht?«

In ihrem letzten Brief, schon vor ein paar Monaten, hatte Mrs. Dalgairns ihre Besorgnis geäußert, daß schon so eine lange Zeit verstrichen sei seit seinem letzten Brief an sie. Und mein eigener Schrieb an Tom, noch sechs Monate früher – eine Karte mit Geburtstagsgrüßen, weil wir doch am gleichen Tag Geburtstag hatten – war ebenfalls unbeantwortet geblieben.

Nicht daß ich eine Antwort erwartet hätte.

Dollys verdrossene Miene verfinsterte sich noch mehr. »Oh, der steckt in Schwierigkeiten«, sagte sie. »Das hab ich ja von vornherein gewußt. Nein, ich habe nichts von ihm gehört – wir korrespondieren nicht –, aber ein Kollege von Mars ging nach Prag wegen eines potentiellen Vertrags über einen Hotelbau an der Moldau, und da baten wir... bat ich ihn, diskrete Nachforschungen anzustellen. Und der zapfte allerlei unterirdische Kanäle an und fand heraus, daß Tom im Gefängnis ist.«

»Gefängnis!« sagte ich entsetzt.

»Na ja, dieser Dummkopf, macht der doch einen satirischen Film über Kröten – *Kröten*! Ich bitte dich! Und das vor zwei Jahren, kurz bevor dort die Russen einmarschierten. Kann man sich da noch wundern? Ich wußte es ja gleich, daß er irgendwas Idiotisches machen würde, wenn er zurückginge. Ich war ja immer dagegen. Und das war auch der Grund, warum ich nicht mit ihm gehen wollte«, sagte Dolly. »Und sieh mal, wie recht ich hatte.«

Ich antwortete darauf nicht direkt, mir fiel nichts Passendes ein. Statt dessen sagte ich: »Zu schade, daß Tom die Zwillinge nie kennengelernt hat. Ich hab so das Gefühl, als ob die sich sehr gut verstanden hätten.«

Dolly gab ein Geräusch von sich wie ein Schnüffeln. Dann sagte sie: »Aber, Pandora, worüber ich eigentlich mit dir reden wollte, das sind Tobys Bilder.«

»Tobys Bilder?«

»Du hast ihn doch häufig gesehen in der letzten Zeit«, sagte sie in einer Stimme, die man nur als anklagend bezeichnen konnte.

»Nein, nicht eigentlich, Dolly. Gesehen hab ich ihn nicht. Wir unterhielten uns immer per Telefon. Also, in gewisser Weise, ja, ich glaube, man könnte sagen, ich kannte ihn.«

»Du hast ihn doch auch gemalt. Dieses Bild, kurz bevor er starb.«

»Ja, das hab ich.«

»Und wo ist es? Das Bild? Und das Bild von Selene, das er hatte? Das du auch gemalt hast? Das in dem gelben Kleid?«

Plötzlich fühlte ich mich an die Szene wegen Marianas Schreibtisch erinnert. Und das war, fiel mir jetzt ein, auch das letzte Mal gewesen, daß ich Dolly gesehen hatte. Und hier war sie also nun wieder, die Nase auf der Spur unrechtmäßig angeeigneten Besitzes!

»Das Gemälde von Toby«, erklärte ich, »war eine Auftragsarbeit der Camford Press für den Buchumschlag. Das Original ist also noch bei denen. Ich nehme an, Jim Lazenby hat es. Er ist der Direktor des Londoner Verlagshauses. Und was das Porträt von Selene betrifft, so hat sie es Toby vermacht. Und ich glaube, der hat angeboten, es Mrs. Lazenby zu schenken – Jims Mutter –, die ihm die Wohnung überlassen hatte, in der er wohnte. Er hatte damals überhaupt kein Geld.«

»Warum in aller Welt denn nicht?«

»Nun, er war damit beschäftigt, sein Buch zu schreiben – eine Tätigkeit, die zunächst kein Geld einbringt –, und er hatte eine mächtige Summe für den Äthiopien-Hilfsfonds oder so was gespendet. Toby schenkte immer Geld weg. Und so hatte er nie Miete gezahlt. Statt dessen also die Schenkung des Bildes.«

»Dummkopf!« sagte sie wütend. »Weißt du, was er gemacht hat? In seinem Testament? Der Großteil seines Vermögens – das mittlerweile Gott weiß wie angewachsen sein muß durch die Art, wie diese Bücher sich verkaufen –, das geht alles an die Wohlfahrt! Seine einzigen persönlichen Hinterlassenschaften waren Sachen.«

»Ja«, sagte ich. Ich wußte es bereits. Toby hatte mir seine Platten und Kassetten hinterlassen. Aber bis jetzt hatte mich tiefe Traurigkeit davon abgehalten, sie zu spielen.

Dolly ließ nicht locker: »Seinen persönlichen Besitz hat er seinen Brüdern und Schwestern vererbt. Persönlicher Besitz! Ein paar schäbige Klamotten, ein paar Töpfe und Pfannen, ein paar Bücher. Das einzige, was einen Pfennig wert ist, sind diese Bilder. Warum hast du sie nicht an dich genommen, Pandora? Immerhin hast du sie ja gemalt.«

»Sie waren nicht mein Eigentum.«

»Bist du sicher, daß er das von Selene der Mutter von diesem Sowieso geschenkt hat?«

»Warum fragst du nicht Tobys Anwalt danach?«

»Ach, du bist überhaupt keine Hilfe. Aber das hätte ich mir ja denken können!« schrie Dolly wütend. Wieder stieß sie mit ihrem spitzen, glänzenden Schuh auf den Boden. »Warum ist denn hier mitten im Fußboden ein Schlüsselloch?«

Und dann blickte sie auf und sah mich an, das Gesicht tiefrosa und zerfurcht von Kränkung und Vorwurf. Und, jawohl, in ihren Augen waren Tränen.

»Warum hast du niemals mich gemalt, Pandora? Alle andern von uns hast du gemalt – sogar Barney, sagt er –, du hast Zeichnungen von ihm gemacht ...«

»Mehr aber auch nicht, bloß Skizzen.«

»Na gut, aber immerhin. Warum hast du eigentlich nie angeboten, mich zu malen?«

Dolly hatte schon immer die Fähigkeit, einen früher oder später durch ihre kindische Art weichzumachen.

Ich sagte: »Ich werde dich malen, wenn du möchtest, Dolly. Aber nicht in diesem himmelschreienden rosa Hosenanzug.«

18

Ich malte Dolly an drei aufeinanderfolgenden Wochenenden, die wir in Boxall Hill verbrachten. Ich wollte nicht, daß sie in mein Atelier nach Shepherds Bush kam. In diesem Punkt war ich geradezu abergläubisch. Nicht daß ich Dolly noch irgend etwas nachtrug, aber sie schien so etwas wie eine Naturkatastrophe zu sein – ein Vulkanausbruch oder eine Heuschreckenplage. Und man siedelt sich ja nicht gerade an den Hängen eines Vulkans an oder lädt sich einen Heuschreckenschwarm in den Garten ein.

Sie und Marston Barclay Wuppertal III – der es bei seiner Architektentätigkeit an der Westküste zu etwas gebracht haben mußte – hatten irgend jemandes Studio im Cheyne Walk für ein paar Monate gemietet, aber er schien dauernd unterwegs zu sein, in Brüssel oder Straßburg, um seine europäischen Kontakte zu knüpfen. So war sie frei und verbrachte einen guten Teil ihrer Zeit ohne ihn in Anderland.

Ich hatte ihr gesagt, daß ich sie unmöglich malen könnte, wenn sie irgendwelche Sachen aus der Garderobe trüge, die sie nach England mitgebracht hätte. All ihre Kleidungsstücke waren so schrill und modisch und brandneu, daß das Ergebnis unweigerlich eine Art ganzseitige Vogue-Reklame geworden wäre. Sie brauchte eine Weile, dieses Ultimatum zu schlucken und zu akzeptieren, aber schließlich ließ sie sich gnädig von Lulie umstimmen, unter der Bedingung, daß Lulie ihr ein Kleid machte, in dem sie gemalt würde. Das war ein großes Zugeständnis von Lulie, die nicht einfach für jeden Kleider nähte, der sie darum bat. Man müsse schon die richtige Linie mitbringen für ihre Inspiration. Niemand wußte so ganz genau, was sie damit meinte, aber sie blieb beharrlich dabei. Mariana, knochig und fragil, war ihr ideales Model gewesen. Auch die Zwillinge näherten sich inzwischen diesem Ideal. Aber gut, meinte sie, unter diesen Umständen würde sie mal fünf gerade sein lassen. Sie sei gespannt darauf, sagte sie, mein Porträt von Dolly zu sehen. Ich glaube, sie erwartete sich davon im Ergebnis irgendeine symbolische Bedeutung.

»Ich werde dir das Bild widmen, Lulie«, sagte ich.

»*Tut mir nischt kejn tojwe!* Keine Wohltaten, bitte!«

Lulie und ich berieten uns heimlich über das Kleid. Ich hatte ihr erzählt, wie aufsehenerregend und überwältigend Dolly damals in Schwarz und Weiß als Königin von Schottland aufgetreten sei. Was Lulie daraufhin produzierte, war ein eindrucksvolles, weit fallendes langes Kleid aus versteiftem Mull in gebrochenem Weiß, mit einem grauen Musselinunterrock und grauer Musselinrüsche um den tiefen V-Ausschnitt. Dazu weiße Strümpfe, schwarze Pumps und ein gewaltiger, breitkrempiger grauer Filzhut mit einer cremefarbenen Feder (leicht mottenzerfressen), die siebzig Jahre lang bei irgend jemandem auf dem Dachboden herumgelegen hatte, bis Lulie sie für zwanzig Pence auf einem Flohmarkt erstand.

»Ich werd aussehen wie ein kleines Mädchen, das sich für eine Party rausgeputzt hat«, schmollte Dolly. Tatsächlich aber verbarg die großzügig fließende Linie des Kleides Dollys stämmige, ausladende Figur und verlieh ihr ein geradezu souveränes Flair. Das Gemälde zeigte sie, einen zusammengerollten grauen Regenschirm in der Hand, auf den kleinen Springbrunnen im Hof zuschreitend. Dessen Grün- und Grautöne, der üppige Mooshügel, der dünne Wasserstrahl und die Löwenköpfe, die grauen Kopfsteine des Pflasters und die fast weißen Wände des Hauses im Hintergrund ergaben – fand ich – eine sehr ausgewogene, harmonische Komposition.

Die zwei kontrastierenden Faktoren darin waren das leuchtende Rot von Dollys Haaren und ihr Gesichtsausdruck.

»Ich seh ja so unzufrieden aus, wie du mich da gemalt hast«, protestierte sie.

»Aber Dolly«, sagte Tante Lulie, und ihre sanften Worten fielen wie warme Wassertropfen in den Schnee, »das ist halt die Art, wie du fast immer aussiehst.«

»Das bin ich nicht«, maulte Dolly. »Ich wollte, du hättest mich in meinem pinkfarbenen Anzug gemalt. Darin bin ich am meisten ich selbst.«

Ich lachte leise in mich hinein.

»Was hast du, Pandora?« fragte Dolly argwöhnisch.

»Mir fiel nur eben ein, wie du mal in St. Vigeans im Waschsalon deinen roten Unterrock zusammen mit unserer übrigen Wäsche in die Maschine gestopft und all meine Sachen rosa verfärbt hast. Und wie wütend ich damals war!«

»Wirklich?« Sie war sehr überrascht. »Das hast du nie gesagt.«

»Hätte ja auch nicht viel Zweck gehabt, nicht wahr? Es dauerte Wochen, mein ganzes Zeug wieder auszubleichen. Manche der Sachen blieben für immer pinkfarben.«

»Na und?« begehrte sie auf, »was spricht gegen pink?«

»Ich glaube, das wird ein sehr schönes Bild«, unterbrach Grischa, der eben mit einer Schachtel Streichhölzer ankam.

»Oh, Grischa!« jammerte Lulie vorwurfsvoll. »Ich hab dich losgeschickt, Streichhölzer zu kaufen, und was machst du? Kommst zurück mit einer Schachtel! Warum nicht ein ganzes Paket? Zwei Pakete? Wir brauchen doch so oft Streichhölzer. Für die Gartenfeuer, für die Feuerstellen im Haus, für die Lampen.« Wenn sie in Boxall Hill allein waren, benutzten Grischa und Lulie ab etwa acht Uhr abends auch weiterhin Öllampen und Kerzen. Sie behaupteten, sie zögen das sanftere Licht vor. »Was soll ich denn mit einer Schachtel?«

Grischa blickte trotzig drein.

»Ich denke immer, es ist besser, nicht zu große Mengen einzukaufen«, wandte er ein.

»Schließlich werden wir alt, Lulie, du und ich. Wir machen's hier vielleicht nicht mehr lange, wer weiß? Hat doch keinen Zweck, einen Haufen Vorräte zu hinterlassen, die die anderen, die Kinder, wahrscheinlich gar nicht haben wollen.«

»Jeder braucht Streichhölzer! Und ich bin noch keine alte Schachtel. Du redest also nur von dir!«

»Ich red ja auch von mir«, versetzte Grischa. »Ich hab gerade von Colonel Venner gehört. Der ist gestorben, sagt man, an einem Schlaganfall im Krankenhaus, wo sie ihn hingebracht hatten. Der war jünger als ich.«

»Na, mich überrascht es überhaupt nicht, daß der tot ist«, meinte Lulie. »Jeder, der ihn sah, konnte doch sehen, daß er viel zu viel trank und sich wahrscheinlich auch entsetzlich ungesund ernährte. Seine Nase war rot, und er hatte all diese geplatzten Adern. Und dann, denk doch mal an seine Launen! Ich wundere mich bloß, daß er nicht schon längst bei einem seiner Wutausbrüche tot umgefallen ist. Aber ich werd einen *kaddisch* für ihn sprechen. Und ich glaube, ich schreib mal lieber einen Beileidsbrief an das arme Mädchen, das jetzt so allein übrigbleibt mit ihrer Hundezüchterei.«

»Ich glaube nicht, daß die ihn vermißt. Wer könnte das auch schon? Und sie ist ja schließlich schon lange von zu Hause weggezogen.«

»Trotzdem hat sie ja vielleicht auch bessere Erinnerungen aus der Zeit, bevor sie herzogen. Du, Dolly, solltest ihr auch schreiben.«

»Ich?« fragte Dolly, »wieso? Es ist 'ne Ewigkeit her, seit ich sie zuletzt gesehen habe. Wir sind nicht in Verbindung geblieben. Warum sollte ich ihr schreiben?«

»Ach, früher hegtest du aber mal geradezu eine Heldenverehrung für sie! Du hattest sie auf irgendeinem Stadtfest kennengelernt und bestürmtest mich und deine Mutter, sie hierher einzuladen. Das weiß ich noch sehr gut! Und später hab ich immer gedacht, du hättest sie dazu gebracht, ihren Vater zu überreden,

Aviemore zu kaufen, als er sich zur Ruhe setzte und sie vom York House wegzogen?«

»Ich?« fragte Dolly wieder. »Ganz bestimmt nicht! Thelma Venner war ein sehr langweiliges Mädchen. Ihre Unterhaltung drehte sich um nichts anderes als um Hunde. Eher würd ich mit Ginge Buckley spazierengehen. Wo ist Ginge übrigens?«

»In Norwich. Sie ist verheiratet.«

»Na, dann ist ja gut«, sagte Dolly, und sie klang wie Sir Gideon.

Ich hatte Ginge besucht, nachdem Mrs. Buckley mir von ihrer Heirat erzählt hatte. Sie wirkte durchaus gelassen, durchaus glücklich, war verheiratet mit einem netten, rundgesichtigen Mann, der eine chemische Reinigung betrieb. Und sie hatten ein sechs Monate altes Baby, das Ginge mit ›Gubbins‹ anredete.

»Sie ist nicht das gleiche wie Kirk – na ja, wie sollte sie auch, was? Genau so wie Cyril nie der gleiche sein wird wie Alan. Man kann halt nie genau dasselbe empfinden wie beim ersten Mal, nicht wahr? Damit muß man eben fertig werden.«

»Ja, und das tust du«, meinte ich.

»Aber Cyril ist ganz in Ordnung – er ist sehr gut zu mir. Er weiß alles über Alan und den kleinen Kirk, und es macht ihm nichts aus. Er hat auch seine Kümmernisse gehabt – ein Mädchen, das er liebte, kam auf dem Motorrad eines anderen ums Leben. Wir haben eben alle unsere Sorgen, wirklich. Aber ich hab das alles hinter mir gelassen. Ich mußte es ja. Wenn du nicht aufhörst, immer weiter Fragen zu stellen und dich um die Vergangenheit zu grämen, da wirst du verrückt. Stimmt's nicht? Und ich liebe die kleine Gubbins hier wirklich, was, mein kleiner Racker?«

Ginge nahm die lächelnde Gubbins aus ihrem Ställchen und knuffte sie zärtlich.

»Aber ich muß dir doch was Merkwürdiges erzählen, Pandora. Drei Jahre lang, nachdem Kirk gekidnappt war, kriegte ich immer Geld geschickt. Immer mal wieder kamen fünfzig Pfund in Banknoten per Post. Ich habe nie herausbekommen, wer sie schickte. Ich sag dir, mir gefiel das gar nicht. Und ich habe es auch nie ausgegeben, ich steckte es einfach in eine alte Keksdose. Weil... ich hatte so ein Gefühl... ja, ich weiß nicht. Grauenhaft. Aber dann, als ich Cyril heiratete, erzählte ich ihm davon. Und er meinte, es sei am besten, es einfach für Gubbins Babyausstattung zu verwenden. Sonst würde es bloß rumliegen und mir irgendwie auf der Seele lasten. Und ich fand, er hatte recht. So haben wir es dann auch gemacht.«

»Und dann hörten die Geldsendungen irgendwann auf?«

»Ja, vor ungefähr zwei oder drei Jahren.«

»War denn kein Poststempel auf den Umschlägen?«

»London. Bloß immer so ein einfaches braunes Kuvert mit Schreibmaschinenschrift. Solche, in denen man Rechnungen kriegt.«

»Ja, das ist wirklich ein Rätsel. Aber ich bin froh, daß es dir gutgeht, Ginge.«

»Ja, es geht mir gut. Aber nach Floxby zurückkehren und dort leben, das möchte ich nicht. Ich war dort einfach so verdammt unglücklich. Und manche Leute gucken mich immer noch so 'n bißchen altmodisch – bißchen scheel – an, wenn ich hinfahre und Mammi und Vati besuche. Als ob sie dächten, ich hätte wirklich mein eigenes Kind um die Ecke gebracht. Stell dir vor!«

»Ja, die Leute sind unglaublich. Also, es war schön, dich wiederzusehen, Ginge. Auf Wiedersehen, Gubbins.«

»Solltest dir selber eins anschaffen«, meinte Ginge.

»Du solltest dir das Bild von Dolly abkaufen lassen«, sagte Tante Lulie.

»Ach, warum, Lulie? Ich dachte mir, ich schenk es ihr einfach.«

»Aber Pandora! Sie hat dich doch praktisch genötigt, es zu malen, das weißt du doch selbst. Warum es ihr also schenken? Warum behältst du es nicht selbst? Häng es in deine nächste Ausstellung.

Für Dolly genügt das Prestige, von dir gemalt worden zu sein. Nur das wollte sie erreichen. Sie wollte nicht übergangen werden, nachdem du die anderen gemalt hast.«

»Mariana hab ich nie gemalt. Oder Barney. Außer den Zeichnungen.«

»Aber alle anderen. Sogar Dan.«

Bow Bells Television war an mich herangetreten, Dan zu malen, nachdem sein Song *Pass the Port, Polly* irgendein goldenes Dingsda gewonnen hatte. Ich hatte ihn nicht malen wollen, auf keinen Fall, war aber dann auf den Kompromiß eingegangen, ein Doppelporträt von ihm und der dicken Topsy zu malen, Seite an Seite auf einem hochgepolsterten Sofa sitzend wie ein Pärchen von Botero. Und ich hab Bow Bells eine gewaltige Summe abverlangt, die reichte für zwei Jahre Miete in Shepherds Bush.«

»Und Grischa und mich hast du so oft gemalt, daß man's gar nicht mehr zählen kann«, meinte Lulie gelassen, »natürlich fühlt sich Dolly da übergangen. Wie sie es doch immer tut. Ich fürchte, das kommt, weil Gideon sie weder angesehen, noch mit ihr geredet hat, bis sie etwa zehn war.«

»Allen Ernstes?«

»Allen Ernstes. Er hat sie nie angeguckt und nie mit ihr gesprochen.«

»Aber warum denn nicht, um Himmels willen?«

»Er war sich eben nicht sicher, ob sie sein Kind war. Und es war das erste Mal, daß er solche Zweifel an Mariana hatte. Obgleich ich mir ganz sicher bin, daß die damals ungerechtfertigt waren. Zu jener Zeit nämlich – als Mariana mit Dolly schwanger war – da hatte sie gerade diese heftige Freundschaft mit Argissa. Kein anderer Mann war bis dahin in ihr Leben getreten.

Aber ich fürchte, das, was Gideon Dolly in jenem Alter angetan hat – dieser totale Entzug von Aufmerksamkeit und Liebe – das hat bei ihr zu dieser permanenten Mißgunst geführt. Was immer sie sich unter den Nagel reißen kann – sie fühlt sich dazu berechtigt. Die Zwillinge erfuhren von Gideon zwar die gleiche Behandlung, aber die waren flexibler – und hatten sich ja auch gegenseitig.«

Lulie sah mich beschwörend an.

»Ich hab mein Bestes getan, damit Dolly sich geliebt fühlte, als sie kleiner war. Mariana war ja so oft weg... Aber mein Bestes war wohl nicht genug.«

»Mach dir keine Vorwürfe, Lulie. Ich bin überzeugt, du hast dein Bestes getan. Und vielleicht wird sie ja auch nach und nach ein bißchen erwachsener. Erwachsenwerden ist so ein furchtbar langsamer Prozeß.«

Der niemals aufhört, wirklich, dachte ich. Wir passieren Meilensteine – wir hören auf, in die Badewanne zu pinkeln oder Marmeladentörtchen aus der Speisekammer zu klauen, wir lernen, falsche Höflichkeiten zu äußern und unsere sündigen Gedanken zu verbergen, aber wer könnte je von sich behaupten, er wäre tatsächlich erwachsen? Ich weiß noch, wie Mariana einmal sagte, sie sei nicht von Natur aus gut – nein, nein, ganz und gar nicht, in gar keiner Weise! Unter der Oberfläche brodele sie nur so vor Bosheit, und ihre allem Anschein nach guten Taten seien lediglich die Früchte strenger Disziplin und Selbstkontrolle. Vielleicht ist alle Güte im Grunde so? Die reine Anpassung an das, was unserer Meinung nach die Leute von uns erwarten?

Diese Gedanken gingen mir durch den Kopf, während ich die letzte Rüsche an Dollys Ausschnitt malte. Da meinte sie plötzlich wie aus heiterem Himmel:

»Ich frag mich immer, warum du nicht Barney geheiratet hast?«

Ich legte meinen Pinsel hin, nahm einen anderen, trug einen feinen Strich Weiß auf und sagte bedächtig: »Erstens hat er mich nie gefragt. Das stand nie zur Debatte. Und zweitens hätte ich es auch nicht gewollt.«

»Ach, warum?« Sie schien richtig gekränkt.

»Er ist viel zu unordentlich. Ich bin ein ordentlicher Mensch. Ich könnte unmöglich in einem derartigen Durcheinander leben.«

»Das ist wirklich ein Jammer! Ich dachte wirklich früher mal, du würdest es tun. Ich hab sogar Tom erzählt, daß du mit Barney verlobt wärst«, sagte Dolly leichthin.

Ich legte den weißen Pinsel hin, nahm den grauen wieder auf. »Oh? Das hast du Tom erzählt? Wann denn?«

»Ach, nach diesem Ball damals im Mai, du weißt schon, als du mir das Kostüm genäht hast. Um die Zeit sah es mal ein bißchen so aus, als ob Tom von dir ziemlich angetan wäre. Stimmt das? Er hat dir doch immer kleine Gedichte geschrieben?«

»Ja«, sagte ich langsam, »das hat er getan.«

»Und ich fand, es würde einfach klare Verhältnisse schaffen, wenn er wüßte, daß du mit Barney verlobt wärst. Weil es ja auch wirklich sehr wahrscheinlich schien, daß du es warst! Barney und du, ihr habt doch immer lange Gespräche geführt.«

»Ich wüßte gar nicht, worüber«, erwiderte ich und fügte einen grünlichen Schatten in eine Falte von Dollys Kleid.

»Über Bücher«, sagte sie rasch.

»Barney und ich haben wirklich nicht viel gemeinsam.« Außer einem Sinn für Humor vielleicht. Ich mußte an einen Nachmittag zurückdenken, an dem ich eine Skizzenserie von Barneys unter der Decke herausragenden Zehen gemacht hatte oder hatte machen wollen – er hatte höchst ungewöhnliche Zehen, unglaublich lang und knochig, wie die von Mantegnas ›Ecce Homo‹. Aber jedesmal, wenn er sie vorstreckte, fuhr der Kater Mog wie verrückt darauf los. Und am Ende gab ich, hilflos vor Lachen, den Versuch auf.

»Allerdings – Barney und ich haben manches Mal zusammen gelacht«, sagte ich. »Aber nein, geheiratet hätte ich ihn nie. Die Idee schlag dir mal aus dem Kopf, Dolly. Und er würde mich auch nicht fragen. Barney hat das weibliche Geschlecht völlig aufgegeben, fürchte ich.«

Aber das stimmte nicht, wie sich herausstellen sollte.

Sir Gideon hatte einen allem Anschein nach sehr milden Schlaganfall erlitten und kam für zwei, drei Wochen nach Boxall Hill herunter, um wieder auf die Beine zu kommen. Er war wirklich zäh wie eine alte Eiche. Ich vermute, alle Dirigenten sind das, weil sie ein körperlich so aktives Leben führen. Seine Betreuer begleiteten ihn wie üblich, da man Lulie und Grischa die Extraarbeit kaum zumuten konnte.

Grischa rief mich an und sagte, Gideon sei ein bißchen gelangweilt und ob es nicht eine Möglichkeit gäbe, daß ich runterkäme und noch ein Bild von ihm malte. Für Porträts von Gideon bestand immer Nachfrage. Die Ungarn wollten eins, um es irgendwo in Budapest aufzuhängen. So fuhr ich denn hin.

Der alte Gid begrüßte mich freundlich. »Ah, Sidonie, meine Liebe! Wie lange haben wir uns nicht gesehen!«

Gute dreißig Jahre, vermutete ich.

In Boxhall Hill gab es einen wunderbaren Liegestuhl aus Korbgeflecht mit zwei Rädern hinten und einem vorn und mit einer Art Horn wie bei einem Narwal. Lulie hatte ihn mal auf einem Trödelmarkt erstanden, und Grischa, der sich ja auf jedes Handwerk verstand, hatte liebevoll das Korbgeflecht erneuert.

Das Wetter war herbstlich fröstelnd und selten warm genug für den alten Knaben, um draußen zu sitzen, deshalb malte ich ihn im Morgenzimmer vor einem der riesigen Fenster, zurückgelehnt im Korbstuhl, in eine flauschige Decke gehüllt, mit dem immensen Ausblick nach draußen. Es war wahrscheinlich ganz und gar nicht die Sorte Bild, die das ungarische Staatsorchester sich vorstellte, als man deshalb anfragte, aber mir machte es Freude, es so zu malen. Gideon und ich führten weitschweifige, unzusammenhängende Gespräche, während ich arbeitete. Inzwischen kannte ich die Familiengeschichte so gut, daß ich ihn, egal, ob er mich für Sidonie oder Mariana oder für Lulie hielt, hinreichend mit Antworten füttern konnte, um ihn bei Laune zu halten.

»... und das war damals, als das Orchester per Zug quer durch ganz Europa reiste, von einem Engagement zum anderen, und dieser Junge, der liebte mich so sehr, daß er alles daransetzte, hinzukommen, dort auf dem Bahnsteig zu stehen, einzig für ein viertelstündiges Gespräch, während der Zug hielt. Um vier Uhr morgens! Ach, das war ein Elend! Wir liebten einander so!« Tränen traten ihm in die Augen bei der Erinnerung. »Aber was konnten wir machen? Jung und arm waren wir in jenen Tagen. Und dann starb er – wurde getötet, während er bei einem Truppenkonzert auf seiner Bratsche spielte und sie bombardiert wurden. Ich habe nie erfahren, wo sein Grab ist.«

Armer alter Gideon.

Um seine Gedanken abzulenken, fragte ich ihn, wann er Mariana kennengelernt hätte.

»Bei einer Konzertserie in Genf. Sie war schön wie ein weißer Krokus. Und Luke, der auch damals schon für mich sorgte, Luke, der sagte: ›Gideon, das ist die Richtige für dich. Sie wird deinem Leben einen Rahmen geben. Sie ist diejenige, welche!‹ So schickte ich ihr denn jeden Tag einen Topf weißer Krokusse.«

Konnte er nicht lange gemacht haben, dachte ich bei mir. Die Krokussaison ist sehr kurz.

»Und als Sie dann Mariana heirateten, Sir Gideon, fingen Sie da an, so wie ein Heiliger zu werden?«

Er bedachte mich mit einem wundervollen Lächeln: Unglück, Schläue, Mitleid lagen darin, es war engelhaft, gerissen, wissend und nobel, alles auf einmal. Das muß ich festhalten, dachte ich, oder ich scheitere mit dem ganzen Versuch.

»Heiligenartigkeit, meine liebe Sidonie, zahlt sich jederzeit aus! Solange du es durchhältst, heiligenartig zu sein, bleibt der Spielstand siegversprechend. Ich hoffe, ich verwirre dich nicht mit meinen Kricketmetaphern? Ich weiß, euer Nationalspiel ist es nicht.«

Die meiste Zeit schien er unter dem Eindruck zu stehen, ich sei Französin, und er redete mich auch in dieser Sprache an.

Die übrigen Hausbewohner kamen in kurzen Abständen herein und boten ihm kleine Erfrischungen an: Toasthäppchen und ›Gentleman's Relish‹, einen Becher Milch mit Eigelb, ein bißchen Bouillon, einen Brandy. Er und Grischa spielten Schach. Manchmal kam es mir so ungerecht vor, daß Grischa ständig auf den Beinen war, sämtliche Arbeiten des Anwesens erledigte, während Gideon in Decken und Luxus gehüllt dalag, aber dann überlegte ich, daß ja Gideons Geld dies alles ursprünglich ermöglicht hatte, und er war ganz sicherlich kein Lotusesser. Ganz bestimmt würde er wieder aufstehen und dirigieren, sobald er nur irgend dazu imstande war. Und keiner konnte ja auch gesünder und glücklicher sein als Grischa bei seiner Überarbeitung von *Ein Junge aus Shropshire* und beim Zeichnen seiner Karikaturen.

Barney kam für ein Wochenende herunter. Barney war immer der Liebling seines Vaters gewesen. So konfus und abschweifend er auch gegenüber anderen Mitgliedern des Haushaltes sein mochte, sein Geist klärte sich, und er wurde ganz vernünftig, solange Barney bei ihm war. Zufällig gab es am Sonntagnachmittag im Fernsehen die Wiederholung eines Konzertes, das Gideon letzten Sommer in Salzburg dirigiert hatte. Da schauten wir alle zu, und es war faszinierend zu beobachten, wie angesichts seines eigenen Abbilds, das dort lebhaft, in Hochspannung und gebieterisch auf dem Dirigentenpodium stand, der alte Knabe sofort wieder hellwach war und völlig der alte wurde.

Als das Konzert zu Ende war, schlief er augenblicklich ein, und Barney sagte zu mir: »Komm, gehen wir ein bißchen spazieren.«

So gingen wir denn durch den Obstgarten hinauf, vorüber an der bröckelnden Backsteinruine, die die Kinder ›Matildas Turm‹ genannt hatten und wieder abwärts durch den steilen Buchenwald auf der Rückseite, wo ich einst gehofft hatte, eine tiefe, romantische Schlucht zu entdecken. Ein trauriger, herbstlicher Gang. Die Blätter hatten zu fallen begonnen, und die Nesseln um die steinerne Turmruine waren welk und schmutzig.

»Weiß der Himmel, was aus alledem hier mal werden soll, wenn der alte Junge davongeht«, meinte Barney fröstelnd. »Das wird entsetzlichen Ärger und Scherereien geben.«

»Wem wird er es vererben? Dir?«

»Ich fürchte, ja.«

Er fuhr sich sorgenvoll mit den Fingern durch das dicke, blonde Haar, das jetzt langsam anfing zu ergrauen – zu verbleichen eigentlich eher, einfach seinen Goldton zu verlieren. Er sah noch immer asketisch schön aus. Barney hatte von den drei Brüdern immer am hinreißendsten ausgesehen. Aber Toby war der freundlichste gewesen.

»Du könntest dir das Land ja mit Dan teilen. Der brennt bestimmt darauf, hundert Finanzmakler-Villen auf dem Anwesen zu bauen.«

»Eine grauenhafte Idee, Pandora! Wie kannst du so was auch nur erwägen? Und dann – was wird aus Lulie und Grischa?«

»Ich hab's nicht ernst gemeint.«

»Grischa hat entsetzliche Angst, allein zu sterben.«

»Ich weiß. Das hat er mir auch erzählt.«

»Ich mach mir Sorgen um die beiden. Sie werden alt. Wenn einem von ihnen was passiert ...«

»Ja, sie bräuchten wirklich noch jemanden, eine dritte Person, die hier wohnt. Vielleicht die Zwillinge, wenn sie wiederkommen ...«

»Ach, wer kann sich schon auf die Zwillinge verlassen!« sagte er ärgerlich.

Aber ich fand, man konnte sich sehr wohl auf die Zwillinge verlassen. Es war nur eine Frage, ihre Aufmerksamkeit für etwas zu gewinnen.

»Na ja, Dan und Topsy wohnen ja direkt hinter dem Garten. Wenn Dan zu Hause ist.«

»Dan!« Sein Ton war noch verächtlicher als bei den Zwillingen. »Ich hasse den Gedanken, die beiden alten Leute müßten sich auf den verlassen. Der läßt sich neuerdings mit echt zwielichtigen Figuren ein – mit diesem Kerl, diesem Brownrigg, der sich damit brüstet, alte Meister zu malen – oder mit irgend so 'nem Holländer, der dauernd nach Amsterdam rüberfährt. Es würde mich nicht wundern, wenn Dan in Drogengeschäfte verwickelt wäre.«

»Drogen?« fragte ich fassungslos. »Aber warum? Er muß doch bereits ein Vermögen gemacht haben mit all den Sachen, die er unternimmt.«

»Für Dan ist ein Vermögen nicht genug. Der braucht zwei oder drei. Aber hör mal, Pandora. Ich muß mit dir reden. Deshalb bin ich ja überhaupt bloß nach Anderland runtergekommen dies Wochenende. Warum heiraten wir beiden eigentlich nicht?«

Ich wäre vor bassem Erstaunen fast lang hingeschlagen. Was katastrophal gewesen wäre, denn wir schlängelten uns gerade einen morastigen Pfad entlang, der an einem mit wucherndem Eibisch bewachsenen Steilhang entlanglief. Der Boden war braun und stachlig von den abgefallenen Blättern. Was Dan wohl mit diesem Stück Land hier machen würde, wenn er es in die Finger kriegte? Eine Skipiste?

»Heiraten, Barney? Bist du verrückt?«

»Das ist nicht gerade sehr höflich«, sagte er gekränkt.

»Ich würde dich nicht mal heiraten, wenn du der letzte Mann auf dem Planeten wärst. Das ist keine Beleidigung – aber wir würden uns gegenseitig innerhalb einer Woche *meschugge* machen.«

»Aber wir verstehen uns doch ... Wir haben uns im Bett sehr gut verstanden.«

»Ja, haben wir. Ja, da hatten wir viel Spaß.«

Ich dachte an die gut fünfzig Zeichnungen, die ich von ihm gemacht hatte.

»Aber Bett allein reicht nicht, Barney. Ich könnte ... könnte einfach nicht mit jemandem zusammenleben, der so chaotisch und schlampig ist wie du. Porridge, schmutzige Hosen und

Oboen – alles durcheinander auf dem Fußboden! Nein, danke! Wenn du als Gespenst in einem Hause herumspuken würdest, ich wüßte, daß du es wärst, einfach wegen des gespenstischen Chaos, das du hinterläßt.«

»Keiner erwartet ja von dir, daß du es aufräumst.«

»Ich könnte es nicht aushalten, es herumliegen zu lassen.« Und ich fügte hinzu: »Du und Dolly, ihr seid euch in mancher Beziehung unheimlich ähnlich.«

»Aber du bist die einzige Frau, mit der ich je eine anständige Beziehung gehabt habe«, meinte er traurig. »Mit dir kann ich über Bücher reden. Weißt du noch, wie wir uns immer über den *Grünen Ritter* gestritten haben?«

»Das waren die Zwillinge.«

Aber es stimmte, Barney war der einzige von den Morningquests, der zum Vergnügen las. Und ich hatte unsere Unterhaltungen immer genossen.

Aber nein. Nein.

»Es war nur meine äußere Schale, die du gemocht hast, Barney, wirklich – nicht mich, nicht mein eigentliches Ich.«

»Aber wir waren doch Freunde«, beharrte er.

»Und du weißt, du würdest mir nicht treu sein, du könntest es gar nicht. Das liegt nicht in deiner Natur. Ich würde innerlich nie zur Ruhe kommen.«

»Aber du magst Mog! Und er mag dich.«

»Du willst mich bloß heiraten, um eine permanente Haushälterin für Mog zu haben.«

»Ich muß schon sagen«, meinte er trübsinnig, »daß ich anscheinend Katzen lieber mag als Frauen.«

»Aber verlassen tust du sie genauso.«

»Ja«, sagte er noch trübsinniger.

»Was ist eigentlich damals mit deiner Frau passiert, Barney? Miss Winslow aus New Hampshire?«

»Ich hab versucht, sie umzubringen.«

»Was?«

»Ich hab sie aus einem Baum geschubst.«

»Warum? Was hattest du auf einem Baum zu suchen?«

»Sie war nicht verletzt. Nicht richtig. Sie war Botanikerin. Wir suchten nach Galläpfeln. Und plötzlich hatte ich die Nase voll.«

»Na, da siehst du es! Ich lasse mich nicht aus irgendeinem Baum schubsen. Also – tut mir leid, lieber Barney, aber ich kann dich nicht heiraten.«

»Lulie wird es auch leid tun«, bemerkte er schmollend.

»Wieso? Hat sie dich dazu angestiftet?«

»Nein, genaugenommen hat sie mir sogar gesagt, du würdest mich nie nehmen. Sie sagte, so töricht wärst du nicht.«

»Du wirst dir jemand anders suchen müssen, der für Mog sorgt. Übrigens«, fiel mir ein, »könnte ich wohl diese Zeichnung haben, die ich von dir und Mog gemacht hab, die, wo du in der Badewanne liegst, und er sitzt zwischen den Wasserhähnen? Die hätt ich so gerne als Erinnerung.«

»Ich habe die nicht.«

»Unsinn, Barney, du hast sie alle. Die sämtlichen Zeichnungen. Eine ganze Mappe voll.«

»Nein, hab ich nicht«, sagte er. »Ich wollte dich schon fragen, ob du dagewesen bist und sie mitgenommen hast. Hast du nicht noch einen Schlüssel? Ich kann die nirgends finden.«

»Nein, ich habe keinen Schlüssel mehr. Ich hab ihn dir doch zurückgegeben, weißt du nicht mehr? Und nein, ich bin nicht dagewesen und hab sie mitgenommen. Würd ich auch nie machen, ohne dir Bescheid zu sagen! Außerdem hab ich sie dir geschenkt. Sie gehören dir. Aber ich dachte, ich könnte vielleicht das eine von Mog und der Badewanne haben. Wenn du zurückkommst und nochmals suchst, dann findest du sie bestimmt in all dem Durcheinander. Wie wär's – vielleicht oben auf dem Schrank?«

»Ich glaub, da hab ich schon nachgesehen«, meinte er zweifelnd. »Aber ich schau noch mal. Du könntest wohl nicht den alten

Mog bei dir in Shepherds Bush aufnehmen, wenn ich nach Dänemark fahre?«

»Und was sollte ich mit ihm machen, wenn ich an den Wochenenden hierher komme? Außerdem«, sagte ich, »ich werde selbst nicht in Shepherds Bush sein. Ich fahre nach Prag.«

19

»Was hast du denn nun mit Mog gemacht, während du in Dänemark warst?« fragten die Zwillinge Barney.

»Hab diese Wohnung an einen buddhistischen Mönch vermietet. Der alte Mog mußte für sechs Monate zum Vegetarier werden. Aber sonst scheinen sie sehr gut miteinander ausgekommen zu sein. Und wieso seid ihr in England, ihr beiden?«

»Anwaltskram. Wir haben die Erbschaft der alten Tante Isadora angetreten, und es gab einen solchen Wust von Formularen zu unterschreiben, daß es uns einfacher schien, mal schnell rüberzuflitzen und es hier zu erledigen. Dann gehen wir aber nach Yokohama zurück, für weitere zwei Jahre. Man scheint uns dort zu mögen. Eine Mixtur aus Strukturalismus und dem *Muddle Principle* kommt da gut an.«

»Habt ihr Gideon gesehen?«

»Wir haben ihn gerade am Cadogan Square erwischt, zwischen Paris und Seattle. Der scheint wieder gut in Form zu sein. Er konnte uns sogar auseinanderhalten.«

»Komisch eigentlich, daß er das immer konnte, gleich von Anfang an«, bemerkte Ally.

»Vielleicht, weil er uns damals so sehr verabscheute. Wir erinnerten ihn dauernd an Dave.«

»Wogegen wir ihn jetzt an Mariana erinnern. Die er ja geliebt hat, auf seine Weise. Und uns hat er mittlerweile richtig gern.«

»Und du unterrichtest immer noch, Barney?«

»O ja. Das kann ich nun mal am besten.«

»Und Pandora? Immer noch in Prag, immer noch auf der Suche nach ihrer verlorenen Liebe?«

»Glaub schon«, sagte Barney düster. »Sie schreibt mir nicht. Schon ein ganzes Jahr nicht.«

»Uns hat sie auch nur einmal geschrieben. Daß er im Gefängnis steckt, und sie sei sehr einsam. Was macht sie denn dort?«

»Lulie sagt, sie hat da irgendeinen Job beim British Council – Porträts vom Mann auf der Straße.«

»Und Schulen«, warf Elly ein. »Von Kindern in Schulen. Porträts für Brieffreundschaften. Motto: Wir sind alle Freunde.«

»Paßt eigentlich gar nicht zu Pandora.«

»Ach, weiß ich gar nicht. Was paßt eigentlich zu Pandora? Wie können wir das wissen? Sie hat sich an uns angepaßt, nicht wir uns an sie.«

»Ich nehme an, sie brauchte einen stichhaltigen Vorwand, um in Prag bleiben zu können.«

»Habt ihr Dolly und ihren Mann gesehen?«

Beide Zwillinge brachen in Lachen aus.

»Ja! Dolly und ihren Marsriegel! Ach, der ist lecker! Der ist wirklich süß!«

»Sie redet immer so mit angehaltenem Atem von ihm ... Wir erwarteten eine Mischung aus Bertrand Russell, Corbusier und Buckminster Fuller. Und dann dieser süße kleine Dickmops! Wie Mr. Tiggy-Winkle. Er ist lieb und nett zu Dolly, aber sein Name wird nicht in die Annalen des Ruhms eingehen. Bestimmt nicht.«

»Wenigstens hege ich durch ihn auch ein bißchen freundlichere Gefühle für Dave«, meinte Ally gedankenvoll.

»Wieso?«

»Sie hatten dasselbe Motiv: Wenn du selbst kein Einhorn sein kannst, dann verschaff dir eins. Sie haben beide in eine Familie von Erfolgsmenschen eingeheiratet.«

»So was Ähnliches gibt's doch im Marxismus: der Übergang von der Quantität zur Qualität. Die Durchdringung der Gegensätze.«

»Aber zurück zu Mar und Dave«, meinte Ally. »Er war ein richtiger Romantiker. Schließlich ist er tatsächlich mit ihr in die Wüste Gobi gefahren. Das hätte er ja nicht tun müssen.«

»Von unserem Standpunkt aus betrachtet«, sagte Elly, »wäre es besser gewesen, wenn sie zu Hause geblieben wäre und sich um unsere Ernährung, unsere Eigenarten und unsere Erziehung gekümmert hätte.«

»Na, aus uns ist doch trotzdem was geworden, oder etwa nicht?«

»Ja, aber sieh dir mal Toby an und die arme Selene.«

»Selene ist sicherlich zu kurz gekommen.«

»Und Toby hat es immer ausbaden müssen. Weißt du nicht auch noch«, meinte Ally, »damals, als sie in ihrem Brennofen eine Ladung Keramik überhitzte, und sie war so vollkommen verzweifelt? Sie war drauf und dran, sich die Pulsadern aufzuschneiden, und Toby hinderte sie daran.«

»Sie war 'ne ganz schöne Last, die er mit sich rumschleppen mußte.«

»Und erinnere dich, wie sie immer all seine Sprachmanierismen nachahmte und wie nervtötend das war.«

»Aber er hat sie trotzdem geliebt.«

»Natürlich! Sie war ja auch ein Schatz. Gescheit und lustig und lieb. Als wir etwa fünf waren, und unglaublich häßlich, da war sie immer sehr nett zu uns. Denk mal, wie sie in ihrem Zimmer manchmal kleine Picknicks für uns veranstaltete.«

»Um uns dann aber oft wieder völlig zu ignorieren.«

»Und Toby war immer so geistesabwesend. Als ob er die Quadratwurzel von minus eins errechnete.«

»Wart ihr eigentlich zu Hause«, fragte Barney neugierig, »als Mar das rauskriegte mit Toby und Selene?«

»Und als es dann diesen mörderischen Krach gab? Klar waren wir da«, sagte Elly.

»Wie könnte ich das vergessen? Es war die schrecklichste Sache, die je passiert war.«

»Und Selene drehte sich zu Mar um und fragte, welches Recht sie denn wohl hätte, so zu reden? In Anbetracht der Tatsache, daß sie ihren Liebhaber die ganze Zeit im Hause hätte? Und danach sprachen sie dann nie wieder miteinander. Oder wenigstens Selene hat nie wieder mit Mar gesprochen.«

»Arme Mar.«

»Na ja. Alle Familien haben ihre Probleme.«

»›Glückliche Familien sind einander ähnlich. Jede unglückliche Familie jedoch ist auf ihre eigene Weise unglücklich‹«, zitierte Elly. »Pandora wußte gar nicht, auf was sie sich da einließ, als sie sich uns anschloß. Ich kann es ihr nicht übelnehmen, daß sie jetzt weggeht ...«

»Ihre Familie hatte ja aber auch ihre Probleme. Ich erinnere mich, wie sie mir erzählte, daß ihr Vater ihr einmal zum Geburtstag ein blindes Kätzchen geschenkt hat.«

»Alle Kätzchen sind blind.«

»Nein, aber dieses war schon alt genug, seine Augen hätten schon offen sein müssen. Es war wirklich blind. Sie haben sich nie geöffnet. Und dabei war er Tierarzt!«

»Vielleicht fand er, es wäre eine interessante Herausforderung.«

»Nein. Er hat es einfach nicht gemerkt.«

»Das war der Grund, weshalb ihre Mutter sie uns quasi vermacht hat.«

»Und dann hat sie sich in die ganze Familie verliebt.«

»Hat sie das?«

»Also da sprecht ihr wohl für euch selbst, ihr Mädchen«, meinte Barney trocken.

Ungerührt betrachtete er seine jüngeren Schwestern, wie sie da locker im Schneidersitz zwischen dem turmhohen Krempel auf seinem Fußboden saßen. In einem Spiegel, der gegen die Wand lehnte, sah man ihre langen Nasen, die graugrünen Augen und die ironisch gewölbten Münder. Sie sahen aus, mußte er denken, wie die Masken der Komödie und der Tragödie, festgehalten im Augenblick des Rollentausches.

»Lulie fragt sich immer, ob Mar und Pandoras Mutter womöglich entfernt verwandt waren, ob das vielleicht der Grund war, weshalb sie eine solche Zuneigung zueinander faßten?«

»Wie sollte man so etwas jemals herausfinden können? Mariana könnte schließlich jedermanns Kind gewesen sein, gefunden auf den Stufen eines Klosters. Und Mrs. Crumbe hat Pandora auch nie etwas über ihre Abstammung erzählt.«

»Und außerdem haben haufenweise Menschen eine Zuneigung zu Mar gefaßt, verliebten sich Hals über Kopf in sie, und das bedeutete ja noch nicht, daß sie alle ihre Vettern oder Kusinen waren.«

»Wenn man weit genug rückwärts gräbt«, meinte Barney, »dann sind wahrscheinlich alle europäischen Familien untereinander verbunden. Es gibt da gar nicht so viele Gruppierungen zum Auswählen – Normannen, Kelten, Magyaren, Sachsen, Juden. Und die müssen sich ganz schön vermischt haben. Und wurden so oft dezimiert, durch Seuchen und den Schwarzen Tod. Ich nehme an, wir sind alle irgendwie untereinander verwandt. Um das Mittelmeer herum gibt es Hunderte alter Männer, die exakt aussehen wie Gideon.«

»Bloß nicht so engelhaft wie der«, sagte Ally.

»Ich fahre übrigens Weihnachten mit einer Gruppe Studenten nach Kairo«, bemerkte Barney nach einer Weile. »Wie steht's mit euch? Ihr wäret wohl nicht zufällig noch hier, als Katzensitter für Mog?«

Die Zwillinge sahen ihn bedauernd an und schüttelten ihre Köpfe.

»Bestimmt nicht, Barney, Liebling.«

»Wir sind dann wieder in Yokohama. Die Festtage hier drüben, nein, das möchten wir lieber umgehen.«

»Da gibt es zu viele düstere Erinnerungen.«

»Du wirst dir halt deinen buddhistischen Mönch wieder holen müssen.«

20

Meine ersten neun Monate in Prag waren einsam und traurig.

Auch die Überzeugung, daß ich recht daran getan hatte, Barneys Antrag abzulehnen, half meiner seelischen Verfassung nicht. Ich vermißte Barney schon, und die trockenen Witzeleien, die wir auszutauschen pflegten. Noch viel mehr aber vermißte ich Lulie und Grischa.

Dabei hatten die beiden mich am liebevollsten gedrängt, zu gehen. »Überleg doch mal, was passierte, als du nach Edingburgh gefahren bist! Was für eine erfolgreiche Reise das war! Wer weiß – vielleicht wird Prag sogar noch besser? Mach dir keine Sorgen um uns alten Leute. Du wirst uns natürlich fehlen, aber wir können ja jederzeit nach Topsy oder Dolly schicken.«

Trotzdem fühlte ich mich schuldig und machte mir Sorgen um sie. Ich hatte das Gefühl, ich hätte in gewisser Weise ihre Interessen verraten. Wäre ich Mrs. Barney Morningquest, dann hätte ich das Recht, zu entscheiden, was mit Boxall Hill geschah, im Falle, daß Sir Gideon – was der Himmel verhüten möge – durch irgendeine Katastrophe von der Bühne verschwand.

Und dennoch – es war eine beträchtliche Erleichterung, daß ich es weder war noch tat.

Meine Freundin Veronica war vor einigen Jahren aus Rom wiedergekehrt und hatte es zu einer einflußreichen Position beim British Council gebracht. Sie war es auch, die mir in Prag diesen Job besorgte, der mir nicht nur den Vorwand verschaffte, für eine unbegrenzte Zahl von Monaten in Prag zu bleiben, sondern der mir auch noch dazu verhalf, annähernd meine Kosten zu decken. Völkerfreundschaft und Kulturaustausch. Das klang respektabel genug, um die Behörden zufriedenzustellen. Ich machte Zeichnungen von Tramfahrern und Straßenkehrern. Ich ging in Schulen, zeichnete Kinder und arrangierte, daß die Bilder an englische Schulen geschickt wurden im Austausch gegen ähnliche Porträts englischer Kinder. Es war eintönig, vernünftig und harmlos, und ich war höllisch einsam.

Prag ist, glaube ich, eine der schönsten Städte der Welt. Selbst damals, in den siebziger Jahren – schäbig, unterjocht, grau und stumm – war sein optischer Charme unwiderstehlich. Ich lief und lief umher, schaute und schaute, zeichnete und zeichnete. Ich saß auf der Karlsbrücke, wo jedermann sitzt, und machte hastige Skizzen von den Gesichtern, die mir am besten gefielen, einschließlich der dreißig Heiligengruppen, die die Brückenmauer zieren, lächelnd und heiter wie Gideon. Und unten floß die Moldau, still und dunkel, voller Inseln, Schwäne und Ratten. Oben auf dem bewaldeten Bergrücken dräute die Burg mit ihren umliegenden Gebäudekomplexen. Vor allem der Veitsdom, der in unseren Ohren so einen hektischen Klang hat – als ob in seinen Mauern täglich verrückte Tänze stattfänden oder als ob gar zu gewärtigen sei, daß das zweitürmige Bauwerk selbst in eine Tarantella ausbräche. Ich lehnte gegen Mauern am Staroméstské námésti, am Altstädter Ring, dem Angelpunkt der Altstadt. Ich zeichnete schäbige, abblätternde, herrliche Fassaden, hinter manch einer von denen Kafka gewohnt haben könnte, denn selten hat es einen so rastlosen, unentwegt umziehenden Menschen gegeben. Und ich zeichnete unzählige runde, gewitzte, nicht klein zu kriegende tschechische Gesichter. Zuerst wunderte ich mich, warum sie mir alle so bekannt vorkamen. An wen erinnerten sie mich so stark? Und dann wurde mir klar, daß sie mich, eins wie das andere, an meine Mutter erinnerten. Aber war es die äußere Struktur? Oder der Ausdruck? Beides, entschied ich schließlich: teilweise der Typus, die Konturen, und teilweise dieser Ausdruck immenser Verschlossenheit, diese Miene, als hätten sie etwas zu verbergen oder doch mindestens etwas, über das sie nicht sprechen wollten.

»Ich möchte so gern, daß du Menschen findest, mit denen du

sprechen kannst«, hatte meine Mutter sehnsüchtig gesagt. Nun, ich konnte mit Barney sprechen, mit Toby und mit den Zwillingen, und vor langer, langer Zeit konnte ich auch mit Tom sprechen – dem verlorenen Tom. Aber mit seinen Landsleuten konnte ich ums Verrecken nicht sprechen. Ein Grund dafür war natürlich, daß mein Tschechisch ziemlich dürftig war, obwohl ich die Sprache lernte, so schnell ich konnte. Deutsch hatte ich von den Zwillingen aufgeschnappt, und das erwies sich als sehr brauchbar. Und natürlich spricht eine große Anzahl Tschechen perfekt englisch. Aber bis jetzt kamen einfach keine Gespräche mit mir zustande.

Das British Council hatte mich in einem kleinen, billigen Hotel einquartiert, einem alten Kasten mit rissigen, barocken Stuckornamenten, großen, fleckigen Spiegeln und antiquierten Möbeln aus Metall und Marmor, mit nicht funktionierenden Kronleuchtern, aus denen lose Kabel hingen, mit tröpfelnden Wasserhähnen und nicht lebensfähigen Glühbirnen. So sympathisch mir das alles auch war, es war für mein Budget zu teuer, und so zog ich um und wohnte bei einer Familie (ebenfalls vom Council empfohlen) in einer armseligen Wohnung, vier Treppen hoch, im südlichen Teil der Stadt. Die Familie, die Čapeks, war anfangs meinetwegen nervös, wenn auch zivil und freundlich. Später erfuhr ich, daß sie gedacht hatten, ich könne eine Art Spionin sein, die man bei ihnen eingeschleust hatte, vielleicht ein *agent provocateur* der Staatssicherheit, und so gingen sie verständlicherweise kein Risiko ein. Sie gestatteten mir Küchen- und Badbenutzung und ließen mich höflich allein.

Das Leben unter einer repressiven Obrigkeit war für mich nichts Neues. Es war das, woran ich die ersten sechzehn Jahre meines Lebens gewöhnt gewesen war. Mir taten die Tschechen entsetzlich leid, ich hatte größtes Mitgefühl für ihre Misere. Und manchmal fragte ich mich, ob dieses finstere, einschüchternde, trostlose Regime wohl ebenso nutzlos, dumm und letztlich unbedeutend war wie das in meiner eigenen Familie? Würde es am

Ende einfach in sich zusammenfallen, würden die Menschen dann merken, daß sie genausogut froh und frei sein und Vertrauen zueinander haben konnten? Oder mußte es erst irgendeinen grauenhaften Aufstand geben, ein Blutbad, Hunderte von Toten?

Und wo steckte unterdessen in dieser grauen, verschlossenen, unbegreiflichen Stadt Tom? Gefängnisse sind auf Stadtplänen und in Reiseführern nicht vermerkt. Und natürlich hatte ich keinerlei Möglichkeit, herauszufinden, ob er überhaupt in Prag war. Ebensogut konnte er in Bratislava sein, in Brno oder sonstwo. Und ich scheute mich davor, Nachforschungen anzustellen, Staub aufzuwirbeln; das konnte ihm womöglich sehr schlecht bekommen.

Unterdessen erforschte ich zu Fuß jeden Quadratzentimeter der Stadt, dieser Stadt, in der Tom aufgewachsen war. Indem ich sie kennenlernte, konnte ich vielleicht auch etwas über ihn erfahren. Ich erkundete die Mala Strana und die Altstadt, ich ging in Galerien und Kirchen, ich wanderte durch die Gärten an den Hügeln, ich ging über Brücken, hinüber und herüber, ich stieg die Reitertreppe im Vladislav-Saal hinunter und lauschte den Straßenmusikanten auf dem Wenzelsplatz – der gar kein Platz, sondern ein langer Boulevard ist.

Mein liebster Teil von Prag jedoch war die Altstadt, in die ich immer und immer wieder zurückkehrte. Besonders auf den Jüdischen Friedhof.

Etliche Male hatte ich vergeblich danach gesucht, war dauernd im Kreis herumgegangen, bis ich ihn schließlich fand. Und als ich das tat, da konnte ich kaum glauben, daß meine Suche zu Ende war. Er schien so winzig. Bei einem Friedhof denkt man an ein ziemlich ausgedehntes Areal. Aber der Jüdische Friedhof in Prag ist ein winziges, merkwürdig verwinkeltes, beinahe sternförmiges Stückchen Erde vom Ausmaß eines Tennisplatzes, nicht größer. Er liegt eingepfercht zwischen Gebäuden und krummen Gassen. Eine Mauer und ein rostiges Gitter umfrieden ihn. Manchmal – meistens – ist die Pforte geschlossen. Die Grabsteine stehen eng gedrängt, dicht bei dicht, berühren einander, lehnen sich gegeneinander. Schwarzerlen, die zwischen ihnen aus dem Boden gewachsen sind, vermehren noch die drangvolle Enge. Und an diesem Ort gibt es zwölftausend – *zwölftausend!* – Grabsteine. So etwa las ich es. Die Menschen sind hier in Schichten übereinander begraben. Von 1439 bis 1787 war der Friedhof ununterbrochen in Gebrauch.

Es regnete, als es mir erstmals gelang, in das enge Gehege hineinzukommen. Die Grabsteine glänzten, das spärliche, ungepflegte Gras auf dem unebenen, höckerigen Boden wirkte wie frisch gespült, und die kleinen Kieselsteine, die oben auf den Schmalseiten der Monumente balancierten, schimmerten wie Perlen. Was in aller Welt, überlegte ich mir und blickte mich um, sollten all diese kleinen Steine? Jedes Grabmal trug etliche davon, einige sogar Dutzende.

Ich hob einen von ihnen auf. Darunter lag ein Papierfetzen. ›*Chers grandpère et grandmère*‹, stand darauf, ›wir sind hergekommen, eure Knochen zu besuchen. Viel Glück! *Maseltow!* Jules, Rebecca und die Jungens, Izzy und Sam. Juli 19...‹ Ein nicht mehr zu entzifferndes Datum, vom Regen weggewaschen.

Jedes Grab trug viele solcher Grußbotschaften: auf französisch, spanisch, deutsch, griechisch, italienisch und in vielen Sprachen, die mir unbekannt waren. ›Liebe Großeltern, wir sind gekommen, wir waren hier, dies soll euch sagen, wir haben euch nicht vergessen, werden euch nie vergessen. Dies soll euch sagen, daß wir noch leben, daß wir weitermachen, daß nach uns unsere Kinder weitermachen werden. Dies soll euch sagen, daß wir euch lieben, obgleich wir euch nie begegnet sind.‹ Die meisten der Botschaften, geschrieben auf herausgerissenen Seiten eines Taschenkalenders, auf Busfahrscheinen, auf Quittungen, auf Bordkarten, auf winzigen Papierschnipseln, waren bereits vom Regen verwaschen.

Ich fand diese Mitteilungen unbeschreiblich anrührend. Ich

hätte mich auf die Erde werfen und weinen mögen – wenn es nicht gar so sehr geregnet, wenn es nur einen Quadratmeter flachen Bodens gegeben hätte und wenn der Friedhof nicht so drangvoll von Menschen gewesen wäre, die alle schweigend umhergingen und die Botschaften lasen. Viele von ihnen wischten sich, wie ich, stumm die Tränen fort.

Die Grabsteine tragen, wie ich später herausfand, eingemeißelte Embleme ihrer Sippen: eine Urne für Levi, segnend erhobene Hände für Aaron, andere für Cohen, Hirsch, Kahn. Es gibt einen kunstvoll gearbeiteten Sarkophag für Rabbi Löw, der 1609 starb und den Golem erschuf, den ersten von Menschenhand gemachten Roboter, der in Aktion trat, wenn man ihm den Mund öffnete und einen Zettel mit einem kabbalistischen Text hineinsteckte. Exakt wie ein Parkscheinautomat. Heutzutage hätte Rabbi Jehuda Ben Bezabel damit ein Vermögen gemacht. Möglich, daß er es damals im siebzehnten Jahrhundert auch schon tat.

Immer und immer wieder kehrte ich zu dem Friedhof zurück. Vielleicht, dachte ich, vielleicht liegen auch die Vorfahren meiner Mutter und die von Mariana hier, tief unten zwischen all den Knochenschichten – obwohl es in ganz Europa viele solcher Friedhöfe geben mußte. Vielleicht sollte ich auch eine Grußbotschaft schreiben. ›Liebe Großeltern, wie gerne wüßte ich, ob ihr hier seid.‹ Wie war der richtige Name meiner Mutter gewesen? Ich hatte es nie gewußt.

Eines Tages, es war ein bitterkalter Wintertag mit Schneetreiben, hockte ich am Gitter des Friedhofs, vertieft in meine übliche Beschäftigung, nämlich die Menschen zu zeichnen, wie sie umherwanderten und schauten, da sagte eine zögernde Frauenstimme dicht neben mir: »Hallo!«

Ich blickte auf und erkannte nach einigem Überlegen meine Hauswirtin, Marta Čapek. Sie war Lehrerin und hätte eigentlich in der Schule sein müssen, aber heute war ein Feiertag.

»Ich wußte gar nicht, daß Sie diesen Ort hier gefunden haben«, sagte sie, »aber meine Kusine, die sagt, sie sieht Sie hier sehr oft.«

»Ich komme oft, sehr oft her«, erwiderte ich.

Wir begannen eine zaghafte Unterhaltung, und ich lud sie ein, mit mir zum nahen Altstädter Ring zu gehen und einen Kaffee zu trinken. Fröstelnd saßen wir an einem Tischchen draußen, und da erzählte ich ihr – es war zufällig niemand in Hörweite, und ich fühlte mich so besonders allein und so besonders mitteilungsbedürftig –, daß ich einmal einen tschechischen Freund gehabt hätte, daß er mein Lehrer an der Kunstschule gewesen sei und daß ich seiner Großmutter in Schottland sehr zugetan wäre.

»Ein Tscheche, ein Kunstlehrer, mit einer schottischen Großmutter?« fragte sie. »Oh.«

»Er macht Filme – früher machte er Filme«, sagte ich.

»Oh!« Nach einer Weile fragte sie: »Wie ist sein Name?«

Als ich ihn ihr sagte, meinte sie zum dritten Male: »Oh!« – in auffällig bedächtigem Ton. Dann begann sie unruhig zu werden. Deshalb zahlte ich rasch den Kaffee und erklärte, ich hätte eine Verabredung – was auch stimmte –, und wir trennten uns.

Aber am nächsten Tag vertrat mir ihr Mann, Jan, ein Universitätslehrer, auf der Treppe den Weg.

»Verzeihen Sie, daß ich frage«, sagte er, »aber Ihr Vorname ... kann ich sicher sein, daß ich ihn richtig notiert habe?«

Formulare, Formulare, Bürokratie, dachte ich und sagte ihn ihm. Obwohl es seltsam schien, daß er ihn wissen wollte – er mußte ihn doch schon in etliche Formulare eingetragen haben.

Er nickte, dankte mir und ging seiner Wege.

Aber am gleichen Abend fing er mich wieder ab und murmelte, er wisse da von einer Filmvorführung, die mich vielleicht interessieren würde.

Im ersten Moment war ich zu Tode erschrocken, weil ich dachte, er hätte irgendwelche mitteleuropäischen Hardpornos im Sinn, aber dann wurde mir klar, wie völlig unwahrscheinlich das war. Und außerdem beugte er sich noch näher an mein Ohr und flüsterte: »Filme von Jindrič.«

»Oh!« Ich atmete heftig vor Verwunderung und Entzücken. »O ja! Aber wie konnten Sie ...«

»Scht! Erzähl ich Ihnen später.«

Es wurde für später an jenem Abend ein Treffpunkt ausgemacht, in einem Teil der Stadt, den ich nicht sehr gut kannte. Ich ging zu dem verabredeten Platz und wurde dort von einem kleinen, ratternden Auto abgeholt, das nach Hund und Benzin roch. Wir schossen davon durch schummerige Straßen – Prag ist bei Nacht nicht gut beleuchtet –, und bald war ich vollständig verloren. Nach zehnminütiger Fahrt hielten wir in einem mir völlig unbekannten Stadtteil vor einer jener Bars, wie sie mir mittlerweile schon vertraut waren – unauffällige Wein- und Bierkeller, die von der Straße aus eher klein wirkten, deren Räumlichkeiten sich jedoch unter schweren Deckengewölben in völlig ungeahnten Dimensionen erstreckten.

Mein Fahrer kam an meine Seite herum und öffnete mir die Tür. »Gehen Sie da runter, immer weiter, bis es nicht mehr weitergeht«, sagte er leise.

»Und dann fragen Sie nach Mike.«

Er lächelte mich an, und plötzlich kam mir sein Gesicht bekannt vor. Tatsächlich hatte ich es sogar schon gezeichnet. Er war ein schmalköpfiger, dunkler Mann mit auffällig steifer Wirbelsäule, als ob er irgendeine Verletzung erlitten hätte. Er war manchmal über die Karlsbrücke gegangen, während ich dort, zwischen Musikanten und Puppenspielern hockend, zeichnete. Ein oder zweimal war es mir so vorgekommen, als ob er mich verhalten und interessiert beobachtete, als ob er drauf und dran wäre, stehenzubleiben und mich etwas zu fragen, aber dann setzte er jedesmal seinen Weg fort.

Jetzt sagte er: »Ich fahre jetzt weiter und parke den Wagen irgendwo anders. Vielleicht seh ich Sie später.«

Langsam bahnte ich, besser gesagt, ertastete ich mir meinem Weg – denn das Lokal war nur von winzigen, flackernden Kerzen erhellt – an kleinen Tischen und Stühlen, an geruhsam trinkenden oder essenden Leuten vorbei, bis ich an eine Tür kam.

»Prosím?« fragte eine Stimme auf tschechisch. Ich fragte nach Mike.

»Hier herein, bitte.« Die Tür öffnete sich.

Zu meinem Erstaunen – ich spürte das eher, als daß ich es sah – befand ich mich jetzt in einem ziemlich großen Raum, von der Größe eines Hörsaals. Und wie ein Hörsaal hatte er auch Stuhlreihen. Ein paar Leute saßen bereits da, nicht viele, weniger als ein Dutzend. Ein schwacher Schein erhellte den Raum, der rings an den Wänden mit schweren Vorhängen verhängt war – genug, um Tante Lulie für den Rest ihres Lebens mit Wintermantelmaterial zu versorgen.

Ein freundlicher Arm geleitete mich zu einem Platz, und ich setzte mich. Nach mir waren noch ein paar weitere Leute eingetreten. Jetzt erlosch das spärliche Licht, und wir saßen in totaler Dunkelheit. Ein paar Augenblicke später wurde am anderen Ende des Raumes eine Leinwand hell, und die Filmvorführung begann.

Es gab keinen Ton, keine Musik, keine Stimme aus dem Off. (Hinterher erzählte man mir, daß die gezeigten Filme eigentlich durchaus Tonfilme waren, daß aber bei solchen verbotenen Vorführungen wie dieser das Abspielen des Soundtracks nur das Risiko erhöhen mußte, deshalb wurden sie in völliger Stille gezeigt, ausgenommen ein gelegentliches Murmeln des unsichtbaren Publikums.

Der erste Film, ein Zeichentrickstreifen, hieß *Jagdgesellschaft* (man übersetzte mir die Titel später). Es war eine simple, aber lustige kleine Satire von Füchsen in roten Reiterjacken, die zu Pferde hinter nackten, flüchtenden Männern hergaloppierten, von Bullen und Kühen in Dinnerjackets und Mantilla, die zuschauten, wie Picadores und Bullen mit Matadorcapes nackte Männer in Stierkampfarenen rundumjagten, und von jubelnden Katzen in hübscher Folkloretracht, die nackte Männer von Turmsöllern herabstürzten.

›Film von Tom Jindrič‹ stand am Ende unter den anderen Namen im Nachspann.

Als nächstes kam ein surrealistischer, an Magritte erinnernder Film über einen Garten. Zuerst wirkte der Ort bezaubernd: altmodische, mit Steinplatten gepflasterte Wege, Blumenrabatten, Vogelbäder, akkurate Reihen von Gemüse, Rosen, Lavendel, ein liebenswerter, bärtiger alter Gärtner, der sich darin zu schaffen machte. Bald aber wurde die böse Natur der scharfen Zähne und Klauen übermächtig: Die Blumen bekämpften und verschlangen einander, Würmer, Larven und Schnecken verwüsteten die Pflanzen, wütende Vögel rissen Stengel aus, Katzen verfolgten die Vögel, und der alte Adam von einem Gärtner wurde schließlich von einer wuchernden Weinranke stranguliert.

Dann kam ein kurzer, witziger Film mit dem Titel: *Meins ist größer als deins.* Darin erzählen zwei etwa Vierjährige einander Geschichten, in denen ihre Phantasie immer höhere, immer wildere Wellen schlägt, bis ihre fette, uninteressierte Mutter sie ins Bett scheucht. Bei beiden wurde Jindrič als Autor erwähnt.

Danach gab es jenen Film über Socken und Handschuhe, den Tom in St. Vigeans gemacht und dort auch schon gezeigt hatte. Ihn hier wiederzusehen versetzte mir einen heftigen Stich schmerzhafter Sehnsucht.

Als nächstes kam der über die Kröten, den Dolly erwähnt hatte. Die Kröten hatten entfernt menschenähnliche Züge, und das war, falls man in ihnen lebende Politiker erkennen konnte, wohl auch der Grund, weshalb Tom in Schwierigkeiten geraten war, warum man ihn per Verdikt vom Filmemachen ›beurlaubt‹ und ins Gefängnis gesteckt hatte.

Der Krötenfilm war mit Handpuppen gemacht, die aussahen, als ob sie aus Waschleder wären. Und sie waren ungeheuer abstoßend.

Darauf gab es wieder einen Zeichentrickfilm. Zuerst erschien das Bild eines ausbrechenden Vulkans, dann schob sich buchstabenweise das Wort ›Pandora‹ über die Leinwand.

Mir war, als zerspränge mir das Herz in der Brust.

Es war klar, daß auch dieser Film in seiner offiziellen Version von einer Kommentarstimme aus dem Off begleitet wurde. Den Zuschauern wurden die Titanenbrüder Prometheus und Epimetheus gezeigt, wie sie die Welt erbauten, Berge, Landschaften und Bäume formten, und endlich, aus Lehm, auch den Menschen. Dann schleicht sich Prometheus eine große, schimmernde Wendeltreppe empor, die sich durch Dunst und Wolken zum Olymp hinaufwindet, wo nebelhaft die Götter in ihrem Glanze zu erkennen sind, wie sie Rat halten und Nektar trinken, erwärmt von den ewigen, gleißenden Strahlen der Sonne.

Prometheus stiehlt eine Flamme vom unsterblichen Feuer der Götter, verbirgt sie in einem hohlen Fenchelstengel, und es gelingt ihm, unbemerkt aus dem Olymp zu entkommen. Er gibt die gestohlene Flamme an den Menschen weiter, der unverzüglich anfängt, Verheerungen damit anzurichten: ferngesteuerte Raketen zu erfinden und katastrophale Waldbrände zu entzünden.

Die Götter beraten gemeinsam und beschließen, Prometheus für sein Eindringen und für den Diebstahl zu bestrafen. Sie erschaffen das Mädchen Pandora, schön wie der helle Tag, und bei ihrer Erschaffung steuert jeder Gott eine spezielle Gabe bei. An dieser Stelle mußte ich denn doch ein Kichern unterdrücken, denn – keine Frage – Pandora hatte beträchtliche Ähnlichkeit mit mir. Trotz der Tatsache, daß ich nicht schön bin wie der helle Tag.

Pandora wird als Braut für Prometheus hinuntergesandt mit ihrer schweren Brauttruhe, die von einem armen kleinen Lastesel hinter ihr hergetragen wird. Ihr ist befohlen worden, die Truhe nicht zu öffnen.

Aber Prometheus, der listige Bursche, ist argwöhnisch gegenüber den Absichten der Götter und ihren freundlichen Gaben.

Und da er auch findet, er brauche gar keine Frau, überläßt er die Geschenke seinem Bruder Epimetheus und begibt sich auf eine lange Reise.

Epimetheus und Pandora richten sich miteinander ein, aber nach einer Weile beginnt sie sich zu langweilen – so allein zu Haus und ohne genug zu tun, während der Ehemann seine Weinstöcke pflegt.

Da öffnet sie die Truhe.

Und heraus dringen alle Plagen der Welt – Kinder, Konfessionen, Krankheiten, Fernsehen, Telefone, die klingeln und klingeln, Geld, Nachbarn, enge Schuhe. Epimetheus kommt nach Haus, sieht, daß die Hölle los ist, fällt wütend über Pandora her und stampft schließlich davon auf die Kuppe des nächsten Berges, wo er sich hinsetzt und schmollt. Arme Pandora, ganz gebrochen von diesem Sturzbach aus Unglück und Mißhandlung, rappelt sie sich langsam vom Boden auf und erblickt das allerletzte Ausstattungsobjekt in ihrer Brauttruhe: die Hoffnung in Gestalt eines winzigen, verklebten Vogelkindes. Sie nimmt es weinend heraus, wärmt es in ihren Händen und an ihrer Brust, pustet es zart an, um es zu trocknen, und blickt dann flehentlich zum Berggipfel hinauf, wo Epimetheus sitzt und grollt. »Oh, Epimetheus, willst du nicht bitte nach Hause kommen?«

... Jetzt fiel mir ein, wie ich eines Tages, als Tom gerade bei seiner Großmutter war, eine winzige Hausschwalbe, die in Mrs. Dalgairns Hof gefallen war, aufgehoben und sie angepustet hatte, um sie zu wärmen. Und dann war ich auf eine Leiter geklettert, um sie wieder in das elterliche Nest zu setzen. Und Tom hatte die Leiter festgehalten.

Der letzte Film hieß ›Schnecken‹. Darin krochen zwei Schnekken voller Ernst eine Fensterscheibe hinauf. Man sah sie von drinnen an der Glasscheibe kriechen. Was sie zueinander sagten, stand jeweils in Sprechblasen über ihren Köpfen. Offenbar war es sehr lustig, denn man hörte überall im Publikum unterdrücktes, glucksendes Gelächter, aber die tschechischen Worte liefen so schnell vorüber, ich konnte ihnen nicht folgen. Die Schnecken jedoch waren mir ebenso wohlbekannt wie Pandora, denn ich erinnerte mich an einen regnerischen Nachmittag, wo Tom und ich in Mrs. Dalgairns Hinterzimmer gesessen und ein Schneckenpaar beobachtet hatten, das exakt das gleiche getan hatte: Emsig waren sie aufwärts gekrochen, die langen, intelligenzbegabten Hörner weit vorgestreckt.

»Excelsior – immer höher hinaus!« hatte ich lachend gesagt.

»Welches Ziel denen wohl vorschwebt?« meinte Tom.

»Hoffnungsvoll zu reisen ist besser, als anzukommen«, sagte ich.

Er ließ nicht zu, daß ich sie umdrehte, ehe sie oben angekommen waren. Aber dann, als sie nicht weiter wußten, löste er sie sanft vom Glas und trug sie in den Hof zu einem Beet mit Bartnelken.

Nach dem Schneckenfilm entstand eine lange Pause, während der wahrscheinlich der Filmvorführer seine Gerätschaften zusammenräumte und verstaute, und man hörte, wie das Publikum gemächlich in Jacken und Mäntel schlüpfte. Dann begannen die Leute nach und nach, unauffällig und paarweise zu verschwinden. Auch ich stand auf und pirschte mich hinaus durch die lange, schmale Bar. Dabei überlegte ich mir, wie schwierig es sein würde, von diesem unbekannten Stadtviertel aus zurückzufinden zur Wohnung der Čapeks. Aber zu meiner großen Erleichterung stand draußen wieder der Mann mit der steifen Wirbelsäule, der auf mich gewartet hatte, um mich heimzufahren.

»Ich habe den Wagen eine Ecke weiter stehen«, sagte er verhalten, »wenn es Ihnen nichts ausmacht, das kleine Stück zu laufen?«

»Aber natürlich nicht! Ich bin Ihnen so dankbar, daß Sie mich hergebracht haben.«

»Ja, also, ich habe von Jan Čapek gehört, daß Sie Tom in Schottland gekannt haben«, sagte er, als wir allein in seinem Wagen saßen und losfuhren. »Und daß womöglich Sie ihn mit der Idee zu dem Pandorafilm infiziert haben?«

»Das kann ich nicht für mich in Anspruch nehmen«, sagte ich. »Aber ja, ich habe ihn in Schottland gekannt.«

»Und Sie sind Pandora?«

»Das ist mein Name.«

»Die, die er gern heiraten wollte. Statt der, die er dann geheiratet hat.«

»Wie bitte?«

»Ich muß das wohl erklären«, sagte er. »Ich bin ein alter Freund von Toms Eltern. Mein Name ist Konrad Fischer. Ich kenne Tom, seit er geboren wurde. Seine Mutter starb, wie Sie vielleicht wissen, letzten Sommer.«

»Ja, das hab ich gehört. Es tut mir sehr leid. Ich wollte, ich hätte sie kennenlernen können. Armer Tom.«

Armer Tom, im Gefängnis, nicht imstande, zu ihr zu gehen, bei ihr zu sein. Kein Wunder, daß ich seit einiger Zeit nichts mehr von der alten Mrs. Dalgairns gehört hatte.

»Ich konnte es so einrichten, daß ich bei ihr war, als es nötig wurde«, sagte Konrad Fischer. »Sein Vater war ja schon zwei Jahre vorher gestorben.«

»Er hatte doch eine Schwester? Anna?«

»Sie hat einen Russen geheiratet und zog mit ihm nach Moskau. So ist Tom jetzt ganz allein. Oder wird es sein, wenn er aus dem Gefängnis kommt.«

»Aber wann wird das sein? Wo ist er?!«

»Wer weiß? Wir haben keine Nachrichten aus jüngster Zeit. Aber, Miss . . .«

»Crumbe. Pandora Crumbe. Bitte nennen Sie mich doch Pandora.«

»Tom hat viele Freunde, die ihn lieben, die sehr viel von ihm halten. Von einigen seiner Arbeiten meinen wir, daß sie die Grenze des Genialen erreichen. Seine Gedichte, seine Prosaschriften, seine abstrakte Malerei, seine Filme – wer unter den heute Lebenden beherrscht schon ein so ausgedehntes Feld der Kreativität?«

»Es ist so grauenhaft, daß er im Gefängnis sitzt.«

»Nun«, sagte Konrad Fischer in unerwarteter Offenheit, »wir, seine Freunde, sind vor allem glücklich, daß er in dieses Land zurückgekommen ist. Wir meinen, ein Gefängnis, ein tschechisches Gefängnis, kann auch nicht einengender sein, als mit dieser herrschsüchtigen, albernen Frau verheiratet zu sein, die sein Leben in eine Wüste verwandelt hat. Im Gefängnis hat er Zeit, nachzudenken, er selbst zu sein, vorausplanen. Und hier ist er an seine eigenen Wurzeln angeschlossen. Als er dort drüben war, im Exil, abgetrennt von all seinen Verbindungen ... nicht gut. Besser, daß er rechtzeitig zurückgekehrt ist.«

»Vielleicht haben Sie recht.«

»Was bedeutet der Ausdruck: ›brach‹?«

»Brachliegen?«

»Genau das tut Tom. Er liegt brach. Eines Tages werden sie ihn rauslassen. Die Dinge werden besser werden in diesem Land.«

»Ja, aber wann, Mr. Fischer?«

»Daß weiß nur Gott.«

Er bremste und fuhr an den Bordstein, vorsichtshalber drei Blocks von dem Miethaus der Čapeks entfernt.

»Aber inzwischen sind wir froh, Sie gefunden zu haben, Miss Crumbe. Pandora. In Prag gibt es einen großen Freundeskreis von Tom, der überglücklich sein wird, Sie kennenzulernen – mit Diskretion und Vorsicht natürlich. Wir wissen bereits, welche große Zuneigung er für Sie hegt. Und wir wissen, daß auch Sie eine bedeutende Künstlerin sind. Wir freuen uns auf Ihre Freundschaft.«

»Oh, ich danke Ihnen. Jeder, der Tom liebt ... Ich ... Ich kann bloß ...«

Meine Kehle schnürte sich zu, ich schüttelte heftig seine Hand und ging eilig den Bürgersteig entlang in der Hoffnung, daß die Männer vom Sicherheitsdienst nicht jeden meiner Schritte observierten.

Von da an war ich in Prag nicht mehr einsam.

Ich blieb bis zu jenem Abend, an dem ich in die Wohnung zurückkam – nicht besonders spät – und Anna Čapek vorfand, die aufgeregt auf mich wartete.

Ein Telefonanruf aus Yokohama war gekommen... »Aus Japan, stellen Sie sich vor!« sagte Anna atemlos und mit aufgerissenen Augen... Man bat mich, so rasch wie möglich nach England zurückzukehren. Tante Lulie hatte sich eine Hüfte gebrochen und war im Krankenhaus.

21

Während des Fluges nach London peinigte mich immer wieder die Erinnerung an eine Durchsage in der Abflughalle der British Airways, die gelautet hatte: »Falls Ihre Reisepläne flexibel sind, wäre BA Ihnen dankbar, wenn Sie ihren Platz einem Passagier zur Verfügung stellen könnten, bei dem äußerste Dringlichkeit besteht, mit dieser Maschine zu fliegen. Als Gegenleistung erhalten Sie eine Ihrem Flugpreis angemessene Vergütung.«

Nun, meine Reisepläne waren nicht flexibel. Ich hatte mit einigem Glück den letzten Platz buchen können, und darauf beharrte ich auch. Aber meine Sympathie gehörte jener armen Person in dringender Not, und ich hätte gern gewußt, ob irgendein mitleidiger Passagier sich bereiterklärt hatte, um seinet- oder ihretwillen zurückzutreten.

Es war keine Zeit geblieben, jemanden in England anzurufen. Ich überlegte, warum die Zwillinge wohl mich benachrichtigt hatten statt Dolly oder Barney oder Dan, die doch, genau betrachtet, sehr viel schneller erreichbar gewesen wären. Ebensowenig hatte ich Zeit gehabt, mich noch einmal mit den Zwillingen in Yokohama in Verbindung zu setzen. Aber ich hatte vor, mich ausgiebig ans Telefon zu hängen, sobald ich Heathrow erreicht hatte.

Erst einmal saß ich im Flugzeug, blickte in den Winterabend hinaus, und eine Menge Gedanken gingen mir durch den Kopf.

Ich dachte an die Freunde von Tom, von denen viele während der letzten paar Monate mit mir Kontakt aufgenommen hatten, beiläufig, unauffällig. Wie zufällig etwa trat ein Mann neben mich, am Blumenstand auf dem Markt, in einer Bildergalerie oder in einer Kirche, und begann eine Unterhaltung. Und manchmal wurde dabei eine Botschaft überbracht.

»Tom sagt: Erinnere dich an das Eislaufen.«

Oder: »Tom fragt, ob seine Großmutter immer noch Ärger hat mit ihrem Klo.«

Ich sandte meinerseits Botschaften. Ihm war alle zwei Monate ein Besucher gestattet.

»Die Schnecken sind immer noch im Bartnelkenbeet.«

»Mrs. Dalgairns liest Stevenson.«

Sie hatte nämlich oft erklärt, alles nach Sir Walter sei nicht wert, gelesen zu werden, aber schließlich hatte ich sie dazu gebracht, es einmal mit dem *Weir von Hermiston* zu versuchen, und sie hatte ihre Meinung geändert.

Diese fragilen Verbindungsfäden zu Tom, scheinbar so dürftig und vage, trugen unendlich viel zu meinem Seelenfrieden und meiner Zuversicht bei. Und Toms Freunde, die zumeist in prekären Verhältnissen lebten – von den Regierungsstellen mit Argwohn, Respektlosigkeit und manchmal mit offener Brutalität behandelt –, begegneten mir, nachdem sie sich einmal von meiner Glaubwürdigkeit überzeugt hatten, mit ausgesuchter Freundlichkeit und Höflichkeit. Sie ähnelten den aristokratischen Émigrés der Französischen Revolution, verdienten sich ihr Brot mit Nähen und Schrubben. Bloß lebten diese Émigrés in ihrem eigenen Land. Aristokraten des Geistes, Universitätsprofessoren, Filmregisseure, Dichter, Philosophen, kratzten sie sich ihren Lebensunterhalt durch Fensterputzen zusammen, als Bedienung in Läden und Bars oder durch Straßenkehren.

»Aber lieber machen wir das, als wegzugehen«, erklärte mir Konrad Fischer. Er war ein in Ungnade gefallener Psychiater, zur Zeit ›beurlaubt‹ von seinem Krankenhaus, und arbeitete in einer Glasfabrik. »Ich habe Freunde drüben in den Staaten, denen die Staatsbürgerschaft aberkannt worden ist, weil sie beschlossen, nicht zurückzukehren. Jetzt fühlen sie sich wurzellos, ihrer heimatlichen Landschaft beraubt. Und auch Tom war auf dem besten Wege dazu, wie er mir erzählte. Er flüchtete noch gerade rechtzeitig. Er ist zurückgekommen. Das war das beste für ihn.«

Endlich bekam ich einen Brief von Tom. Eine kurze Notiz. Sie wurde mit einigem Risiko von Mr. Fischer für mich herausgeschmuggelt, der als Freund der Familie die Genehmigung erhalten hatte, Tom zu besuchen, um mit ihm über rechtliche Angelegenheiten zu sprechen, die den Tod seines Onkels betrafen, des Bruders seiner Mutter. Es ging um eine kleine Erbschaft, ein Haus in einem Vorort, das entweder vermietet oder verkauft werden mußte.

»Tom möchte es gern behalten. Und immerhin, wenn sie ihn freilassen – in zwei oder drei Jahren, wer weiß –, dann könnte er vielleicht darin wohnen.«

»Wie soll er aber dann seinen Lebensunterhalt verdienen? Sie werden ihn doch nicht wieder Filme machen lassen?«

»Niemals! Nicht diese Regierung«, sagte Mr. Fischer und blickte über die Schulter zurück. Wir waren auf der Karlsbrücke. »Er könnte Fenster putzen wie wir anderen auch. Oder vielleicht erlaubt man ihm, Zeichnen zu unterrichten.«

»Er ist ein wundervoller Lehrer.«

»Er hat mir das hier für Sie gegeben.«

Mr. Fischer zog ein Stückchen Papier hervor, das unter seinem Hutband gesteckt hatte. Taktvoll entfernte er sich ein paar Schritte von mir und betrachtete einen Stand mit häßlichen, aber interessanten Marionetten.

»Pandora. Es wärmt mir das Herz, daß du in Prag bist. Hast du gelernt, Knödel zu genießen? Erinnerst du dich noch an Großmutters Tivlachs? Ich wünsche mir so sehr, dich zu sehen. Zerreiße diese Nachricht. T.«

Ich zerriß es und streute die Schnipsel in die Moldau. Zwei Schwäne eilten darauf zu und tauschten dann Blicke des Abscheus aus.

Mr. Fischer schlenderte rücksichtsvoll erst bis zum Ende der Brücke und wieder zurück, ehe er sich erneut zu mir gesellte.

Heimatliche Landschaft, dachte ich, während das Flugzeug über Deutschland hinwegbrummte, was bedeutet das für mich? Ich glaube, ich habe keine solche Landschaft. Anderland war ja nicht mein richtiges Zuhause, nicht durch das Recht der Geburt. Dollys Instinkt war schon ganz gesund, fürchtete ich, als sie sich beklagte, daß ich ein Eindringling sei, der ihr Geburtsrecht stehle.

Aber wie stand es mit Mariana, wie mit Hélène? Wo war ihre heimatliche Landschaft? War es dieser Verlust der Heimat gewesen, der die langsame Versteinerung meiner Mutter bewirkt hatte? Hatte diese Lücke in Marianas Leben dazu geführt, daß sie ihre Kinder vernachlässigt und ihren Mann mißachtet hatte? Hatte dieser Mangel Sir Gideon in die Rolle einer Art heiligen Scharlatans getrieben?

Andererseits, was war mit Lulie und Grischa? Sie waren genauso entwurzelt, und sie hatten sich ihre eigene Heimat geschaffen, und sogar noch für die Morningquest-Kinder gleich mit.

Ich versuchte zu schlafen, aber die Sorge um Grischa hielt mich wach. Ich stellte ihn mir vor, allein in jenem leeren, hallenden Haus. Und Lulie, ungeduldig und voller Sorgen im Krankenhaus, wie sie sich – höchst unwillig, da war ich sicher – der Autorität des Pflegepersonals fügen mußte.

»Tut mir nischt kejn tojwe!«

Ich war kaum den Zollbarrieren in Heathrow entronnen – ich hatte nur Handgepäck, eine kleine Tasche mit dem Nötigsten, mitgenommen –, da stürzte ich zur nächstgelegenen Reihe Telefonboxen und wählte die Nummer von Boxall Hill. Keine Antwort. Es klingelte und klingelte. Vielleicht war Grischa fortgegangen, dachte ich beunruhigt, vielleicht besuchte er Lulie im Krankenhaus. Aber es war spät, und ich wußte, er haßte es, am Abend zu fahren. Vielleicht hatte ein Nachbar ihn hingefahren? Besorgt wählte ich Barneys Nummer und bekam als Antwort den Singsang einer Stimme, die wohl dem buddhistischen Mönch gehörte.

»Mr. Morningquest bedauerlich ist nicht hier. Mr. Morningquest klettern zur Zeit Berg Matterhorn mit Gruppe von Studenten.«

Und ich hoffte, sie fielen dabei in eine Gletscherspalte!

Ich versuchte es mit der Nummer der dicken Topsy in Aviemore. Keine Antwort.

So wählte ich schließlich in meiner Verzweiflung Dollys Nummer, die Atelierwohnung im Cheyne Walk.

Dolly war sofort am Apparat. Nicht ganz so sämig und daunenweich wie üblich. »Pandora! Gütiger Himmel! Wo bist du? Du mußt entschuldigen, daß ich so außer Atem bin, aber ich komme gerade durch die Tür.«

»Von wo?«

»Aus Cannes. Wir waren einen Monat unten. Mars habe ich dort zurückgelassen. Er hofft, für den Magistrat dort ein Stadion zu bauen.«

»*Maseltow!* Hör mal, Dolly – es ist wegen Grischa, ich bin sehr besorgt...«

»Grischa?«

»Weißt du es nicht?«

Sie wußte es nicht. Hastig erklärte ich ihr die Situation und steckte immer neue Zehnpennystücke in den Schlitz.

»Ich nehme den nächsten Zug und fahre direkt runter.«

»Den Zug?« fragte sie und fing schon wieder an, beleidigt zu klingen. »Warum fahren wir nicht mit dem Auto? Ich hab immer noch unseren Mietwagen hier in der Garage.«

Ich hörte förmlich die Spannung zwischen uns wachsen, als ob sie das Gefühl hatte, ich wolle zu Hilfe eilen, wo die Familie versagt hatte.

Dolly mochte vielleicht eine verdammte Plage sein, aber in einer Krisensituation sind vier Hände besser als zwei. Ich sagte also: »Das wäre ja wundervoll, Dolly. Wenn du nicht zu erschöpft bist nach deinem Flug.«

Sie kicherte. »Ich hab den ganzen Flug verschlafen.«

»Ich nehme ein Taxi und komme direkt zu dir.«

Während ich den Hörer zurückhängte, überlegte ich kurz, ob sie und Mars in Cannes wohl zufällig meinem Vater und seiner Reenie begegnet wären? Aber es war wenig wahrscheinlich, daß sie sich in denselben Kreisen bewegten.

Als ich bei Dolly ankam, versuchten wir noch einmal die Nummer von Boxall Hill. Immer noch keine Antwort.

Die Fahrt nach Floxby war nervenaufreibend. Schon im günstigsten Fall war Dolly eine zappelige, unruhige Fahrerin, durchaus imstande, beide Hände vom Lenkrad zu nehmen, den Kopf nach hinten zu drehen, wenn sie mit Mitfahrern im Fond redete, plötzliche Entscheidungen zu treffen, ohne Vorwarnung die Spur zu wechseln. Selbst unter optimalen Bedingungen war ich als ihre Beifahrerin immer nervös und angespannt, und wenn möglich vermied ich es, von ihr gefahren zu werden. Und heute abend waren die Bedingungen alles andere als optimal. Der europäische Schnee war zwar noch nicht eingetroffen, aber die Luft war eiskalt und neblig, die Sicht äußerst schlecht, und der Belag der Straße wie Glas.

Ich bot an, zu fahren. Das beleidigte Dolly wieder zutiefst.

»Du, Pandora? Nein, nein. Du hast ja nicht mal einen Wagen.«

»Aber fahren kann ich trotzdem. Ich könnte dich ablösen.«

»Nicht nötig.«

Als wir auf der Autobahn fuhren und das Thema des Magistrats-Stadions in Cannes erschöpft war, fragte Dolly ganz nebenbei: »Hast du eine schöne Zeit verlebt in Prag? Es war doch Prag, wo du gewesen bist, oder? Hast du Tom gesehen?«

»Er ist noch im Gefängnis.«

»Dämlicher Kerl!« sagte sie ärgerlich. »Wenn er auch diese subversiven Filme macht!«

»Aber ich hab ein paar von seinen Freunden getroffen. Sind großartige Leute.«

»Auch alles solche Aussteiger, nehme ich an, was?«

»Sie sind nicht selbst ausgestiegen, sie wurden ausgestiegen.«

»Hast du Tom im Gefängnis besucht?«

Sie klang eine Spur aufgebracht. Betrachtete sie Tom noch immer als ihr Eigentum? Oder war es lediglich der Gedanke, wir hätten beiderseitige Erinnerungen an ihr Verhalten ausgetauscht? Das wäre ihr nicht lieb gewesen.

»Nein, Dolly, Besuch von Ausländern ist ihm nicht erlaubt.«

»Da wir gerade vom Gefängnis reden«, meinte sie, »Dan steckt in haufenweise Schwierigkeiten.«

Jetzt klang sie wieder höchst vergnügt und sprühte nur so vor schwesterlicher Bosheit. In den Tagen allerdings, als Dolly noch die Zielscheibe des Spotts gewesen war, da war Dan immer ihr größter Peiniger gewesen.

»Oh? Warum?«

»Man hat irgendeinen Mann mit einer Ladung gestohlener Gemälde erwischt – alte Meister –, und als die Polizei genauer nachfragte, da belastete er Danny. Es stand 'ne Menge darüber in der ›Daily Mail‹. Ein mafiaähnlicher Kunsthändlerverein zum Vertrieb gestohlener Bilder. Ich mag gar nicht dran denken, was der alte Gid dazu sagen wird.«

»Wo ist Gideon?«

»Irgendwo in Lateinamerika«, meinte sie obenhin.

»Ach, vielleicht flaut der Rummel schnell ab, und er erfährt es gar nicht.«

»Das wird er wohl doch, wenn Dan festgenommen und verurteilt wird.«

Bald danach bogen wir zu meiner größten Erleichterung von der Autobahn ab, und Dolly fuhr langsamer. Die Fahrbedingungen waren jetzt wirklich katastrophal. Nebel schlug uns in dicken, unvorhersehbaren Schwaden entgegen, und die Straßen waren von schwarzem Eis überzogen. Dolly schlich im Schneckentempo durch die Straßen von Floxby.

Wirklich, es war nicht ihre Schuld, daß der Unfall passierte.

Hinter Floxby gibt es eine lange, gerade Strecke mit einer V-förmigen Kurve auf halbem Wege, wo die Straße einen Bogen um einen ausgedehnten Komplex landwirtschaftlicher Gebäude schlägt – die Folly Farm. Verrückte Ecke wird die Kurve denn auch von den Einheimischen genannt. Es gibt dort immer eine Menge Zusammenstöße.

Dolly fuhr durchaus mit der nötigen Vorsicht in die Kurve hinein, und das war auch gut so, denn an ihrem Ende sahen wir quer über die Straße ein wirres Tohuwabohu. Dort waren drei Motorradfahrer ausgerutscht und einem Lastwagen in die Quere gekommen, der in entgegengesetzter Richtung fuhr. Dolly bremste scharf und kam im letzten Moment schlitternd zum Stehen, aber jetzt befanden wir uns selbst in einer sehr prekären Situation – stehend und mit der scharfen Kurve direkt hinter uns.

Ich sagte: »Schnell – fahr da in die Einfahrt zur Farm!«

»Warum denn?« Wieder Dollys wohlbekannter, gekränkter Mach-mir-bitte-keine-Vorschriften-Ton.

»Weil ...«

Aber da war es zu spät. Ein weiterer Lastwagen, der – zu schnell – hinter uns hergefahren war, krachte in unser Heck und schob uns mit aller Macht gegen den Lastwagen vor uns.

Dollys Wagen wurde zusammengeknautscht wie ein Karton zwischen den Kiefern einer Müllpresse.

Irgendein Instinkt hatte mich Sekunden zuvor die Gefahr erkennen lassen. Schon hatte ich die Hand am Türgriff, stieß die Tür auf und ließ mich auf den zerfurchten, gefrorenen Morast am Straßenrand rollen.

»Dolly! Rutsch an dieser Seite raus – schnell!«

»Geht nicht«, sagte sie. »Ich kann nicht.«

»Bist du verletzt?«

»Nein, bin ich nicht. Aber ich kann mich nicht bewegen.«

Sie war vollständig eingeklemmt von verbogenem, eingebeultem Metall.

»Schalte die Zündung ab! Kannst du das?«

Sie konnte, und sie tat es. Ich hatte bisher nicht gewagt, mich nach dem zerstörten Vehikel hinter uns umzusehen. Glücklicherweise erschienen in diesem Augenblick drei Polizeiwagen mit blinkendem Blaulicht, und im Handumdrehen wimmelte die Szene von obrigkeitlicher Geschäftigkeit. Auch etliche Zivilisten liefen dazwischen herum, die Motorradfahrer und ihre Beifahrer und ebenso die beiden Fahrer des Lastwagens, der sie angefahren hatte. Niemand schien ernsthaft verletzt zu sein.

»Dolly, bist du sicher, daß dir nichts passiert ist?«

»Ja, ja«, sagte sie, und es klang wie Sir Gideon.

»Bitte entfernen Sie sich von diesem Wagen, Miss«, sagte ein Polizist unfreundlich.

»Meine Freundin ist da drin.«

»Sie ist nicht in Gefahr.«

Sie besprühten die Wracks mit feuerhemmendem Schaum. »Wir werden ihr zu Hilfe kommen, sobald wir können. Wenn Sie uns unterstützen, indem Sie uns nicht im Weg stehen, würde das unsere Arbeit sehr erleichtern.«

Die übliche, aufreizend schulmeisterliche, offiziöse Art!

»Hör mal, Pandora!« rief Dolly. »Warum machst du dich nicht aus dem Staub? Ist doch kaum mehr als ein halber Kilometer quer durch die Felder von hier bis Anderland – weniger. Warum gehst du nicht einfach schon los?«

»Bist du auch wirklich nicht verletzt?«

»Nein, nein!«

So ging ich denn. Die Polizisten waren viel zu beschäftigt, um sich um mich zu kümmern.

Ein schmaler Fahrweg führte von der Folly Farm über den Hügelkamm und stieß am Kastanienwäldchen auf meinen vertrauten Weg. Der verheerende Nebel hatte sich gelichtet, oder ich hatte ihn hinter mir im Tal zurückgelassen: Vor mir stand auf seiner frostweißen Anhöhe das Boxall Hill Haus – klar, breit hingestreckt und bleich gegen das schattige Stechpalmenwäldchen.

In einem Fenster des Erdgeschosses brannte Licht.

Ich hastete den Hang hinauf, so schnell ich konnte, stolperte über gefrorene Grasbollen, die Lungen schmerzhaft prall von eiskalter Luft. Die Nacht war nicht dunkel, obwohl Wolken den Mond verschleierten. Ich hörte den Ruf einer Eule.

Ich dachte an Grischa. An die vielen Male, da er mir geholfen hatte, mir Ratschläge gegeben, mich getröstet hatte, wenn ich verwirrt oder unglücklich oder entmutigt war. Seine pfiffige, intelligente Freundlichkeit, seine Feinfühligkeit. Und seine unerschütterliche Verläßlichkeit. Grischa war mein wirklicher Vater, dachte ich. Und das Mindeste, was ich tun kann, ist doch dazusein, wenn *er* Hilfe braucht! Wenn er bloß noch da ist, wenn es ihm bloß gutgeht...

Ich erreichte den Hof mit dem Kopfsteinpflaster, wo der kleine Springbrunnen mit seinem Mauerkranz total unter einem Marmordom aus Eis verschwunden war. Ohne mich lange mit Anklopfen aufzuhalten, schloß ich die Hintertür auf (ich hatte meinen Schlüssel behalten), rannte den kurzen Korridor entlang und rief: »Grischa! Bist du da? Ich bin's. Pandora!«

Das Haus war eiskalt. Es fühlte sich an, als ob hier schon seit Tagen kein Feuer mehr angezündet worden war.

»Grischa?« rief ich wieder. Und trat in die Küche.

Da saß er, an dem unendlich langen Tisch, als einziger Gast. Die Deckenlampe schien auf seinen kahlen Kopf herunter. Aber es war zu spät. Er war tot, vornübergekippt, den Kopf auf den Armen.

Schlotternd vor Kälte, Entsetzen und Müdigkeit trat ich näher und berührte seine Wange. Sie war eisig. Er mußte schon seit Stunden tot sein.

Mit zitternden Händen hob ich seinen Kopf hoch und erstarrte vor Horror, denn sein Gesicht war blutüberströmt. Beim näheren Hinsehen erkannte ich aber, daß es von einem Nasenbluten herrührte.

Vor ihm auf dem gescheuerten Tisch lag ein Notizblock und ein Stift. Das Papier war blutbefleckt. Er hatte geschrieben: »Pandora, Dan im Tun ...« Das ›n‹ am Ende war ins Nichts entgleist. Das war der Moment gewesen, wo der Tod ihn eingeholt hatte. Sein Gesicht war verzerrt, die Augen starrten, der Mund weit offen. Fäden getrockneten Speichels zogen sich am Kinn hinunter. Es war kein leichtes Ende für ihn gewesen.

Unermeßliche Schuldgefühle drohten mich schier zu ersticken. Ich hatte ihn verpaßt. Warum hatte ich es nicht geschafft, rechtzeitig zurückzukommen? Grischa, der all sein Lebtag anderen Menschen geholfen, sie getröstet, ihre Lasten getragen und ihr Los leichter gemacht hatte, war dazu verdammt worden, das einzige zu erleiden, was er mehr als alles andere gefürchtet hatte – einen einsamen Tod, ohne einen Freund, der ihm durch seine letzten Qualen hindurchhalf.

»Ich würde gern Musik hören beim Sterben«, hatte er mir einmal gesagt. »Einen Freund, der Oboe spielt, oder eine gute Platte auf dem Grammophon. Das Präludium vom Choral *Siehe, was seine Liebe tut*, das wär schön.«

Die Schallplatte mit *Siehe, was seine Liebe tut* lag auch bereits auf seinem kleinen, tragbaren Plattenspieler auf der Arbeitsplatte neben dem Spülbecken, aber der Strom war am Hauptschalter ausgeschaltet. Niemand hatte es für ihn gespielt.

Dieser Zettel. Was konnte er bedeuten? »Dan im Tun ...« Dan im Tunnel?

Ich versuchte krampfhaft, mich auf das zu besinnen, was Dolly vorhin gesagt hatte. Über Dan. Irgendwas über gestohlene Alte Meister...

Töricht, sinnlos hielt ich die alte, sehnige Hand umklammert, die den Kugelschreiber hatte fallen lassen, und suchte nach einem nicht existenten Puls. Die Finger fühlten sich an wie gefrorene Zweige.

Dan im Tunnel?

Was sollte ich tun?

Die Kellertür zum Tunnel wurde immer verschlossen gehalten. Und ebenso der äußere Zugang im Pavillon. »So daß, falls es Einbrechern mit Glück oder Intelligenz gelingt, durch die Tür im Pavillon reinzukommen, es ihnen aber doch nicht glücken wird, durch den Keller ins Haus zu kommen«, hatte Toby einmal gesagt.

Weiß der Himmel, wo der Schlüssel verwahrt wurde ...

Aber natürlich – meine erstarrten Lebensgeister kehrten langsam zurück –, natürlich wußte ich, wo der Schlüssel sein mußte. In Tante Lulies Schüssel. Zwischen Bibliothekskarten, chinesischen Yuan, Rasierklingen und Kerzenstummeln.

Und da fand ich ihn auch – oder genauer gesagt, sie: zwei schwere Schlüssel, mit einem zusammengedrehten Stück Draht zusammengehalten. Ich nahm eine Taschenlampe mit und ging langsam die Kellertreppe hinunter. Die Tunneltür lag – auch eine von Tobys schlauen Ideen – versteckt hinter einem deckenhohen Regal, das sich an Türangeln schwenken ließ. Ich zog das Regal von der Wand, steckte den Schlüssel ins Schloß und öffnete die Tür.

Und da war Dan. Gähnend blinzelte er in das Licht meiner Taschenlampe und war sichtlich zufrieden, mich zu sehen.

»Pandora! Dem Himmel sei Dank für seine Wohltaten! Bin ich froh, daß du da bist! Ist die Polizei weg?«

»Die Polizei?«

»Na, sie waren hier, haben mich gesucht. Vor Stunden war das. Hat Grischa dir das nicht erzählt? Darum hab ich mich doch hier versteckt. Also – sind sie weg?«

Er trat in den Keller, gähnte wieder und reckte sich. Unter dem Arm trug er ein Bündel zusammengerollter Leinwandstücke.

Ich sagte: »Grischa ist tot.«

»Was?« Er starrte mich ungläubig an. »Was sagst du?«

»Er ist tot. Oben, in der Küche.«

»Du machst Witze.«

Aber oben in der kalten Küche, gezwungen, die Realität zu erkennen, sagte er: »O Gott. Der arme alte Knabe. Es tut mir wirklich leid, daß das so gekommen ist. Immerhin, es muß ein schnelles Ende für ihn gewesen sein. Er hatte ein schwaches Herz, weißt du? Ich fürchte, er war böse auf mich. Es gefiel ihm nicht, daß ich hergekommen bin. Ich hatte auch tatsächlich ganz schön zu tun, ihn rumzukriegen, daß er mich im Tunnel versteckte. Wir haben uns darüber gestritten, und erst, als die Polizisten kamen, hat er nachgegeben. Ja, er war ein bißchen gereizt deswegen. Ich glaube, all die Aufregung war zu viel für ihn.«

»Augenscheinlich.«

Dan blickte auf seine Uhr.

»Puh! Drei Uhr nachts! Wieso ist es denn so spät geworden? Soll ich dir was sagen, Pandora, es war 'n Glück für mich, daß du gerade zur Zeit gekommen bist!« Er hatte wohl noch nicht recht begriffen, was für ein Glück. Da redete er schon weiter: »Ist doch gut, daß ich so 'ne Vorahnung hatte und meinen Wagen in Silkins Wagenschuppen hab stehen lassen – bestimmt ist keiner drauf gekommen, da zu suchen. Ich mußte eben nach Aviemore zurückkommen, verstehst du, wegen dieser ...«

Er breitete die zusammengerollten Bilder ein wenig auseinander und ließ mich einen kurzen Blick auf atemberaubende, hell und dunkel gefleckte Kreise werfen, auf Dächer, Monde, Zypressen.

»Mein Gott, Dan, was ist das?«

»Zeichnungen von van Gogh. Etwa zwanzig Stück davon sind im letzten Jahr irgendwo in Moskau aufgetaucht. Erbeutet während der Rückkehr der Roten Armee, verstehst du, und dann die ganzen Jahre über auf irgendeinem Dachboden versteckt, bis ein

Spezi von mir sie ausfindig machte. Und jetzt werden sie meine Altersversicherung.«

Er bedachte mich mit seinem Schwerenöter-Lächeln, das Sir Gideons seraphischem Lächeln so ähnlich und zugleich so unähnlich war.

»Na schön, ich hau mal besser ab. Und du tätest gut daran, niemandem zu sagen, daß du mich gesehen hast.«

»Warum?«

»Och«, meinte er forsch, »ich hab da noch eine ganze Menge schmutziger Zeichnungen von dir. Bilder von Big Brother Barney. Ich nehme an, du hättest es nicht gern, wenn die in der Welt herumflattern?«

»Es ist mir egal, was du mit ihnen machst«, fauchte ich ihn an und überlegte, wann er sie wohl aus Barneys Wohnung gestohlen hatte.

»He – Pandora – wie wär's, wenn du mit mir kommst? Erst nach Jersey und dann rüber auf den Kontinent. Wär das was?«

»Bist du verrückt?«

»Ich hab dich schon immer gemocht – das weißt du. Geliebt sogar, vermute ich mal. Diese Melodie, die du immer gepfiffen hast, diese *Serenata Notturna*. Die hat mir's echt angetan.«

»Ach, Quatsch, Dan.«

»Nein! Großes Ehrenwort! Schon immer, seit du hier an diesem Tisch dieses ›O wa ta na‹ gepiepst hast.« Wieder grinste er mich an. »Topsy war bloß eine Annehmlichkeit, könnte man sagen. Und jetzt ist sie mir ja auch weggelaufen. Also – willst du dir's nicht überlegen, Pandora? Komm doch mit!«

»Hör mal, Dan – geh jetzt, ja? Bevor ich mir's überlege und die Polizei rufe.«

Ich konnte es kaum ertragen, in sein rosig unangefochtenes Gesicht zu blicken, während Grischa dort saß an der anderen Seite des Tisches – so stumm.

»Na schön«, sagte Dan, plötzlich ruhig. Und er ging.

Silkins Schuppen lag zu weit entfernt, um das Anspringen seines Wagens hören zu können. Er verschwand einfach nur sang- und klanglos in der stillen, frostigen Nacht.

Ich legte die Schlüssel zum Tunnel in Tante Lulies Schüssel zurück und wollte zum Telefon gehen...

Da passierte etwas Merkwürdiges, Belangloses, Ergreifendes. Der Stift, mit dem Grischa seine letzte Mitteilung geschrieben hatte, begann zu rollen. Er rollte quer über den Tisch und fiel mit einem zarten Klick auf den Steinboden...

Weinend saß ich neben Grischa und wischte ihm mit meinem nassen Taschentuch das Gesicht ab, als endlich die Polizei kam.

»Das hätten Sie nicht tun sollen, Miss«, sagten sie sofort vorwurfsvoll. »Sie hätten ihn genau so lassen sollen, wie er war.«

Aber ich war froh, daß ich ihm die Augen geschlossen und ihn in einen würdigen Zustand versetzt hatte, ehe sie ihn forttrugen. Wenigstens das hatte ich für ihn tun können.

Und als sie fort waren, spielte ich die Schallplatte – bloß für den Fall, daß er noch irgendwie in Hörweite war.

22

Am nächsten Tag besuchte ich Lulie im Krankenhaus.

Nachdem wir uns ausgiebig umarmt, geweint und gegenseitig getröstet hatten, fragte ich sie: »Was wirst du jetzt tun, Tante Lulie?«

»Dieses Haus, Boxall Hill, das muß jetzt dichtgemacht werden. Ich allein kann es auf keinen Fall bewirtschaften. Und Gideon komm ja jetzt so selten. Du bist in Prag – und es ist ja auch völlig richtig, daß du dort bist. Du gehst wieder zurück.«

Ich sagte, ja, das sei eigentlich meine Absicht gewesen, aber wenn Lulie einen Platz zum Leben brauchte, wie wär's dann mit meiner Wohnung in Shepherds Bush? Die stand doch leer. Und ich würde kommen und gehen...

Nein, nein, sagte sie, ich hätte schon recht, wenn ich mir wünschte, in Prag Wurzeln zu schlagen. Prag sei genau das Richtige für mich. Vielleicht stammte ursprünglich auch Hélène daher.

»Und laß uns hoffen, daß eines Tages...«

Ich sagte schnell, daran dürften wir nicht denken. Ein Schritt nach dem anderen.

»Auch Dolly hat mir Unterkunft angeboten«, sagte Lulie. (Dolly lag auf der Station nebenan, sie litt an dem Schock und an Quetschungen.) »Sie hat mich eingeladen, zu ihr und ihrem Marsriegel zu ziehen.« Auf Lulies Gesicht blühte sekundenlang aus der traurigen Hohläugigkeit so etwas wie ihr altes, boshaftes Grinsen auf. »Sie will, daß ich ihr für alle Zeiten Kleider nähe. *Kinahora!* Was für eine Hoffnung! Aber ich werde sowieso nicht dort hingehen. Ich ziehe zu meinem Vetter nach San Francisco. Die ganzen Jahre über hab ich ihm Zeitungsausschnitte geschickt. Jetzt kann er mich noch dazukriegen. Ich bin im Grunde ein Stadtmensch, es wird mir gefallen.«

»Und die weite Reise?«

»Warum nicht?« meinte Lulie forsch. »Wenn mein Bein lahm ist, dann fahr ich eben mit den Standseilbahnen rum.«

Eine Schwester brachte ihr einen Becher Kaffee. Sie kostete ihn skeptisch und schnitt mir heimlich eine Grimasse. *»Pischaß!«*

»O Lulie! Jetzt hör mal! Wenn es dir nicht gefällt in San Francisco, dann bitte, komm zu mir zurück. Versprichst du mir das? Bis dahin ... bis dahin ... könnte irgendwas passiert sein.«

»Ich verspreche es«, sagte sie. »Aber *bubeleh* ... verlaß dich lieber nicht drauf, daß etwas geschieht. Wenigstens nicht für sehr, sehr lange Zeit. Jahre vielleicht! Hol dir deine Nahrung, wo immer du sie finden kannst – aus Spaziergängen, aus Frauenmagazinen oder bei Proust, aus Popsongs oder bei Bach – ist ganz egal. Alles ist immer irgendwo anders.«

»Oh, ich weiß, daß es so ist!«

Ich mußte an die Morningquest-Familie denken, und wie völlig falsch ich jeden einzelnen von ihnen eingeschätzt hatte. Und doch hatte ich sie ehrlich geliebt, man konnte sagen, ich war mit der ganzen Familie verheiratet. Sie war meine Heimat. Selbst heute noch, Jahre später – wenn ich an Tobys Schallplatten zurückdenke, wenn ich in einem Buch meinen Namen geschrieben sehe, in Marianas Handschrift, dann ist mir das wie ein Dolchstoß ins Herz.

»Grischa war gerade dabei, mit den Werken von Browning anzufangen«, erzählte Lulie mir mit mattem Lächeln. »Vielleicht ist es ganz gut, daß er starb. Solch eine Aufgabe wäre doch vielleicht selbst für Grischa zu groß gewesen.«

»Du und er, ihr seid meine wahren Eltern, und ich werde euch immer lieben.«

Auf meinem Weg nach draußen fragte ich beim Krankenhauspersonal an, wann man sie entlassen würde. In einer Woche, hieß es, wenn alles gutginge.

Gerade zu spät für Grischas Begräbnis.

Dollys Mars-Riegel erwies sich als Prachtkerl bei diesem Ereignis. Er organisierte die ganze Sache aufs vortrefflichste, und wir alle waren ihm sehr dankbar. Gideon kam aus Santiago zurück, Barney vom Matterhorn. Wo Dan stecken mochte, das fragte niemand. Außer der Polizei sicherlich, die noch immer nach ihm suchte.

Die Zwillinge steckten auf halbem Wege von Japan fest, aufgehalten durch schlechtes Wetter.

Als das Begräbnis vorüber und Lulie nach San Francisco abgereist war, setzten Barney und Gideon die Aktion in Gang, Boxall Hill auf den Markt zu bringen, samt Nebengebäuden, Verlies, Geheimgang, Baumhaus, Haustier-Friedhof und sonstigem Zubehör.

Und in diesem Moment tauchten die Zwillinge auf, weißglühend vor Zorn, Schmerz und Entsetzen.

»Boxall Hill verkaufen? Unser Zuhause verkaufen? Nur über unsere Leichen!«

»Schön, aber was sonst?« wollte Barney wissen, entnervt bis an den Rand des Wahnsinns.

»Na, behalten! Wir werden es weiterbetreiben. Und wenn ihr es wagt und es verkauft, dann werden wir es eben selber kaufen!«

»Es kaufen? Wovon denn?«

»Mit Tante Isadoras Erbschaft. Oder mit den Vorauszahlungen für Ellys Buch über Fürze.«

»Und was wird aus euren Jobs in Yokohama?«

»Das ist alles geregelt. Eine von uns geht zurück und unterrichtet dort, bis unser Vertrag ausläuft. Und eine von uns läßt sich in Anderland nieder. Wir holen Tante Lulie aus San Francisco zurück. Die wird dort bestimmt nicht bleiben wollen, nachdem sie bloß einen Blick auf die Stadt geworfen hat.«

»Aber könnt ihr euch wirklich vorstellen, getrennt zu sein?« fragte ich die Zwillinge.

»Das habt ihr doch noch nie getan?«

»Na ja – ist ja nur zeitweise. Die Sache ist nämlich die...« Die beiden grinsten wie Little Dog Fo. »Elly hat sich entschlossen, schwanger zu werden. Und wir haben beschlossen, daß wir dieses eine kriegen wollen, um mal zu sehen, was dabei herauskommt. Jemand Neues, der im Strom schwimmt, versteht ihr, der im Baumhaus spielt und Mathildas Turm wieder aufbaut. Es wird wieder sein wie in den alten Zeiten, wie in den Tagen der Projekte. Wirklich, wir können's gar nicht abwarten!«

»Gott im Himmel...«

Aber ich sah doch ein, daß das Projekt manch Vielversprechendes hatte. Und Barney und Gideon sahen plötzlich auch schon viel weniger elend und zerquält aus.

So zog ich selbst mich denn wieder nach Prag zurück, um weiterhin Gesichter zu zeichnen, zu warten und zu hoffen, um noch weitere von Toms Freunden kennenzulernen, die Gedichte von Robert Browning zu lesen und zu überlegen, wie Grischa sie wohl bewältigt hätte.

Ich lerne gerade, einen *kaddisch* für ihn zu sprechen.

Hoffnungsvoll zu reisen ist *nicht* besser, aber es ist alles, was wir tun können.

Joan Aiken im Diogenes Verlag

Die Kristallkrähe

Roman. Aus dem Englischen von Helmut Degner

»Als ihr Krimi *Die Kristallkrähe* erschien, verglichen die Kritiker sie mit Patricia Highsmith, Celia Fremlin und Margaret Millar.« *Titel, München*

Das Mädchen aus Paris

Roman. Deutsch von Nikolaus Stingl

Wohin sie geht, zieht Ellen Paget Liebhaber an: den ambivalenten Professor Bosschère in Brüssel, den unberechenbar-eigenwilligen Comte de la Ferté in Paris, ihren Stiefbruder Bénédict. Ihre gebieterische Patin, Lady Morningquest, bereitet einer zarten Romanze ein rasches Ende und schickt Ellen nach Paris...

»Wieder einer der bestrickenden, aufregenden Romane, die Joan Aiken seit vielen Jahren zu einem Publikumsliebling machen.«
Publishers Weekly, New York

Tote reden nicht vom Wetter

Roman. Deutsch von Nikolaus Stingl

Jane, Graham und die beiden Kinder sind eine ganz normale Familie. Graham ist Architekt, Jane hat ihre Arbeit bei einer Londoner Filmfirma aufgegeben, seit sie in das neue, teure Haus auf dem Land gezogen sind. Geldprobleme zwingen Jane bald dazu, ihren alten Job wieder anzunehmen und dem finsteren Ehepaar McGregor tagsüber Haus und Kinder anzuvertrauen...

»Joan Aiken präsentiert uns rabenschwarze, schaurigschöne Geschichten.« *Die Welt, Bonn*

Der eingerahmte Sonnenuntergang

Roman. Deutsch von Karin Polz

Lucy reist nach England, um herauszufinden, was mit ihrer alten Tante Fennel und deren Freundin geschehen ist. Was wie ein ganz normaler Verwandtenbesuch beginnt, entwickelt sich rasch zu einem gefährlichen Abenteuer für Lucy…

»Das Beiwort ›unterhaltsam‹ ist für diesen Psycho-Thriller von Joan Aiken schlichte Tiefstapelei. Die Lektüre dieses Buches ist ein hochgradiges Vergnügen.« *Frankfurter Rundschau*

Ärger mit Produkt X

Roman. Deutsch von Karin Polz

Als Martha Gilroy den Auftrag bekam, eine Werbekampagne für ein aufregendes neues Parfüm zu starten, hatte sie keine Ahnung, worauf sie sich einließ.

»*Ärger mit Produkt X* ist der Titel eines herrlich spannenden Krimis, dessen Autorin einen Hang zur Satire hat. Dies macht die Lektüre so amüsant.«
Frankfurter Rundschau

Haß beginnt daheim

Roman. Deutsch von Nikolaus Stingl

Nach einem Nervenzusammenbruch ist Caroline zur Erholung bei ihrer Familie: der Mutter Lad, Trevis, der älteren Schwester Hilda und einer alten Tante. Doch statt zu genesen, wird sie immer verwirrter…

Der letzte Satz

Roman. Deutsch von Edith Walter

Willkommen in Helikon, dem eleganten Insel-Sanatorium, das seine Gäste vor allen Bedrohungen schützen kann. Außer vor sich selber…

»Dieses Buch ist eine Wonne!« *The Times, London*

Du bist Ich

Die Geschichte einer Täuschung
Deutsch von Renate Orth-Guttmann

Man schreibt das Jahr 1815. In einem feinen Mädchenpensionat in England stellen Alvey Clement und Louisa Winship fest, daß ein einzigartiges Band sie eint. Zwar stammen sie aus sehr unterschiedlichen Gesellschaftsschichten und sind vom Temperament her ganz verschieden, aber vom Aussehen her *sind sie sich völlig gleich*. Dieser überraschende Zufall paßt der verwöhnten Louisa sehr gut ins Konzept.

Fanny und Scylla oder Die zweite Frau

Roman. Deutsch von Brigitte Mentz

In ein englisches Spukhaus des 18. Jahrhunderts und das bunt-grausame Indien der Maharadschas führt Publikumsliebling Joan Aiken in ihrem aufregenden Roman *Fanny und Scylla* ...

»Joan Aiken besitzt ein seltenes Erzähltalent, in dem sich psychologischer Scharfblick mit der Gabe vereinigt, den heutigen Leser in Spannung zu halten, obwohl die Handlung in eine ferne Vergangenheit führt.« *Die Furche, Wien*

Schattengäste

Roman. Deutsch von Irene Holicki

»Eine Meisterin der Schauerromantik? Mehr noch, eine begnadete Erzählerin, die das Un-Begreifliche, das Un-Faßbare aus vergangenen und modernen Zeiten in mitreißende Geschichten packt, die ohne große Sentimentalität und falsches Spektakel auskommen. Joan Aikens *Schattengäste* ist ein wunderbares Buch über die unheimlichen Dinge des Lebens und wie man über einen Verlust zurück ins Leben findet.«
science fiction media, München

Wie es mir einfällt

Geschichten. Deutsch von Irene Holicki

Ein Reihe gruseliger, romantischer und phantastischer Erzählungen sind mit der gewohnt sicheren Hand und dem makabren Sinn für Humor geschrieben, die man an Joan Aiken so schätzt.

»Joan Aiken erweist sich als Meisterin im Darreichen süßer Pralinen, die mit Arsen gefüllt sind.«
Frankfurter Rundschau

Angst und Bangen

Roman. Deutsch von Renate Orth-Guttmann

Bei Außenaufnahmen auf einem Landsitz in Dorset lernt die Schauspielerin Cat den Besitzer kennen. Die beiden verlieben sich, heiraten und machen eine Hochzeitsreise nach Venedig. Die Idylle scheint perfekt. Doch als Cat ihrem Mann sagt, daß sie sich erinnert, ihn vor vielen Jahren als liebevollen Begleiter eines dahinsiechenden Greises gesehen zu haben, ändert er plötzlich sein Verhalten ihr gegenüber.

»Joan Aikens *Angst und Bangen* handelt von geheimen Untaten, von Habsucht, Verrat und Mord. Es kombiniert geschickt das Genre Liebesgeschichte und Thriller.« *London Review of Books*

Die Fünf-Minuten-Ehe

Roman. Deutsch von Helga Herborth

»*Die Fünf-Minuten-Ehe* ist eine Räuberpistole, die mit allen Formen des Kitsch-, Grusel- und Romantic-Romans spielt. Sie hat einen Sog, in dem meine literarischen Bedenken untergehen: Ich muß zu Ende lesen, bis Friede, Freude, Liebe den erwarteten Sieg antreten über Erbschleicher, Komplotte und Duelle.«
Brigitte, Hamburg

Jane Fairfax

Roman. Deutsch von Renate Orth-Guttmann

Jane Fairfax war musikalisch, vielseitig begabt und elegant. Soviel wissen wir aus Jane Austens *Emma.* Aber wie verliefen ihre Jugendjahre als Waise, was war mit ihrer Kinderfreundschaft zu Emma Woodhouse, und – was noch wichtiger ist – was passierte bei ihrem Sommeraufenthalt in Weymouth?

»Ein Lehrstück, eine Ermunterung für deutschsprachige Schriftsteller!« *Der Standard, Wien*

Anderland

Roman. Deutsch von Ilse Bezzenberger

Ein junges Mädchen, deren Mutter früh stirbt, findet in der Musikerfamilie Morningquest ein neues Zuhause. Sie wächst in diese Wahlfamilie hinein und bekommt durch sie die Kraft, ihr künstlerisches Talent zu entfalten.

»Im Zentrum jedes der wundervollen ›Unterhaltungs‹-Romane von Joan Aiken steht eine abenteuerliche Liebesgeschichte, die jene unausweichliche Spannung des Wartens, des Verfolgtwerdens erzeugt, die wir aus den Momenten beginnender Liebestaumel kennen…« *vogue, München*

Stimmen in einem leeren Haus

Roman. Deutsch von Hans-Christian Oeser

Der herzkranke Gabriel haut von zu Hause ab. Seine herrschsüchtige Mutter und sein Stiefvater machen sich aus unterschiedlichen Gründen auf die Suche nach ihm. Immerhin hat der sechzehnjährige Gabriel bei seiner Volljährigkeit eine große Erbschaft zu erwarten. Und wenn er gar nicht freiwillig verschwunden wäre?

»Man legt das Buch nicht mehr aus der Hand.«
Daily Telegraph, London

Mitternacht ist ein Ort

Roman. Deutsch von Ilse Bezzenberger

Als das Schloß Mitternacht abgebrannt ist, müssen sich Lucas Bell und seine junge französische Freundin Anna-Marie in der winterlichen Welt von Blastburn ganz allein durchschlagen. Ein Roman um Kinderarbeit im England des 19. Jahrhunderts, geschildert mit dickensscher Intensität.

Der Geist von Lamb House

Roman. Deutsch von Renate Orth-Guttmann

Tony Lamb und seine Familie waren im 18. Jahrhundert die ersten Bewohner von Lamb House, dem alten Backsteinhaus, das noch heute im südostenglischen Rye steht. Dort hat sich eine unheimliche Geschichte zugetragen, die der verkrüppelte Toby aufgeschrieben hat. Jahre später übernimmt der große englische Schriftsteller Henry James das Haus, oder vielmehr – so kommt es dem Poeten von Anfang an vor – das Haus übernimmt ihn. Von dem Moment an, als er auf Tobys Manuskript stößt, läßt ihm Tobys Geist keine Ruhe mehr. Auch dem nächsten Bewohner von Lamb House, dem spätviktorianischen Schriftsteller E.F. Benson (1867–1940), ergeht es nicht anders.

Elizas Tochter

Roman. Deutsch von Renate Orth-Guttmann

In Austens *Gefühl und Verstand* wird von Eliza und ihrem unehelichen Kind berichtet. Elizas Tochter folgt den Spuren des schönen, rothaarigen Mädchens, das in einer Pflegefamilie aufwuchs und nun versucht, seine Eltern zu finden. Sie lernt den Duke of Cumbria kennen, der fasziniert von Liz ist. Liz macht eine abenteuerliche Portugal-Reise, bevor sie als reiche Wohltäterin nach England zurückkehrt.

»Eine packende Liebesgeschichte.«
Kirkus Reviews, New York

Die Party-Köchin

Roman. Deutsch von Edith Walter und Michaela Link

Nach dreizehn Jahren quält die inzwischen gut situierte Chefin eines Party-Catering-Service, Clytie Churchill, immer noch die Frage, ob ihr Stiefsohn Finn bei einem Unglücksfall auf See wirklich mit ihrem Mann Daniel ums Leben kam, oder ob die Briefe, die sie seit einiger Zeit bekommt, von ihm sein könnten. Nach einem Ärztekongress, bei dem Clytie für das leibliche Wohl sorgt, wird sie von Dr. Rabuse in ein französisches Schloß eingeladen. Dort erzählt sie dem Arzt in einer langen Nacht ihre bewegte Lebensgeschichte.

»Die begabte britische Autorin erzählt eine Geschichte, die einen wieder einmal hypnotisch in Bann schlägt.« *Publishers Weekly, New York*

Emma Watson

Roman. Deutsch von Renate Orth-Guttmann

Margaret Drabble nennt Jane Austens unvollendeten Roman *Die Watsons* »ein verlockendes, bezauberndes und überaus gekonntes Fragment, das mit Sicherheit ihren anderen sechs Romanen ebenbürtig gewesen wäre«.
Die nach dem Tod ihrer Mutter von der Tante adoptierte Emma ist mit neunzehn zu dem kränkelnden Vater und ihrer Lieblingsschwester Elisabeth zurückgekehrt. Ihr Bruder Robert wohnt mit seiner habgierigen Frau in Croydon; die zänkische Schwester Penelope hat scheinbar eine gute Partie gemacht; ihr Bruder Sam bemüht sich um beruflichen Erfolg als Arzt, und Emmas Schwester Margaret glaubt, Tom Musgrave zu lieben. Dies alles sind Austen-Figuren, aber Joan Aiken gelingt es mit großer Kunstfertigkeit, ihnen ein eigenes Gesicht zu geben.

Jane Austen im Diogenes Verlag

Emma

Roman. Aus dem Englischen von Horst Höckendorf
Mit einem Nachwort von Klaus Udo Szudra

Etwas schockiert waren sie ja, die vornehmen englischen Leserinnen zu Beginn des 19. Jahrhunderts, als ihnen da in den Romanen der Jane Austen Heldinnen gegenübertraten, die nicht ständig in Tränen ausbrachen oder in Ohnmacht fielen, die sich auch keineswegs überdimensionaler Tugenden oder unirdischer Vollkommenheit rühmen konnten – nein, Frauen, die unerhört realistisch und unsentimental geschildert waren, voller Fehler und Schwächen, jedoch mit liebenswürdiger Natürlichkeit. Eine aus dem Reigen dieser Frauengestalten ist Emma Woodhouse. Kapriziös, ein wenig arrogant, aber sympathisch, will sie Vorsehung spielen und versucht, ihre männlichen und weiblichen Bekannten miteinander zu verheiraten. Das geht natürlich ständig schief, und es gelingt ihr auf diese Weise, das stille, eintönige Highbury gründlich durcheinanderzuwirbeln. Schließlich kommt auch sie, die nie heiraten wollte, zu Vernunft und Ehemann.

»Als schöpferische Realistin, die ihren Gestalten die Substanz und die Last des wirklichen Lebens verleiht, ist Jane Austen von keinem lebenden oder toten Autor je überboten worden.« *John Cowper Powys*

Gefühl und Verstand

Roman. Deutsch von Erika Gröger

Teezirkel, Dinners und Bälle, Spazierfahrten, Picknicks und Reisen über Land – das sind die aufregenden Ereignisse, um die sich das Leben der feinen Leute in der englischen Provinz um 1800 dreht. Den Rest ihrer müßigen Tage verbringen sie an Kartentisch und Zeichenbrett, bei Musik und Literatur, mit Klatsch und Tratsch. Das spannendste Gesellschaftsspiel aber ist die Jagd nach der besten Partie. Ist man selbst schon versorgt, müht man sich nach Kräften, all seine Verwandten und Bekannten zu verkuppeln. Als lohnende Beute gelten dabei Vermögen und Ansehen. Ein gutes Herz und ein kluger Kopf zählen nicht, sogar Schönheit ist nur eine angenehme Zugabe.

»Der virtuos charakterenthüllende Dialog und der auf Dekor verzichtende, äußerst disziplinierte Erzählstil sind kennzeichnend für Jane Austen.«
Kindlers Literaturlexikon

Die Abtei von Northanger

Roman. Deutsch von Christiane Agricola

Catherine Morland, eine siebzehnjährige Pfarrerstochter, ist leidlich hübsch und unbedarft. Ihre Freundin Isabella Thorpe weckt ein glühendes Interesse an den alten Schlössern und romantischen Heldinnen der Schauerromane. In Bath verliebt sich Henry Tilney, ein junger Geistlicher, in Catherine. Als sein Vater, General Tilney, sie auf den alten Familiensitz Northanger Abbey, ein ehemaliges Kloster, einlädt, wird ihr gesunder Menschenverstand durch das Rätsel um den Tod der Hausherrin und durch die Avancen des großspurigen John, Isabellas Bruder, auf eine harte Probe gestellt ... Jane Austen schreibt gefühlvoll, aber nicht sentimental, ironisch, aber nicht zynisch, und nimmt durch ihre einnehmend ungekünstelte Heldin die Gesellschaft und ihre Eigenarten aufs Korn.

»Am Schluß hat Catherine, deren Hineinwachsen in die Wirklichkeit psychologisch äußerst feinfühlig nachgezeichnet ist, das erworben, was sie zur echten Austen-Heldin macht: Selbsterkenntnis.«
Kindlers Literaturlexikon

»Nicht Emma Thompson, auch nicht Sandra Bullock oder Jane Campion ist die Heldin des cinematischen Augenblicks. So erstaunlich es klingen mag: Filmemacher und Publikum der schnellebigen, lärmenden mittneunziger Jahre haben sich mit Haut und Haaren einem stillen und überdies längst toten Idol verschrieben: der englischen Romanschriftstellerin Jane Austen.«
Süddeutsche Zeitung, München

»Jane Austen ist eine meiner liebsten Autorinnen.«
Emma Thompson

Die Liebe der Anne Elliot
oder Überredungskunst

Roman. Deutsch von Gisela Reichel

Sir Walter Elliot lebt mit seinen drei Töchtern Mary, Anne und Elizabeth auf Kellynch Hall in Somersetshire. Eitelkeit und Adelsstolz haben den Witwer den nahenden finanziellen Ruin ignorieren lassen. Als die Familie den Herrensitz verlassen muß, zieht Anne zu ihrer mütterlichen Freundin Lady Russell, bei der sie Captain Frederick Wentworth wiedersieht. Vor acht Jahren hatte Anne seinen Heiratsantrag abgelehnt. Jetzt treffen zwei gereifte Persönlichkeiten aufeinander, die in allerlei Wirren und Turbulenzen der Adelswelt doch noch zueinander finden könnten …
Anne Elliot ist die aktivste, modernste Heldin Jane Austens.

»Jane Austens Bedeutung für die Vollendung des englischen Gesellschaftsromans des 18. Jahrhunderts wurde erst im 20. Jahrhundert gebührend gewürdigt.«
Der Literatur Brockhaus

»Austen war kein zahmes Huhn, das in seinem literarischen Vorgärtchen pickte, sondern das eleganteste satirische Talent des ausgehenden 18. Jahrhunderts.«
Elsemarie Maletzke / Die Zeit, Hamburg